BASTEI
LÜBBE

ROBERT RANKIN IM TASCHENBUCH-PROGRAMM:

24 225	Der Garten unirdischer Gelüste
24 299	Apocalypso
24 307	Der Tanz der Voodoo-Tasche
24 313	Web Site Story
24 318	Warten auf Oho

DER ELVIS-ZYKLUS

24 278	Band 1	Armageddon – Das Musical
24 285	Band 2	Armageddon – Das Menü
24 292	Band 3	Armageddon – Das Remark

DER HUGO-RUNE-ZYKLUS

24 201	Band 1	Das Buch der allerletzten Wahrheiten
24 204	Band 2	Jäger des verlorenen Parkplatzes
24 210	Band 3	Die größte Show jenseits der Welt
24 216	Band 4	Der wundersamste Mann der jemals lebte

BRENDTFORT-ZYKLUS

24 246	Band 1	Der Antipapst
24 247	Band 2	Die Akte Brentford
24 255	Band 3	Jenseits von Ealing
24 264	Band 4	Kohl des Zorns
24 271	Band 5	Das Kettenlädenmassaker

ROBERT RANKIN

STARKER TOBAK

Roman

Ins Deutsche übertragen
von Axel Merz

BASTEI
LÜBBE

BASTEI LÜBBE TASCHENBUCH
Band 24 324

1. Auflage: April 2004

Vollständige Taschenbuchausgabe

Bastei Lübbe Taschenbücher
ist ein Imprint der Verlagsgruppe Lübbe

Deutsche Erstveröffentlichung
Titel der englischen Originalausgabe: Snuff Fiction

This edition is published by arrangement with
Transworld Publishers,
a division of The Random House Group Ltd.

Lektorat: Gerhard Arth/Stefan Bauer
Titelillustration: Arndt Drechsler
Umschlaggestaltung: QuadroGrafik, Bensberg
Satz: Fanslau, Communication/EDV, Düsseldorf
Druck und Verarbeitung:
Maury Imprimeur, Frankreich
Printed in France
ISBN 3-404-24324-2

Sie finden uns im Internet unter
www.luebbe.de
www.bastei.de

Der Preis dieses Bandes versteht sich einschließlich
der gesetzlichen Mehrwertsteuer.

Für Daniel Do 1,
der das Leben mit einer großen Prise nimmt.

Und in liebevollem Gedenken an Peter Myers.

1

Der erste Mensch, der je wegen Rauchens verhaftet wurde, war Rodrigo de Jerez, der mit Columbus zusammen auf dessen erster Fahrt nach Amerika segelte. Seine Mitbürger aus Aymonte sahen Rauch aus seinem Mund und seiner Nase aufsteigen und denunzierten ihn als einen Speichellecker des Teufels. Er wurde von der Inquisition ins Gefängnis gesteckt. Das war im Jahr 1504.

Der Name des Hausmeisters war Mr Blot. Charles Henry Blot, um genau zu sein, obwohl dies nur ein einziges Mal, bei seiner Verhandlung, zur Sprache kam. Für die Kinder der Grange Junior School war er Mr Blot, und man sagte Sir, wenn man ihm begegnete.

Man begegnete ihm unerwartet. Auf dem Gang, auf den Toiletten, in der Gasse, die zu den Mülleimern führte und wo man sich nicht aufhalten durfte. Er baute sich vor einem auf, beschnüffelte einen, murmelte etwas Unverständliches und verschwand dann, wobei er einen merkwürdigen Geruch in der Luft hinterließ.

Die Ursache für Mr Blots Geruch war eine heiß debattierte Angelegenheit. Ein Junge namens Billy, der mehr wusste, als für sein Alter gesund war, behauptete, der Geruch wäre Schwefel und käme von gewissen Drüsen in der Gegend von Blots Arsch. Alle männlichen Erwachsenen hätten diese Drüsen, waren Billys Worte, und sie benutzten sie, um ihr Territorium zu markieren. Ganz ähnlich großen fetten Katern.

Und das war der Grund, aus dem Blot einen beschnüffelte – um zu überprüfen, ob man diese Drüsen bereits entwickelt hatte. Und falls ja, würde er es der Schulleiterin berichten und sie würde einen zur Schulschwester schicken und die Eltern müssten vorbeikommen und ein ganz spezielles Formular ausfüllen.

Diese besondere Enthüllung führte zu einem recht peinlichen Zwischenfall, als meine Mutter mich im Badezimmer überraschte, wo ich, die Hosen auf den Knöcheln, vornübergebeugt vor dem Spiegel und den Kopf zwischen den Beinen, schnüffelte.

Hernach hatte ich mein Vertrauen in Billy verloren.

Wonach genau Mr Blot eigentlich roch, wusste niemand so recht. Er roch nicht wie andere Erwachsene, und andere Erwachsene rochen ziemlich stark. Als Oscar Wilde schrieb, dass die Jugend an den Jugendlichen eigentlich verschwendet sei, war das nur ein Teil der Wahrheit. Es sind die Sinne, die in Wirklichkeit verschwendet sind, denn niemand verrät einem, dass sie mit der Zeit schwächer werden.

Wenn man ein Kind ist, besteht die Welt aus lauter Farben. Sie ist extrem laut und riecht einfach unglaublich. Bis man Teenager wird, hat man nahezu zehn Prozent seines Farb-, Geräusch- und Geruchsempfindens verloren, und man merkt es nicht einmal.

Es hat wahrscheinlich etwas mit den Drüsen zu tun.

Doch Blot roch eigenartig, und das war das eine.

Natürlich sah er auch eigenartig aus. Hausmeister sehen immer eigenartig aus. Es ist eine Tradition, eine alte Bulle oder was weiß ich. Man kriegt den Job eigentlich nur, wenn man merkwürdig aussieht. Blot jedenfalls bekam den Job, und er behielt ihn. Er muss gut über eins achtzig gewesen sein. Mein Vater war ein großer Mann, doch Blot überragte ihn. Blot überragte ihn, doch er war gleichzeitig ziemlich dünn. Sein Kopf hatte die Größe einer Zwiebel, und er erinnerte auch an eine. Er trug einen septembergrauen Overall und eine passende Mütze dazu sowie einen wollenen Schal, und das verlieh ihm das Aussehen eines Lokomotivführers.

Billy erklärte uns anderen, dass Blot früher tatsächlich Lokomotivführer gewesen war. Er war der Lokführer des Transsibirien-Express gewesen. Es hatte ein schreckliches Eisenbahnunglück gegeben, was dazu geführt hatte, dass Blot aus Russland geflohen war. Sein Zug war im Winter in eine Schneewehe gerast, tausendfünfhundert Werst abseits von allem. Die Zugmannschaft war schließlich gezwungen gewesen, die Passagiere zu verspeisen, die größtenteils Bauern gewesen und daran gewöhnt waren. Als endlich der Frühling kam und der Schnee taute und der Zug weiterfahren konnte, war Blot der letzte Überlebende gewesen. Die Behörden waren zwar bereit, das Verspeisen von Passagieren zu tolerieren, weil es in Russland immer reichlich Bauern gegeben hatte, doch sie sahen es überhaupt nicht gern, dass Blot sich den Bauch mit ausgebildeten Eisenbahnern gefüllt hatte.

Billy erzählte, dass Blot unten in seinem Bau zwischen all den Heizungsrohren seinen Tee aus dem Schädel des ehemaligen Heizers trank und auf einem Sessel saß, der mit menschlicher Haut bezogen war.

Wie sich bei der Verhandlung herausstellte, hatte Billy sich, zumindest was den Sessel betraf, nicht gänzlich geirrt.

Doch die Verhandlung sollte erst in der Zukunft stattfinden, und viel früher, in der Zeit, die jetzt unsere war, hassten wir Mr Blot. Wir hassten seinen Overall und die dazu passende Mütze. Wir hassten seinen Wollschal und seinen Zwiebelkopf. Wir hassten seine Größe und sein Schnüffeln und seinen Geruch.

Die Zeit, die unsere war, war 1958, und wir waren neun Jahre alt und viele. Nachkriegsbabyboom, vierzig Kinder in einer Klasse. Weetabix und Orangensaft zum Frühstück, ein halbes Pint Milch in der großen Pause mit einem Strohhalm zum Trinken.

Frühstücksfleisch zum Mittagessen und Tee, wenn wir Glück hatten. Fleischextrakt und Hefeaufstrich und Ovomaltine vor dem Schlafengehen.

Unser Lehrer war Mr Vaux. Er trug einen breiten Schnäuzer, den er »Pussykitzler« nannte, und ein Tweedsakko. In unserer jugendlichen Unschuld nahmen wir natürlich an, dass »Pussykitzeln« irgendeine exotische Sportart war, ausgeführt von Gentlemen in Tweedsakkos. Im Grunde genommen hatten wir sogar Recht.

Mr Vaux war ein Gentleman; er hatte einen schicken Akzent und im Krieg Spitfires geflogen. Er war über Frankreich abgeschossen worden, und die Gestapo hatte ihn mit einem Schraubenzieher gefoltert. Er hatte drei Orden in seiner Schreibtischschublade, und diese Orden trug er am Empire Day.

Mr Vaux war so eine Art Held.

Mr Vaux und Mr Blot hatten kein rechtes Verhältnis zueinander. Im Winter wurde es sehr kalt in der Klasse. Wir bekamen die Erlaubnis, unsere Mäntel zu tragen. Mr Vaux drehte die Heizung hoch, und Mr Blot kam herein und drehte sie wieder runter.

Doch es schien nicht so häufig Winter zu sein. Meistens war es Sommer. Unser Klassenzimmer ging nach Westen, und an jenen Sommernachmittagen fiel das Sonnenlicht in hohen, kathedralenartigen Strahlen durch die hohen edwardianischen Fenster, reich an goldenen Staubkörnern, und versetzte uns alle in Schlaf. Mr Vaux versuchte, uns mit Geschichten von seinen Abenteuern hinter den feindlichen Linien wach zu halten, doch irgendwann pflegte er die verlorene Liebesmüh aufzugeben, seine silberne Zigarettendose zu öffnen, eine Capstan Full Strength herauszunehmen und sich zurückzulehnen, die Füße auf dem Schreibtisch, um auf das Schlagen der Vier-Uhr-Glocke zu warten.

Es war Mr Vaux, der uns das Rauchen lehrte. Selbstverständlich rauchte in der damaligen Zeit einfach jeder. Filmstars und Politiker. Ärzte und Krankenschwestern. Priester auf der Kanzel und Hebammen bei der Arbeit. Fußballer genossen in der Halbzeit eine Wild Woodbine, und Marathonläufer wurden selten ohne eine Kippe zwischen den Lippen auf der Ziellinie gesehen.

Wie gut ich mich an jene ersten Bilder von Sir Edmund Hillary auf dem Gipfel des Mount Everest erinnere, wo er an einer Senior Service zieht.

Das waren noch Zeiten, wirklich.

Doch diese Zeiten liegen lange zurück. Heute, gut fünfzig Jahre später, in den posttechnologischen Tagen der eingeschränkten Essensrationen, der Aufstände und des neuen Reichstags, kann man sich nur schwer vorstellen, dass es im vergangenen Jahrhundert eine goldene Ära gegeben hat, in der das Rauchen nicht nur legal, sondern auch gesund für die Menschen gewesen ist.

Und doch ist es merkwürdig, wie diese Zeiten auf so vielfältige Weise unsere eigenen spiegeln. Damals wie heute gab es Fernsehen nur in Schwarzweiß. Damals wie heute gab es nur zwei Sender, und beide waren staatlich. Damals wie heute war das Essen rationiert. Damals wie heute gab es die Wehrpflicht. Damals wie heute gab es keine Computer.

Doch damals waren wir, ganz im Gegensatz zu heute, glücklich.

Es ist sicherlich wahr, dass die Alten häufig mit einer unverdienten Liebe auf die Tage ihrer Jugend zurückblicken. Sie reiten auf den »guten alten Zeiten« herum, den »guten alten Zeiten«, und dabei füllen sie die Pockenlöcher der Entbehrungen mit der Gesichtscreme schlechter Erinnerung und übertünchen ohne Zweifel die Eiterpickel der Katastrophen mit der Paisley-gemusterten abwaschbaren Wandtapete des Verklärte-Reminiszenz-Syndroms. Das mag zwar durchaus der Fall sein, doch manche Zeiten sind tatsächlich besser als andere. Und die meisten Zeiten waren besser als unsere.

Heute, wo ich dies schreibe, am 30. Juli 2008, knappe achteinhalb Jahre nach dem großen Millenniums-Computer-Crash, nachdem die Welt den Bach runtergegangen ist und noch ein Stück weiter, fällt es leicht, einen sehnsüchtigen Seufzer ob der vergangenen Zeiten auszustoßen und sich zu fragen, wo zum Teufel sie geblieben sind.

Sie haben sich in Rauch aufgelöst, was mich zurück zu Zigaretten bringt.

Mr Vaux rauchte, wie ich schon sagte, Capstan Full Strength, aromatisch und gesund. Als Kinder, mit unseren geschärften Geruchssinnen, hatten wir keine Probleme, die ca. dreißig führenden Zigarettenmarken zu unterscheiden, indem wir einfach den Rauch prüfend einschnüffelten. Auf langen Zugfahrten konnte es schwieriger werden, weil es mehr als dreihundert regionale Marken gab, ganz zu schweigen von den Importen und den persönlichen Mischungen. Aber Capstan, Woodbine, Players und die anderen bekannten Namen bereiteten uns keine Probleme.

Weiter oben im Norden, wo man offensichtlich fortschrittlicher war als bei uns, wurde den Kindern in der Junior School das Rauchen im Klassenzimmer nicht nur erlaubt, sie wurden sogar dazu angehalten. Zweifelsohne diente das der Vorbereitung auf das Leben in der Grube, denn in jenen Tagen arbeiteten alle Männer, die nördlich vom Wash lebten, in den Kohlengruben. Doch unten in London, wo ich zur Schule ging, war das Rauchen im Klassenzimmer erst gestattet, wenn man die Elf-Plus bestanden hatte und zur Grammar, dem Gymnasium, zugelassen wurde.

Also machten wir was alle Kinder machten und rauchten in der großen Pause auf den Klos. Die Klos waren alle mit eingebauten Aschern neben den Klopapierhaltern ausgestattet, und einmal am Tag ging ein Aufsichtsschüler herum und leerte sie aus. Die Aschenbecher auszuleeren war einer der besseren Jobs für Aufsichtsschüler, weil man häufig eine anständige Menge halb gerauchter Zigaretten fand, hastig ausgedrückt, wenn die Glocke das Ende der großen Pause ankündigte, und noch mit ein paar guten restlichen Zügen daran.

Damals gab es Aufsichtsschüler für alles und jedes. Einen Aufsichtsschüler für die Milch, einen für die Kreide, einen für die Tinte, einen für die Fenster, der die lange Stange mit dem Haken am Ende benutzen durfte, einen Aufsichtsschüler, der die Bücher austeilte, und einen, der sie hinterher wieder einsammelte. Es gab einen Aufsichtsschüler für den Wagen der Schulleiterin, der den Morris Minor wusch, einen Aufsichtsschüler für die Schuhpflege der Lehrerschuhe, und natürlich einen speziellen Aufsichtsschüler, der sich um die Bedürfnisse jener Lehrer kümmerte, die Sex mit Minderjährigen bevorzugten.

Ich selbst war der Aufsichtsschüler für die Fenster, und wenn ich heute ein Pfund bekäme für jede Scheibe, die ich versehentlich zerschmetterte und jeden Stockschlag, den ich anschließend empfing, hätte ich genügend Geld, um einen speziellen Aufsichtsschüler für mich selbst zu engagieren, der das Elend meiner zur Neige gehenden Jahre mildern helfen könnte.

Leider habe ich weder für die Scheiben noch für die Schläge ein Pfund bekommen.

Allerdings habe ich ein fotografisches Gedächtnis, dessen Bilder niemals eintrüben und verblassen, und mit Hilfe dieses Gedächtnisses werde ich versuchen, eine genaue Geschichte der damaligen Zeiten niederzuschreiben. Eine Geschichte, die zeigt, wie die Dinge damals waren. Eine Geschichte der Menschen, die ich damals kannte, und die später ihren Teil zur Fehlgestaltung der Welt beigetragen haben. Gute Menschen, böse Menschen, berühmte und weniger berühmte. Und einen Menschen im Besonderen, dessen einzigartige Begabungen, bemerkenswerte Errungenschaften und extravaganter Lebensstil heute der Stoff für Legenden sind. Einen Menschen, der mit seinem unvergleichlichen Nasenpulver Freude in das Leben von Millionen gebracht hat.

Er hat viele Beinamen, dieser Mensch. Der Sechsender Blender mit dem schicken Nicken. Der Meister Kleister mit dem ulfer Pulver. Der Gießer mit dem Nieser der ein Portugieser ebendieser ist. Und so weiter und so weiter und so fort. Sozusagen.

Die meisten kennen ihn einfach als den Sultan des Snuff.

Ich spreche von niemand anderem als Mr Doveston.

Diejenigen Leser unter Ihnen, die alt genug sind, um sich an Tageszeitungen zu erinnern, werden sich liebevoll an die »Regenbogenpresse« erinnern. Boulevardzeitungen waren das. Geschrieben von Journalisten, die sich darauf spezialisiert hatten, das Leben der Reichen

2

Beim Bullenbeißen, Bärenpeitschen und überall sonst rauchen die Engländer ununterbrochen das nikotinhaltige Kraut, das in Amerika »Tabak« genannt wird.

Paul Heutzner (1598)

Der Knabe Doveston schlurfte über den Schulhof. Es war ein definitives Schlurfen, dessen er sich befleißigte, im Gegensatz zu, sagen wir einem Watscheln oder einem Schlendern. In seinem Schlurfen war eine Andeutung von einem Schreiten und mehr als nur ein wenig Trotten. Tatsächlich war auch ein wenig Stapfen dabei sowie eine Andeutung von Passgang.

Doch es muss ganz klar und deutlich festgestellt und festgehalten und gesagt werden, dass nicht eine Spur von Schleichen in diesem Schlurfen war. Und hätte der Knabe Doveston aus irgendwelchen, nur ihm bekannten Gründen beschlossen, die Geschwindigkeit seiner Umherwanderung zu erhöhen, so wäre keine Spur eines Stolzierens, Stelzens oder Stechschrittes darin gewesen.

Der Knabe Doveston bewegte sich mit dem aufrichtigen und wenig einnehmenden Schlurfen der Armen und Besitzlosen. Denn der Knabe Doveston war arm, genau wie wir anderen alle es waren.

Dass unsere Schule die Grange, also der Gutshof, hieß, entbehrte nicht einer gewissen Ironie. Denn obwohl der Name das Bild einer solide gemauerten Anstalt des Lernens und der Bildung suggeriert, mit efeubewachsenen Mauern und kiesgedeckter Auffahrt, war dem noch längst nicht so.

Die Grange war eine absolut durchschnittliche edwardianische Tagesschule, errichtet von den braven Bürgern von Brentford zur Erziehung und Ausbildung der Söhne und Töchter der Armen. Nicht zu viel Erziehung und Ausbildung, natürlich nicht, aber eben genug. Genug, dass sie lernten, ihre Namen zu buchstabieren, ihren Lohn nachzuzählen und Höhergestellte »Sir« zu nennen.

Und so war es seit fünfzig Jahren.

Und es war gut so gewesen.

Niemand hatte den Knaben Doveston gelehrt zu schlurfen. Es war eine natürliche Begabung, die in seinen Genen lag. Generationen von Dovestons hatten vor ihm geschlurft, wenige zum Ruhm und alle irgendwann zum Armengrab. Und während unser Knabe Doveston nicht unter den Entbehrungen unserer irischen Gegenstücke zu leiden hatte, die barfuß zur Schule trotteten mit einem Klumpen Torf unter jedem Arm und einer Kartoffel zwischen den Hinterbacken, so war er doch genau wie wir arm genug.

Wir litten alle unter den üblichen Krankheiten der Armen: Rachitis, Spulwürmer, Skrofulose und Räude. Und weil der Knabe Doveston ein typisches Kind war, war er auch Gastgeber für eine Unzahl der verschiedensten Ungeziefer, angefangen bei den eingangs erwähnten Läusen über Flöhe, Zecken, Wanzen, Würmer und Kakerlaken. Schmeißfliegen labten sich an seinen Augensäften, und Blattläuse schmausten sein Ohrenschmalz.

Doch so war das eben. Wir kannten es nicht anders.

Wir waren sorgenfrei, und wir waren glücklich. Der Knabe Doveston war glücklich. Er grinste und pfiff – eine populäre Melodie jener Tage, ausgestoßen in nicht wiederzuerkennenden, unregelmäßigen Fragmenten, denn es ist nahezu unmöglich, gleichzeitig zu grinsen und zu pfeifen.

Nachdem der Knabe Doveston den Schulhof schlurfend überquert hatte, schlurfte er nun unter der Veranda hindurch und in das Schulgebäude. Unser Klassenzimmer war die 4a, und in der 4a saßen wir anderen und genossen eine Geschichtsstunde. Mr Vaux stand an der Tafel, ein Stück Kreide in einer Hand und eine Capstan Full Strength in der anderen, und sprach zu uns über das Stählerne Bett von Damiens. Robert-François Damiens hatte im Jahre 1757 einen Anschlag auf das Leben von Louis XV unternommen. Als Strafe dafür und um andere potenzielle Königsmörder abzuschrecken war er brutal zu Tode gefoltert worden. Man hatte ihn auf eine eiserne Bett statt gebunden, die bis zur Rotglut erwärmt wurde. Seine rechte Hand wurde über einem kleinen Feuer geröstet. Spezielle Pinzetten rissen Wunden, in die man flüssiges Wachs und geschmolzenes Blei goss, und schließlich wurde er von vier wilden Pferden in Stücke gerissen.

Es war alles sehr interessant, und Mr Vaux kannte seinen Lehrstoff offensichtlich sehr gut, nach den bildlichen Beschreibungen zu urteilen, die er uns von jeder Folter lieferte. Und es diente sicherlich manch einem von uns als Lehre, der die heimliche Ambition hegte, ein Assassine zu werden, wenn er erst groß war: Man muss seinen Fluchtweg stets mit äußerster Sorgfalt planen!

Die Stunde war fast vorüber, als der Knabe Doveston das Klassenzimmer betrat, und das war eine Schande, denn er hatte den besten Teil verpasst. Ich weiß, er hätte die Stelle genossen, als Mr Vaux seinen Zeigefinger über eine brennende Kerzenflamme hielt, um zu demonstrieren, wie viel Schmerz ein Mann ertragen kann, bevor er wirklich laut zu schreien anfängt. Ich weiß es – ich habe es selbst getan. Und während die meisten der in ihn verknallten Mädchen leise weinten und der Waschlappen Paul Mason in Ohnmacht fiel, hätte sich der Knabe Doveston sicherlich als Erster gemeldet, als Mr Vaux die Frage stellte, wer von uns denn aufstehen und nach vorne kommen wollte, um das verbrannte Fleisch seines Fingers zu riechen.

Doch er hatte nun einmal diesen Teil der Stunde verpasst und betrat den Klassenraum jetzt ohne anzuklopfen.

Mr Vaux, der an der Tafel stand, wirbelte herum und richtete seinen verbrannten Zeigefinger auf den Knaben. »Hinaus!«, rief er empört und mit einer derart erhobenen Stimme, dass Paul der Waschlappen, der gerade aus seiner Ohnmacht erwacht war, erneut ohnmächtig zu werden drohte.

Der Knabe Doveston ging nach draußen und klopfte an. »Herein!«, rief Mr. Vaux, und der Knabe kam herein.

Unser Lehrer legte die Kreide beiseite und suchte stattdessen seinen Slipper. Er blickte den Knaben von oben bis unten an und schüttelte anschließend traurig den Kopf. Dann blickte er hinauf zur Uhr und machte »Tsss-tsss-tsss.«

»Dreiundzwanzig Minuten nach zwei«, stellte Mr Vaux fest. »Du hast dich wieder einmal selbst übertroffen, Doveston.«

Der Knabe scharrte mit den ungeputzten Schuhen auf dem Boden. »Es tut mir aufrichtig Leid, Sir«, sagte er.

»Eine lobenswerte Gefühlsregung«, antwortete Mr Vaux. »Und eine Gefühlsregung, welche die Gewalt, mit der ich deine Kehrseite zu bearbeiten gedenke, zu einem rein symbolischen Akt macht. Sei bitte so freundlich und beuge dich über den Schreibtisch.« Er griff nach seinem Slipper.

»Ah«, sagte der Knabe Doveston. »Ah«, und: »Ich denke nicht.«

»*Du denkst nicht?*« Mr Vaux' Schnauzbarthaare sträubten sich, wie es nur echte Schnauzbarthaare können. »Über den Schreibtisch, auf der Stelle, mein Freund, und erfahre die Irrtümer deiner abweichenden Meinung!«

»Die Schulleiterin hat gesagt, dass Sie mich nicht für mein Zuspätkommen schlagen dürfen.«

»Oh«, sagte unser Lehrer und vollführte eine dramatische Geste mit seinem Slipper. »Du hast einen Dispens von höherer Stelle erhalten. Möglicherweise wirst du für deine Sünden auf andere Weise bestraft. Oder ist dies ein Fall von *venia necessitati datur*?«

Es war stets ein Vergnügen, Mr Vaux Latein sprechen zu hören. Doch weil das Fach an unserer Schule nicht gelehrt wurde, hatten wir nicht die leiseste Idee, was er im Einzelfall meinte.

»Es ist so, Sir, dass ich zur Polizeiwache gehen musste.«

»Oh freudiger Tag!«, rief Mr Vaux. »Also wirst du doch endlich in eine Erziehungsanstalt kommen, und mir wird die mühselige und undankbare Aufgabe abgenommen, dich etwas zu lehren. Nun denn, eile zu deinem Platz, um ihn zu räumen, und dann kannst du gehen.«

»Nein, Sir. Ich musste zur Polizei, weil ich ein Verbrechen gesehen und dabei geholfen habe, den Kriminellen der Gerechtigkeit zuzuführen.«

»Doveston«, fragte Mr Vaux drohend. »Doveston, kennst du die Strafe für Lügen an dieser Schule?«

Doveston kaute nachdenklich auf seinem Kaugummi. »Das tue ich, Sir, in der Tat, ich kenne die Strafe.«

»Das ist gut«, sagte Mr Vaux. »Denn obgleich die Strafe ein wenig zu milde ausfällt im Vergleich zum Stählernen Bett von Damiens, so hat sie sich in der Vergangenheit doch stets als machtvolles Instrument im Kampf gegen Falschheit und Lüge erwiesen.«

»Das hat sie, Sir, in der Tat«, sagte Doveston einmal mehr.

»So, und nachdem du diese Strafe kennst, würdest du uns bitte in die Einzelheiten deines bisherigen Tages einweihen?«

»Das würde ich gerne, Sir. Ja, das würde ich.«

»Dann tu dies.« Mr Vaux nahm hinter seinem Schreibtisch Platz, drückte seine Zigarette aus und verschränkte die Hände hinter dem mit Brylcreem geglätteten Kopfhaar. »Das Podium gehört dir, Doveston«, sagte er. »Also erzähle uns deine Geschichte.«

»Danke sehr, Sir, das werde ich.« Der Knabe Doveston schob die Hände einmal mehr in die Taschen seiner Shorts und zog schniefend den Rotz wieder ein, der aus seiner Nase getreten war. »Sehen Sie, Sir«, begann er mit seiner Geschichte. »Ich bin rechtzeitig von zu Hause weggegangen, weil ich noch eine Besorgung für meine Mum machen sollte und nicht zu spät zur Schule kommen wollte. Meine Mum bat mich, zum Eckladen vom alten Mr Hartnell zu gehen und ihr eine Packung Duchess zu kaufen. Das sind diese neuen parfümierten Zigaretten von Carberry's of Holborn. Der Tabak ist ein heller, milder Virginia, aromatisiert mit Bergamotte und Sandelholz. Und obwohl ich den Gebrauch von gewissen Ölen bei der Zubereitung von Snuff nicht grundsätzlich ablehne, ist das bei Zigaretten etwas ganz anderes, denn sie verunreinigen den Geschmack des Tabaks, anstatt ihn zu verbessern. Ich bin der Meinung, dass sowohl bei Duchess als auch bei Lady Grey's und bei Her Favourites zu freizügig mit diesen Stoffen umgegangen worden ist. Meiner ehrlichen Überzeugung nach ist das Parfümieren von Zigaretten kaum mehr als eine exotische Augenwischerei, die gutgläubige Raucherinnen von ihren normalen Marken weglocken soll.«

»Ein höchst eloquent vorgetragenes Argument«, pflichtete Mr Vaux ihm mit erhobenen Augenbrauen bei. »Ich hatte keine Ahnung, dass du *au fait* mit den Feinheiten der Kunst des Tabakmischens bist.«

»O ja, Sir! Wenn ich erst groß bin, möchte ich in das Tabakgeschäft gehen. Ich habe gewisse Ideen, von denen ich glaube, dass sie revolutionär sind.«

»Tatsächlich? Nun, ich bin sicher, dass sie ausnahmslos sehr interessant sind, doch bitte beschränke dich nun auf deine eigentliche Aufgabe.«

»Jawohl, Sir. Also, ich ging zum Eckladen vom alten Mr Hartnell, um die Zigaretten für meine Mum zu kaufen. Die, wie ich hinzufügen darf, einen Shilling und vier Pence kosten, ein unverschämter Preis für zehn Stück, wenn Sie mich fragen. Da war ein Mann vor mir an der Reihe. Er hatte die Kleidung eines Straßenkehrers an, aber dann fiel mir auf, dass seine Schuhe makellos sauber und poliert waren. Mein Misstrauen wurde weiter aufgestachelt, als er ein Päckchen Zigaretten kaufen wollte.«

»Wieso das?«, fragte Mr Vaux.

»Weil er nach einer Packung Carroll's Golden Glories gefragt hat, einer Filterzigarette, wie sie fast ausschließlich vom niederen Adel geraucht wird. Kein gewöhnlicher Straßenkehrer würde jemals eine Filterzigarette rauchen, geschweige denn eine Carroll's. Und dann, Sir, als wäre dies nicht genug, bezahlte er mit einer Fünf-Pfund-Note.«

»Unglaublich!«, sagte Mr Vaux.

»Unglaublich!«, riefen wir anderen alle.

Und unglaublich war es auch. Während wir dem Knaben Doveston lauschten und während sich seine Geschichte vor uns entfaltete, wurden wir immer ungläubiger.

Und aufgeregter ebenfalls.

Der Knabe Doveston war dem Mann vom Eckladen des alten Hartnell über die Moby Dick Terrace und durch die Abaddon Street zu einem leeren Haus am Rand der ausgebombten Ruine beim Half Acre gefolgt. Wir kannten sämtliche leer stehenden Häuser in Brentford, aber wir hatten es nie geschafft, in dieses Haus zu gehen, weil es so gründlich mit Brettern vernagelt war.

Der Mann hatte das Haus durch einen verborgenen Eingang auf der Rückseite betreten, und der Knabe Doveston war ihm gefolgt.

Im Innern hatte er sich in etwas wiedergefunden, das offensichtlich ein Labor war, mit eigenartigen Dingen in großen Einmachgläsern und vielen komplizierten Apparaten elektrischer Natur. Er kauerte sich hinter einen Arbeitstisch und beobachtete, wie der Mann ein winziges Funkgerät einschaltete und sich mit jemandem in einer Sprache unterhielt, die hauptsächlich aus Quietschern und Grunzern zu bestehen schien. Nachdem er mit seinem Funkspruch fertig war, wirbelte er mit der Pistole in der Hand herum und verlangte, dass Doveston sich zeigte.

Widerwillig gehorchte der Knabe.

»So«, sagte der Mann. »Du bist wirklich ein unternehmungslustiges Kind.«

»Ich hab mich verlaufen, Sir«, antwortete der Knabe Doveston. »Können Sie mir vielleicht sagen, wie ich zum Bahnhof komme?«

»Du hast dich also verlaufen, wie?«, sagte der Mann mit einer Stimme, die der Knabe Doveston als frostig beschrieb. »Aber jetzt bist du hier, und ich habe dich.«

»Auf Wiedersehen«, sagte Doveston und wandte sich zum Gehen.

»Die Tür ist abgesperrt«, sagte der Mann. Und sie war es.

»Bitte töten Sie mich nicht«, sagte Doveston.

Der Mann lächelte und steckte seine Pistole weg. »Ich verspüre nicht den Wunsch, dich zu töten«, erwiderte er. »Im Gegenteil. Wenn ich mit dir fertig bin, wirst du alles andere als tot sein. Du wirst lebendiger sein, als du dir das vielleicht vorstellen kannst.«

»Ich würde viel lieber einfach gehen, Sir, wenn Sie nichts dagegen haben.«

»Nein«, sagte der Mann, »ich habe etwas dagegen. Und nun hör mir genau zu, während ich dir die Situation erkläre. Wenn ich fertig bin, kannst du dir ja noch einmal überlegen, was du willst.«

»Hätten Sie etwas dagegen, wenn ich rauche, während ich zuhöre?«

»Nein, selbstverständlich nicht. Hier, nimm eine von meinen.«

Der Knabe Doveston grinste Mr Vaux an. »Ich hatte gehofft, dass er das sagen würde«, erzählte er, »weil ich bis zu diesem Zeitpunkt noch nie eine Carroll's probiert hatte. Ich muss allerdings sagen, es war eine gewisse Enttäuschung. Die Qualität des Tabaks war in Ordnung, aber das mit einem Wasserzeichen versehene Papier besitzt einen leichten Glanz und brennt ungleichmäßig ab. Ich war beeindruckt von dem Aktivkohlefilter, doch es gibt definitiv Spielraum für Verbesserungen. Möglicherweise ein Korkfilter wie bei Craven A. Ich...«

Doch dieser Diskurs wurde vom Geräusch von Mr Vaux' Slipper unterbrochen, der laut auf den Schreibtisch klatschte. »Berichte weiter!«, brüllte Mr Vaux den Knaben Doveston an.

Der Junge berichtete weiter.

»Der Mann erzählte mir, dass er zu einer Gruppe von Elitewissenschaftlern gehöre, die für die Regierung arbeiten. Dass sie ein elektronisches Gehirn erschaffen hätten, das imstande sei, zukünftige Entwicklungen in der Technologie vorherzusagen. Es konnte nicht die Zukunft insgesamt vorhersagen, weil es keinen Zugriff auf sämtliche dafür erforderliche Informationen hatte. Es funktionierte auf der Grundlage eines mathematischen Prinzips. Wenn man gefragt wird auszurechnen, wie viel zwei und zwei ergibt, dann wird die Antwort vier lauten. Was bedeutet, dass man die Zukunft vorhergesagt hat. Man hat vorhergesagt, was geschieht, wenn man zwei und zwei addiert. Das elektronische Gehirn funktioniert so ähnlich. Der Mann sagte, es hätte herausgefunden, dass wir gegen Ende des Jahrhunderts fast vollständig von Maschinen abhängig wären, die wie es selbst wären. Von Computern, die unsere Gesellschaft lenken. Sie wären fast allgegenwärtig. In der Nahrungsproduktion, bei der militärischen Verteidigung, bei der Telekommunikation, beim Transportwesen, in Krankenhäusern, Banken, was auch immer.

Aber, so sagte der Mann, es würde einen unvermeidlichen Fehler bei der Programmierung dieser Systeme geben. Hätte wohl irgendetwas mit zu kleinen Datumsspeichern in den Maschinen zu tun. Und dies hätte zur Folge, dass viele von diesen Computern zusammenbrechen würden, sobald das Jahr 2000 erreicht wird. Und mit den Computern würde die gesamte Gesellschaft zusammenbrechen.«

Mr Vaux strich sich über seinen Schnauzbart. Hätte ich etwas zum Darüberstreichen gehabt, ich hätte es ihm sicherlich gleichgetan. Es war eine faszinierende Geschichte. Eine radikale, unglaubliche Geschichte. Und eigenartigerweise kam es mir vor, als würde ich diese Geschichte bereits kennen. Ich war sicher, dass ich all das schon einmal gehört hatte. Je länger ich darüber nachdachte, desto sicherer war ich mir. Ich hatte es in der Tat nicht nur alles schon gehört, sondern *gelesen*.

In einem Comicbuch, das Doveston mir kurze Zeit zuvor ausgeliehen hatte.

Ich glaube nicht, das Mr Vaux dieses Comicbuch gelesen hatte. Ich glaube, er hätte den Geschichtenerzähler früher gestoppt, wenn er die Geschichte gekannt hätte. So aber genoss er die Stelle, wo der Knabe sich weigerte, sich der Gehirnimplantation zu unterziehen, die ihn mit der elektronischen Maschine verbunden hätte, und wo der Mann schließlich an einem Hebel zog, der mit einer Falltür verbunden war, und wo Doveston in einen darunter stehenden Käfig fiel. Hier traf Doveston auf die Prinzessin mit den silbernen Augen, die für ein ähnliches Experiment gekidnappt worden war. Ich weiß nicht, ob man ein Vorhängeschloss tatsächlich mit einem Streichholz öffnen kann oder ob es unter Brentford tatsächlich ein Labyrinth unterirdischer Kavernen gibt, das von Zwergen mit tätowierten Ohren bewohnt wird. Ich bin mir auch nicht sicher, wie hoch die tatsächliche vereinigte Feuerkraft der Brentforder Polizei war, als das Haus umstellt wurde. Aber ich bin sicher, wir hätten die Explosion gehört, als der Mann den Selbstzerstörungsknopf drückte, weil er sich nicht lebendig fangen lassen wollte.

Trotzdem war es eine spannende Geschichte, und ich rechne es Mr Vaux sehr hoch an, dass er Doveston bis zu Ende erzählen ließ.

Doch dann legte er Doveston übers Knie.

Obwohl wir in der Grange nie Deutschunterricht hatten, kannten wir alle die Bedeutung des Wortes Schadenfreude. Und wir alle genossen die Abreibung. Es war eine einigermaßen epische Abreibung, und als Mr Vaux fertig war, beauftragte er vier Aufsichtsschüler damit, den bewusstlosen Doveston zur Schulschwester zu tragen, damit sie seine Wunden versorgte und ihm das Riechfläschchen unter die Nase hielt.

Alles in allem war es ein denkwürdiger Nachmittag, und ich schreibe diese Episode hier nieder, weil ich der Meinung bin, dass sie dem Leser eine gewisse Vorstellung gibt, von welchem Schlag der junge Doveston gewesen war.

Einfallsreich. Und wagemutig.

Als die Schule zu Ende war, halfen wir ihm durch das Schultor. Wir hätten ihn am liebsten alle auf den Schultern getragen, doch sein Hinterteil war, wie es schien, einstweilen zu empfindlich. Nichtsdestotrotz war Doveston ein Held, daran gab es nicht den geringsten Zweifel, und wir klopften ihm anerkennend auf die unversehrten Teile seines Körpers und ließen ihn hochleben.

Als wir die Schule verließen, wurde unsere Aufmerksamkeit von einem großen, schwarzen, glänzenden Wagen angezogen, der in der ansonsten leeren Straße parkte. An der Kühlerhaube dieses Wagens lehnte ein Mann in einer Chauffeursuniform mit einer Chauffeursmütze auf dem Kopf. Bei unserer wilden Annäherung trat er uns entgegen. Nicht, um den Wagen vor uns zu schützen, sondern um Doveston einen Beutel mit Süßigkeiten zu überreichen.

Wir starrten schweigend hinterher, als der Chauffeur sich umwandte und zu seiner Limousine zurückkehrte, einstieg und davonbrauste.

Ich werde diesen Augenblick nie vergessen. Wie der Wagen an der Kreuzung abbog, wo der Eckladen des alten Mr Hartnell stand. Mit dem Passagier auf dem Rücksitz, der uns zulächelte und winkte.

Der Passagier war eine Frau. Eine wunderschöne junge Frau.

Eine wunderschöne junge Frau mit ganz und gar erstaunlichen silbernen Augen.

3

»Sir, wären Sie vielleicht so freundlich, Ihrem Bekannten zu sagen, dass meine Schnupftabaksdose keine Auster ist?«

Beau Brummell (1778–1840)

Onkel Jon Peru Joans war nicht mein Onkel. Auch kein Onkel von Doveston. Der Junge hatte ihn einfach adoptiert.

Er hatte verschiedene Erwachsene in Brentford und Umgebung adoptiert und besuchte sie regelmäßig.

Da gab es einen Alten, den alle nur Alter Pete nannten, und dem der junge Doveston beim Schrebergarten zur Hand ging. Dann gab es einen Tramp namens Zwei Mäntel, mit dem er zusammen auf Nahrungsmittelsuche im Gunnersbury Park ging. Und die Bibliothekarin, die ihn anscheinend Tantra-Techniken lehrte. Und natürlich Onkel Jon Peru Joans.

Die Auswahl an Erwachsenen war äußerst gewissenhaft erfolgt. Nur diejenigen, die über nützliche Kenntnisse verfügten, waren überhaupt qualifiziert. Der Alte Pete beispielsweise war der anerkannte Fachmann der Gemeinde, was das Züchten von Gemüse und Obst anging. Zwei Mäntel war der Mann, wenn es um das ging, was wir heute »Survivalismus« nennen. Und die Bibliothekarin war in fast jeder Hinsicht *die Frau.* Und dann war da noch Onkel Jon Peru Joans.

»Was genau weiß er eigentlich?«, fragte ich den jungen Doveston, als wir zusammen über die Pflastersteine der baumbestandenen Straße schlurften, die zum historischen Butts Estate führte.

Der junge Doveston kratzte sich unter dem linken Arm. In der Schule gab es gegenwärtig eine Achselkäferplage, und wir alle waren in höchstem Maße betroffen.

»Komm schon«, sagte ich. »Erzähl es uns.«

»Er weiß eigentlich nicht besonders viel«, räumte der junge Doveston ein. »Er ist eine Art Einsiedler. Aber er hat bei den Royal Engineers gedient und später bei den SAS. Er weiß alles über Dynamit.«

Ich trat einen Kronkorken in einen Gully. »Also geht es wieder mal darum, Dinge in die Luft zu jagen, wie?«, fragte ich.

»Was ist denn daran falsch, Dinge in die Luft zu jagen? Es ist ein gesundes Freizeitvergnügen für Jungen in unserem Alter.«

»Vikar Berry sagt da aber etwas ganz anderes.«

»Vikar Berry ist ein alter Heuchler«, sagte der junge Doveston und kratzte sich unter der rechten Achsel. »Er war Armeekaplan und hat jede Menge Explosionen erlebt. Er will einfach nicht, dass die jungen Leute dieses Vergnügen genießen, das er selbst gehabt hat. Wenn du erst groß bist, wirst du feststellen, dass so etwas unter Erwachsenen weit verbreitet ist.«

Ich konnte nicht abstreiten, dass seine Worte eine gewisse Wahrheit beinhalteten.

»Jedenfalls«, fuhr der junge Doveston fort und richtete seine Aufmerksamkeit nun auf den Schritt, wo eine Schrittwurmplage an seinen Eiern knabberte. »Jedenfalls weiß Onkel Jon Peru Joans nicht nur alles über Dynamit. Er kennt sich auch mit Orchideen und mit Hydro-Dendrologie aus.«

»Hydro-was?«

»Hydro-Dendrologie. Das ist die Wissenschaft von Bäumen, die im Wasser gezogen werden.«

Ich schenkte meinem Schritt ein wiewohl nachdenkliches, als auch dringend erforderliches Kratzen.

»Das ist sein Haus«, sagte der junge Doveston, und ich blickte zu Onkel Jon Peru Joans' Haus hinauf.

Die Häuser des Butts Estate stammten allesamt aus der Viktorianischen Zeit. Rote, warme Ziegelsteingebäude mit stolzen Proportionen. Die Gärten waren gepflegt, und die Leute, die dort wohnten, waren betucht. Ein Professor hier an der Ecke und dort unter den Bäumen die Seemannsmission. Ein alter Kapitän zur See leitete die Einrichtung, doch niemand von uns Jungen hatte ihn bisher je zu Gesicht bekommen. Hier herrschten Frieden und Stille, und es war eine Gegend voller Geschichte.

Wir hatten in der Schule nicht viel mit der einheimischen Geschichte zu tun. Aber die wichtigsten Sachen wussten wir trotzdem. Wir hatten sie von unseren Eltern erzählt bekommen, die sie von ihren Eltern hatten und so weiter. »Das ist die Stelle, wo Julius Caesar die Themse überquert hat.« »An dieser Stelle fiel König Balin während der berühmten Schlacht von Brentford.« »Hier stand früher die Pferdestation, wo Pocahontas Rast gemacht hat.« Und am Interessantesten von allem: »Das hier ist das Haus, in dem P. P. Penrose geboren wurde.«

Vor dem jungen Doveston war P.P. Penrose ohne den geringsten Zweifel der berühmteste Sohn Brentfords gewesen, Autor der Bestseller des zwanzigsten Jahrhunderts schlechthin, der legendären Lazlo-Woodbine-Thriller. Zu seinen Lebzeiten hatten alle fest geglaubt, er wäre in der Lower East Side von New York geboren und aufgewachsen. Er pflegte einen Brooklyn-Akzent und trug stets einen Trenchcoat und einen Schnapprand-Fedora. Erst nach seinem tragischen frühen Tod (während eines merkwürdigen Unfalls, bei dem Handschellen und ein Staubsaugerschlauch mit im Spiel waren) kam die Wahrheit ans Tageslicht (zusammen mit einem großen Teil seines Dickdarminhalts), nämlich dass er unter dem bürgerlichen Namen Peter Penrose in einem Haus des Butts Estate das Licht der Welt erblickt hatte. Und dass Peter Penrose in seinem ganzen Leben niemals in New York gewesen war.

Die Stadtverwaltung hat nie eine Plakette aufgehängt, doch wir wussten alle auch so, in welchem Haus er gelebt hatte. Es war das, wo die Jalousien ständig unten waren. Im Sommer kamen Busladungen mit amerikanischen Touristen hierher, um einen Blick auf diese Jalousien zu werfen. Und unser Freund Billy, der mehr wusste, als für einen Knaben seines Alters gut war, brachte den Staubsauger seiner Mutter mit zu dem Haus. Die Amerikaner bezahlten Billy Geld, wenn sie mit dem Staubsauger posieren durften.

Doch ich habe nichts Neues zum Thema Penrose hinzuzufügen. Und kann nichts weiter tun als dem Leser, der sich eingehender mit dem Mann, seiner Arbeit und seinen häuslichen Angewohnheiten zu beschäftigen wünscht, Sir John Rimmers exzellente Biografie zu empfehlen: *Manche nannten ihn Laz: Der Mann, der Woodbine war.*

Oder den Artikel über auto-erotische Asphyxie, der in der allerletzten Ausgabe des *Gagging for It! Magazins* vom Dezember 1999 veröffentlicht wurde.

»Ich lechze nach einem Drink«, sagte ich. »Meinst du, Onkel Jon Peru Joans hat Limonade?«

»Er trinkt nur gefiltertes Wasser.« Der Knabe Doveston streckte die Hand nach dem großen schweren Messingklopfer aus. »Vergiss nicht, was ich dir gesagt habe«, ermahnte er mich mit ernster Stimme.

»Was hast du mir denn gesagt?«, fragte ich, da ich zu diesem Zeitpunkt gerade nicht zugehört hatte.

»Dass du mein Bruder Edwin bist und das gleiche Interesse an Pflanzen hast wie ich.«

»Aber du hast doch gar keinen Bruder, der Edwin heißt!«

Der junge Doveston schüttelte den skrofulösen Kopf. »Willst du die Monster jetzt sehen oder nicht?«

»Will ich«, sagte ich, weil ich sie tatsächlich sehen wollte.

Normalerweise wäre ich an einem warmen Sommerabend wie diesem unten am Kanal gewesen, um nach Schlammwühlern zu angeln. Aber der junge Doveston hatte versprochen, dass er mich zu einem Mann mitnehmen würde, der in seinem Treibhaus Monster hielt, wenn ich ihm einen Shilling gab. Vielleicht dürfte ich sie sogar füttern, wenn ich den Mann höflich fragte.

Nicht die Art von Angebot, die ein Neunjähriger ablehnen kann.

Der junge Doveston zerrte an dem großen Messingklopfer. »Wir müssen ein wenig warten«, sagte er. »Er muss erst sehen, ob die Straße frei ist.«

Ich machte ein verständnisloses Gesicht.

»Warte einfach ab«, sagte der Knabe. Und so warteten wir einfach ab.

Nach einer Zeitspanne, die mir als ein beträchtliches Abwarten erschien und während der sich Gedanken in meinen Kopf schlichen, dass ich die Monster vielleicht doch lieber nicht sehen und lieber meinen Shilling zurückhaben wollte, hörten wir, wie schwere Riegel zurückgeschoben wurden. Dann öffnete sich die Tür einen Spaltbreit.

»Passwort?«, ertönte eine flüsternde Stimme.

»Streptococcus«, sagte der junge Doveston und benannte das grampositive Bakterium, das für den Ausbruch der Scharlach verantwortlich war und im vergangenen Winter fast die gesamte dritte Klasse ausgelöscht hätte.

»Herein, mein Freund, und bring deinen Bruder mit.«

Wir traten ein.

Er schloss die Tür, und wir standen für einen Augenblick im Dunkeln, bis unser Gastgeber das Licht einschaltete. Da ich nichts Besonderes erwartet hatte, war ich nicht sonderlich überrascht, als ich nun auch nichts Besonderes sah. Die Diele war hoch und breit und ziemlich pompös. Ein gewebter Teppich lag auf dem polierten Boden. Eine Jardiniere mit Pfauenblumen. Ein oder zwei Blicke auf prachtvolle Zimmer. Ein Bambusständer mit Hüten und Mänteln, aber nur sehr wenig mehr.

Der Anblick unseres Gastgebers jedoch überraschte mich. Nach Dovestons Gerede von Royal Engineers und SAS hatte ich wenigstens einen Mann erwartet, der aussah wie ein Exsoldat. Doch Onkel Jon Peru Joans war klein und drahtig. Seine Wangenknochen stachen hervor wie die Ellbogen eines Rennradfahrers, und sein Kinn sah aus wie das von Mr Punch. Der kahle Kopf war schmal, die Stirn hoch und gesprenkelt wie ein Taubenei. Die Nase war scharf wie ein Papierflieger, doch seine Augen waren das Beunruhigendste von allem.

Vor einigen Monaten hatte ich mich durch die Hintertür des Odeon Theaters von Northfield geschlichen, um einen nur für Erwachsene zugelassenen Film namens

Mondo Cane anzusehen. Es war ein Film über merkwürdige Bräuche überall auf der Welt, und er schloss eine Menge Szenen mit auf und ab hüpfenden barbusigen Eingeborenenfrauen ein. Die Szene jedoch, die mir wirklich im Gedächtnis haften geblieben war, zeigte ein Restaurant in China, wo man Affengehirne serviert bekam. Affengehirne von lebendigen Affen. Es gab dort kleine Tische mit Löchern in der Mitte, und die Affen wurden mit dem Kopf durch diese Löcher gesteckt und an Ort und Stelle gefesselt. Dann schälten die Kellner so cool wie unsereins eine Orange den Kopf des Affen, und die Gäste fischten mit kleinen Löffeln das Gehirn heraus und aßen es.

Es war der Ausdruck in den Augen dieser Affen, den ich niemals vergessen werde. Die unbeschreibliche Angst und die Schmerzen.

Onkel Jon Peru Joans hatte genau solche Augen. Sie sahen überall und nirgends zugleich hin, und sie erschreckten mich nicht wenig.

»Das ist also dein Bruder Edwin«, sagte Onkel Jon Peru Joans mit einem flüchtigen Blick über mich hinweg. »Ihr wollt also meine schönen Jungs sehen.«

Ich wünschte ihm einen guten Abend und nannte ihn Sir, weil Erwachsene immer positiv auf Höflichkeit reagieren. Er streckte die Hand aus, um meinen Kopf zu tätscheln, doch er schien mein Zusammenzucken zu bemerken, also sagte er stattdessen nur: »Kann er unser Geheimnis bewahren?«

»O ja, Onkel Jon. Er ist schließlich mein Bruder«, antwortete der junge Doveston und grinste.

»Dann werde ich ihm vertrauen, wie ich dir vertraue.«

Der junge Doveston zwinkerte in meine Richtung.

Onkel Jon Peru Joans führte uns durch seine Diele

nach hinten. »Es war ein anstrengender Tag«, vertraute er uns an. »Die Geheimpolizei hat ihre Schikanen gegen mich verschärft.«

»Die Geheimpolizei?«, fragte ich.

»O ja«, sagte der drahtige Mann. »Sie verfolgen mich überall hin. Sie tarnen sich als normale Passanten, als Fensterputzer und Postboten, Ladenbesitzer und Mütter mit Kinderwagen. Sie wissen, dass ich sie durchschaue, und das macht sie noch schlimmer. Erst heute Morgen, als ich nach draußen gegangen bin, um ein Päckchen Zigaretten zu kaufen ...«

»Snowdown«, sagte der junge Doveston.

Der Onkel drehte sich zu ihm um, die Augen noch gehetzter als zuvor.

»Ich kann den Rauch riechen«, erklärte der Knabe. »Sie haben eben erst eine ausgedrückt. Snowdown ist eine Mentholzigarette. Sie besitzt einen höchst charakteristischen Duft.«

»Guter Junge«, sagte der Onkel und tätschelte dem jungen Doveston die Schulter. »Ich wechsle meine Marke jeden Tag, um ihnen keinen Anhaltspunkt zu geben.«

»Den Leuten von der Geheimpolizei?«, fragte ich.

»Ganz genau. Und als ich in das Geschäft ging, waren zwei von ihnen bereits drin. Verkleidet als alte Frauen mit Einkaufsnetzen. Sie haben mich beobachtet, um herauszufinden, was ich kaufe. Sie schreiben alles auf, was ich tue. Es wandert alles in meine Akte im geheimen Hauptquartier unter der Mornington Crescent Station.«

»Warum tut die Geheimpolizei so etwas?«, fragte ich.

»Wegen meiner Arbeit. Hat Charlie dir das nicht erzählt?«

»*Charlie?*«

»Ich dachte, es wäre besser, wenn Sie es erzählen«, sagte der junge Doveston.

»Du bist ein guter Junge, wirklich.« Der schmächtige Mann führte uns in seine Küche, die genauso schlecht roch, wie sie aussah. An den Wänden stapelten sich volle Müllbeutel und Schachteln und Kartons mit Altpapier.

Der Onkel bemerkte meinen Gesichtsausdruck, der offensichtlich Befremden zeigte. »Ich werfe nichts weg«, sagte er. »Sie durchwühlen meine Mülltonnen. Ich hab sie selbst gesehen. Sie sehen aus wie gewöhnliche Müllmänner, aber mich führen sie nicht an der Nase herum.«

Ich nickte und lächelte und schnüffelte ein wenig. In diesem Haus war ein eigenartiger Geruch. Es waren nicht die Zigaretten, und es war nicht der ganze Müll. Es war irgendetwas anderes. Ein schwerer, durchdringender, anhaftender Geruch. Und ich wusste, wo ich ihn schon früher gerochen hatte. In den großen Treibhäusern von Kew.

Onkel Jon Peru Joans nahm einen Eimer, an dem das Email abgeplatzt war, aus dem überfüllten Spülbecken und hielt ihn in meine Richtung. Ich warf einen Blick hinein und machte einen hastigen Schritt zurück.

»Es ist nur Fleisch«, sagte der Onkel.

»Es ist Fleisch mit Fell daran.«

»Das Fell macht ihnen nichts. Es ist natürlich.«

Ich nahm den Eimer, obwohl ich nicht besonders scharf darauf war.

»Kommt mit«, sagte der Onkel. »Hier entlang.«

Er öffnete die Küchentür, die nach draußen führte, und der Treibhausgeruch wurde überwältigend. Er überfiel uns buchstäblich. Hüllte uns ein und verschlang uns. Er raubte uns den Atem.

Die Hitze prallte uns mitten ins Gesicht, und die Feuchtigkeit ließ den Schweiß aus jeder funktionierenden Pore ausbrechen.

»Beeilt euch«, mahnte der Onkel. »Die Temperatur darf nicht zu stark sinken.«

Wir beeilten uns, und was ich sah, beeindruckte mich, gelinde gesagt.

Es war ein viktorianischer Wintergarten.

Ich hatte schon immer eine Vorliebe für das Viktorianische. Für die Kunst und den Erfindungsreichtum und die architektonischen Wunder jener Zeit. Und während viele Puristen auf die Georgianer stehen und auf ihr klassisches Design, so scheint mir, dass ihre Gebäude den Ernst von jungfräulichen Tanten ausstrahlen. Die Bauwerke der viktorianischen Epoche auf der anderen Seite jedoch sind aufgedonnerte Nutten. Sie jauchzen über ihre eigene Existenz. Sie schreien dich an: »Komm her und betrachte mich. Bin ich nicht prachtvoll?«

Die Viktorianer wussten, wie man in großem Maßstab baut. Wenn sie Brücken errichteten oder Museen und Piers und große Hotels, dann gaben sie einfach alles. Wo auch immer Raum war für eine Verzierung oder einen Schnörkel, bauten sie sie ein.

Der Wintergarten von Onkel Jon Peru Joans besaß mehr Schnickschnack und Schnörkel als ein Tango-Tänzer in Tasmanien Tattoos. Dieser Wintergarten war keine bloße aufgedonnerte Nutte, dieser Wintergarten war ein Showgirl aus einem Edelpuff.

Er schwoll üppig aus dem hinteren Teil des Hauses hervor, lauter pralle Brüste aus Glas. Die verzierten Eisenrahmen und -träger ruhten auf schlanken, dekorativen Eisensäulen mit ornamentalen Kapitellen. Wie Hymnen an die Freude, wie Aubrey Beardsley einmal schrieb.

Doch wenn der Wintergarten für sich selbst genommen bereits ein Wunder war, dann übertrafen die darin wachsenden Pflanzen dieses Wunder noch. Ich hatte schon früher exotische Blumen gesehen, in den Kew Gardens. Doch nichts, was ich je gesehen hatte, war mit dem hier zu vergleichen. Das war Exotik in einem wilden Extrem. Die Farben waren zu prachtvoll, die Großartigkeit zu fantastisch.

Ich starrte offenen Mundes eine monströse Blume an, die in einem Terrakotta-Kübel wuchs. So eine riesige Blüte konnte es nicht geben. So eine große Blume war ganz und gar unmöglich.

»*Rafflesia arnoldii*«, sagte Onkel Jon Peru Joans. »Die größte Blume auf der ganzen Welt. Sie kommt aus dem oberen Sumatra. Die Eingeborenen glauben, dass die Bestäubung durch Elefanten stattfindet.«

Ich beugte mich vor, um an der Blüte zu riechen.

»Das würde ich nicht tun«, sagte der Onkel.

Doch es war bereits zu spät.

»Urgh!«, machte ich und stolperte rückwärts, während ich mit der eimerlosen Hand meine Nase zuhielt.

»Riecht wie ein verwesender Leichnam«, sagte Onkel Jon Peru Joans. »Du riechst besser an überhaupt nichts, bevor du mich nicht gefragt hast.«

Ich bemühte mich um Haltung. »So schlimm war es auch wieder nicht«, log ich.

»Genau das hat Charlie auch gesagt«, lächelte der Onkel schief. »Und ich Dummerchen dachte doch tatsächlich, Kinder hätten einen empfindlicheren Geruchssinn als wir Erwachsenen.«

Ich fächelte mir Luft zu. »Wie heißt diese Blume da?«, fragte ich und deutete auf die nächste Pflanze, die mir ins Auge sprang, als gäbe ich einen Dreck auf den Gestank.

»Ah, diese dort.« Der Onkel rang die Hände vor Vergnügen und blickte liebevoll auf eine Reihe fetter weißer, fransiger Blüten, die in einer Wanne voll öligem

Wasser schwammen. »Diese Pflanzen nennen sich Engelsschritt.«

Ich wischte mir den Schweiß, der mir bereits in die Augen rann, von der Stirn. Ich fühlte mich, als wäre ich undicht. Meine Körperflüssigkeiten troffen durch sämtliche Poren aus mir heraus. Ich war bereits bei unserer Ankunft durstig gewesen, doch jetzt geriet ich ernsthaft in Gefahr zu vertrocknen.

»Engelsschritt deswegen«, fuhr der Onkel fort, »weil es heißt, dass Engel, genau wie Christus, über das Wasser laufen können, aber nur bei Vollmond und nur auf der Spiegelung des Mondes im Wasser.«

»Und die Blätter sind giftig«, sagte der junge Doveston.

»Extrem giftig«, bestätigte der Onkel. »Iss eines dieser Blätter, und du bist selbst bei den Engeln. O ja, sie sind wirklich extrem giftig.«

»Ich glaube, ich bin sowieso gleich bei den Engeln, wenn ich nicht bald etwas zu trinken bekomme«, sagte ich.

Der Onkel blickte mich unsicher an. »Stell den Eimer ab«, sagte er freundlich. »Drüben in der Ecke ist ein Wasserhahn und eine Blechtasse an einer Kette. Fass nichts anderes an und riech an nichts, in Ordnung?«

»In Ordnung, Sir«, sagte ich.

Und weil ich ein unverwüstlicher junger Bursche war, der bereits die Diphtherie und den Keuchhusten und eine Kiefernekrose und die Bengalische Fäule überlebt hatte, würde ich mich von einer kleinen Dehydrierung ganz gewiss nicht unterkriegen lassen. Und in der Tat, nachdem ich mich mit einem Pint oder zwei von Adams Ale erfrischt hatte, war ich wieder quietschfidel und frisch wie eine Furtlerflöte.

»Geht es jetzt besser?«, fragte der Onkel.

»Ja, danke sehr«, antwortete ich.

»Dann möchte ich dir jetzt etwas zeigen.«

Der Onkel lenkte meine Aufmerksamkeit auf einen Kübel mit Pflanzen. Sie besaßen dunkelgrüne Blätter, die eine flache Rosette bildeten, mit violett gefärbten Blüten dazwischen. »*Mandragora officinarum*«, sagte er. »Die berühmte Mandragore oder Alraune. Die Wurzel hat menschenähnliche Gestalt. Es ist die Hexenpflanze schlechthin, und sie wird bei einer Vielzahl magischer Zeremonien eingesetzt. Man sagt, dass sie schreit, wenn sie aus dem Erdreich gezogen wird, und dass jeder, der den Schrei hört, wahnsinnig wird. Sollen wir ein wenig ziehen? Was meinst du?«

Ich schüttelte entschieden den Kopf.

»Nein.« Der Onkel nickte. »Besser nicht, wie? Die Wurzeln enthalten tatsächlich ein Tropanalkaloid, das in kleinen Mengen halluzinogen wirkt und Visionen vom Paradies hervorruft. In größeren Dosen jedoch bewirkt es den …«

»… Tod«, sagte der junge Doveston.

»… Tod«, sagte der Onkel. »Die Alraune wurde von Lucrezia Borgia sehr geschätzt. Die Perser benutzten sie als ein Narkotikum vor Operationen.«

»Sie trockneten die Wurzel«, erklärte der junge Doveston, »mahlten sie klein und mischten sie mit Kampfer, dann wurde die Mischung in Wasser gekocht. Man musste den Dampf einatmen. Die Alraune wurde ursprünglich von den Römern nach England gebracht.«

»Dein Bruder kennt sich aus, wie?«, fragte der Onkel und tätschelte den Kopf seines Schützlings, um anschließend seine Finger nach Läusen abzusuchen.

Ich erhielt die große Führung. Onkel Jon Peru Joans zeigte mir seinen Mohn. »Daraus wird Opium gewonnen«, sagte er. Sein *Cannabis sativa.* »Indischer Hanf, beliebt bei den Beatniks.« Seine *Menispermaceae.* »Sie gehört zu den südamerikanischen Nachtschattengewächsen, und aus ihr wird das Pfeilgift Curare gewonnen.« Und seine *Lophophora williamsii.* »Peyote. O du wunderbares Peyote.«

Wir besuchten den Blauen Eisenhut und den Beifuß, das Bilsenkraut und den Nieswurz, das Zitronengras, das Leinkraut und die Toxibelle. Ich berührte nichts, und ich schnüffelte an nichts.

Mir schien, als bestünde die Sammlung von Onkel Jon Peru Joans ausschließlich aus Pflanzen, die einen entweder high machten oder unter die Erde brachten. Oder beides, abhängig von der Dosis.

Während ich den kleinen drahtigen Mann mit den unheimlichen Augen beobachtete, fragte ich mich, wie viele dieser Narkotika er selbst ausprobiert haben mochte.

»Und das war's dann auch schon«, sagte er schließlich. »Bis auf die prachtvollen Burschen, wegen denen ihr eigentlich hergekommen seid, und die werde ich euch gleich zeigen.«

Ich zupfte geistesabwesend an meinen Shorts. Mein stets harter Schritt war verschwitzt und juckte und schwoll allmählich zu peinlichen Ausmaßen an.

»Das ist alles unglaublich, Sir«, sagte ich. »Aber darf ich Ihnen eine Frage stellen?«

Onkel Jon Peru Joans neigte seinen taubeneiförmigen Kopf.

»Warum eigentlich haben Sie sich entschlossen, ausgerechnet diese Pflanzen zu kultivieren?«

»Für das Große Werk«, sagte der junge Doveston.

»Für das Große Werk«, stimmte der Onkel seinem Schützling zu.

Ich schnitt eine Grimasse, als wollte ich sagen: »Hä?«

Der Onkel tippte sich mit einem langen, dünnen Finger an die lange, dünne Nase. »Komm«, sagte er, »ich zeige dir meine Jungs, und dann erzähle ich dir alles darüber.«

Eine Ecke des Wintergartens war mit einem Vorhang aus einer schmutzigen Damasttischdecke vom Rest abgetrennt worden. Der Onkel trat zu dem Vorhang und schob ihn mit theatralischer Geste schwungvoll beiseite.

»*Walla!*«, sagte er.

»Ich werd verrückt!«, sagte ich im Tonfall von Tony Hancock.

Auf einem schmiedeeisernen Podest stand ein antikes Aquarium, und in diesem wuchsen ein paar der sonderbarsten Pflanzen, die ich je gesehen hatte.

Zuerst war ich nicht einmal sicher, ob es sich um Pflanzen handelte. Sie hatten viel von einem Reptil und einiges von einem Fisch. Sie waren schuppig und glänzten und sie beunruhigten mich sehr.

Wie alle normalen Kinder empfand ich eine gesunde Angst vor Gemüse. Salat versetzte mich in Panik, und ich lebte in ständiger Furcht vor Rosenkohl. Elterliche Versicherungen, dass Gemüse voller Eisen war, hatte ich mit einem Magneten geprüft und als Lügen entlarvt. Billy hatte mir erklärt, warum Eltern darauf beharrten, Kindern Berge von Gemüse aufzutischen. Gemüse war billiger als Fleisch, und die Zeiten waren hart wie immer. Als ich später im Leben kurz mit sozial höher stehenden Menschen zu tun hatte, stellte ich erstaunt fest, dass es Erwachsene gab, die nichts außer Gemüse aßen. Diese Leute, so fand ich heraus, nannten sich Vegetarier, und obwohl sie genügend Geld für Fleisch besaßen, aßen sie es aus freien Stücken trotzdem nicht.

Als ein Mensch, der für sein Mitgefühl bekannt ist, hatte ich selbstverständlich großes Mitleid mit diesen traurigen Individuen, die ganz offensichtlich an einer mentalen Verirrung litten, die jenseits meiner Macht zu heilen lag. Doch als der Philosoph, der ich nun einmal war, sah ich es von der guten Seite. Je mehr Vegetarier es auf der Welt gab, desto mehr Fleisch war für uns normale Menschen übrig.

»Meine Prachtburschen!«, krähte der Onkel und riss mich aus meinen Gedanken. »Bring den Eimer hierher, und wir servieren ihnen ihr Essen.«

Ich nahm den Eimer und näherte mich misstrauisch. Die schuppigen, glänzenden, halb Reptilien, halb Fische, die mehr als eine gewisse Ähnlichkeit mit Rosenköhlchen besaßen, waren eindeutig lebendig, denn sie zitterten und zuckten und schüttelten sich.

»Sind das vielleicht Gemüse, Sir?«, lautete meine Frage.

»Hauptsächlich«, antwortete der Onkel und betrachtete voller Stolz seine prachtvollen Burschen. »Hauptsächlich Rosenkohl, aber zu einem Teil auch Basilisk.«

»Chimären«, sagte der junge Doveston.

»Chimären«, stimmte der Onkel zu.

»Und sie fressen dieses Fleisch in dem Eimer?«

Onkel Jon Peru Joans kramte in seiner Jacke und brachte eine lange Pinzette zum Vorschein. Er reichte mir das Instrument. »Warum probierst du es nicht selbst aus?«, fragte er.

Der junge Doveston nickte aufmunternd. »Los, mach schon«, sagte er. »Es ist eine große Ehre. Gib ihnen ein paar Brocken.«

Ich klickte mit der Pinzette in der Hand. Schweiß tropfte mir von der Stirn, und ich fühlte mich alles andere als gut. Aber ich hatte einen Shilling bezahlt, und ich war genau aus diesem Grund hierher gekommen, also nahm ich etwas von dem Fleisch aus dem Eimer.

»Armeslänge«, riet Onkel Jon Peru Joans, »und pass auf deine Finger auf.«

Ich tat wie gesagt und senkte einen Brocken Fleisch mit der Pinzette in das Aquarium. Es war, als hätte ich ein totes Schaf in einen Teich voll ausgehungerter Piranhas geworfen. Hässliche kleine Mäuler voll nadelspitzer Zähne machten *schnapp-schnapp-schnapp.* Ich zuckte mit großen runden Augen und einem weit offen stehenden Mund zurück.

»Und? Was sagst du nun?«, fragte der Onkel.

»Brillant!«, rief ich, und ich meinte es auch so.

Wir wechselten uns mit dem Füttern der kleinen Monster ab und leerten dabei den gesamten Eimer. Der Onkel sah uns dabei zu, nickte mit dem Kopf und lächelte, während seine wahnsinnigen Augen in den Höhlen zuckten und seine Finger vor Entzücken zappelten.

Als wir fertig waren, sagte er: »So, das war's«, und schloss den Vorhang wieder.

Ich reichte ihm die Pinzette. »Ich danke Ihnen sehr, Sir«, sagte ich. »Das war wirklich sehr lustig.«

»Arbeit kann tatsächlich Spaß machen, nicht wahr?«, entgegnete der Onkel. »Sogar das Große Werk.«

»Sie wollten mir mehr darüber erzählen.«

»Vielleicht beim nächsten Mal«, sagte der junge Doveston. »Wir müssen jetzt gehen, sonst kommen wir zu spät zu Cubs.«

»Cubs?«, fragte ich verblüfft.

»Ja, *Cubs.*« Der junge Doveston blickte mich bedeutungsvoll an, doch die Bedeutung dieses Blickes ging völlig an mir vorbei.

»Ich hab's aber nicht eilig«, sagte ich demzufolge.

»Gut«, sagte der Onkel.

Der junge Doveston stöhnte.

»Fühlst du dich nicht wohl, Charlie?«

»Doch, Onkel, doch. Ich glaube nur, ich hab das Königsübel berührt, das ist alles.«

»Ich habe eine Wurzel, die dich ganz schnell wieder heilen wird.«

»Ja, bestimmt hast du die.«

»Übersehe ich da vielleicht irgendetwas?«, fragte ich.

Der Onkel schüttelte den kahlen kleinen Kopf. »Ich glaube, Charlie hat eine Freundin«, sagte er. »Und er ist begierig, mit ihr die Dinge auszuprobieren, die er bei der Bibliothekarin gelernt hat.«

Der junge Doveston rümpfte die Nase und scharrte mit den Füßen.

Ich schnitt einmal mehr meine Hä?-Grimasse.

»Das Große Werk«, begann der Onkel und nahm eine würdevolle Pose ein. »Das Große Werk wird mir einen Platz in den Geschichtsbüchern einbringen. Aber *die da draußen* wissen, dass ich an der Schwelle zum Durchbruch stehe, und deswegen beobachten sie jeden einzelnen meiner Schritte.«

»Die Geheimpolizisten?«

»Die Geheimpolizisten. Sie haben starke Teleskope auf uns gerichtet, selbst jetzt, in diesem Augenblick. Deswegen verstecke ich meine Jungs hinter dem Vorhang. Die Geheimpolizei will wissen, was es mit meinem Großen Werk auf sich hat und es für ihre Meister unter der Mornington Crescent stehlen. Aber es wird ihnen nicht gelingen, mein Wort darauf.«

»Ich bin sehr erfreut, das zu hören.«

»Mein Großes Werk«, fuhr der Onkel fort, »mein Großes Werk wird der gesamten Menschheit dienen, nicht nur einigen wenigen. Was ich hier tue, wird der ganzen Welt den Frieden bringen. Du wolltest wissen, warum ich all diese besonderen Pflanzen hier züchte, nicht wahr?«

Ich nickte. Ich hatte es wissen wollen.

»Weil«, sagte der Onkel, »weil aus diesen Pflanzen starke Drogen gewonnen werden können. Starke Halluzinogene, die, wenn man sie richtig mischt und vorsichtig dosiert nimmt, mir gestatten, in einen veränderten Bewusstseinszustand überzutreten. In diesem Zustand ist es mir möglich, direkt mit dem Königreich der Pflanzen zu kommunizieren. Wie Dr. Doolittle mit den Tieren gesprochen hat, so kann ich dies mit den Bäumen.«

Ich wechselte einen Blick mit dem jungen Doveston, und der junge Doveston verzog schmerzvoll das Gesicht.

»Was haben die Bäume denn so zu erzählen?«, fragte ich.

»Zu viel«, antwortete der Onkel. »Viel zu viel. Sie quasseln ununterbrochen, wie die Waschweiber. Sie beschweren sich über die Eichhörnchen und die Spatzen, den Verkehr und den Lärm. Wenn ich die alte Eiche bei der Seemannsmission drüben noch ein einziges Mal darüber jammern höre, wie zivilisiert die Welt doch früher gewesen ist, dann verliere ich den Verstand.«

Ich ignorierte den jungen Doveston, der die Augen verdrehte. »Reden denn alle Bäume?«, fragte ich Onkel Jon Peru Joans.

»Soweit ich es bisher beurteilen kann, ja«, antwortete der Onkel. »Allerdings verstehe ich nur die englischen. Ich habe keine Ahnung, was die holländischen Ulmen oder die spanischen Fichten sich erzählen.«

»Vielleicht sollten Sie eine Fremdsprache lernen?«

»Dafür habe ich keine Zeit, fürchte ich.«

Ich nickte klatschnass und kratzte mich einmal mehr

im Schritt. »Also will die Geheimpolizei auch mit den Bäumen reden oder wie?«

»Ihre Herren wollen es jedenfalls. Du kannst dir das Potenzial für Spionage ja ausmalen.«

Ich konnte es eigentlich nicht, also sagte ich dies auch.

Der Onkel hob aufgeregt die Hände. »Man müsste keine menschlichen Spione mehr riskieren, wenn Pflanzen das für einen erledigen könnten, verstehst du? Stell dir nur vor, was die Kübelpflanzen in der russischen Botschaft alles gehört haben! Sie verraten es dir bestimmt, wenn du sie freundlich genug fragst.«

»Ich verstehe«, sagte ich, weil ich tatsächlich verstand. »Aber dazu müssten Sie auf jeden Fall Russisch lernen, nicht wahr?«

»Ja, ja, aber du verstehst doch, worauf ich hinauswill?«

»Ich verstehe, worauf Sie hinauswollen, Sir«, sagte ich. »Das ist also das Große Werk.«

»Ein Teil davon, mehr aber auch nicht.«

»Sie meinen, es gibt noch mehr?«

»Viel mehr.« Der Onkel fasste seine Revers. »Kommunikation mit den Pflanzen war nur der erste Teil. Verstehst du, ich wollte einfach nur wissen, was die Pflanzen vom Leben erwarten, und so fragte ich sie. Die Pflanzen in diesem Wintergarten gedeihen so prächtig, weil sie mir sagen, was sie brauchen, und ich gebe es ihnen. Wie viel Wärme, wie viel Licht und so weiter und so fort. Aber es gibt eine Sache, die sich alle Pflanzen von Herzen wünschen ... weißt du, welche das ist?«

»Liebe?«, fragte ich.

»*Liebe?*«, machte der junge Doveston.

»Entschuldigung«, beeilte ich mich zu sagen. »Also nicht Liebe?«

»Sie wollen sich bewegen«, sagte der Onkel. »Sie wollen sich fortbewegen können wie wir Menschen. Sie haben die Nase gestrichen voll davon, ihr ganzes Leben an ein und derselben Stelle zu verbringen und in der Erde festzustecken. Sie wollen die Wurzeln aus dem Boden ziehen und auf Wanderschaft gehen.«

»Und deswegen haben Sie die Chimären gezüchtet?«

»Ganz genau. Sie sind die ersten Mitglieder einer neuen Spezies. Die Pflanze-Tier-Hybriden. Meine prachtvollen Jungs sind eine völlig neue Stufe der Evolution.«

»Sie sind ziemlich wild«, sagte ich.

»Nun, man muss wild sein, wenn man in die Schlacht zieht.«

»Cubs«, sagte der junge Doveston. »Wir müssen jetzt wirklich los.«

»Nein«, widersprach ich. »Was für eine Schlacht, Sir?«, fragte ich den Onkel.

»Der finale Konflikt«, sagte Onkel Jon Peru Joans und erhob sich auf die Zehenspitzen. »Die Schlacht zwischen Gut und Böse, wie sie im Buch der Offenbarung vorhergesagt wurde. Sie wird im Jahr zweitausend stattfinden, und ich werde bereit sein.«

»Graben Sie denn auch schon einen Atombunker?«

»Nein, ich brauche keinen Atombunker, mein Junge. Ich werde den Angriff führen. Ich beabsichtige, den gesamten Globus mit meinen Chimären zu überschwemmen. Sie wachsen in jedem Klima. Sie werden groß und wild, und wenn der Ruf zu den Waffen ertönt, werde ich das Signal geben, und sie werden sich zu Millionen und Abermillionen erheben und die Unterdrücker vernichten. Sie werden über das Land marschieren, eine mächtige Armee aus Mutanten, und alles vernichten, was sich ihnen in den Weg stellt. Und sie werden nur mir gehorchen, hörst du, nur mir! *Mir ganz allein!*«

Es war das letzte Mal, dass ich Onkel Jon Peru Joans besucht hatte. Ich ging nicht wieder hin. Einen Monat später klopften andere an seiner Tür. Polizisten, in Begleitung anderer Männer in weißen Kitteln. Sie hatten Beschwerden vernommen über verschwundene Katzen und Hunde, und offensichtlich fand man eine Tüte voll blutiger Halsbänder unter seinem Spülstein.

Mein Freund Billy, der eine Gruppe amerikanischer Touristen über das Butts Estate führte, berichtete später, er hätte gesehen, wie der Onkel verschleppt worden sei, in einer Jacke mit ganz langen Ärmeln, die man auf dem Rücken zusammengebunden hätte. Aus seinem Mund wäre Schaum gekommen, und die Touristen hätten ganz vergessen, Bilder zu machen.

Am folgenden Tag brach ein Feuer aus. Das Haus selbst erlitt kaum Schäden, doch der wunderschöne Wintergarten brannte bis auf die Grundmauern nieder.

Niemand wusste, wie das Feuer hatte entstehen können.

Niemand schien es zu interessieren.

Niemand außer dem jungen Doveston. Er war unübersehbar aufgebracht. Er hatte seinen adoptierten »Onkel« sehr gemocht und war stinksauer, dass man ihn verschleppt hatte. Ich tat, was ich konnte, um ihn zu trösten, ich kaufte ihm Süßigkeiten und Zigaretten. Ich glaube, wir standen uns damals sehr nahe, denn er fing in der Tat an, mich Edwin zu nennen, und mir dämmerte allmählich, dass er mich ebenfalls adoptiert hatte.

Eines Mittags im darauf folgenden Schuljahr nahm er mich auf dem Schulhof beiseite.

»Ich glaube, dass ich es in mir habe, berühmt zu werden«, vertraute er mir an. »Und ich möchte, dass du mein Amanuensis und Biograf wirst. Du wirst ein Boswell für meinen Johnson, ein Watson für meinen Sherlock Holmes. Es wird deine Aufgabe sein, meine Worte und Taten für die Nachwelt aufzuzeichnen. Was sagst du zu diesem Angebot, Edwin?«

Ich dachte über die Worte des jungen Doveston nach.

»Wird es Geld geben und langbeinige Frauen?«

»Reichlich, von beidem«, erwiderte er.

»Dann bin ich dabei«, sagte ich, und wir schüttelten uns die Hände.

Und es hatte tatsächlich reichlich von beidem gegeben. Reichlich von beidem und noch mehr. Doch bevor wir die Seite über Onkel Jon Peru Joans schließen, bleibt noch eine Angelegenheit, die erwähnt werden muss.

Und das ist die Angelegenheit seiner »prachtvollen Burschen«.

Mit der Zerstörung seines Wintergartens, so hatte ich fest geglaubt, waren auch diese wilden Gesellen erledigt, und ich war fest überzeugt, sie niemals wieder zu sehen.

So war es dann auch eine grauenhafte Überraschung, als ich ihnen vier Jahrzehnte später erneut begegnete.

Nicht länger klein und hinter gläsernen Wänden eingesperrt, sondern groß und frei. Sie liefen frei auf einem Landgut herum.

Einem Landgut namens Castle Doveston.

4

Tabak, göttlicher, rarer, superexzellenter
Tabak ist weit besser als all ihre Heilmittel,
ihr trinkbares Gold und ihre Steine der Weisen.
Tabak ist ein königliches Gegenmittel gegen
jede nur denkbare Krankheit.

Richard Burton (1577–1640)

Wir fürchteten uns kaum jemals vor irgendetwas, obwohl wir eine Menge zum Fürchten gehabt hätten. Wir lebten immerhin in den 1950ern, und wir lebten im Schatten *der Bombe.*

Unseren Eltern bereitete *die Bombe* große Sorgen, doch wir hatten in der Schule unsere Flugblätter erhalten und wussten, dass wir den Holocaust unbeschadet überstehen würden, solange wir unsere Augen mit einem Süßigkeitenpapierchen vor dem großen Blitz abschirmten und unser »duck and cover« nicht vergaßen. Die Sorgen, die wir Kinder hatten, waren weit konkreterer Natur. Es gab eine Reihe von Dingen, die man einfach wissen musste, wenn man die Kindheit überleben wollte, und wir waren ziemlich sicher, dass wir sie alle kannten.

Vor Schlangen beispielsweise musste man sich hüten. Vor Schlangen und Käfern, die einen kniffen.

Über Schlangen wurden viele Geschichten erzählt, die auf dem Spielplatz von Mund zu Ohr gingen. Alle Schlangen waren tödlich, und alle Schlangen mussten sterben – entweder du erwischst sie, oder sie erwischt dich.

Der Gunnersbury Park war der Platz schlechthin für Schlangen, oder besser, der Ort, den man meiden sollte, wenn man ihnen nicht begegnen wollte. Wir alle wussten, dass es im Park von diesen Mistviechern nur so wimmelte. Sie baumelten an den Ästen, große Anakondas und Pythons, sie lauerten getarnt zwischen den Blättern und warteten begierig darauf, Kindern den Kopf abzubeißen, die dumm genug waren, unter den Bäumen zu spielen. Der Teich in der Mitte des Parks war eine Brutstätte für Wasservipern, so dünn wie Haare und so schnell wie Stirling Moss.

Uns allen war wohl bekannt, dass man nicht in den Teich pullern durfte, ohne Risiko zu laufen, dass sich die Vipern durch den warmen gelben Strom nach oben schlängelten und in den Pullermann eindrangen. Dort blockierten sie dann den Durchfluss, und man wurde bis zum Hals voll mit Pipi und musste sterben. Es gab nur eine Heilung, und die war schrecklich: Sie schnitten einem den Pullermann ab.

Schlangen liebten es, in einen Menschen einzudringen, egal welche Öffnung sich dafür bot. Ein Junge aus Hanwell, hieß es, hatte im Park ein Nickerchen gemacht und mit offenem Mund geschlafen. Eine Viper war ihm in den Hals geschlüpft und hatte es sich in seinem Magen bequem gemacht. Der Junge hatte von alledem nichts gemerkt, als er aufgewacht und nach Hause gegangen war. Doch die Folgen waren schlimm. Ganz gleich, wie viel er aß, er blieb mager bis auf die Knochen und beschwerte sich ständig über Bauchschmerzen. Seine besorgte Mutter brachte ihn zum Arzt, der seine Hand auf den Bauch des Jungen legte und die grauenvolle Wahrheit erkannte.

Dieser Junge hatte Glück, weil er nicht sterben musste. Der Arzt gab ihm zwei Tage lang nichts zu essen, dann sperrte er ihm den Mund auf und ließ ein Stück Fleisch darüber baumeln. Die hungrige Viper roch das Fleisch und kam nach oben, um einen Bissen zu nehmen. Es gelang dem Arzt, sie ganz aus dem Rachen des Jungen zu zerren und anschließend zu töten.

Die Schlange lag nun in einem großen Einmachglas in Formalin, und viele behaupteten, sie gesehen zu haben.

Mein Freund Billy (der mehr wusste, als für sein Alter gut war) sagte, dass die Geschichte völliger Blödsinn und aus der Luft gegriffen wäre. Seiner Meinung nach hätte der Junge ersticken müssen, wenn der Arzt die Viper mit einem Stück Fleisch aus seinem Hals gelockt hätte.

Billy zufolge musste sie aus dem Hintern gekommen sein.

Doch die Bedrohung war nichtsdestotrotz real, und niemand schlief noch im Gunnersbury Park.

Allerdings muss ich sagen, dass ich, obwohl ich einen großen Teil meiner Kindheit im Gunnersbury Park verbracht habe, nie selbst eine Schlange zu Gesicht bekommen habe.

Da hatte ich wohl eine Menge Glück.

Die andere große Gefahr waren kneifende und beißende Käfer. Ohrenkneifer waren am weitesten verbreitet. Sie kriechen einem des Nachts ins Ohr, wie jedermann weiß, und legen einem ihre Eier ins Gehirn. Unsere einheimische Klapsmühle St. Bernard's war voll mit unheilbaren Opfern des Ohrenkneifers. Ihre grauenvollen Schreie waren in der Nacht zu hören, denn diese Hirnparasiten trieben sie mit ihrem Kneifen und Beißen und Wimmeln in den Wahnsinn.

Hirschkäfer waren tödlich und konnten einem den Finger abbeißen.

Rote Ameisen konnten einen ausgewachsenen Mann schneller bis auf die Knochen abfressen, als seine Frau einen Kessel Wasser zum Kochen brachte.

Unter den Toilettensitzen lauerten zahlreiche Spinnen, die nur darauf lauerten, einem in den Popo zu kriechen, und mehr als drei Bienenstiche brachten einen auf der Stelle um.

Bei all den Schlangen und Käfern und Insekten war es das reinste Wunder, dass wir alle bis ins Teenageralter überlebt hatten. Doch die meisten von uns schafften es irgendwie, und das lag wahrscheinlich entweder daran, dass wir alle das Glück hatten, keinen Schlangen zu begegnen und keinen Käfern, oder an unserer guten Gesundheit, die wir unserer Ernährung verdankten.

Wir wurden von Krankheiten und Seuchen und Parasiten geplagt, die uns bissen und zwickten wie der Teufel selbst, doch obwohl die ein oder andere gelegentliche Epidemie hier und da die ein oder andere Klasse auslöschte, überlebte unser Jahrgang mehr oder weniger unbeschadet.

Und das lag ganz sicher an unserer Ernährung.

Es war nicht das Essen, das unsere Eltern uns gaben, der ganze Salat und der Kohl und all der Rest. Es lag an den Extras, die wir uns selbst besorgten. Es waren die Süßigkeiten.

Es ist kein Zufall, dass wir unsere Vorliebe für Süßigkeiten mit dem Eintreten der Pubertät verlieren[1]. Die Pubertät ist die Zeit, in der wir zehn Prozent unserer Sinne für Farben und Gerüche und Geräusche verlieren, ohne es überhaupt zu bemerken! Es ist die Zeit, in

1 Nun ja, wenigstens einige von uns verlieren sie!

der sich in unserem Schritt etwas regt, und genau in dieser Zeit verlieren Süßigkeiten ihre Anziehungskraft.

Verstehen Sie, unser Körper weiß zu jeder Zeit, was er braucht, und die Körper von Kindern brauchen nun einmal Süßigkeiten. Es ist ein angeborener Instinkt, der überhaupt nichts mit dem Gehirn zu tun hat. Wenn unsere Kinderkörper extra Zucker benötigen, dann senden sie eine Nachricht an unsere Kindergehirne. »Gib mir Süßigkeiten«, heißt die Nachricht, und das ist eine Nachricht, der wir folgen müssen. Beim Erreichen der Pubertät ändern sich die Bedürfnisse. Extra Kohlenhydrate und extra Protein werden nun benötigt. »Gib mir Bier!«, ruft der Körper dem Gehirn zu. Sie werden feststellen, dass er diese Botschaft nur selten dem Gehirn eines Sechsjährigen zuruft.

Unsere Körper jedenfalls wussten, was sie wollten. Und wehe denen, die es wagten, diesen Wunsch zu versagen.

Süßigkeiten hielten uns gesund. Wir sind der lebende Beweis dafür.

Obwohl wir natürlich nicht wirklich wussten, dass wir Süßigkeiten *brauchten*, so wussten wir doch, dass wir sie *wollten*, und eigenartigerweise existierte unter uns große Einigkeit, was die heilende Wirkung verschiedener Süßigkeitenmarken anging[1].

Ein bekannter Kinderreim mag zur weiteren Verdeutlichung dienen:

Billy hat am Fuß 'ne Blase
Sally hat 'ne Metastase.
Wally hat 'ne krumme Nase.
Timmy hat 'ne blöde Base.

---

1 Wie inzwischen wissenschaftlich bewiesen wurde. Siehe: *Sherbert Lemons: Ihr Anteil bei der Entstehung des Menschen* von Hugo Rune.

Molly macht ganz große Fladen,
Ginny hat Gedächtnisschwund
Bringt sie zum Süßigkeitenladen
Der macht sie wieder gesund.

Und wie wahr diese Worte waren, wie wahr sie selbst heute noch sind.

Als Kinder wussten wir instinktiv, dass der Süßigkeitenladen mehr Medizin für uns bereithielt als manche Filiale von Boots. Und jeder qualifizierte Apotheker, der auch nur das Geringste über die Geschichte seines Metiers weiß, wird Ihnen sagen, dass die meisten Süßigkeiten als Heilmittel gegen die ein oder andere Beschwerde erfunden wurden.*

Lakritze beispielsweise war ursprünglich ein Laxativum. Pfefferminz war gut für die Nebenhöhlen. Anis half bei übermäßigen Blähungen. Hum (einer der wichtigsten Bestandteile von Humbug) half gegen Wassersucht, und Schokolade, leicht erwärmt und über den nackten Körper eines einwilligenden Erwachsenen verteilt, macht einen langweiligen Sonntagnachmittag zu einem riesigen Spaß.

Wie wahr diese Worte doch sind, selbst heute noch.

Unser lokaler Süßigkeitenladen jedenfalls wurde vom alten Mr Hartnell geführt. Sein Sohn Norman (nicht zu verwechseln mit dem anderen Norman Hartnell) war in unserer Klasse, und er war ein beliebter Junge. Norman war der geborene Zuckerbäcker. Im Alter von fünf Jahren schenkte ihm sein Vater einen kleinen braunen Ladenbesitzerkittel, und wenn er nicht in der Schuluniform herumlief, war Norman selten in irgendetwas anderem zu sehen als in diesem braunen Kittel.

Norman lebte und atmete (und aß) Süßigkeiten. Er war für Süßigkeiten das, was die Dovestons später einmal für Tabak sein würden, obgleich der alte Hartnell niemals den gleichen Ruhm ernten würde. Später im Leben würde er für seine wissenschaftlichen Unternehmungen, von denen in mehreren Büchern berichtet wurde und von denen in der Tat auch hier die Rede sein wird, Anerkennung ernten.

Der junge Doveston und ich waren mit Norman Hartnell befreundet. Nicht, dass er einen Mangel an Freunden gehabt hätte, wie Sie sich denken können. Er zog Freunde an wie ein Kuhfladen die Fliegen. Doch nach Meinung des jungen Doveston waren sie reine Schönwetterfreunde. Charlies und Johnnys und Paulys für gute Zeiten, die sich mit dem Sohn des Süßwarenhändlers anfreundeten in der Hoffnung auf nichts anderes als Gratis-Süßigkeiten.

»Was dieser Norman wirklich braucht«, deklarierte der junge Doveston eines Morgens im Juli während der großen Pause, »ist die führende Hand eines Mentors.«

»Aber wo könnte er eine solche Hand finden?«, fragte ich.

Der junge Doveston zeigte mir eine von seinen. »Sieh an das Ende meines Arms«, sagte er.

Ich untersuchte den fraglichen Gegenstand. Er war verdreckt wie üblich und schwarz unter den Nägeln, mit Spuren von Marmelade am Daumen. Wenn dies tatsächlich die Hand eines Mentors sein sollte, dann besaß ich davon selbst zwei Stück.

»Was genau ist eigentlich ein *Mentor*?«, lautete meine nächste Frage.

»Ein weiser, vertrauensvoller Ratgeber und Führer.«

»Und du glaubst, Norman braucht so einen?«

»Sieh ihn dir doch an«, entgegnete der junge Doveston. »Und dann sag mir, was du denkst.«

Ich blickte hinüber zu Norman. Wir standen alle in

der großen Halle aufgereiht und bereiteten uns mental, wenn auch nicht physisch, auf die Schrecken des Sprungpferds vor. Norman war wie stets von seinen »Freunden« an die Spitze der Schlange geschoben worden.

Er war ein stämmiger, breit gebauter Junge, mit dicken Knien und Wurstfingern. Und weil er der Sohn eines Zuckerbäckers war, hatte er auch einiges von einer Süßigkeit an sich. Seine Haut war so rosig wie Türkischer Honig, seine Wangen so rot wie Kirschdrops. Er hatte Lollipop-Lippen und ein Marzipankinn, Buttertoffee-Haare und einen Leberfleck auf der linken Schulter, der an einen Pontefract-Kuchen erinnerte.

Norman stand in seiner normalen Weste und Hose da; er hatte seine Sportsachen vergessen. Mr Vaux, in seinen Tweedsachen und der Krawatte, blies in die Pfeife. Norman bekreuzigte sich, trottete vorwärts, wurde schneller und stürzte sich mit dem Kopf voran auf das Seitpferd.

Das mächtige lederne, vierbeinige Pferd erzitterte kaum. Norman wurde steif und stolperte herum wie in diesen Zeichentrickfilmen, wo kleine Vögel um den Kopf des Verletzten kreisen, bevor er bewusstlos zusammenbricht, was Norman dann auch tat. Auf das Parkett.

Es gab keine lauten Entsetzensschreie und kein Gerenne nach vorn, um Norman zu helfen. Schließlich hatten wir alle dies schon häufig geschehen sehen, und wer ohne Erlaubnis nach vorne rannte, um zu helfen, bekam eine Tracht mit Mr Vaux' Slipper.

Mr Vaux seinerseits rief nach freiwilligen Aufsichtsschülern, und wir alle rissen die Hände hoch, denn wir wussten sehr wohl, dass Norman stets ein paar Toffees in seinen Unterhosen versteckt hatte.

Unser Lehrer wählte aus. »Du und du«, und Norman wurde auf eine Bahre geschafft und aus der Halle getragen.

»Dieser Junge braucht einen Mentor«, sagte ich.

Der junge Doveston nickte. »Da hast du nicht ganz Unrecht.«

Bei dieser besonderen Gelegenheit war Normans Beule schlimm genug, um ein früheres Nach-Hause-Schicken zu gewähren, und so gingen der junge Doveston und ich nach der Schule zum Laden seines Vaters, um unsere besten Wünsche zur Genesung zu entbieten und unserer Hoffnung auf eine rasche Heilung Ausdruck zu geben.

Es war Mittwochnachmittag, und der Laden hatte geschlossen. Wir klopften an der Tür und warteten, und während wir warteten, starrten wir sehnsüchtig durch das Fenster auf die Auslage.

Diese Woche wurde sie von einer neuen amerikanischen Zigarettenmarke dominiert: Strontium Nineties. Es gab große Pappgesichter von frischgesichtigen College-Jungen und -Mädchen mit flachen Brüsten und Pferdeschwänzen, die grinsten und rauchten. Sprechblasen stiegen von ihren weißzahnigen Mündern auf, und darin standen Dinge zu lesen wie: »Meine Güte, die schmecken wirklich toll!« und »Das reinste Vergnügen, jawoll, Sire!«

»Was hältst du von denen?«, fragte ich den jungen Doveston.

Er schüttelte den Kopf. »Ich hab eine Menge darüber in der Fachpresse gelesen«, sagte er. »Sie sind angeblich mit einem radioaktiven Element imprägniert, das sie im Dunkeln leuchten lässt. Die Amerikaner bestrahlen heutzutage einfach alles – es soll sehr gut für die Gesundheit sein, heißt es.«

»Sie bestrahlen auch Coca-Cola, nicht wahr?«

»Angeblich«, sagte der junge Doveston. »Angeblich.«

Er klopfte erneut, und wir warteten noch ein wenig länger. Ich wusste, dass die Versuche des junge Doveston, auch den alten Mr Hartnell zu adoptieren, bislang ohne Erfolg geblieben waren, und ich muss gestehen, ich glaubte auch nicht, dass seine Absicht, Normans Mentor zu werden, gänzlich altruistisch war. Doch der Verlockung kostenloser Süßigkeiten und vielleicht sogar Zigaretten konnte selbst ich nicht widerstehen.

Der junge Doveston spähte durch das Glas der Ladentür. »Da kommt jemand«, sagte er.

Normans Gesicht erschien vor uns, ein wenig grau und klagend. »Verpisst euch«, sagte dieses Gesicht.

»Hallo Norman«, sagte der junge Doveston. »Ist dein Vater zu Hause?«

»Er ist bei den Großhändlern. Wie jeden Mittwochnachmittag. Er hat mir gesagt, dass ich keine anderen Kinder reinlassen soll. Genau wie jeden Mittwochnachmittag.«

»Sehr weise von deinem Vater«, sagte der junge Doveston. »Also kommst du raus oder was?«

»Ich bin verletzt«, sagte Norman. »Ich habe Kopfschmerzen.«

»Wir gehen auf den Jahrmarkt«, sagte der junge Doveston.

»Was für einen Jahrmarkt?«, fragte Norman.

»Was für einen Jahrmarkt?«, fragte auch ich.

»Den auf der Common natürlich.«

Norman schüttelte den schmerzenden Kopf. »Der macht nicht vor Samstag auf. Das weiß doch jeder.«

»Für mich macht er auf«, sagte der junge Doveston. »Ich hab einen Onkel, der eines der Geschäfte betreibt.«

Normans Augen hinter der Scheibe wurden groß. »Hast du?«, fragte er. »Wer ist es denn?«

»Sein Name ist Professor Merlin. Er besitzt die Freak Show.«

Bei diesen Worten riss ich die Augen ebenfalls auf. Die Freak Show war *immer* eine große Attraktion. Im letzten Jahr hatte es ein achtbeiniges Lamm zu sehen gegeben sowie eine Meerjungfrau. Beide waren zugegebenermaßen ausgestopft gewesen, doch es gab auch lebendige Kuriositäten. Riesen und Zwerge, eine bärtige Frau und einen Alligatormann.

»Du lügst«, sagte Norman. »Verpisst euch.«

»Wie du meinst«, sagte der junge Doveston. »Aber wir gehen hin. Ich dachte nur, du würdest den Jungen mit dem Hundegesicht auch gerne sehen. Sie sagen, er beißt lebenden Hühnern die Köpfe ab.«

»Ich hole meinen Kittel«, sagte Norman.

»Wir kommen rein und warten auf dich.«

»Nein, das werdet ihr verdammt noch mal nicht!«

Norman ging seinen braunen Ladenkittel holen, den neuen, den er zu seinem neunten Geburtstag geschenkt bekommen hatte. Er schloss die Ladentür und versperrte die Tür unter den heimlichen Blicken von Doveston mit seinem Schlüssel. Danach schlurften wir drei zur Common.

Ich hatte von Anfang an meine Zweifel wegen dieses Jahrmarkts gehabt. Wir alle hielten uns in sicherer Entfernung von Jahrmärkten, bis sie offiziell eröffnet waren. Die Zigeuner dort hatten ziemlich große Hunde und brachten neugierigen Besuchern überhaupt kein Verständnis entgegen.

»Bist du sicher, dass das ein kluger Entschluss ist?«, fragte ich folgerichtig den jungen Doveston, als wir uns der Common näherten.

Der junge Doveston brachte mich mit einem »Pssst!« zum Schweigen. Er hatte gerade mit Norman über einen anderen Onkel gesprochen, einen Lama in Tibet. Dieser spezielle Onkel beherrschte die Technik der Levitation, eine Kunst, die sich in allen möglichen Lebenslagen als nützlich erweisen konnte. Beispielsweise beim Überspringen gymnasialer Seitpferde. Der junge Doveston war sicher, dass sein lamaischer Onkel überzeugt werden könnte, die Geheimnisse seiner unschätzbaren Kunst an Norman weiterzureichen, im Austausch gegen nichts weiter als eine Kiste Strontium Nineties.

»Leck mich«, sagte Norman.

Ein paar sehr große Hunde begannen zu bellen, und zwischen den hohen Wohnwagen konnten wir die Gestalten von Zigeunern ausmachen. Es waren große, schwer gebaute, dunkle Gestalten mit schwarzen Walross-Schnauzbärten und Ringen in den Ohren. Tätowiert und schrecklich, haarig und entsetzlich.

Die Männer sahen nicht viel besser aus.

»Wartet hier, während ich mit ihnen rede«, sagte der junge Doveston und eilte davon.

Wir scharrten mit den Schuhen im Gras, während wir warteten. Norman fischte ein Brustbonbon aus der Tasche und steckte es sich in den Mund. Ich hatte gehofft, dass er mir ebenfalls eins anbieten würde, doch er bot nicht.

»Zigeuner fressen ihre Kinder, wusstest du das?«, sagte er.

»Tun sie nicht.«

»Tun sie doch.« Norman nickte. »Mein Dad hat es mir gesagt. Es gibt nie mehr als neunhundertneunundneunzig lebende Zigeuner auf der Welt. Das kommt daher, dass sie magische Kräfte haben. Sie können zum Beispiel die Zukunft vorhersagen, und sie wissen, wo man verstecktes Gold finden kann. Die Magie ist nur stark genug für neunhundertneunundneunzig von ihnen. Ein Einziger mehr, und sie ist verloren. Also lassen sie keinen neuen Zigeuner am Leben, bevor nicht ein alter gestorben ist. Wenn doch einer geboren wird, schlachten und essen sie ihn.«

»Wie schrecklich!«, sagte ich.

»Das ist noch gar nichts verglichen mit den anderen Dingen, die sie machen. Mein Dad hat mir alles über sie erzählt.«

»Dein Dad weiß sicherlich eine Menge über die Zigeuner.«

»Sollte er auch«, sagte Norman. »Meine Mum ist mit einem durchgebrannt.«

Der junge Doveston kehrte zurück und sagte: »Kommt mit, es ist sicher. Ihr könnt mir folgen.«

Wir schlurften hinter ihm her und zwischen den hohen Wohnwagen hindurch in den großen Kreis, wo die Kuriositäten und Fahrgeschäfte aufgebaut waren. Die tätowierten bärtigen Frauen arbeiteten schwer. Sie schleppten die Bauteile für Pelt den Welpen und Sniff den Käse herbei und sangen dabei Lieder in ihrem Eingeborenen-Esperanto.

Die Männer saßen unterdessen träge auf ihren mobilen Veranden, aufgeputzt in floralen Fracks und Schnabelschuhen, mit Martinis in den Gläsern und Blumengestecken in gefälligen Arrangements.

»Das nenne ich ein Leben«, sagte Norman.

Und wer hätte ihm schon widersprechen wollen?

5

Sie essen nicht nur ihre eigenen Kinder.
Als wäre das nicht schon schlimm genug,
mahlen sie außerdem noch die kleinen
Knochen und produzieren daraus eine Art
Snuff, den sie durch größere, ausgehöhlte
Knochen in die Nase saugen. Die Schädel der
ermordeten Kinder werden zu Aschenbechern
verarbeitet, die sie guten Christenmenschen wie
uns an ihren Ständen feilbieten.
Diese Bastarde!

Norman Hartnells Vater

Ich habe nie zuvor und nie wieder seither einen Mann wie Professor Merlin gesehen. Er trug eine purpurne Perücke auf einem Kopf, der so schmal war, dass man erschauerte. Seine Nase war der Schnabel eines berühmten Vogels, und seine Augen waren türkisfarbene Knöpfe. Über einem lächelnden Mund, in dem ein wahrer Schatz goldener Zähne glitzerte, prangte ein gewachster Schnauzbart. Und unter seinem Mund befand sich ein Kinn, das so weit vorsprang, dass es, wenn die Lippen einmal geschlossen waren, fast seine Nase berührte.

Er war angezogen wie ein Regency-Dandy mit einem hohen, gestärkten Kragen und einer weißen Seidenkrawatte. Sein Kummerbund war rot und glitzerte vor

Uhrenketten. Sein Frack war grün, die Revers bestickt. Er war alt und groß und hager. Er war unheimlich und wunderbar zugleich.

Bei unserem Näherkommen streckte er uns eine lange, schmale, bleiche und manikürte Hand entgegen, um die schmuddelige Flosse zu schütteln, die dem jungen Doveston gehörte.

»Mein lieber kleiner Berti«, sagte er.

»Berti?«, flüsterte ich fragend.

»Und das hier ist dein Bruder?«

»Edwin«, sagte der junge Doveston. »Und das dort ist mein bester Freund Norman.«

»Berti?«, fragte Norman. »Edwin?«

»Norman ist der Sohn von Brentfords herausragendem Händler für Tabakwaren und Konfekt.«

»Schnickschnack«, sagte der Professor. »Ich fühle mich geehrt, das fühle ich mich.« Er fischte in seiner Westentasche und brachte eine wunderbare Schnupftabaksdose ans Licht, silbern und wie ein Sarg geformt. Diese Dose bot er Norman an. »Möchtest du vielleicht auch eine Prise?«, fragte er.

Norman schüttelte den Lockenkopf, der im Profil an eine Birne erinnerte. »Nein danke«, sagte Norman. »Ich musste immer wieder feststellen, dass Snuff mich zum Niesen bringt.«

»Wie du möchtest.« Der Professor strahlte nun den jungen Doveston an. »Möchtest du vielleicht einen Kniff?«, fragte er.

»Ja bitte, Onkel«, sagte der Knabe.

Professor Merlin beugte sich vor. »Dann sollst du auch einen haben«, sagte er und kniff den Knaben fest ins Ohr.

Der junge Doveston heulte auf und umklammerte sein Lauschloch. Norman brach in ein dümmliches, schadenfrohes Gelächter aus, und ich stand da, mit großen Augen und offenen Mundes.

»Das ist Jahrmarkt-Humor«, erklärte der Professor. »Was haltet ihr davon?«

»Höchst amüsant«, sagte ich.

»Und was sagst du, Berti?«

Der Knabe Doveston wischte sich die Tränen aus den Augen und zwang sich zu einem schiefen Grinsen. »Höchst amüsant«, stimmte er mir zu. »Den muss ich mir auf jeden Fall merken.«

»Guter Junge.« Professor Merlin reichte ihm die Schnupftabaksdose. »Dann nimm eine kleine Prise und sag mir, was du denkst.«

Der Knabe tippte dreimal ernst auf den Deckel, bevor er ihn aufklappte.

»Warum machst du das?«, fragte ich.

»Tradition«, verriet mir der junge Doveston. »Für den Vater, den Sohn und den Heiligen Geist.«

»Der geborene Priester«, sagte der Professor.

Der Knabe nahm eine Prise und applizierte sie in seine Nase. Dann inhalierte er tief und machte ein nachdenklich-zufriedenes Gesicht.

Professor Merlin neigte den Kopf. »Wollen sehen, ob er die Marke erkennt, hm? Ich wette einen Florin, dass nicht.«

Die Nase des jungen Doveston machte Zuck, Rümpf, Zuck, und ich wartete auf die unausweichliche Explosion. Doch sie kam nicht. Stattdessen lächelte er nur, bevor er einen eigenartigen Vers rezitierte:

»Tschie!« (machte er) »und leicht wie Muskat.
Ein Teil Sassafras, ein Teil Cervelat,
Erdbeeraroma, Knack und Back,
Kaffee aus dem Lager eines Münchner Gourmets.

Anmutig gemischt, fein und diskret,
Gekauft in Bradford, zwei Pfund das Pack.«

»Bemerkenswert«, sagte der Professor.

»Viel zu affektiert für meinen Geschmack«, sagte der Knabe. »Und mehr eine Mischung für den Winter, würde ich meinen. Möchtest du gerne, Onkel, dass ich Namen und Hersteller nenne?«

Professor Merlin nickte.

»Crawford's Imperial, von Cox' Tobacco Emporium, High Street, Bradford.«

»Unglaublich!« Professor Merlin rang die schlanken Hände. »Sogar bis zum Kaffee. Der Knabe ist ein Genius!«

»Puh!«, sagte Norman. Er war nicht beeindruckt.

»Es war ziemlich gut«, sagte ich. »Und in einem Reim vorgetragen.«

»Reime sind Scheiße«, sagte Norman.

Ich bemerkte, dass die Schnupftabaksdose des Professors in die Tasche des jungen Doveston glitt. Der Professor bemerkte dies ebenfalls und schnappte sie rechtzeitig. »Danke sehr«, sagte er.

Der junge Doveston grinste. »Jetzt schulden Sie mir einen Florin.«

Der Professor vollführte geheimnisvolle Bewegungen mit den Händen und zauberte eine Münze aus der Luft herbei. Der junge Doveston nahm sie, biss darauf, untersuchte sie, schob sie in seine Tasche und grinste noch breiter.

»Schnickedischnick, schnickedischnack«, sagte der Professor und verneigte sich. »Du hast mich stark beeindruckt, mein Junge, wie immer. Und weswegen bist du nun heute gekommen?«

»Norman möchte den Jungen mit dem Hundegesicht ansehen.«

»Das möchte ich«, sagte Norman. »Ich will sehen, wie er einem lebenden Huhn den Kopf abbeißt.«

»Nun, das geht leider nicht«, sagte der Professor bedauernd. »Wir mussten Doggart zum Tierarzt bringen.«

»Ja, ja, sicher«, sagte Norman.

»Nein, es ist wirklich so. Und du hast ihn falsch beschrieben, Berti. Doggart ist kein Junge mit einem Hundegesicht, sondern ein Hund mit einem Jungengesicht.«

»Ja, ja, sicher«, sagte Norman einmal mehr.

»Ich scherze nicht.« Professor Merlin legte sich die Hand aufs Herz. »Der Körper eines deutschen Schäferhunds und der Kopf eines Knaben. Ich habe ihn vor mehreren Monaten in genau dieser Gemeinde hier gekauft, von einem Mann namens Jon Peru Joans.«

Ich sah den junge Doveston an.

Und der junge Doveston sah mich an.

»Und warum ist er jetzt beim Tierarzt?«, fragte Norman.

»Ah«, sagte der Professor. Und: »Ah.« Dann fuhr er fort: »Gestern hat sich eine peinliche Begebenheit zugetragen. Wir waren zum Essen bei der Bürgermeisterin eingeladen, die ihrem Wunsch Ausdruck verliehen hatte, Doggart kennen zu lernen. Wir kamen ein wenig zu früh bei ihr zu Hause an, und ihr Sekretär informierte uns, dass sie noch oben wäre, um zu duschen und sich fertig zu machen. Man schickte uns in die Lounge, wo wir warten sollten, aber Doggart hat sich irgendwie von der Leine befreit und ist nach oben gerannt. Die Tür des Badezimmers stand offen, und die Bürgermeisterin war noch unter der Dusche. Sie bückte sich gerade, um die heruntergefallene Seife aufzuheben, als Doggart hinzukam. Er muss die Situation falsch verstanden haben, denn im nächsten Augenblick ist er ...«

»Nein!«, sagte Norman entschieden. »Das hat er nicht! Nie im Leben!«

»Doch, hat er. Es liegt in der Natur von Hunden, verstehst du? Er konnte gar nicht anders. Die Bürgermeisterin verlangte hinterher, dass man Doggart zum Tierarzt bringt.«

»Damit er eingeschläfert wird?«

»Nein, damit ihm die Krallen gestutzt werden. Und wir erhielten eine neue Einladung zum Essen.«

Wir sahen einander an und begannen zu lachen. Es waren schließlich die 1950er Jahre, und Political Correctness lag noch in weiter Ferne.

Heutzutage würde sich sicher niemand mehr trauen, einen so derben Witz zu erzählen.

»Und was haben Sie anzubieten?«, fragte Norman. »Irgendetwas Sehenswertes?«

Professor Merlin grinste golden. »Du bist wirklich ein sehr unhöflicher kleiner Junge, nicht wahr?«, fragte er.

Norman nickte. »Sehr unhöflich. Das ist einer der Vorteile, wenn man einen Dad hat, der einen Süßigkeitenladen besitzt.«

»Ah, Privilegien.« Professor Merlin schnitt ein sehnsüchtiges Gesicht. »So, und was darf ich dir zeigen? Ah, ich weiß, ich weiß. Ich weiß genau das Richtige für dich.«

Und mit diesen Worten wandte er sich auf dem fröhlichen Absatz um und führte uns durch den großen Kreis aus Wohnwagen und Anhängern zu seinem eigenen. Wir schlurften hinter dem eigenartigen Herrn her, und der junge Doveston grinste und pfiff, während Norman heimlich ein Gooble's Gob Gum in der Tasche seines braunen Ladenkittels auswickelte und es sich verstohlen in den Mund schob und während ich die Familie von Zecken beobachtete, die kürzlich in meinem Bauchnabel ihr Nest aufgeschlagen hatte.

Vielleicht kam ich dadurch auf den Gedanken, ich weiß es nicht. Jedenfalls überlegte ich, ob nicht vielleicht eine von diesen behaarten, schuftenden Zigeunerfrauen die ausschweifende Mutter Normans war.

»Da wären wir«, sagte der Professor, als wir vor einem besonders großen Caravan angekommen waren. Es war ein prachtvoller, antiker Wagen, die Seiten in buntesten Farben und Blumen mit Gold und Silber und perligem Pastell verziert. In großen Lettern stand dort geschrieben: »PROFESSOR MERLINS GRÖSSTE SHOW JENSEITS DER ERDE«, und um die Schrift herum tanzten Elefanten und Strauße und schicke Mädchen und bunte Gaukler.

»Krass«, sagte Norman auf einer Süßigkeit kauend, obwohl »Krass« erst fünfzig Jahre später in Mode kommen sollte.

»Hereinspaziert, hereinspaziert. Immer herein mit euch.« Wir drängten uns die Treppe hinauf, und ich stieß die Tür auf. Als ich in den Wagen blickte, fielen mir die Worte von Howard Carter ein, der, nachdem er ein kleines Loch in den Sarg des Knabenkönigs gebohrt und mit der Taschenlampe hineingeleuchtet hatte, auf die Frage, was er sähe, geantwortet haben soll: »Wundervolle Dinge. Ich sehe wundervolle Dinge.«

Wir drängten uns in den Caravan des Professors.

»Setzt euch, setzt euch nur.« Und wir setzten uns.

An den Wänden hingen zahlreiche Poster von Zirkussen und kleinen Schaubuden. Ankündigungen unglaublicher Darbietungen und unmöglicher Leistungen. Doch das waren nicht die wundervollen Dinge. Die wundervollen Dinge waren Messingapparate. Unerklärliche, viktorianische Mechanismen aus wirbelnden Reglern und klickenden Ketten, die ausnahmslos leise summten und sich bewegten und geschäftig das ein oder andere taten, obwohl es unmöglich war zu sagen was.

»Was ist das für ein alter Plunder?«, fragte Norman.

»Die Arbeit eines anderen Zeitalters«, lächelte der Professor. »Eine Technologie aus einer anderen Epoche.«

»Ja, aber was macht sie?«

»Sie *macht* nichts, Norman. Sie *macht* überhaupt nichts, sie *existiert.*«

Norman zuckte die Schultern und kaute weiter.

»Erfrischungen«, sagte der Professor und goss Limonade in große grüne Gläser. »Und Zigaretten. Welche ist denn eure Lieblingsmarke?«

»Die haben Sie bestimmt nicht«, sagte Norman.

Professor Merlin verteilte die Limonade. »Versuch es doch«, sagte er.

»MacGuffin's Extra Longs.«

»Wenn es weiter nichts ist«, sagte der Professor und zog eine aus der Luft.

Norman nahm sie entgegen und untersuchte sie. »Guter Trick«, räumte er mürrisch ein.

»Edwin?«

»Ich bin nicht verwöhnt«, sagte ich. »Mir ist alles recht.«

»Mach es schwer für mich.«

»Also schön.« Ich überlegte einen Augenblick. »Ich würde gerne eine Byzantium ausprobieren.«

»Ja, ich auch«, sagte der junge Doveston. »Aber die kann man nur in Griechenland kriegen.«

»Also jeder von euch eine Byzantium«, sagte der Professor, schnippte mit den Fingern und gab uns die Zigaretten. Es waren tatsächlich echte Byzantium, und wir steckten sie eiligst an.

»Ich möchte auch eine davon«, sagte Norman.

»Du kannst keine haben. Aber ...« Professor Merlin streckte die Hand zur Seite aus, wo ein schicker kleiner

Beistelltisch aus einem Elefantenfuß stand und nahm eine kleine, bunte Schachtel. »Aber ich habe hier etwas anderes, von dem ich glaube, dass es dir gefallen könnte.«

Norman paffte an seiner Zigarette.

»Süßigkeiten«, sagte der Professor und drehte die kleine Schachtel in Normans Richtung. »Dies ist eine ganz besondere kleine Schachtel mit ganz besonderen Süßigkeiten.«

»Geben Sie her«, sagte Norman.

Professor Merlin strahlte ein weiteres goldenes Grinsen. »Es ist eine sehr schöne Schachtel, nicht wahr? Die dunkle Haut ist perfekt präpariert. Die Handwerkskunst ist exquisit.«

»Was ist mit den Süßigkeiten?«, fragte Norman.

»Du nimmst die Schachtel und bedienst dich selbst, und während du dies tust, werde ich dir eine Geschichte erzählen, von der ich hoffe, dass sie deinen Besuch lohnenswert macht.«

»Ich hätte viel lieber den Hundejungen gesehen«, brummte Norman, während er mit dem Deckel der Schachtel kämpfte und sich anschließend über die Süßigkeiten hermachte.

»Ich bin seit vielen, vielen Jahren Schausteller«, begann der Professor und machte es sich auf einem thronartigen Sessel bequem, der ganz aus Knochen und Haut bestand. »Und ich glaube, ich kann mit Fug und Recht behaupten, dass ich alles gesehen habe, was es zu sehen gibt. Ich bin durch die ganze Welt gereist und habe gar manchen fremdartigen Ort besucht. Ich habe Gerüchte über manch einen bemerkenswerten Artisten und manche Merkwürdigkeit gehört. Ich bin all diesen Gerüchten nachgegangen. Habe sie zu ihrem Ursprung zurückverfolgt. Und ich bin stolz auf die Feststellung, dass ich einige der größten Artisten unseres oder irgendeines anderen Zeitalters zur Schau gestellt habe.

Aber, und das ist ein sehr großes Aber, jeder Schausteller träumt davon, dass er eines Tages den GANZ GROSSEN KNALLER findet. Den exotischsten, wunderbarsten, größten Kassenschlager, den es jemals gegeben hat. Barnum hat ihn mit seinem General Tom Thumb gefunden, aber für die meisten von uns geht die Suche unablässig weiter.«

»Diese Süßigkeiten sind gar nicht schlecht«, redete Norman dazwischen. »Sie schmecken beinahe wie Fleisch.«

»Halt die Klappe«, sagte der junge Doveston und versetzte Norman einen Rippenstoß mit dem Ellbogen. »Bitte fahre mit deiner Erzählung fort, Onkel.«

»Danke sehr, Berti. Wie ich bereits sagte, wir suchen und suchen, die meiste Zeit über vergeblich. Und vielleicht ist das auch besser so. Vielleicht ist es tatsächlich besser zu suchen als am Ende zu finden.«

»Wie kann das sein?«, fragte der junge Doveston. »Wenn man etwas sucht, dann ist es doch besser, man findet es, als dass man vergeblich sucht?«

»Du magst Recht haben, aber ich habe eine andere Erfahrung gemacht. Genau das Gegenteil, offen gestanden. Ich habe gefunden, wonach ich gesucht habe, verstehst du, und ich wünschte, ich hätte es nie entdeckt.«

Der alte Schausteller verstummte, nahm seine Schnupftabaksdose hervor und stopfte sich Crawford's Imperial in seine Nase. »Ich war in Indien beim Karneval«, berichtete er weiter, »wo ich einem Fakir zu begegnen hoffte, der den berühmten Seiltrick beherrschte. Doch ich fand etwas viel Wundervolleres als das. Etwas, das ich mir mehr als alles andere zuvor in meinem Leben wünschte. Etwas, sage ich? Jemanden meine ich. Sie war eine Tempeltänzerin, so vollkommen und wunderschön, dass mir das Herz schmolz. Sie bewegte sich mit einer solchen Grazie, dass man vom Hinsehen zu weinen anfing, und wenn sie sang, dann klang es wie Engelszungen.

Ich wusste auf der Stelle, dass ich mein Glück gemacht hätte, wenn es mir gelänge, dieses wunderbare Geschöpf zu überreden, mit mir zu reisen und überall auf der Welt aufzutreten. Die Männer im Westen würden ihr zu Füßen liegen, wir würden berühmt und wir würden reich werden.«

»Und?«, fragte Norman. »Wurden Sie berühmt oder reich?«

»Ich geb dir gleich eine«, sagte der junge Doveston.

»Berühmt?«, entgegnete der Professor. »Wohl eher berüchtigt. Ich suchte die Vormünder dieses Mädchens. Die Dorfbewohner wollten es mir nicht sagen, doch ich bestach einige mit starkem Alkohol, und schließlich zeigte man mir die Hütte. Es war eine einfache Behausung, nicht mehr als Schlamm und Stroh, schmutzig und erbärmlich. Ich klopfte und trat ein und fand einen alten Burschen, der an einer Wasserpfeife nuckelte. Dieser alte Bursche sprach kein Englisch, und so unterhielten wir uns in seinem eigenen Dialekt. Ich beherrsche mehr als vierzig Sprachen und war in der Lage, mich verständlich zu machen.

Ich informierte den alten Burschen, dass ich ein Botschafter der Königin Victoria sei, der Kaiserin von Indien, welche die wunderschöne Tänzerin ehren wollte, von der sie bereits so viel gehört hätte.«

»Sie haben ihn also belogen«, sagte Norman.

»Ja, Norman, ich habe ihn belogen«, sagte Professor Merlin. »Ich sagte zu ihm, dass die Königin von England die Tänzerin persönlich kennen lernen wollte. Ich war gierig auf dieses Mädchen. Ich hätte das Blaue vom Himmel heruntergelogen. Der alte Mann weinte sehr. Er sagte, dass das Mädchen seine Enkelin sei und ein Liebling der Götter. Ich stimmte ihm zu, dass sie wunderschön wäre, doch er sagte, das hätte er nicht gemeint. Sie wäre von den Göttern auserwählt. Er sagte, dass sie als kleines Kind unter einem heiligen Bodhi-Baum geschlafen hätte und dort von einer Königskobra gebissen worden sei.«

»Ich hasse Schlangen!«, sagte Norman. »In Hanwell gab es mal einen Jungen, der mit offenem Mund im Park geschlafen hat, und dann kam diese Viper ...«

Klatsch, machte die Hand des jungen Doveston.

»Autsch! Du Bastard!«, machte Norman.

»Der Biss der Königskobra ist tödlich«, fuhr der Professor fort. »Doch das Kind starb nicht. Die Menschen des Dorfes hielten dies für ein Zeichen, dass sie von den Göttern gesegnet war. Vielleicht war sie sogar selbst eine Göttin. Als zivilisierter Engländer blickte ich selbstverständlich mit Verachtung auf diesen Unsinn herab, doch ich sagte dem alten Mann, dass die Königin Victoria ebenfalls eine Göttin wäre und dass sie eine von Ihresgleichen kennen lernen wollte. Der alte Mann konnte es kaum ertragen, seine Enkelin gehen zu lassen. Er flehte und flehte, und ich log und log. Das Mädchen würde schon bald zurückkehren, sagte ich, mit großen Reichtümern beladen, die die göttliche Königin ihr schenken würde. Bei diesen Worten wurde er ein wenig fröhlicher. Doch er sagte, das Mädchen müsse vor Ablauf von sechs Monaten zu ihm zurückkehren, weil sie auf irgendeinem religiösen Fest singen sollte. Ich erklärte mich einverstanden.

Und so nahm ich ihm die Enkelin weg. Ihr Name war

Naja, und ich beschloss, dass ich den Namen weltberühmt machen würde. Wir tourten quer durch Persien und Asien und von Griechenland aus durch Europa, und wo immer sie auch sang und tanzte, spielte die Menge verrückt. Wir spielten vor gekrönten Häuptern und wurden in Palästen beherbergt, und als wir die Küsten Englands erreichten, zweifelte ich längst nicht mehr daran, dass sie tatsächlich der Königin Victoria vorgestellt werden würde.«

»Und?«, fragte Norman. »Wurde sie?«

»Nein, Norman, sie wurde nicht. Fünf Monate vergingen, und Naja wollte nach Hause zurück. Ich sagte ihr, dass sie bald die große Königin treffen würde und dass ich sie anschließend zu ihrem Dorf zurückbringen würde. Natürlich hatte ich nicht die geringste Absicht, dies zu tun. Versteht ihr, ich hatte mich hoffnungslos in sie verliebt. Ich begehrte sie. Ich wollte sie besitzen, mit Haut und Haaren. Doch Naja begann, sich vor Sehnsucht zu verzehren. Sie wurde ganz blass und mager und wollte nicht mehr essen. Sie schloss sich in ihrem Caravan ein und weigerte sich nach draußen zu kommen und wurde von Tag zu Tag kranker. Ich pflegte sie, so gut ich konnte, doch ich sah mit wachsendem Entsetzen, wie sich um ihre wundervollen Augen tiefe Linien zu bilden begannen und dass ihre Stimme, die so glockenrein gewesen war, zu einem gebrochenen Flüstern wurde.

Ich rief nach Ärzten, die sie wieder gesund machen sollten. Diese studierten Männer untersuchten sie gründlich und schüttelten die Köpfe. Sie konnten nichts für Naja tun.«

»Und?«, fragte Norman. »Sie hat den Löffel abgegeben, nicht wahr?«

»Nein, Norman, sie ist nicht gestorben. Sie fuhr wieder nach Hause.«

»Das ist eine Scheiß-Geschichte«, sagte Norman. »Mit einem total blöden Ende.«

»Oh, das war noch nicht das Ende.« Professor Merlin schüttelte den alten Kopf. »Ich saß neben ihrem Bett und beobachtete hilflos, wie sie immer schwächer wurde. Ich sah zu, wie ihre makellose Haut zu schrumpeln begann und sämtliche Farbe verlor und wie ihre Augen trüb wurden. Sie flehte mich an, sie allein zu lassen, doch ich weigerte mich. Ich hatte erkannt, was ich angestellt hatte. Ich, in meiner grenzenlosen Gier, war Schuld an ihrem Zustand. Und dann, eines Nachts geschah es.«

»Sie starb«, sagte Norman.

»Sie *schrie*!«, brüllte der Professor so laut, dass Norman sich fast in die Hosen gemacht hätte. »Sie schrie und warf sich auf ihrem Bett hin und her. Sie riss die Laken herunter und riss sich das Nachthemd vom Leib. Ich versuchte sie festzuhalten, doch sie befreite sich aus meinem Griff, und dann geschah es. Ihre Haut löste sich vom Körper, direkt vor meinen Augen, und fiel auseinander. Sie stand vor mir im Bett und häutete sich. Ihre Haut fiel von ihr ab, und sie trat heraus wie aus einem Kleid, wunderschön, nackt und erneuert. Ich verlor vor Schreck das Bewusstsein und wurde ohnmächtig, und als ich am nächsten Morgen wieder zu mir kam, war sie verschwunden. Sie hatte mir einen Abschiedsbrief hinterlassen, und als ich ihn las, wurde mir erst bewusst, wie wahrhaft böse mein Handeln gewesen war, als ich sie aus ihrem Dorf mitgenommen hatte.

Versteht ihr, sie war den Göttern verpflichtet. Als sie in jungen Jahren von der Königskobra gebissen worden war, hatte ihre Mutter zu Shiva gebetet und ihr eigenes Leben im Austausch gegen das ihrer Tochter angeboten. Der höchste aller Götter schien ihr Gebet erhört und sich erbarmt zu haben. Die Mutter starb, doch das Kind überlebte. Doch das Kind gehörte von diesem Tag an den Göttern, und von jenem Tag an alterte sie nicht mehr. Jedes Jahr häutete sie sich ein Mal und war anschließend wie neugeboren. Der alte Mann im Dorf war in Wirklichkeit nicht ihr Großvater, sondern ihr jüngerer Bruder.

Sie hatte alles Geld genommen, das ich mit ihr verdient hatte, und davon eine Passage nach Hause, nach Indien gekauft. Ich unternahm keinen Versuch, ihr zu folgen. Nach allem, was ich weiß, lebt sie noch heute in ihrem Dorf. Noch immer wunderschön und jung wie eh und je. Ich werde niemals dorthin zurückkehren, und ich bete, dass kein anderer Europäer sie jemals sieht.«

Wir hatten unsere Zigaretten aufgeraucht und saßen nun da wie vom Donner gerührt von dieser unglaublichen Geschichte.

Norman erholte sich als Erster.

»Das war eine ziemlich dick aufgetragene Geschichte«, sagte er. »Eine Schande nur, dass Sie nichts von alledem beweisen können.«

»Aber du hast doch deinen Beweis vor dir«, sagte der Professor.

»Was denn? Soll die Geschichte vielleicht der Wahrheit entsprechen, nur weil Sie sie erzählen?«

»Welchen Beweis brauchst du denn noch?«

»Sie könnten uns beispielsweise die Haut zeigen.«

»Das habe ich doch.«

»Nein, haben Sie nicht«, sagte Norman.

»Doch, habe ich, mein Junge. Ich habe die Haut gegerbt und eine Schachtel daraus gemacht. Es ist die Schachtel, aus der du die Süßigkeiten gegessen hast.«

Ich hatte vorher noch nie jemanden in hohem Bogen kotzen sehen, und ich muss gestehen, ich war beeindruckt. Norman stolperte mit grauem Gesicht aus dem Caravan und floh über das Gelände des Jahrmarkts.

Mehrere große Hunde nahmen die Jagd auf, doch Norman entkam ihnen mühelos.

Der Professor starrte auf die Sauerei am Boden. »Wenn er sich wegen der Schachtel schon so anstellt«, sagte er, »dann ist es gut, dass ich ihm nicht erzählt habe, woraus die Süßigkeiten gemacht sind, die er gegessen hat.«

»Woraus genau waren die Süßigkeiten denn nun gemacht«, fragte ich den jungen Doveston, als wir einige Wochen später abends am Kanal saßen und angelten.

»Aus Käfern, die kneifen und beißen, glaube ich.«

Ich warf ein paar Maden ins Wasser. »Ich glaube nicht, dass ich noch mehr von deinen so genannten ›Onkeln‹ kennen lernen möchte«, verriet ich dem jungen Doveston. »Sie sind alle völlig durchgeknallt, und ich träume schlecht von ihnen.«

Der junge Doveston lachte. »Der Professor ist schwer in Ordnung«, sagte er. »Er besitzt die größte Sammlung von chinesischen Schnupftabaksdosen mit erotischen Motiven, die ich jemals gesehen habe.«

»Schön für ihn. Aber was ist mit der Geschichte, die er uns erzählt hat? Glaubst du, dass sie der Wahrheit entspricht?«

Der junge Doveston schüttelte den Kopf. »Nein«, sagte er. »Aber sie hatte den gewünschten Effekt auf Norman, oder nicht? Er ist heutzutage viel freundlicher als früher.«

Und das stimmte in der Tat. Norman war viel netter als

früher. Tatsächlich war er unser bester Freund geworden, und er betrachtete den jungen Doveston als eine Art Mentor. Ob dies nun etwas mit der Geschichte des Professors zu tun hatte oder nicht, kann ich nur raten. Ich vermute, es hatte eher mit dem zu tun, was sich ein oder zwei Tage später ereignete.

Wie es scheint, hatte Norman während seiner Flucht aus dem Caravan des Professors irgendwie seine Schlüssel fallen lassen. Irgendjemand hatte sie aufgehoben und war damit während der Nachtstunden in Mr Hartnells Süßigkeitenladen eingedrungen und hatte sich mit mehreren Kartons amerikanischer Zigaretten wieder aus dem Staub gemacht, wobei er die Schlüssel auf dem Tresen zurückgelassen hatte.

Norman, der seinem Vater weder vom Besuch des Jahrmarkts noch vom Verlust der Schlüssel erzählt hatte, drohte die Wahrheit aus dem Leib geprügelt zu werden, wäre nicht der junge Doveston eingeschritten und hätte sich für ihn verwendet.

Der junge Doveston erzählte dem älteren der beiden Hartnells eine höchst überzeugende Geschichte, wie der junge Hartnell eine ältere Dame davor bewahrt hätte, auf offener Straße ausgeraubt zu werden, nur um anschließend selbst verprügelt und beraubt zu werden.

Als der alte Hartnell eine Beschreibung des Übeltäters verlangte, konnte der junge Doveston nur sagen, dass der Mann eine Maske getragen hatte, doch er hätte »irgendwie trotzdem wie ein Zigeuner ausgesehen«.

Über den Zeitraum von fünfzig Jahren zurückblickend kann ich heute sagen, ich glaube nicht mehr, dass der Professor seine Geschichte für Norman erzählt hat. Die Botschaft war an den Knaben Doveston gerichtet. Der Professor hatte Recht mit seinen Worten, dass es

»vielleicht besser ist zu suchen als am Ende tatsächlich zu finden«.

Doveston jedenfalls suchte sein ganzes Leben lang nach Ruhm und Reichtum, und er fand beides – trotzdem war er niemals zufrieden. Die Suche an sich war ein Abenteuer, und ich bin froh, dass ich daran teilhaben durfte. Vieles davon war gefährlich und Angst einflößend. So wie die Schlangen und Käfer in unseren jungen Jahren, doch es waren großartige Zeiten, mit vielen langbeinigen Frauen, und ich hätte sie für nichts auf der Welt missen mögen.

»Ende gut, alles gut«, sagte ich zu dem jungen Doveston, als ich meine Zigaretten hervorkramte.

»Das Leben ist gar nicht so schlecht, wie?«, antwortete der Bursche. »Aber hier, lass deine stecken, nimm eine von meinen. Sie sind brandneu, und sie leuchten im Dunkeln.«

6

Als ich jung war, küsste ich meine erste Frau und rauchte meine erste Zigarette, beides am gleichen Tag. Glauben Sie mir, seit damals habe ich meine Zeit niemals mehr an Tabak verschwendet.

Arturo Toscanini (1867–1957)

Ich erwachte eines Morgens und stellte fest, dass ich nahezu zehn Prozent meiner Wahrnehmung für Farben, Gerüche und Töne verloren hatte. Die Tapete an der Wand schien über Nacht verblasst zu sein, der Lärm des Tages war gar nicht mehr so laut, und der normalerweise schwere, durchdringende Geruch von brutzelndem Schweineschmalz, der durch die Risse in der Küchendecke zwischen nackten Dielen in mein Schlafzimmer stieg, hatte seine duftende Obernote verloren. Doch ich bemerkte einen anderen Geruch, der unter meiner Decke aufstieg: den Geruch von Schwefel.

Ich stolperte aus dem Bett und blinzelte in den Wandspiegel. Mein räudiges, von Krankheiten zernarbtes Spiegelbild blickte mich bleich und ausgezehrt und unheimlich an. Dünner Flaum zierte meine Oberlippe, und auf meinem Kinn blühten große rote Pickel.

Meine Aufmerksamkeit richtete sich sodann auf meine Pyjamahose. Sie war auf der Vorderseite merkwürdig ausgebeult. Ich öffnete die Schnur, die sie zusammenhielt, und ließ sie herabfallen.

Und was für eine Erektion das war!

Goldene Sonnenstrahlen fielen auf sie. Und vom Himmel herab sangen die Engel.

»Mein Gott!«, sagte ich. »Ich habe die Pubertät erreicht.«

Nun, ich musste es ausprobieren, und das tat ich denn auch.

Fünf Minuten später ging ich zum Frühstück nach unten.

Meine Mutter beäugte mich misstrauisch. »Hast du an dir selbst gespielt?«, fragte sie.

»Ganz bestimmt nicht!«, antwortete ich empört. »Wie kommst du bloß auf diesen Gedanken?«

Mein Vater blickte von seiner *Sporting Life* auf. »Ich glaube, es war dein lautes Stöhnen, ›Ich komme, ich komme!‹, das dich verraten hat«, sagte er freundlich.

»Das muss ich mir für die Zukunft merken«, sagte ich und machte mich über den Schinken auf meinem Teller her.

»Übrigens«, sagte mein Vater. »Präsident Kennedy wurde erschossen.«

»Präsident wer?«

»Kennedy. Der Präsident der Vereinigten Staaten. Er wurde ermordet.«

»Mein Gott!«, sagte ich, zum zweiten Mal an diesem Tag.

»Das ist ein Schock, nicht wahr?«

»Das ist es ganz gewiss.« Ich strich mit den Fingern durch meine Haare. »Ich wusste nicht mal, dass sie einen Präsidenten hatten. Ich dachte immer, Amerika wäre noch eine britische Kolonie.«

Mein Vater schüttelte den Kopf. Ziemlich traurig, fand ich. »Du bekleckerst dich noch von oben bis unten mit Schmalz«, beobachtete er. »Du solltest wirklich lernen, Messer und Gabel zu benutzen.

Und Kondome«, fügte er hinzu.

Ich machte mich ein wenig verspätet auf den Weg zur Schule. Ich dachte, ich gebe meiner Pubertät noch einen Versuch, bevor ich das Haus verlasse. Diesmal ohne zu schreien. Meine Mutter hämmerte gegen meine Zimmertür. »Hör auf, da drin zu hüpfen!«, ermahnte sie mich.

Die Schule hieß für mich nun St. Argent von der winzigen Nase und war ein tristes Etablissement, geführt von Heiligen Brüdern, die wegen ihrer kleinen Nasen für diese Tätigkeit ausgesucht worden waren. Es war eine reine Jungenschule, und man legte sehr viel Wert auf Disziplin und nasales Training. Das Rauchen im Klassenzimmer war verboten, doch die Einnahme von Schnupftabak war gern gesehen.

Ich war irgendwie durch meine Elf-Plus gefallen, und während der junge Doveston, Billy, Norman und so gut wie jeder andere aus meiner Klasse auf die Grammar gewechselt waren, musste ich zusammen mit den Dummköpfen der Gemeinde zur St. Argent's.

Ich war nicht allzu deprimiert darüber. Ich hatte bereits früh im Leben akzeptiert, dass ich es wahrscheinlich zu nichts bringen würde, und ich fand bald neue Freunde unter den Chicanos und Hispanos aus Brentfords mexikanischem Viertel, die meine neuen Klassenkameraden waren.

Da war Chico Valdez, der Anführer der Crads, ein Rock-'n'-Roll-Outlaw von einem Jungen, der leider ein frühes und trauriges Ende bei einem tragischen Unfall fand, bei dem Schusswechsel und Kokain mit im Spiel waren. Oder »Fits« Caraldo, der Anführer der Wobblers, ein epileptischer Psychopath, dessen Ende ebenfalls sehr plötzlich kam. Und Juan Toramera, Anführer der Screaming Greebos, dessen Leben ebenfalls ein vorzeitiges Ende fand. Und nicht zuletzt José de Farrington-Smythe, der St. Argent's nach dem ersten Jahr wieder verließ, um ein theologisches College zu besuchen.

Er wurde später Priester.

Und wurde von einem eifersüchtigen Ehemann erschossen.

Unsere Ehemaligentreffen waren ziemlich stille Angelegenheiten.

Ich war jedenfalls sehr von Chico angetan. Er besaß tätowierte Beine und Haare unter den Achseln und berichtete mir, dass er in der Junior School schon Sex mit seinem Lehrer gehabt hätte. »Nie wieder«, sagte Chico. »Mir hat der Hintern vielleicht wehgetan.«

Chico führte mich bei den Crads ein. Ich erinnere mich nicht mehr genau an die Aufnahmezeremonie, nur dass Chico und ich gemeinsam in einen Schuppen bei den Schrebergärten gingen und eine Menge farbloser Flüssigkeit aus einer Flasche ohne Etikett tranken.

Ich weiß noch, dass ich hinterher fast eine Woche lang nicht Rad fahren konnte. Machen Sie meinetwegen daraus, was Sie wollen.

Die Crads waren nicht die größte Teenager-Bande in Brentford. Aber sie waren die exklusivste, wie Chico mir versicherte. Da waren Chico, der Anführer, da war ich, und da wären ohne Zweifel irgendwann auch noch andere.

Sobald wir erst einen gewissen Ruf erworben hätten.

Einen Ruf zu erwerben war alles. Es war viel wichtiger als Algebra oder Geschichte oder Rechtschreibung.

Einen Ruf zu besitzen bedeutete, dass man jemand war.

Wie genau man sich einen Ruf erwarb, war ungewiss. Auf dieses Thema hin befragt, antwortete Chico ausweichend. Offensichtlich jedoch beinhaltete es Schusswechsel und Kokain.

Ich kam in der Schule an, als Bruder Michael, unser Klassenlehrer, gerade die Namensliste durchging. Er hatte die Namen der Jungen durchgestrichen, die in der vergangenen Nacht erschlagen oder erschossen worden oder sonst wie umgekommen waren, und er schien einigermaßen erfreut, mich zu sehen.

Ich erhielt die übliche Tracht Prügel fürs Zuspätkommen, nichts Besonderes, fünf Streiche mit der Neunschwänzigen, zog mein Hemd wieder an und setzte mich auf meinen Platz.

»Chico!«, flüsterte ich hinter vorgehaltener Hand, »hast du schon das Neueste gehört?«

»Dass deine Mutter dich im Badezimmer erwischt hat, als du dir einen runterholen wolltest?«

»Nein, nicht das. Präsident Kennedy wurde ermordet.«

»Präsident wer?«, flüsterte Chico zurück.

»Genau das hab ich auch gesagt. Er war der Präsident der Vereinigten Staaten.«

»Nur ein weiterer toter Gringo«, sagte Chico und zeigte mir seine Zähne.

Und das war das Ende der Geschichte.

Wir steckten mitten in unserer ersten Stunde. Es war – wie immer – die Geschichte der Wahren Kirche, und ich glaube, wir kamen bis zum Borgia-Papst. Es waren noch keine zehn Minuten vorbei, als die Tür zum Klassenraum geöffnet wurde und Pater Durante eintrat, der Schulleiter.

Hastig sprangen wir auf. »Gesegnet seid Ihr, heiliger Vater!«, krähten wir.

»Gesegnet seid ihr, meine Knaben. Bitte setzt euch doch.«

Pater Durante ging zu Bruder Michael und flüsterte ihm ein paar Worte ins Ohr.

»Präsident wer?«, fragte Bruder Michael.

Pater Durante flüsterte ein paar Worte mehr.

»Oh«, sagte Bruder Michael. »Und war er ein Katholik?«

Weitere geflüsterte Worte, dann drehte sich Pater Durante wieder um und ging.

»O je, o je!«, sagte Bruder Michael zur Klasse gewandt. »Wie es scheint, wurde Präsident Kennedy – bevor ihr fragt, das war der Präsident der Vereinigten Staaten – ermordet. Normalerweise würde uns so etwas kaum berühren, aber allem Anschein nach war Präsident Kennedy römisch-katholisch, und daher drücken wir alle unser Mitgefühl und unsere Besorgnis über seinen Tod aus.«

Chico hob die Hand. »Heiliger Bruder?«, fragte er.

»Ja, was gibt es denn, Chico?«

»Heiliger Bruder, dieser Gringo, der abgeknallt worden ist. War er der Anführer einer Gang?«

»Er war der Anführer einer mächtigen Nation.«

»Wow!«, sagte Chico. »Heilige Scheiße, leck mich am Arsch.«

»Nicht hier, Chico«, sagte Bruder Michael. »Wolltest du sonst vielleicht noch etwas über den Präsidenten wissen?«

»*El Presidente*, huh? Wie ist der Motherf...«

Doch er kam nicht dazu, seine ohne Zweifel impertinente Frage zu vollenden.

»Ihr habt den Rest des Tages frei«, sagte Bruder Michael. »Verbringt ihn in stiller Besinnung. Betet für die Seele unseres verschiedenen Bruders, des Präsidenten, und schreibt mir einen Aufsatz mit fünfhundert Worten über das Thema: *Was ich machen würde, wenn ich der Präsident der Vereinigten Staaten wäre.*«

»Ich würd mir als Erstes einen besseren Leibwächter zulegen«, brummte Chico.

»Geht mit Gott«, sagte Bruder Michael.

Das taten wir dann auch.

Ich holte Chico beim Schultor ein, gleich neben dem Stacheldrahtzaun, der das Gelände sicherte. Er hatte in jungen Jahren gelernt zu stolzieren, doch ich war immer noch ein Schlurfer.

»Wohin gehst du jetzt?«, fragte ich ihn.

Chico warf eine Münze in die Luft und bückte sich, um sie aufzuheben. »Ich denke, ich gehe in den Waschsalon und hänge da ein wenig rum«, sagte er. »Ich liebe es zuzusehen, wie die Socken zusammen mit den Seifenflocken im Kreis tanzen. Macht dich das denn gar nicht an?«

»Ja«, sagte ich. Eigentlich nicht, dachte ich.

»Und was machst du?«

»Na ja«, sagte ich. »Da ich heute Morgen in die Pubertät gekommen bin, hatte ich eigentlich gehofft, ich würde Sex mit einer langbeinigen Frau haben.«

Chico musterte mich von oben bis unten. »Möchtest du, dass ich dich meiner Mutter vorstelle?«

»Das ist sehr freundlich, aber sie ist ein wenig alt.«

»Du dreckiges Schwein, ich schneide dir die Kehle durch!« Chico kramte in seiner Tasche nach dem Schnappmesser, doch er hatte es offensichtlich in der anderen Hose gelassen.

»Nun reg dich nicht auf«, sagte ich. »Ich bin sicher, deine Mutter ist eine sehr nette Frau.«

Chico lachte. »Du kennst meine Mutter nicht. Aber du bist sowieso auf dem Holzweg. Es ist schon gut, keine Sorge. Ich wollte dich nicht mit meiner Mutter verkuppeln. Ich meinte nur, meine Mutter könnte dir ein Mädchen besorgen.«

»Warum sollte sie das für mich tun?«

»Weil sie das beruflich macht. Sie leitet das Freudenhaus.«

»Chico«, sagte ich, »deine Mutter ist eine Händlerin. Sie führt ein Lagerhaus.«

»Verdammte Dyslexie!«, fluchte Chico.

Die Sonne verschwand hinter einer Wolke, und in der Ferne heulte ein Hund.

»Ich sag dir was«, sagte Chico und wurde wieder munter. »Ich nehm dich mit zu meiner Tante. Sie führt die Besserungsanstalt, und sag mir bloß nicht, dass das kein Puff ist.«

Die Besserungsanstalt war tatsächlich ein regelrechter Puff. Sauber und ordentlich geführt. Man musste die Schuhe ausziehen, bevor man das Haus betrat, und es war nicht gestattet, auf den Möbeln zu springen oder die Katze zu ärgern.

Die Besserungsanstalt war ein Anbau in einer belaubten Brentforder Seitenstraße. Wer sich an die Skandale des letzten amerikanischen Präsidenten erinnert, wird es vielleicht von den Bildern her kennen, die damals im Internet kursierten.

Chicos Tante, die das Haus während der 1960er Jahre führte, war eine von diesen großbusigen Margaret-Dumont-Typen, die heutzutage leider nirgendwo mehr anzutreffen sind.

Die Vordertür stand offen, und Chico führte mich ins Innere. Seine Tante saß im Wohnzimmer. Sie war am Telefonieren.

Ich meinte, die Frage »Präsident wer?« aufzuschnappen, doch angesichts des Gesetzes vom sinkenden Ertrag hatte ich mich wahrscheinlich verhört.

Ich war sehr beeindruckt von den Ausmaßen von Chicos Tante und von der Tatsache, wie viel Fleisch man doch in so wenig Kleidung unterbringen konnte. Sie blickte nach unten auf unsere besockten Füße und dann in unsere mit Socken maskierten Gesichter.

»Warum tragt ihr die?«, fragte sie.

Chico zuckte die Schultern. »Es war die Idee des Gringos«, sagte er.

»Du verlogener Bastard!« Ich riss mir die Socke vom Gesicht. »Du hast gesagt, wir sollten uns verkleiden!«

»Nur, wenn ihr berühmt seid«, sagte die Tante. »Bist du berühmt?«

Ich schüttelte den Kopf.

»Mach mir keine Nissen auf den Teppich!«

»Entschuldigung.«

»Und du hast Schmalz in den Haaren.«

»Der Gringo will eine langbeinige Frau«, sagte Chico zu seiner Tante.

»Ich habe heute Morgen die Pubertät erreicht«, erklärte ich. »Und ich will keine Zeit verschwenden.«

Chicos Tante lächelte die Art von Lächeln, die man normalerweise im Gesicht von jemandem sieht, der von einem Auto überfahren wurde. »Du kannst es wohl nicht abwarten, deinen Dödel auszuprobieren, wie?«, fragte sie. »Du glaubst wahrscheinlich, die gesamte weibliche Spezies ist nichts weiter als eine Pussy auf Beinen, die nur darauf wartet, dass du dein Ding in sie rammst?«

»Ich würde es nicht ganz so drastisch formulieren«, entgegnete ich.

»Aber im Prinzip stimmt es schon, oder?«

»Im Prinzip ja.«

»Dann solltest du besser ein Konto eröffnen. Wie viel Geld hast du denn mit?«

Ich kramte in meinen Hosen. »Ungefähr ein halbes Pfund«, sagte ich.

Die Tante machte *Tsss-tsss-tsss.* »Mit einem halben Pfund kommst du nicht weit«, sagte sie zwischen den Tsss'. »Warte, ich sehe mal in der Preisliste nach.« Sie nahm ein Klemmbrett und las sorgfältig. Ich bemerkte, wie ihr Finger von oben nach unten strich. »Ein Huhn«, sagte sie schließlich. »Für ein halbes Pfund gibt es ein Huhn.«

»Ein *Huhn*?«, fragte ich voller Entsetzen.

»Es ist nicht irgendein Huhn, mein Junge, sondern ein schwedisches Huhn. Speziell ausgebildet in den Künsten, die Männern Freude bereiten.«

»Ich will aber nicht mit einem Huhn«, sagte ich. »Außerdem kenne ich diesen Witz bereits.«

»Was für ein Witz soll das sein?«

»Der Witz, wo der Typ in ein Bordell geht und nicht viel Geld hat, und die Puffmutter schlägt ihm vor, ein Huhn zu nehmen. Der Typ ist verzweifelt und stimmt zu, doch am nächsten Tag läuft er über die Straße und denkt bei sich: *Moment mal, die haben mich übers Ohr gehauen, ein Huhn hätte ich bei Sainsbury viel billiger haben können.* Also geht er zurück, um sich zu beschweren, und die Puffmutter antwortet: ›Also schön, du kriegst etwas gratis, als Wiedergutmachung.‹ Er wird in einen dunklen Raum geführt, wo all die anderen Typen vor einem Einwegspiegel stehen und auf diese wahnsinnige Orgie starren, die im Raum dahinter stattfindet. Er sieht sich alles an, und dann sagt er zu einem Typen neben sich: ›Das war unglaublich, nicht wahr?‹ Und der andere Typ sagt, ›Ja, das war nicht schlecht, aber wenn du glaubst, dass das unglaublich war, hättest du erst mal gestern hier sein müssen ...‹«

»›... da war ein Typ da, der hat es mit einem Huhn getrieben‹«, sagte Chicos Tante.

»Oh, sie kannten den schon?«

»Nein, ich hab geraten.«

»Jedenfalls werde ich keinen Sex mit einem Huhn haben!«, sagte ich. »Und damit basta.«

Chicos Tante grinste wölfisch und legte ihr Klemmbrett beiseite. »Ich wollte dich auch nur prüfen«, sagte sie. »Um zu sehen, ob du Anstand hast. Ich bin erfreut zu sehen, dass dem so ist. Möchtest du vielleicht eine Tasse Tee?«

»Das wäre sehr freundlich, danke sehr.«

Chicos Tante rief nach Tee, und schließlich wurde uns Tee gebracht. Ich war sehr erstaunt über die Teekanne. Sie war mit Leder überzogen und hatte überall Stacheln.

»Für ganz besondere Kunden«, erklärte die Tante.

Chico stolzierte davon, um die Socken im Waschsalon zu beobachten, und ich verbrachte eine angenehme Stunde in der Gesellschaft seiner Tante. Sie erzählte mir eine Menge über Frauen und rückte so einige Irrtümer ins rechte Licht. Frauen sind keine Sexobjekte, verriet sie mir. Sie sind Menschen wie du und ich und müssen respektiert werden. *Nein* heißt nicht *ja*, auch nicht nach dem zehnten Pint. Man furzt nicht vor Frauen. Man wartet höflich, bis sie es zuerst getan haben[1]. Und zahllose andere Dinge, und ich muss sagen, sie haben mir im Verlauf der Jahre bei meinem Umgang mit dem anderen Geschlecht sehr geholfen. Ich glaube nicht, dass ich

1 Kleiner Scherz (auch wenn er unangemessen ist).

jemals ein egoistischer Liebhaber gewesen bin. Ich war niemals treulos. Ich habe Frauen nicht auf ein Podest erhoben und habe sie auch nicht erniedrigt. Ich habe sie als Menschen behandelt, und dafür muss ich Chicos Tante dankbar sein.

Sie berechnete ein halbes Pfund für die Beratungsstunde, und ich erachtete den Preis als sehr günstig. Sie küsste mich zum Abschied auf die Wange, und ich verließ die Besserungsanstalt, um niemals wiederzukehren.

Ich lungerte eine Weile draußen herum, während ich überlegte, wie ich den Rest des Tages totschlagen sollte. Ich hatte mir gerade überlegt, dass ich zu Chico in den Waschsalon gehen und ihm Gesellschaft beim Beobachten der kreisenden Socken leisten wollte, als die Tür der Besserungsanstalt von innen geöffnet wurde und der junge Doveston rauskam.

»Hallo«, sagte ich. »Was hast du denn da drin gemacht?«

»Geschäfte.« Der junge Doveston zwinkerte.

»Mit einer Frau?«

»Jepp«, antwortete der junge Doveston und zog seine Krawatte glatt.

Ich seufzte und musterte ihn von oben bis unten. »Wie kommen all die Federn an deine Hose?«, fragte ich.

7

Welch ein Segen das Rauchen doch ist!
Vielleicht der größte Segen,
den wir Amerika verdanken.

Arthur Helps (1813–1875)

Der junge Doveston fragte nicht: »Präsident wer?« Er wusste alles über Amerika. Sein Traum war, eines Tages eine eigene Tabakplantage in Virginia zu besitzen. Ein Traum, den er eines Tages verwirklichen würde.

»Wahrscheinlich hat die Geheimpolizei ihn ermordet«, lautete die Meinung des jungen Doveston.

»Die Geheimwas?«

»Die Geheimpolizei. Erinnerst du dich noch an den Tag, als ich dich mit zu meinem Onkel Jon Peru Joans genommen habe? Er hat gesagt, dass die Geheimpolizei hinter ihm her wäre.«

»Aber er war doch auch völlig durchgeknallt.«

»Vielleicht. Trotzdem habe ich nie herausfinden können, was aus ihm geworden ist. Wahrscheinlich haben sie ihn nach St. Bernard's geschafft und mit den Ohrenkneifer-Opfern zusammengesperrt. Aber ich habe keine Besuchsgenehmigung bekommen, und es ist ganz bestimmt auch kein Zufall gewesen, dass wenige Tage später sein Wintergarten völlig abgebrannt ist.«

»Du glaubst also, dass es eine weltweite Organisation von Geheimpolizisten gibt, die solche Dinge tun?«

»Muss schon so sein. Man nennt so etwas Konspirationstheorie. Auf dieser Welt geht eine Menge mehr vor, als wir in den Zeitungen zu lesen bekommen. Überall lauern Geheimnisse.«

»Hattest du tatsächlich Sex mit einem Huhn?«, fragte ich.

Doch der junge Doveston antwortete nicht.

Wir schlurften durch die Brentford High Street und blieben hier und da stehen, um die wunderschönen Auslagen von Obst und Gemüse und Fleisch zu begutachten, die die Schaufenster füllten und in Körben und Eimern bis auf die Bürgersteige quollen. Wir waren sehr beeindruckt vom Fleisch bei Mr. Beefheart's.

»Dieser Metzger weiß, was Sache ist«, sagte der junge Doveston und deutete auf dieses und jenes Stück Fleisch und dann auf noch eins. »Gnu ist im Sonderangebot, wie mir scheinen will.«

»Und Wildeber.«

»Und Vielfraß.«

»Und weißer Tiger.«

»Ich könnte ein paar von diesen Wallaby-Burgern einkaufen; ich gebe am Freitag eine Party.«

»Eine Party?«, fragte ich sehr beeindruckt. »Aber ich dachte, nur reiche Lackaffen geben Partys?«

»Die Dinge haben sich geändert«, sagte der junge Doveston und betrachtete die Walrosssteaks. »Wir leben inzwischen in den sechzigern. Keine Essensmarken mehr und kein Eipulver. Der Premierminister sagt, uns wäre es noch nie so gut gegangen.«

»Mir ist es überhaupt noch nie gut gegangen.«

»Nun, du musst jedenfalls auf meine Party kommen. Man weiß nie, vielleicht hast du Glück. Oh, und bring deinen Freund Lopez mit, ich will mich ein wenig mit ihm unterhalten.«

»Lopez weilt nicht mehr unter uns. Er hat ein Messer gezogen, und jemand hat ihn erschossen.«

Der junge Doveston schüttelte den Kopf und begutachtete das Regal mit Wasserbüffel. »Wenn das so weitergeht«, sagte er schließlich, »dann bringen sich die Chicanos noch alle gegenseitig um und Brentford verliert sein mexikanisches Viertel.«

»Das kann ich mir nicht vorstellen. Brentford hatte schon immer ein mexikanisches Viertel.«

»Merk dir meine Worte, mein Freund. Es wäre nicht das erste Mal. Erinnerst du dich noch an die Straße des Augustmondes?«

»Nein«, sagte ich. »Ich erinnere mich nicht.«

»Das liegt daran, dass wir sie heute Moby Dick Terrace nennen. Früher lag sie in Chinatown. Aber die Chinesen haben sich während der Brentforder Tong-Kriege von 1953 alle gegenseitig umgebracht.«

»Ich glaube, mein Dad hat mal irgend so etwas erwähnt.«

»Und wann hast du das letzte Mal einen Pygmäen in Brentford gesehen?«

»Ich erinnere mich nicht, je überhaupt einen gesehen zu haben.«

»Früher lebte in der Mafeking Avenue ein ganzer Stamm Pygmäen, bis sie sich mit den Zulus aus der Sprite Street überwarfen. Und du kennst den Memorial Park?«

»Natürlich kenne ich den.«

»Das war früher ein Indianerreservat. Die Navajos lebten mehr als hundertfünfzig Jahre lang dort, bevor sie sich mit dem Stadtrat überwarfen, noch in Viktorianischer Zeit.«

»Und warum?«

»Der Stadtrat wollte eine Rutsche und ein paar Schaukeln aufstellen. Die Navajos sagten, das Land wäre für ihre Vorfahren heilig.«

»Und was geschah?«

»Der Stadtrat hat ein paar Typen geschickt, die ein ernstes Wort mit dem Häuptling reden sollten. Eine hitzige Diskussion entbrannte, und schließlich wechselten ein paar Skalps die Besitzer.«

»Mensch«, sagte ich.

»Der Stadtrat rief die Kavallerie um Hilfe. Die Third Brentford Mounted Foot. Sie machte kurzen Prozess mit den Rothäuten.«

»Davon hab ich in den Geschichtsbüchern noch nie ein Wort gelesen.«

»Wirst du auch nicht. Es war eine beschämende Stunde in Brentfords edler Geschichte. Man hält es geheim, verstehst du? Der einzige Grund, aus dem ich davon weiß, ist mein Urgroßvater. Er war dabei.«

»Hat er viele Indianer erledigt?«, fragte ich.

»Äh, nein«, sagte der junge Doveston. »Er hat nicht auf dieser Seite gekämpft.«

Ich öffnete den Mund zu weiteren Fragen, doch der junge Doveston richtete meine Aufmerksamkeit auf ein Arrangement von Wolfsjungenwürstchen. »Ich denke, ich nehme ein halbes Dutzend davon für meine Party«, sagte er.

Wir schlurften vom Metzger weg und passierten den Waschsalon gerade noch rechtzeitig, um zu sehen, wie Chico gewaltsam aus dem Laden geworfen wurde.

»Ihr verdammten Hurensöhne!«, kreischte der Bandenführer aus der Gosse. »Seit wann verstößt das Schnüffeln an Socken gegen das Gesetz?«

»Bring ihn mit zur Party«, sagte der junge Doveston. »Das klingt nach Spaß.«

Wir ließen Chico allein mit seinem Hader und schlurften weiter zum Plume Café. Dort überredete mich der junge Doveston, ein halbes Pfund von ihm zu borgen um uns damit zwei Kaffee mit aufgeschäumter Milch zu kaufen, sodass wir uns damit ans Fenster setzen und cool aussehen konnten.

»Was ist das denn für eine Party am Freitag?«, fragte ich den jungen Doveston, während ich Zucker in meinen Kaffee löffelte.

»Eine Heranwachsendenparty. Wir feiern den Eintritt in die Pubertät.«

»Das hab ich schon zwei Mal getan, und du warst, äh ...« Ich machte flatternde Bewegungen mit den Ellbogen und blickte ihn bedeutungsvoll an.

»Du kriegst eine aufs Maul«, sagte der junge Doveston, »wenn du das jemals wieder erwähnst.«

»Gibt es bei deiner Party eigentlich Ballons und Götterspeise und Partyspiele?«

»Du hast das noch nicht so ganz kapiert mit der Pubertät, wie? Magst du tatsächlich noch Götterspeise?«

Ich dachte über seine Frage nach. »Nein, eigentlich nicht«, sagte ich. »Eigentlich mag ich lieber *Bier.*«

»Dann bist du auch so weit.«

»Kommen eigentlich Mädchen zu deiner Party?«

»Mädchen und Bier und ein Plattenspieler.«

»Ein Plattenspieler?« Ich stieß einen Pfiff aus. »Aber ich dachte, nur reiche Lackaffen ...«

Der junge Doveston hob die Augenbrauen.

»Sorry«, sagte ich. »Die sechziger, ich weiß.«

»Und es wird eine Kostümparty, also wirst du verkleidet kommen. Irgendetwas Schickes. Komm nicht als Polizist verkleidet.«

Der junge Doveston kramte Zigaretten hervor, und wir saßen, rauchten, tranken Schaum und beobachteten den an uns vorüberziehenden Brentforder Tag.

Etwa eine Stunde nach seiner zwangsweisen Entfernung kehrte Chico am Steuer eines gestohlenen Morris Minor und in Gesellschaft mehrerer Pachucos zurück. Er steuerte den Morris samt Pachucos direkt durch das Frontfenster des Waschsalons.

Das Personal des Waschsalons bestand aus Ashanti, und sie reagierten auf den Überfall traditionell mit dem Werfen von Assagais. Es schien klar, dass sie eine lange währende Fehde mit den Kalahari-Buschmännern hatten, welche die Trockenreinigung besaßen, denn bald waren auch diese Burschen auf der Straße, wo sie sich mit den Mexikanern verbündeten.

Bei all dem Chaos und Ärger dauerte es nicht lange, bis die leicht reizbaren Inkas aus dem Drogerieladen mitmischten und die Spanier mit Seife bewarfen, die den Kurzwarenladen neben der mongolischen Käseboutique führten.

Der junge Doveston nahm eine Dynamitstange aus der Tasche und legte sie vor mir auf den Tisch. »Soll ich nun, oder soll ich nicht?«, fragte er.

Ich glaube eigentlich nicht, dass er gesollt hätte, wirklich nicht. Doch bei dieser besonderen Gelegenheit schien es den erwünschten Effekt zu zeitigen. Der Mob war ziemlich außer Kontrolle geraten, und die Explosion beruhigte ihn doch mächtig. Wir hielten es für schicklich zu verschwinden, bevor sich der Rauch der Explosion verzogen hatte und die Hilfskräfte eintrafen, um die sich überall bildenden Feuer zu bekämpfen.

Wir hatten unsere gute Tat für den Tag getan, und wir brauchten keine Rückenklopfer zur Bestätigung.

Ich schreibe diesen Zwischenfall nur deshalb nieder,

weil es eine der seltenen Gelegenheiten war, wo Dovestons Dynamit Frieden statt noch mehr Chaos brachte. Ich erwähnte im Anfangskapitel seine Liebe für das, was er das »große Aaah-Tschuh!« nannte. Doch mit Ausnahme einer kurzen Anspielung auf die berüchtigte Episode des detonierenden Hundes führte ich die Angelegenheit nicht weiter. Das liegt nicht daran, dass ich die Konsequenzen fürchte wenn ich seine Bombenlegereien aus der Kinderzeit enthülle. Immerhin sind die meisten Gebäude, die sich in Rauch und Asche aufgelöst hatten, längst wiederaufgebaut, und die Überlebenden haben neue Wohnungen gefunden.

Wie ich das sehe ist folgendermaßen.

Wir alle machen Fehler, wenn wir jung sind, und tun Dinge, die wir später bereuen. Kinder benehmen sich schlecht, sie sollten nicht, aber sie tun es, und es ist viel besser, einfach zu vergeben und zu vergessen.

Natürlich ist es etwas ganz anderes, was sie tun, wenn sie älter sind, und ich zögere nicht einen Augenblick, dies auf Papier niederzuschreiben.

Insbesondere, da es mein Hund war, den er in die Luft gejagt hat. Der Bastard!

Wir trennten uns am Tor zu den Schrebergärten, und der junge Doveston schlurfte davon, um nachzusehen, ob sein Tabakbeet auf der Parzelle des Alten Pete sich vernünftig entwickelte.

Ich schlurfte in Richtung Zuhause und hatte den Kopf bereits voller Pläne für das Kostüm, das ich tragen würde, um die Mädchen auf der Party zu beeindrucken. Irgendetwas Modisches, Schickes, hatte der junge Doveston gesagt, und nicht als Polizist. Nicht als Polizist engte die Möglichkeiten ein gutes Stück weit ein. Als was konnte man sich denn noch verkleiden, außer als Polizist? Als Pirat vielleicht oder als propagierender Papagei. Oder als Pastinak oder Pickel oder Parnell.

Ich habe Parnell gegenüber stets großen Respekt empfunden. Charles Stewart Parnell (1846–1891), der Mann, der die Irish Home Rule Bewegung im Parlament anführte mit seiner kalkulierten Politik der Behinderung. Am Ende gewann er Gladstone für sich, doch seine Karriere wurde leider durch den Skandal, verursacht durch den Ehebruch mit Mrs O'Shea, ruiniert.

Trotzdem, solche Dinge geschehen nun mal, und Parnell war wohl doch eine zu offensichtliche Wahl. Ich wollte schließlich nicht dumm dastehen, indem ich als Parnell auftauchte, für den Fall, dass es bereits drei weitere Parnells gab und nur eine Mrs O'Shea, die wir vier uns dann hätten teilen müssen.

Ich hatte Pläne für ein sehr schlaues Kostüm. Schlau und schick zugleich.

Am nächsten Tag in der Schule erzählte ich Chico alles über die bevorstehende Party und fragte ihn, ob er Lust hätte mitzukommen. Chico sah ziemlich mitgenommen aus und an den Rändern ein wenig versengt. Ich musste ziemlich laut zu ihm sprechen, weil eins seiner Trommelfelle während einer unerwarteten Explosion geplatzt war. Als was er sich denn zu kostümieren vorhätte, fragte ich ihn.

Ich erwartete die unausweichliche Antwort und war dann doch sehr überrascht, als er Parnell völlig überging und stattdessen einen gewissen Che Guevara nannte, der irgendeine Art Revolutionär gewesen sein sollte. Ausgerechnet! Geschmacklos!

Chico fragte, ob es in Ordnung wäre, wenn er zwei

neue Bandenmitglieder mitbrächte. Ich sagte, dass es meiner Meinung nach okay wäre, solange er versprechen konnte, dass sie niemanden erschossen. Es war ja schließlich nicht meine Party.

Er stimmte zu, und dann fragte er, ob es auf dieser Party Ballons und Götterspeise und Spiele geben würde.

Kinder!

Als der Freitag vor der Tür stand, herrschte in der Nachbarschaft einigermaßen Aufregung. Alles redete über die Party vom jungen Doveston. Alles schien zu der Party des jungen Doveston zu gehen.

Ich muss sagen, dass ich mich wirklich darauf freute. Zum einen hatte ich den Kontakt zu meinen alten Freunden von der Grange so gut wie verloren. Als sie zur Grammar gingen und ich zur St. Argent's, war es fast so gewesen, als ob sie nicht mehr mit mir reden wollten, obwohl ich mir beim besten Willen nicht vorstellen konnte, was der Grund dafür gewesen sein sollte. Der Einzige, der weiterhin Kontakt mit mir hielt, war der junge Doveston. Doch Doveston war auch mein bester Freund, und ich sollte sein Biograf werden.

Eine Sache an der Party verblüffte mich doch stark, und das war die Frage, wie die Leute nur alle in das Haus vom jungen Doveston passen sollten. Es war schließlich nur ein ganz gewöhnliches kleines Reihenhaus mit einem Außenklo und einem sechs Quadratmeter großen Innenhof. Es lag sechs Türen von unserem eigenen Haus entfernt, auf der sonnigen Seite der Straße.

Trotzdem war ich zuversichtlich, dass der junge Doveston wusste, was er tat.

Und das wusste er tatsächlich.

Wenn ich über die weite Distanz der Jahre zurückblicke, muss ich heute sagen, dass ich es unglaublich finde, dass ich nicht gesehen habe, was da kam. Alle Hinweise waren da. Der unerwartete Brief an meine Eltern mit den beiden Freikarten für die *Black and White Minstrel Show* am Freitagabend, zusammen mit Gutscheinen für ein Dinner in einem Restaurant am Piccadilly. Die Tatsache, dass sich der junge Doveston die Schlüssel zu unserem Schuppen ausgeliehen hatte, um »ein paar Kisten Bier« darin zu lagern. Der »Druckfehler« auf den Einladungen, die er verteilte, und wo die Nummer *meines* Elternhauses als Adresse der Party stand.

Wie gesagt, alles signifikante Hinweise, die mir irgendwie entgingen.

Um sechs Uhr an jenem Freitagabend verließen meine Eltern das Haus, um zu der Show zu gehen. Sie sagten zu mir, dass ich nicht auf sie warten sollte, weil sie wohl nicht vor Mitternacht wieder zu Hause wären. Wir verabschiedeten uns, und ich ging nach oben in mein Zimmer, um mich weiter fertig zu machen.

Fünf Minuten später läutete es an der Tür.

Ich schlurfte nach unten, um nachzusehen, wer das sein konnte. Es war der junge Doveston.

Er sah ziemlich schick aus. Das Haar gekämmt und in der Mitte zu einem Scheitel geteilt, ein sauberes Ben-Sherman-Hemd mit einem Button-down-Kragen und schmaler Lederkrawatte. Sein Anzug war von der belebenden Sorte, mit schmalen Schultern und breiten Revers. Die Stiefel waren edel und von der Spitze bis zur Sohle poliert.

Ich lächelte und sagte Hallo, und er entbot mir im Gegenzug ein Gesicht von unaussprechlichem Elend.

»Was ist denn los?«, fragte ich.

»Etwas Schreckliches ist passiert. Darf ich reinkommen?«

»Aber sicher.«

Ich führte ihn in unser Wohnzimmer, und er warf sich auf unser altes kaputtes Sofa. »Es ist grauenhaft«, sagte er und vergrub das Gesicht in den Händen.

»Was denn?«

»Meine Mum und mein Dad. Der Doktor war eben da. Sie liegen mit Lugwiler's Itch im Bett.«

»Mein Gott!«, sagte ich, zum ersten Mal an diesem Tag, wie ich glaube.

»Lugwiler's Itch«, wiederholte der junge Doveston.

Ich machte ein Gesicht, das sagte: »Warte mal.« »Aber Lugwiler's Itch«, sagte mein Mund, »Lugwiler's Itch ist doch eine fiktive Krankheit aus einem Buch von Jack Vance.«

»Ganz genau«, sagte der Doveston.

»Oh«, sagte ich.

»Die Party fällt also aus.«

»Ausfallen? Die Party kann nicht ausfallen! Ich habe an meinem Kostüm gearbeitet! Es ist wirklich schick und trendy und alles.«

»Ich wollte mich als Parnell verkleiden. Aber jetzt fällt die Party aus, und ich kann nichts dagegen tun.«

»So ein Mist«, sagte ich. »So ein Mist.«

Der junge Doveston nickte traurig. »Am meisten schmerzt mich der Gesichtsverlust. Ich meine, eine Party zu geben, *verschafft einem wirklich einen Ruf.* Wenn du weißt, was ich meine.«

»Ich weiß«, sagte ich. »Einen Ruf zu haben ist einfach alles.«

»Genau. Nun, ich hab's vermasselt. Wahrscheinlich werden sich alle Witze über mich erzählen. All der Ruhm, das Prestige, das ich gewonnen hätte – dahin für immer. Ich wünschte, im Erdboden täte sich ein Loch auf und würde mich verschlingen.«

»Aber es muss doch einen Ausweg geben«, sagte ich. »Könntest du die Party denn nicht irgendwo anders feiern?«

»Wenn ich doch nur ...«, schluchzte der junge Doveston und tippte sich an die Nase. »... wenn ich doch nur einen wirklich guten Freund hätte, dessen Haus für den Abend frei ist. Es wäre mir egal, dass er all den Ruhm und das Prestige erntet und sich einen Ruf macht. Wenigstens würde ich nicht alle im Stich lassen. All diese wunderschönen Mädchen. Die, wie ich bemerken darf, Wachs in den Händen des Gastgebers wären.«

Was folgte, nennt man eine bedeutungsschwangere Pause.

8

Sigarreten und Wussskey und wilde wilde Frauen. Sie machen dich verrückt. Sie bringen dich um den Verstand.

Sprichwort

Ja, in Ordnung, ich weiß es *jetzt.*

Aber was sonst hätte ich sagen sollen? Es schien mir die perfekte Lösung. Es *war* die perfekte Lösung.

»Der Pfarrgemeindesaal«, sagte ich zum jungen Doveston. »Du könntest den Pfarrgemeindesaal mieten.«

Hätte ich es doch nur gesagt! Aber das tat ich nicht.

»Hier?«, fragte der junge Doveston. »Du meinst, wir können die Party hier bei dir feiern? In eurem Haus?«

»Die perfekte Lösung«, sagte ich.

»Wir müssten zuerst deine Eltern fragen.«

»Sie sind ausgegangen und nicht vor Mitternacht zurück.«

»Dann also abgemacht.« Der junge Doveston erhob sich vom Sofa, schüttelte mir die Hand, marschierte zur Vordertür, öffnete sie und stieß einen lauten Pfiff aus. Plötzlich strömten von überall her junge Männer, die ich noch nie im Leben gesehen hatte, in unser Haus, mit Kisten von dunklem Ale, Kartons voll Essen und einem echten Plattenspieler mit echten Schallplatten.

Rein und raus und hoch und runter und hin und her rannten sie wie eine perfekt ausgebildete Einsatztruppe. Der junge Doveston stellte sie mir vor, während sie an mir vorbeischneiten.

»Das ist Jim Pooley«, sagte er. »Und das dort ist John Omally. Das ist Archroy, und das ist der Kleine Dave.«

»Wo?«

»Hier unten«, sagte der Kleine Dave.

»Oh, hallo. Sie sind gar nicht verkleidet«, flüsterte ich dem jungen Doveston zu.

»Nein. Du auch nicht.«

Das stimmte zugegebenermaßen. Und es war ein Problem. Falls die Party in meinem Haus stattfinden würde, wie sollte ich da den großen dramatischen Auftritt in meinem Kostüm machen?

»Solltest du dich nicht lieber umziehen gehen?«, fragte der junge Doveston.

»Ja, ich ... aber ...«

»Hör zu«, sagte der junge Doveston. »Du bist der Gastgeber dieser Party, und ich denke wirklich, du solltest deine Chance auf einen großen dramatischen Auftritt in deinem Kostüm haben.«

»Genau das habe ich auch gedacht.«

»Worauf wartest du dann noch? Geh nach oben auf dein Zimmer und zieh dich um. Ich pass solange hier unten auf, und wenn alle da sind, komme ich rauf und sage dir Bescheid, damit du einen wirklich dramatischen Auftritt hinlegen kannst. Wie klingt das?«

»Wundervoll«, sagte ich. »Du bist ein echter Freund.«

»Ich weiß.« Der junge Doveston schob sich an mir vorbei. »Ich möchte diese Zigarettenstangen in der Küche haben«, rief er einem seiner Leute zu. »Weil ich dort meinen Laden haben werde.«

Also ging ich nach oben in mein Zimmer. Ich

brauchte nicht allzu lange, um mich fertig zu machen, und nachdem ich mich einige Male oder auch öfter vor dem Wandspiegel in Pose geworfen hatte, setzte ich mich auf mein Bett und lauschte dem Kommen und Gehen unten.

Das Geräusch von Musik erreichte meine Ohren, als Wachsplatten der neuesten rockenden Teenage Combos sich mit fünfundvierzig Umdrehungen pro Minute auf dem echten Plattenspieler drehten.

Und obwohl ich es damals noch nicht wissen konnte, stand ich im Begriff, Geschichte zu machen. Verstehen Sie, in den 1950er Jahren gab es noch keine Teenagerpartys. Die Jungen wurden an ihrem dreizehnten Geburtstag in die Armee eingezogen und erst wieder in die Gesellschaft entlassen, als sie zwanzig waren. Mit diesem Alter wurden sie als verantwortliche Bürger betrachtet.

Meine Generation, die Nachkriegsbabyboomer, verpasste die Einberufung um ein Jahr, und weil es uns so gut ging wie noch nie zuvor und alles, erfanden wir buchstäblich die Teenagerparty.

Was ich damals nicht wusste, die Party in meinem Haus war die allererste Teenagerparty überhaupt. Die Party, die den Standard setzen würde, an dem sich alle zukünftigen Teenagerpartys messen lassen mussten.

Vermutlich muss ich – zumindest in dieser Hinsicht – dem jungen Doveston dankbar sein. Er hat zwar meinen Hund in die Luft gesprengt, aber er hat sich hinterher dafür entschuldigt.

Ich saß also auf meinem Bett und wurde allmählich aufgeregt.

Eine Stunde später wurde ich langsam richtig nervös. Mein Schlafzimmer zog sich mit Zigarettenrauch zu, der zwischen den Ritzen im Boden aus der Küche hochstieg, der fröhliche Partylärm wurde lauter und lauter, und der junge Doveston war immer noch nicht gekommen, um mich zu holen.

Ich überlegte, dass er wohl noch auf den richtigen Augenblick wartete. Wartete, bis wirklich alle da waren, die ganze Bande.

Gegen neun kamen mir die ersten Zweifel.

Auf den richtigen Augenblick warten war ja schön und gut, aber ich versäumte meine eigene Party und war ziemlich sicher, dass ich bereits das ein oder andere verdächtig klingende Geräusch gehört hatte. So, als würden unten Dinge zerschmettert. Ich konnte wirklich nicht mehr viel länger warten.

Es war fast zehn, als es an meiner Tür klopfte.

Mein Schlafzimmer war zwischenzeitlich so voll Rauch, dass ich kaum die Tür sehen konnte. Ich stolperte hin und öffnete sie.

Auf dem Treppenabsatz stand John Omally, den Arm um ein Mädchen gelegt. Ich lächelte herzlich. Omally war als Parnell verkleidet, das Mädchen als Mrs. O'Shea.

Ich muss einen ziemlichen Eindruck auf die beiden gemacht haben, mit all dem Rauch, der aus meinem Zimmer kam und so.

Das Mädchen jedenfalls kreischte entsetzt, und Omally stolperte einen Schritt nach hinten und bekreuzigte sich.

»Wo ist der junge Doveston?«, fragte ich.

Omally deutete dümmlich nach unten in Richtung Küche.

Ich zuckte die Schultern. Ich konnte nicht länger warten. Ich würde jetzt runtergehen, und damit basta.

Es war gar nicht so einfach, nach unten zu kommen. Die Treppe war überfüllt mit Pärchen, und diese Pärchen waren ausnahmslos am Knutschen. Ich trat über sie hinweg oder zwängte mich zwischen ihnen hindurch und sagte »Sorry« oder »Entschuldigung«. In unserem kleinen Hausflur waren so viele Leute, dass ich all meine Kraft brauchte, um mir einen Weg zu bahnen. Die Haustür stand offen, und ich erhaschte einen Blick auf zahlreiche weitere Partygäste draußen im Vorgarten und auf der Veranda. Ich kämpfte mich ins Wohnzimmer, wo getanzt wurde, und versuchte ohne Erfolg, mir Gehör zu verschaffen. Der Plattenspieler spielte zu laut, und niemand schenkte mir auch nur die geringste Beachtung.

Ich muss gestehen, dass ich die Nase voll hatte. Richtig voll wegen allem. »*Ey!*«, brüllte ich, so laut ich konnte, und genau in diesem Augenblick endete das Stück, das gerade lief, und ich stellte fest, dass ich die Aufmerksamkeit von jedermann im Raum hatte.

Alle drehten sich zu mir um und starrten mich an, und dann schrien sie. Nun ja, wenigstens die Mädchen schrien. Die Typen ächzten erschrocken. Der Softy Paul Mason, der auf der Grange mit mir zusammen in einer Klasse gewesen war und der mich mit seiner Verkleidung als Pickel nur wenig beeindruckte, fiel einfach in Ohnmacht. Und dann entstand ein großes Gedränge und Geschubse und Gebrülle, und alle wichen vor mir zurück.

Ich hatte nicht bemerkt, dass der junge Doveston unter ihnen war. Sein Kostüm war so überzeugend echt, dass ich ihn auch so nicht erkannt hätte. Er war nicht als Parnell gekommen, sondern als Lazlo Woodbine, Privatschnüffler. Trenchcoat, Schnapprand-Fedora und Staubsaugergriffstück. Er trat vor und musterte mich von oben bis unten. Ich lächelte ihn an und sagte: »Na, was meinst du?«

Der junge Doveston streckte einen Finger aus, strich

damit über meine Wange, hielt ihn sich an die Nase und schnüffelte daran.

»Es ist Tomatenketschup«, sagte er. Dann drehte er sich zu den Starrern und Ächzern um und sagte: »Alles in Ordnung, es ist nur Tomatenketschup.« Dann drehte er sich wieder zu mir um und funkelte mich wütend an. »Was, zur Hölle, glaubst du eigentlich, was du da machst?«, fragte er mich. »Mit dem Kopf und den Haaren voller Ketschup runterzukommen und meinen Gästen einen solchen Schrecken einzujagen?«

»Aber du hast doch gesagt, ich soll mich trendy verkleiden und so!«

»Und deswegen kommst du als Ketschupflasche?«

»Nein«, widersprach ich. »Ich komme als Präsident Kennedy.«

Was als Nächstes geschah, machte mich wirklich wütend. Tatsächlich machte es mich richtig ernsthaft wütend. Es war alles so würdelos. Der junge Doveston packte mich am Kragen und zerrte mich aus dem Zimmer. Er schob mich vor sich her in die Küche, rammte meinen Kopf ins Spülbecken und drehte den Wasserhahn auf. Als er mir allen Ketschup aus den Haaren und dem Gesicht gewaschen und mich wieder aufgerichtet hatte, schob er mir ein Geschirrtuch in die Finger und nannte mich ein Arschloch.

»Was?«, sagte ich. »*Was?*«

»Als Toter hier aufzutauchen! Du Arschloch!«

»Aber du bist doch auch ein Toter!« Ich betupfte mich mit dem Geschirrtuch. »Und Omally ist als Parnell gekommen, und Parnell ist tot und ...«

Der junge Doveston schnitt mir das Wort ab. »Ich meinte ja auch nur, als Toter zu kommen, bevor ich eine Gelegenheit hatte, dich den anderen vorzustellen. Ich wusste, dass du als Kennedy kommen würdest, ich hab schließlich gesehen, wie du den Ketschup im Plume Café geklaut hast, und ich musste nur zwei und zwei zusammenzählen. Ich wollte das ›Star-Spangled Banner‹ für dich auf den Plattenteller legen und so tun, als würde ich auf dich schießen, wenn du die Treppe betrittst. Aber du hast alles vermasselt.«

»Oh«, sagte ich. »Das tut mir Leid.«

»Das sollte es auch! Hast du vielleicht Lust auf ein Bier?«

»Ja, hab ich.«

Mein erstes Bier.

Ich werde es nie vergessen. Es schmeckte schauderhaft. Warum stellen wir dieses Zeug überhaupt her, eh? Was ist daran so unwiderstehlich? Mein erstes Bier schmeckte mir überhaupt nicht; ich dachte, es wäre verdorben. Doch ich glaubte, weil Bier so beliebt war und alle männlichen Erwachsenen Bier tranken, täte ich besser daran, die Sache durchzustehen. Ich leerte mein erstes Bier unter größten Mühen und rülpste.

»Nimm noch eins«, sagte der junge Doveston.

»Klar, warum nicht.«

Das zweite Bier schmeckte nicht ganz so schlecht. Das dritte schmeckte schon besser.

Ich kippte mein viertes Bier hinunter, machte »Ahhhh!« und schmatzte mit den Lippen.

»Es wird von Mal zu Mal besser, wie?«, sagte der junge Doveston.

»*Pardon?*«, fragte ich.

»Ich sagte, *es wird von Mal zu Mal besser.*«

»*O ja!*«, brüllte ich zurück, denn die Musik war inzwischen sehr laut, und das Gedränge in der Küche machte es fast unmöglich, sich zu unterhalten.

»*Geh nur und tanz ein wenig*«, brüllte der junge Dovesston. »*Genieß die Party!*«

»*Ja, richtig!*« Und ich wollte die Party genießen. Immerhin war es meine Party, und wie es aussah, gab es eine ganze Menge Mädchen. Ich schob mich durch die Diele und rieb mich an so vielen, wie ich konnte. Es gab Mädchen in Prinzessinnenkostümen, Pagen, Puten und Pankhursts – hauptsächlich Emmeline Pankhurst (1858–1928), die englische Suffragetten-Führerin, die im Jahre 1903 die militante Women's Social and Political Union gegründet hatte.

Ich drängte mich an einem Mädchen vorbei, das als Putenschlegel verkleidet war, und bahnte mir mit den Ellbogen einen Weg nach vorn ins Wohnzimmer. Der ganze Laden tanzte, und ich war sehr beeindruckt. Hier gab es Päpste und Piloten und Paarhufer und Polonisten. Selbst ein paar Puschkins konnte ich entdecken. Wer auch immer Puschkin sein mochte.

Ich stand im Begriff, das Wohnzimmer zu betreten und zu tanzen, als mir jemand auf die Schulter tippte.

»Hey, *homes!*«, brüllte eine Stimme in mein Ohr.

Ich drehte mich um.

Es war Chico.

»Ich bin nicht Sherlock Holmes!«, brüllte ich zurück. »Ich bin Präsident Kennedy.«

»Präsident wer, *homes*?«

»Hä?«

»Vergiss es.«

Ich musterte Chico von oben bis unten und von vorn bis hinten. Er hatte ein Badehandtuch über dem Kopf, das von einem Keilriemen zusammengehalten wurde. Seine Kleidung war ein Chintz-Vorhang, der in der Leibesmitte durch eine Bademantelschnur gesichert war. Sein Gesicht war rußgeschwärzt, und am Kinn klebte ein falscher Ziegenbart, der aussah wie ein Katzenschwanz (und, wie sich später herausstellte, es auch war).

»Als wer bist du denn verkleidet?«, brüllte ich.

»Che Guevara!«, brüllte er zurück.

Das Licht des Begreifens flammte in meinem Kopf auf.

»Chico!«, rief ich, »der Mann heißt *Che* Guevara, nicht *Scheich* Guevara!«

»Verdammte Dyslexie!«

O wie haben wir gelacht.

Chico hatte die neuen Bandenmitglieder dabei, und er zerrte mich nach draußen auf die Straße, um uns miteinander bekannt zu machen.

»Eure Kostüme sind großartig«, sagte ich zu ihnen. »Ihr seht aus wie Kalahari-Buschmänner!«

»Aber wir *sind* Kalahari-Buschmänner!«

O wie haben wir gelacht. Erneut.

Chico zwinkerte mir zu. »Ich hab auch eine von meinen Schwestern mitgebracht.«

»Aber nicht die mit dem Schnurrbart?«

Wir hätten ohne jeden Zweifel erneut gelacht, doch Chico entschied sich stattdessen, mich zu schlagen. Als er mir hinterher wieder auf die Beine half, flüsterte er mir zu: »Nimm's nicht persönlich, ja? Es ist nur wegen der neuen Jungs.«

»Ja, gut, ich nehm's nicht persönlich, versprochen.«

Und dann gab es ein lautes Krachen und Scheppern, und jemand segelte durch das Wohnzimmerfenster.

»Schick«, sagte Chico. »Wo ist der Sprit?«

Ich starrte voller Entsetzen auf all das Blut und die Glassplitter.

Meine Eltern würden sich darüber gar nicht freuen.

Der junge Doveston erschien in der Haustür. Er kam

zu mir und reichte mir ein weiteres Bier. »Mach dir keine Sorgen wegen der Schäden«, sagte er.

»Aber ...«

»Hier«, sagte der junge Doveston. »Nimm das.«

Er reichte mir eine übergroße, dicke Zigarette. Das Papier war an einem Ende zusammengedreht.

»Was ist das?«, fragte ich.

»Ein Joint.«

Mein erster Joint. Den werde ich nie vergessen. Er war einfach ...

WUNDERVOLL

Ich schwebte ins Haus zurück und wurde von zwei Mädchen in Empfang genommen, die als Elfen verkleidet waren und einen fetten, sabbernden Labrador streichelten.

»Ist das dein Hund?«, fragte eine der beiden.

Ich nickte verträumt.

»Wie heißt er?«

»Na ja«, sagte ich, »als ich ihn bekam, dachte ich, er sei ein Rüde, und deshalb nannte ich ihn Dr. Evil.«

»Oh«, sagte eine der Elfen.

»Aber dann stellte sich heraus, dass es ein Mädchen war, und meine Mum meinte, ich müsste ihm einen anderen Namen geben.«

»Und wie heißt er nun?«

»Biscuit«, sagte ich.

Die Elfen lachten. Ziemlich hübsch, dachte ich. Und ich war mir durchaus der blassen pinkfarbenen Auren bewusst, die beide umgaben, und so lächelte ich ein wenig mehr und trank von meinem Bier und zog an meinem Joint. »Versucht mal das hier«, sagte ich.

Ich schätze, so gegen elf Uhr kam die Fete dann richtig in Schwung. Bis zu diesem Zeitpunkt war nur ein Gast durch das Fenster geworfen worden, und er hatte sich nicht schlimm verletzt. Ein paar Narben für den Rest seines Lebens, das war alles. Der Typ, der auf das Dach geklettert war, sollte nicht so viel Glück haben.

Ich habe nicht gesehen, wie er am Schlafzimmerfenster meiner Eltern vorbei auf das schmiedeeiserne Geländer gestürzt ist. Ich war mit einer der Elfen im Doppelbett.

Wir gaben uns gegenseitig unserer Pubertät hin.

Mein erster Sex! Wie *sehr* ich wünschte, ich könnte mich *daran* erinnern!

Ich habe eine vage Erinnerung an eine Menge Leute, die sich im Schlafzimmer drängten und sagten, ich müsse nach unten kommen, weil es einen Unfall gegeben hätte. Und ich glaube mich zu erinnern, wie ich nackt die Treppe hinunterstolperte und mich fragte, warum die Wände in so vielen verschiedenen Sprühfarben leuchteten. Ich erinnere mich nicht daran, wie ich im Flur auf der Lache aus Erbrochenem ausrutschte, obwohl es offensichtlich einen großen Lacher hervorrief. Genau wie der Ausdruck auf meinem Gesicht, als ich sah, dass das Wohnzimmer in Flammen stand …

Ich habe nicht die geringste Ahnung, wer den Kühlschrank und den Herd gestohlen hat, und wie ich schon dem Friedensrichter sagte, hätte ich gewusst, dass in einem Hinterzimmer ein Rudelbums zugange war, der von Studenten aus der Kunstschule gefilmt wurde, hätte ich etwas dagegen unternommen.

Woran ich mich klar und deutlich erinnere, und dieses Bild werde ich bis an mein Lebensende in mir tragen, ist Biscuit.

Biscuit, die zu mir kam, als ich in der Haustür stand und nach draußen auf die Polizeiautos und die Feuerwehrwagen starrte. Biscuit, die meine Hand leckte und mich aus ihren großen braunen Augen ansah.

Und ich, wie ich auf Biscuit hinuntersah und mich fragte, was dieses seltsame Zischen, wie von einem Feuerwerkskörper, wohl bedeuten mochte, das unter ihrem Schwanz zu hören war.

9

Snout: Britischer Gefängnisslang für Tabak.

Ich erwachte nackt und bedeckt von Biscuit.

Sie kennen sicher dieses panische Gefühl, wenn man nach einer wirklich langen Nacht voll Alkohol und Drogen aufwacht und weiß, *einfach weiß*, dass man irgendetwas getan hat, das man besser bleiben gelassen hätte?

Genauso fühlte ich mich.

Ich blinzelte und würgte eine Menge und betastete die Wände und fragte mich, wieso mein Schlafzimmer plötzlich von oben bis unten gefliest war.

Sie kennen sicher dieses panische Gefühl, wenn man nach einer wirklich langen Nacht voll Alkohol und Drogen aufwacht und weiß, *einfach weiß*, dass man sich in einer Polizeizelle befindet?

Nein?

Es ist ein verdammtes Scheiß-Gefühl, das kann ich Ihnen verraten.

Ich schrie. Ich schrie wirklich laut. Und ich wischte mit den Fingern über meinen Bauch und starrte auf all das Blut und die Innereien.

»Biscuit!«, schrie ich. »Biscuit!«

Eine kleine Metallklappe in der Zellentür sprang auf. »Hier gibt es keinen Biskuit, du Bastard, und wenn du noch so schreist!«, rief eine Stimme.

»Hilfe!«, rief ich zurück. »Lassen Sie mich raus! Lassen Sie mich raus!«

Doch sie ließen mich nicht raus. Sie behielten mich den ganzen Tag in der Zelle, mit nicht mehr als einem Teller Cornflakes und einer Tasse Tee zum Leben. Gegen drei Uhr nachmittags schließlich schwang die Tür auf, und Bruder Michael vom St. Argent's schlenderte herein.

Nun, da Sie das panische Gefühl nicht kennen, wie es ist, nackt in einer Polizeizelle aufzuwachen, werden Sie wahrscheinlich auch nicht das wirklich panische Gefühl kennen, wie es ist, zusammen mit einem päderastischen Mönch nackt in einer Polizeizelle eingesperrt zu sein.

Es ist ein wirkliches Scheiß-Gefühl von einem Gefühl, kein Scherz.

Bruder Michael schüttelte den tonsurierten Schädel und setzte sich dann neben mich auf die hässliche schmale Pritsche. Ich rutschte ein wenig zur Seite und schlug die Beine übereinander. Bruder Michael legte eine Hand auf mein Knie. »Das ist eine sehr üble Geschichte«, sagte er.

Ich begann zu schluchzen. »Irgendjemand hat meinen Biscuit in die Luft gesprengt!«, schluchzte ich.

»Deinen Biskuit in die Luft gesprengt, wie?« Der Mönch lächelte warm. »Das ist doch nicht weiter schlimm. Ich erinnere mich noch an das erste Mal, als jemand meinen Biskuit in die Luft gesprengt hat. Ich war noch ein Chorknabe in der St. Damien of Hirst's, und ich...«

»Hören Sie auf!«, brüllte ich ihn an. »Ich rede von meinem Hund, Biscuit!«

»Jemand hat deinen Hundebiskuit in die Luft gesprengt?«

Ich warf dem Mönch einen bitteren Blick zu. »Mein Hund hieß Biscuit. Jemand hat ihn in die Luft gesprengt.«

»Ich gestehe, das ist ein wenig verwirrend«, sagte Bruder Michael und drückte mein Knie ein wenig. »Aber ich denke, wir sollten unsere Aufmerksamkeit auf deine Verteidigung richten. In deinem Haus wurden eine Menge verbotener Drogen sichergestellt, und man wird dich wegen Drogenhandels anklagen. Ich bin sicher, wir können den Richter auf Totschlag umstimmen, wenn ...«

»Was?«, machte ich. »*Was, was, was?*«

»War der Junge, den du vom Dach gestoßen hast, ein anderer Drogenhändler? Handelt es sich vielleicht um eine Mafia-Angelegenheit? Ich möchte nicht in Mafia-Geschichten verwickelt werden, ohne vorher das Einverständnis der Ehrenwerten Gesellschaft einzuholen. Ich meine, ich bin immerhin ein römisch-katholischer Mönch, daher gehöre ich offensichtlich zur Mafia, aber ich weiß auch, auf welcher Seite meine Kommunionshostie gebuttert ist. Wenn du weißt, was ich meine, und ich bin sicher, dass du es weißt.«

»Was?«, machte ich. »*WAS?*«

»Die anderen Anklagepunkte sind keine große Sache. Das Anbieten von Minderjährigen und das Führen eines unschicklichen Hauses. Findest du diesen Satz nicht einfach köstlich?«

»*WAS?*«, machte ich einmal mehr.

»Dich erwarten zehn Jahre, höchstens«, sagte Bruder Michael und drückte mein Knie ein wenig mehr. »Bei guter Führung bist du nach acht wieder draußen. Du bist noch jung, wenn du rauskommst, und dein ganzes Leben liegt noch vor dir. Wahrscheinlich wirst du, mit dem Stigma des Vorbestraften gezeichnet, bis an dein Lebensende Toiletten reinigen, um deine Brötchen zu verdienen, aber das ist gar nicht so schlimm, wie es klingt. Auf Toiletten lernt man eine Menge interessanter Leute kennen.«

»Wah!«, schluchzte ich. »Wah! Buhu! Buhu!«

»Es ist eine Schande, dass du kein Mönch bist.«

»Wah!«, machte ich. Und: »*Was?*«

»Nun, wenn du ein Mönch wärst, müsstest du dir keine Sorgen machen. Wir Mönche stehen unter theologischer Immunität, wir müssen uns nicht vor den weltlichen Gesetzen verantworten.«

»Müssen Sie nicht?«

»Natürlich nicht. Wir sind nur einer höheren Macht verantwortlich.«

»Gott?«

»Gott. Und dem Papst. Und natürlich der Mafia. Wenn du ein Mönch wärst, würdest du als freier Mann hier rausspazieren.«

»Wie könnte ich das?«

»Wenn du ein Mönch wärst, hättest du dich wohl kaum eines Verbrechens schuldig gemacht, oder? Hat man jemals von einem verbrecherischen Mönch gehört?«

»Da war zum Beispiel Rasputin«, sagte ich.

»Genau.«

»Hä?«

»Na ja, jedenfalls wärst du ein freier Mann, wenn du ein Mönch wärst.«

Ich seufzte tief. »Ich wünschte, ich wäre ein Mönch«, sagte ich.

Bruder Michael machte ein nachdenkliches Gesicht. »Es gäbe da eine Möglichkeit«, sagte er. »Aber nein.«

»Aber nein? Nein was? Was meinen Sie?«

»Nun, ich könnte dich zu einem Mönch machen, und du würdest frei von allen Anklagen hier rausgehen und müsstest nicht ins Gefängnis.«

»Dann machen Sie das«, sagte ich. »Machen Sie das.«

»Es ist nicht gerade orthodox, weißt du? Eigentlich müsste es in einer Sakristei gemacht werden.«

»Machen Sie es!«, flehte ich. »Machen Sie es jetzt, hier.«

»Oh, in Ordnung. Du hast mich überredet. Die eigentliche Initiierung wird nicht allzu lange dauern, aber sie könnte dir ein wenig unbehaglich erscheinen. Besser, du trinkst vorher das hier.« Er zückte eine Flasche mit einer farblosen Flüssigkeit darin. »Trink sie leer und dann such dir etwas, worauf du beißen kannst.«

Es war verdammt nah dran.

Wäre nicht in diesem Augenblick die Zellentür geöffnet worden und ein Polizist hereingekommen, um mir zu sagen, dass ich nach Hause gehen könnte, weil niemand irgendwelche Anklagen gegen mich erheben würde, weil ich immer noch ein Minderjähriger wäre und alles und niemand wirklich zu Schaden gekommen sei.

Es war verdammt nah dran.

Fast wäre ich ein Mönch geworden.

Meine Eltern warteten draußen mit frischen Sachen zum Anziehen. Ich ging mit ihnen und fühlte mich ganz schwach. Ich wusste, dass ich in großen, großen Schwierigkeiten steckte.

Doch die Schwierigkeiten kamen nicht. Stattdessen umarmte und küsste mich meine Mutter, und mein Vater sagte, dass ich sehr, sehr tapfer gewesen sei.

Wie sich herausstellte, hatte der junge Doveston mit meinen Eltern gesprochen und ihnen alles erklärt.

Er hatte ihnen erzählt, wie er und ich bei uns zu Hause gewesen und das Haus einem gründlichen Frühjahrsputz unterzogen hätten, um meinen Eltern eine Überraschung zu bereiten, wenn sie nach Hause kämen. Und wie dann die großen bösen Jungs in das Haus eingebrochen wären und alles kurz und klein geschlagen hätten.

Und wie sie meinen Biscuit in die Luft gesprengt hätten.

Als meine Eltern den jungen Doveston wegen einer Beschreibung bedrängten, konnte er nur sagen, dass sie alle verkleidet gewesen wären, aber sie hätten schon »irgendwie nach Zigeunern« ausgesehen.

10

Hey, rauch diesen Joint nicht allein, mein Freund.

Sprichwort

Ich persönlich hatte jede Menge Zeit in den 1960ern. Ich weiß, dass es eine Menge Geschwätz über die sechziger gibt. All das »wenn du dich an die sechziger erinnern kannst, hast du sie nicht erlebt« und der ganze Unsinn. Aber es war eine Menge mehr an den sechzigern als einfach nur Drogen und Sex und Rock 'n' Roll (als hätte dieses mächtige Trio nicht für sich allein genommen schon gereicht).

Ja, es gab freie Liebe, weil die Geheime Weltregierung AIDS erst noch erfinden musste. Ja, es gab Drogen, und manch ein junger Verstand wurde erweitert oder brannte durch. Und ja, um Gottes willen ja, es gab den guten alten Rock 'n' Roll. Oder besser gesagt, den guten *neuen* Rock 'n' Roll.

Aber es gab noch mehr. So viel mehr.

Zum einen gab es Jojos.

Sie erinnern sich vielleicht an Jojos? Sie erlebten gegen Ende der 1990er eine kurze Renaissance, und vielleicht haben Sie eins in einer Ecke ihres Atombunkers, wo es langsam radioaktiven Staub ansetzt. Aber ich wette, Sie können sich nicht erinnern, wie man es benutzen muss, und jede Wette, Sie wussten nicht, dass das Jojo in Brentford erfunden wurde.

O ja, das wurde es.

Norman Hartnell[1] erfand das Jojo. Es war seine allererste Erfindung. Man darf mit Fug und Recht behaupten, dass Norman das Jojo nicht mit der Absicht erfand, es als Spielzeug zu benutzen. Er erfand das Jojo als eine Methode, seinen Vespa-Motorroller schneller zu machen.

Norman zerbrach sich schon damals den Kopf über alternative Energien, und diese Besessenheit hat ihn sein ganzes Leben hindurch begleitet. Seine Suche galt dem energiefreien Motor. Jenem Heiligen Gral der Wissenschaft, dem *Perpetuum Mobile.* Wie er ursprünglich auf die Idee kam, ist ungewiss. Doch ich würde mein Geld darauf setzen, dass der Doveston sie ihm eingegeben hat.

Im Jahre 1967, dem Jahr, über welches ich jetzt schreibe, hatte sich der Doveston fest als Normans Mentor etabliert.

Norman führte inzwischen das Familiengeschäft. Sein Vater hatte ein tragisches Ende bei einem merkwürdigen Unfall gefunden, bei dem Handschellen, Beton und das Wasser des Kanals eine Rolle gespielt hatten. Die genauen Umstände liegen bis zum heutigen Tag im Dunkeln, und obwohl die Polizei die Sizilianer vernommen hatte, die den Schnapsladen nebenan führten, gab es keine Verhaftungen. Warum die Polizei überhaupt den Verdacht hatte, irgendetwas an der Sache könnte faul sein, ist mir schleierhaft. Und falls sie geglaubt hatte, sie könnte den Sizilianern falsche Beweise unterschieben, so wurden ihre üblen Ränke schon bald durchkreuzt.

---

1 Immer noch nicht zu verwechseln mit dem anderen Norman Hartnell.

Denn die Sizilianer wurden allesamt ausgelöscht, eine Woche nach dem Tod von Normans Vater, bei einem weiteren merkwürdigen Unfall, bei dem ein Briefkasten und eine Stange Dynamit eine wichtige Rolle spielten.

Es waren die letzten Sizilianer in Brentford, und um es mit den Worten von Flann zu sagen, ich glaube nicht, dass wir je wieder welche bei uns sehen werden.

Das Jahr 1967 ist uns allen als das Jahr des Sommers der Liebe in angenehmer Erinnerung.

Neunzehnhundertsiebenundsechzig *war* der Sommer der Liebe. Es gab andere Jahreszeiten, sicher, und auch sie hatten ihre Namen. Es gab beispielsweise den Winter der Niedergeschlagenheit, den Frühling allergrößten Elends und den Herbst von dermaßen trübem Wetter, dass man sich die Handgelenke mit einer Rasierklinge öffnen wollte. Doch aus irgendwelchen unbekannten Gründen erinnern sich die Menschen nur an den Sommer der Liebe.

Ich erinnere mich ebenfalls gut an diesen Sommer. Denn es war der Sommer der Jojos und von Brentstock.

Ah, Brentstock. Das heute legendäre, dreitägige Festival voll Liebe, Frieden und Musik. Ich war dort, wissen Sie, ich hab alles gesehen. Erlauben Sie mir, ein wenig davon zu erzählen.

Für mich begann alles eines schönen Morgens im Frühling. Ich fühlte mich unendlich elend, obwohl ich keine Ahnung habe warum. Ich hatte die Schule im vorangegangenen Juli verlassen und war seither von einem Job zum nächsten gewandert. Sie waren alle untergeordnet und unterbezahlt gewesen, und ich hatte von jedem einzelnen die Nase voll. Doch das war kein Problem – wir hatten die sechziger und Vollbeschäftigung, und man hörte nicht mit einem Job auf, bevor man nicht schon einen neuen in der Tasche hatte. Zugegeben, es waren ausnahmslos Scheiß-Jobs, aber hey, immer noch besser als arbeitslos.

In jenem Frühling jedenfalls hatte ich einen neuen Job, und diesmal einen mit Aussichten. Ich arbeitete für den Doveston. Meine Berufsbezeichnung lautete *Vormann für die Plantage*, und ich musste eine besondere Uniform mit Stiefeln und einer Reitpeitsche tragen. Es war ein Kinderspiel. Ich musste nichts weiter tun als umherstolzieren, Gastarbeiter mit der Peitsche schlagen und sagen, dass sie sich gefälligst ranhalten sollten.

Ein echter Traumjob, sozusagen.

Deswegen wusste ich auch nicht, warum ich mich so elend fühlte.

Der Doveston pflegte ein Sprichwort von sich zu geben, das folgendermaßen lautet: »Der Morgen gehört denjenigen, die ihn kommen sehen.« Er war ganz sicher einer von *denjenigen.* Ich erinnere mich noch, wie er mir erzählte, dass es eines Tages kein mexikanisches Viertel mehr in Brentford geben würde und wie skeptisch ich ihn zu der Zeit deshalb angesehen hatte. Doch er sollte Recht behalten; im Jahre 1967 hatten sich sämtliche Pachucos gegenseitig in die Luft gejagt, und die überlebenden Mexikaner, hauptsächlich alte Frauen und kleine Mädchen, lebten in einer armseligen Hüttensiedlung am Rand der Plantage und arbeiteten für den Doveston.

Ich sollte vielleicht noch ein paar Worte darüber verlieren, wo sich diese Plantage befand. Sie befand sich an der Stelle, wo Brentstock war.

In der Brentforder St.-Mary's-Schrebergartenkolonie.

Bis gegen Mitte der sechziger Jahre hatte es viele

Schrebergärtner gegeben, jeder mit seiner eigenen kleinen Parzelle Land, gepachtet bei der Gemeinde und ertragreich an Früchten und Gemüse. Doch einer nach dem anderen waren die alten Knaben, die den Boden umgruben und beackerten, gestorben, und ihre Parzellen wurden eine nach der anderen frei.

Eine nach der anderen wurden die Parzellen vom Doveston gepachtet.

Heute besaß er alle bis auf eine. Diese eine gehörte seinem »Onkel«, dem Alten Pete, und der Doveston rührte sie nicht an. Was die restlichen Parzellen anging, so wurden sie übergepflügt, und das große flache Stück Land, das sanft zur Themse hin abfiel, wurde in eine Tabakplantage verwandelt.

Ich hatte mir nicht wenig den Kopf darüber zerbrochen. Ich hatte stets geglaubt, es sei illegal, ohne irgendeine Lizenz seitens der Regierung Tabak anzubauen. Doch offensichtlich traf dies nicht für Brentford zu. In Brentford hatte das Gesetz keine Gültigkeit.

Es war eine Tradition oder eine alte Bulle oder was weiß ich.

Also bekam ich den Job als Aufseher, mit Uniform und Stiefeln und Reitpeitsche und allem.

Siebenundsechzig brachte die erste große Ernte. Und alles musste genauso gemacht werden, wie der Doveston es wollte. Jahre der Arbeit waren in diesen Augenblick geflossen. Tabak wächst nicht so ohne weiteres in einem Londoner Vorort, und diese spezielle Sorte war genetisch verändert worden.

Der Doveston besaß eine ganze Reihe von Unterlagen aus der Feder eines gewissen Jon Peru Joans, und mit der Hilfe des Alten Pete war es ihm gelungen, eine schnell wachsende Tabakspflanze zu züchten, die widerstandsfähig gegen einheimische Schädlinge war und im englischen Wetter gedieh. Es war eine Errungenschaft, und diejenigen, denen gestattet wurde, einen Blick durch das bewachte Tor oder den hohen Stacheldrahtzaun zu werfen, bewunderten die Schönheit der Pflanzen. Allerdings nicht zu lange, oder sie bekamen eins mit meiner Peitsche über.

An jenem fraglichen Morgen im Frühling jedenfalls hatte die erste Ernte begonnen. Feldarbeiterinnen rackerten sich ab, und der Doveston und ich räkelten uns in erhöhten Sesseln und rauchten frisch gerollte Zigarren[1] und tranken farblose Flüssigkeit aus Flaschen ohne Etikett.

Der Doveston kramte in der Hüfttasche seines modischen Kaftans und brachte etwas zum Vorschein, das er mir zeigte. »Jede Wette, dass du so etwas noch nie vorher gesehen hast«, sagte er und reichte es mir.

Ich untersuchte das Objekt: zwei schlanke Zylinder aus Holz, verbunden durch einen Dübel, an dem ein Stück Kordel befestigt war. »Da hast du Recht«, räumte ich bereitwillig ein. »Hab ich nicht. Was ist das?«

»Ein Hoch-und-runter-und-wieder-hoch.«

»Du hast leicht Reden«, entgegnete ich. »Aber wozu ist es gut?«

»Es geht hoch und runter und wieder hoch. Pass auf, ich zeig's dir.«

Er nahm es aus meiner Hand, schlang sich das Ende der Kordel um den Mittelfinger und ließ das Ding aus der Hand fallen. Als es das Ende der Kordel erreicht hatte, versetzte er ihm einen kleinen Ruck. Es kam wieder hoch, und er fing es auf.

»Unglaublich«, staunte ich. »Das ist eins der erstaunlichsten Dinge, die ich je gesehen habe.«

---

1 Gerollt auf dem Oberschenkel einer dunkelhäutigen Jungfrau.

»Höre ich da etwa Sarkasmus?«, fragte der Doveston.

Ich dachte darüber nach. »Möglich«, räumte ich ein. »Aber wie funktioniert es? Ist vielleicht ein kleiner Motor eingebaut? Oder ist es das Werk irgendeiner dämonischen Macht, wie man leicht annehmen könnte?«

Der Doveston nahm mir die Flasche weg. »Ich schätze, du hast genug davon«, sagte er.

Ich schüttelte den Kopf. »Das liegt nicht am Sprit. Vielleicht kommt es von dem Stückchen Acid, das ich zum Frühstück hatte.«

»Na ja, ich sehe dir das nach. Wir haben schließlich die sechziger.«

»Und wie funktioniert es jetzt? Es scheint nicht der Gravitation zu unterliegen.«

»Das dachte Norman ursprünglich auch. Aber leider hat er sich geirrt. Es funktioniert durch Trägheit, mit ein wenig Hilfe aus dem Handgelenk.«

»Wie so viele Dinge also«, sagte ich. »Oder wenigstens fällt mir eins ein. Wofür ist es gut? Oder ist es nicht für irgendetwas gut?«

»Es muss für irgendetwas gut sein.« Der Doveston drehte das Ding in der Hand. »Alles ist für irgendwas gut. Man kann Tricks damit machen.«

»Ich nicht.«

»Schon gut, ich meinte ja auch, *ich* kann Tricks damit machen.«

»Dann zeig mal.«

Der Doveston zeigte sie mir. Er sandte das Ding nach unten, doch diesmal strich es über den Boden, bevor er es einmal mehr zu sich hochriss. »Diesen hier nenne ich ›den Hund spazieren führen‹.«

Ich klatschte in die Hände.

Er zeigte mir einen weiteren Trick bei dem kunstvoller

Umgang mit der Kordel erforderlich war. »Der heißt ›das Baby schaukeln‹.«

Ich klatschte einmal mehr.

Er ging sein gesamtes Repertoire durch. Jedem seiner Tricks hatte er einen Namen gegeben. Er zeigte mir »den Affen versohlen«, »die Katze ärgern«, »den Pelz teilen« und einen, den er »den Tee mit dem Pfarrer einnehmen« nannte und der so komplizierte Bewegungen beinhaltete, dass ihm der Schweiß auf der Stirn ausbrach.

»Weißt du, was du da hast?«, fragte ich ihn schließlich, als er fertig war.

»Nein, was denn?«

»Zwei Stückchen Holz am Ende einer Schnur. Wirf das blöde Ding weg, bevor dich jemand damit sieht.«

Doch irgendjemand hatte ihn bereits damit gesehen. Tatsächlich hatte jeder, der auf der Plantage arbeitete, den Doveston mit diesem Ding gesehen. Sie alle standen nun um uns herum und starrten ihn an, und zu meinem Erstaunen klatschten sie nun.

Der Doveston musterte sein dankbares Publikum, und ich musterte den Doveston. Er hatte ihnen keine Erlaubnis erteilt, ihre Arbeit zu unterbrechen, und ich glaubte schon, er würde mir gleich befehlen, ein paar von den älteren zu erschießen, um ein Exempel zu statuieren.

Doch das tat er nicht. Denn nun fielen die Arbeiter auf die Knie. Sie verbeugten sich vor dem Doveston.

»Jo Jo!«, krähte einer von ihnen. Und »Jo Jo!«, fielen die Übrigen ein.

»Was machen die da?«, fragte der Doveston.

Ich schüttelte verwundert den Kopf. »Sie beten dich an. Sie denken, du wärst Jo Jo.«

»Und wer um alles in der Welt ist dieser Jo Jo?«

»Ah«, erwiderte ich. »Du kennst Jo Jo nicht, weil du nicht auf der St. Argent's warst wie ich. Die Mexikaner mögen oberflächlich römische Katholiken sein, doch sie beten auch ihre alten Götter an. Jo Jo ist einer von ihnen. Er hat im Himmel irgendwie Mist gebaut und wurde auf die Erde verbannt, wo er gute Werke unter den Bauern tat, bis er wieder zum Himmel aufstieg. Wo er erneut Mist baute und wieder zur Erde gesandt wurde, wo er...«

»... weitere gute Taten vollbrachte, bis er wieder in den Himmel durfte.«

»Ganz genau. Wieder hoch und wieder runter und wieder von vorn. Genau wie dein Hoch-und-runter-und-wieder-hoch.«

Der Doveston lächelte ein höchst göttliches Lächeln. »Genau wie mein *Jojo*, meinst du wohl.«

Die Ernte in jenem Jahr kam genau zur rechten Zeit. Und sie kostete den Doveston keinen Penny. Er schickte mich mit einem kleinen Ballen Tabak zu Norman, und ich tauschte den Ballen gegen hundert Jojos, welche der Ladenbesitzer in weniger als einer Stunde auf seiner Drehbank hobelte. Der Doveston bezahlte seine Arbeiter mit den Jojos, und alle waren hocherfreut und trugen die heiligen Objekte unter zahlreichen Verbeugungen und An-Stirnlocken-Zupfen in ihre Hütten. Oder wie auch immer das weibliche Äquivalent für eine Stirnlocke heißt. Vielleicht Stirnlocke.

Und so wurde der Jojo-Wahn geboren. Bald breitete er sich über die gesamte Gemeinde aus, und Norman, hätte er die Voraussicht gehabt, sich das Ding patentieren zu lassen, hätte wahrscheinlich ein Vermögen mit dem Verkauf der Dinger gemacht.

Doch das Patent wurde schließlich auf einen Mr Crad angemeldet, der es für eine nicht genannte Summe und eine Tantiemenregelung an einen führenden Spielzeughersteller verkaufte.

Erst viele Jahre später fand ich heraus, dass Mr Crad und Mr Doveston ein und dieselbe Person waren.

Jedenfalls, der Jojo-Wahn war geboren, und wie er sich verbreitete! Es war, wie so häufig, ein Fall von: Heute Brentford, morgen die ganze Welt. Natürlich gab es auch Probleme. Der Erzbischof von Canterbury verdammte das Gerät als üblen heidnischen Brauch, was die Verkäufe noch weiter anheizte. Mary Whitehouse verlangte eine Fragestunde im House of Parliament, und es *wurden* Fragen gestellt. Ein Kabinettsmitglied gab auf dem Rasen vor dem Westminster Palace ein Interview, in dem es sagte, dass Jojos in keinster Weise schädlich seien, während seine eigene Tochter dabei gefilmt wurde, wie sie mit einem Jojo spielte.

Die Regenbogenpresse brachte ihre unvermeidlichen Horrorgeschichten über »Todesursache Jojo« und Selbstmorde. Es gab eine Jojofinger-Epidemie, verursacht durch zu fest sitzende Kordeln, welche den Blutfluss unterbrachen, und damit hing Mrs Whitehouse erneut am Telefon und verlangte, das Gesundheitsministerium solle veranlassen, dass die Dinger mit einem Warnhinweis versehen würden.

Was wiederum den Kabinettsminister auf den Rasen zurückbrachte, diesmal nicht in Begleitung seiner Tochter, die allem Anschein nach im Krankenhaus war.

Der »JOJO-WAHNSINN!«, wie die Regenbogenpresse das Phänomen inzwischen nannte, starb irgendwann einen natürlichen Tod. Wie das mit diesen Dingen eben so ist. Manien kommen und Manien gehen, und nur wenige, wenn überhaupt, kennen die Gründe dafür. Heute sind sie da, morgen sind sie weg.

Und das Übermorgen gehört denen, die in der Lage sind, es kommen zu sehen.

Und was ist nun mit Brentstock?, höre ich Sie fragen.

Ja. Was ist mit Brentstock?

11

Wenn Musik die Nahrung der Liebe sein soll,
dann weiß ich nicht, was eine Zigarre ist.

Nimrod Tombs

»Ich überlege, ob ich nicht irgendetwas zurückgeben soll.«

Das sagte der Doveston.

Wir saßen draußen vor dem Fliegenden Schwan. Es war ein warmer Abend im Spätfrühling, und ich fühlte mich immer noch äußerst elend. Andererseits, der Sommer war nicht mehr weit, und ich begann schon ein wenig mehr Liebe zu spüren.

Die Sonne versank eben hinter dem großen Gasometer, und ihre letzten Strahlen glitzerten auf unseren Pints Large und in unseren babyblauen Augen.

»Etwas zurückgeben?«, fragte ich.

»Etwas zurückgeben.«

»Nun, ich weiß ja nicht, was du genommen hast, aber ich will es wiederhaben, wenn du es zurückgibst.«

»Nein, nicht *dir!*«, sagte der Doveston. »Der Gemeinde, als Ganzes.«

»Ich mag die Gemeinde«, sagte ich. »Ich mag es nicht, wen du sie so nennst.«

Der Doveston gab mir eine Kopfnuss.

Ich rappelte mich vom Boden auf. »Ich fürchte, ich kann dir nicht folgen«, räumte ich ein.

»Ich hatte bisher ein gutes Jahr.« Der Doveston leerte sein Pint und starrte in das leere Glas. »Meine Ernte ist früh unter Dach und Fach. Bald ist der Tabak fertig zum Verpacken, und kurze Zeit später werden Zigarren und Zigaretten und Snuff, alle mit dem unverwechselbaren Doveston-Logo versehen, von den Produktionsbändern rollen. Außerdem werde ich als Gott verehrt, was für sich genommen keine kleine Sache ist. Und ich hatte bei ein, zwei anderen Dingen Glück.« Er zog sein Jojo aus der Tasche und polierte es an seinem Ärmel.

»Und deswegen denkst du darüber nach, ob du etwas zurückgeben sollst?«

»An die Gemeinde, ja.«

»An was hättest du dabei gedacht? Doch wohl nichts Revolutionäres, wie beispielsweise den Arbeitern einen anständigen Lohn zu zahlen?«

»Hüte dich vor der Faust hinter deinem Ohr. Meine Arbeiter sind ihrer Wege gezogen und rackern sich jetzt auf den Feldern von Crad in Chiswick ab. Ich dachte, ich organisiere vielleicht eine Art Feier.«

»Eine Party?«

»Etwas in der Art, ja.«

»Aber nicht in meinem Haus, Kumpel!«

»Ich dachte an etwas Größeres.«

»Nun, die Waldhütte kannst du nicht wieder mieten. Sie wissen inzwischen, dass du derjenige warst, der das Dach weggesprengt hat.«

»Aaah-Tschuh!«, machte der Doveston. »Nebenbei gefragt, hast du dir eigentlich jemals einen neuen Hund gekauft?«

»Nein. Hab ich nicht und ich danke dir, dass du nie wieder darüber redest.«

»Ich hatte doch gesagt, dass es mir Leid tut.«

»Aber du hast es nicht ehrlich gemeint.«

»Ob man es ehrlich meint oder nicht, das ist nicht der Punkt. Der Punkt ist, ob man es sagt oder nicht.«

Ich leerte mein Pint. »Du kannst mir noch eins davon spendieren«, sagte ich. »Und das habe ich gesagt, also meine ich es auch.«

»Sehe ich aus, als bestünde ich aus Geld?«

»Offen gestanden – ja. Und wenn du wirklich vorhast, der Gemeinde etwas zurückzugeben, dann kannst du ruhig auf der Stelle damit anfangen.«

Der Doveston besorgte uns zwei weitere Pints. »Hör zu«, sagte er und legte eine Hand an sein Ohr. »Sag mir, was du hörst.«

Ich lauschte. »Preist Gott dich bereits für deine Großzügigkeit?«

»Nein. Es ist die Jukebox.«

»Ah, ja«, sagte ich. »Die Jukebox hat nur drei Platten, und diese drei privat produzierten Pressungen wurden vom Sohn des Wirts und seiner Band gemacht.«

»Ganz genau.«

Ich nippte an meinem Bier.

»Willst du keine einfältige Bemerkung fallen lassen?«

Ich schüttelte den Kopf und schüttete mir Bier auf das Hemd.

»Das ist auch gut so«, sagte der Doveston. »Was würdest du sagen, wenn ich ein Rockfestival ausrichte?«

»Zuerst würde ich dich fragen, wer dort spielen soll. Dann, nachdem du mir das verraten hättest, und wenn ich begierig auf die Band wäre, würde ich weiter fragen, wie viel die Tickets kosten sollen. Und dann, nachdem ich auch das wüsste, würde ich wahrscheinlich voller Entsetzen zurückzucken und etwas in der Art sagen wie: ›Das soll doch wohl ein verdammter Witz sein, Kumpel!‹ Das würde ich sagen.«

»Ich dachte eigentlich eher daran, ein *kostenloses* Festival zu organisieren.«

»Das soll doch wohl ein verdammter Witz sein, Kumpel!«

»Ich meine es ernst. Wir könnten es auf der Plantage abhalten. Wir könnten dort leicht tausend Leute unterbringen, sogar zweitausend, wenn sie sich ein wenig dichter aufstellen.«

»Und deine Ernte zertrampeln?«

»Die Ernte ist eingebracht. Das Land liegt brach. Es wäre eine goldene Gelegenheit, ein wenig zusätzliches Geld damit zu verdienen.«

»Ich dachte, du hättest irgendetwas von einem *kostenlosen* Festival gesagt?«

»Der Eintritt wäre frei. Aber die Leute wollen essen und trinken, oder nicht? Und ihre Zigaretten kaufen. Wir würden Stände errichten, wo wir uns um all ihre Bedürfnisse kümmern würden.«

»Wen meinst du mit diesem ›wir‹, von dem du die ganze Zeit redest?«

»Nun, natürlich würdest du dabei mitmachen wollen. Schließlich bist du mein Biograf und Amanuensis, oder nicht?«

»O ja«, sagte ich. »Ich schreibe alles was du anstellst sorgfältig auf.«

»Dann wäre ja alles besprochen. Ich überlasse es dir, die Bands zu buchen. Hol etwas Großes, die Beatles oder die Rolling Stones, was weiß ich.«

Ich blickte den Doveston an.

Und der Doveston sah mich an.

»Soll ich versuchen, den Sohn vom Wirt zu kriegen?«, fragte ich.

Tatsächlich verlief das Buchen der Bands ein gutes Stück besser, als ich es mir ausgemalt hatte. Als der Sommer kam, wurden Bands, die normalerweise eine königliche Gage verlangt hätten, auf einmal ganz weich vor Liebe und begannen umsonst zu spielen.

Wir hatten inzwischen ein Telefon in unserem Haus, und eines Morgens im Juli legte ich den Hörer auf die Gabel zurück, nachdem ich ein Ferngespräch aus dem Ausland erhalten hatte.

»Captain Beefheart kommt«, sagte ich zu meiner Mum.

»Captain wer?«, fragte sie.

»Beefheart«, sagte mein Vater. »Auch bekannt als Don Van Vliet, ein Avantgarde-Musiker mit einer über vier Oktaven reichenden Gesangsstimme, dessen fruchtbares Album *Trout Mask Replica* noch heute als eines der originellsten Werke gilt, die jemals in der Rockmusik produziert wurden.«

Ich nahm meinen Vater unauffällig beiseite. »Nur ein paar Details«, sagte ich zu ihm. »Erstens ist *Trout Mask* ein Doppelalbum, und zweitens kommt es nicht vor 1969 heraus. Ich denke, das ist von Bedeutung.«

Mein Vater nickte nachdenklich. »Captain wer?«, fragte er.

Tatsächlich schaffte es der gute Captain dann doch nicht. Dafür kamen Jimi Hendrix Experience und Big Brother and the Holding Company.

»Merk dir meine Worte, mein Freund«, sagte der Doveston, als ich ihm von meinem Erfolg berichtete. »Nicht nur Jimi Hendrix, sondern auch Janis Joplin sind in ein paar Jahren tot, wenn sie weiter so viele Drogen nehmen.«

Ich schüttelte den Kopf. »Du hast vielleicht mit dem mexikanischen Viertel Recht gehabt«, sagte ich, »aber das ist völlig absurd.«

Ich muss gestehen, dass ich ziemlich sauer war, als einen Monat vor dem Festival sowohl Jimi als auch Janis aus unbekannten Gründen absagten. Ohne jeden Zweifel wäre ich in einen Zustand tiefsten Elends gesunken, wäre ich nicht so voller Liebe gewesen.

»Hey, wegen deinem Jungen und seiner Band«, sagte ich zum Wirt des Fliegenden Schwans.

Nur noch drei Wochen bis zum Festival. Der Doveston berief ein Meeting des Festival-Komitees in seiner Wohnung ein. Ich war schon viele Male zuvor in der Wohnung des Doveston gewesen. Tatsächlich hatte ich ihm beim Einzug geholfen und war persönlich für zahlreiche schwerere Möbelstücke verantwortlich gewesen. Es war eine ziemlich hübsche Wohnung, und ich biete hier eine Beschreibung an, um ins Bild zu setzen, was »einer jener Momente in der Geschichte der Menschheit« werden sollte.

Die Wohnung des Doveston nahm das gesamte obere Stockwerk des Hawtrey House ein, einer jener sechs neuen Mietskasernen, die an der Stelle der alten ethnischen Viertels errichtet worden waren. Jeder der sechs Blocks war nach einem der Titanen des britischen Kinos benannt worden. Es gab einen Hawtrey, einen James, einen Windsor, einen Williams, einen Sims und einen McMurdo. McMurdo war schon ein wenig rätselhaft, und ich konnte mich an keinen berühmten Schauspieler dieses Namens erinnern. Der einzige McMurdo, den ich kannte, war das Ratsmitglied McMurdo, Vorsitzender der Stadtplanungskommission.

Also konnte er es wohl kaum sein!

Als die alten Straßen planiert wurden, um Raum für die neuen Blocks zu schaffen, waren die Bewohner der alten Häuser woanders untergebracht worden. Es war beabsichtigt, ihnen allen neue Wohnungen zu verschaffen, sobald die Arbeiten an den neuen Blocks fertig waren. Ich vermute, es gab irgendeinen klerikalen Irrtum, oder vielleicht hatte die Gemeinde auch die neuen Adressen verlegt oder irgendwas, denn nicht ein einziger der ursprünglichen Bewohner dieser Gegend kam jemals nach Brentford zurück, um in den Mietskasernen zu wohnen. Junge, smarte Typen von außerhalb, die Anzüge trugen und »Jobs in der City« hatten, zogen stattdessen ein.

Der Doveston war einer von ihnen.

Er hatte eine Menge Glück, wie es der Zufall will. Die oberste Etage des Hawtrey House hatte ursprünglich in drei verschiedene Wohnungen unterteilt werden sollen. Wie es scheint, ging der Gemeinde entweder das Geld aus oder sonst was, denn die Trennwände wurden niemals eingezogen, und der Doveston bekam das gesamte Obergeschoss zur Miete einer einzigen Wohnung. Er erzählte Norman, dass einer seiner »Onkel« ihm den Tipp gegeben hätte. Norman erzählte mir, dass er sich nicht an den Namen des Onkels erinnern konnte, aber es müsse irgendetwas Schottisches gewesen sein.

Jedenfalls wohnte der Doveston nun in einer todschicken neuen Wohnung.

Die Einrichtung war ganz und gar modern. Lavalampen, Bohnensäcke und Perlenvorhänge. Bunte Teppiche überall auf dem Boden. Der Boden war glänzend lackiert, die Jalousien aus Schilf.

Inzwischen hatte der Doveston eine ausgedehnte Sammlung von Büchern, die sich allesamt dem Thema Tabak widmeten. Viele der Bücher trugen den unverwechselbaren Stempel der Memorial Bücherei, doch ich verzichtete auf jeden diesbezüglichen Kommentar.

Allerdings gab es in der Wohnung auch eine Reihe von Dingen, über die ich Kommentare abgab. So gab es eine höchst exquisite Jardiniere, die ich ursprünglich im Wintergarten von Onkel Jon Peru Joans gesehen hatte. Dazu einen in Leder geschlagenen Teekessel mit Stacheln, aus dem ich in der Besserungsanstalt einmal Tee ausgeschenkt bekommen hatte. Und eine wunderschöne Schachtel aus menschlicher Haut, bei der ich das sichere Gefühl hatte, dass sie mit derjenigen identisch war, die Professor Merlin uns vor fast einem Jahrzehnt in seinem Wohnwagen gezeigt hatte.

Als ich den Doveston nach der Herkunft dieser *Objets d'art* fragte, gab er nur vage Antworten.

Die schiere Großzügigkeit der Wohnung verlieh ihr eine Aura von Größe. Die breiten Fenster boten einen sehr romantischen Ausblick auf die gesamte Gemeinde.

Der Duft von Räucherstäbchen (der Doveston produzierte seine eigenen) erfüllte die Luft mit berauschenden Aromen, und die Sitar-Musik aus der neuen Stereoanlage des Doveston lieferte das gewisse Extra dazu.

Ich hätte ganz krank werden können vor Neid, hätte meine Mutter mich nicht gelehrt, dass »alle eifersüchtigen Jungen in der Hölle« landen, »wo sie den lieben langen Tag durch das falsche Ende eines Teleskops zum Himmel hinaufstarren müssen«.

Das »Free Festival Committee« bestand aus mir selbst, Norman und Chico. Chico hatte kürzlich eine Schießerei überlebt und arbeitete nun Vollzeit als Chauffeur für den Doveston. Der erste Wagen des Doveston war ein heruntergekommener Morris Minor, den Chico in einen Lowrider umgebaut hatte. Seitdem hatte der Doveston eine Menge anderer Wagen gehabt, obwohl er niemals selbst einen Führerschein gemacht hatte.

Wir saßen auf Bohnensäcken und rauchten Zigarren, die man uns anbot, und sprachen darüber, wie die Dinge sich entwickelten. Das Festival war für das Wochenende des siebenundzwanzigsten Juli geplant, ein Datum, das rein zufällig mit dem Geburtstag des Doveston zusammenfiel.

»Erzählt mir von den Bands«, verlangte der Doveston.

»Richtig«, sagte ich. »Die Bands.«

»Und?«

»Ja, die Bands.« Ich räusperte mich. »Absolut richtig, die Bands.«

»Du hast doch Bands gebucht, oder nicht?«

»O ja. Nun, eigentlich nicht gebucht, nicht wirklich. Was so viel heißt wie, dass wir nichts Schriftliches haben. Keinen Kontrakt oder dergleichen. Aber ich ...«

»Aber was?«

»Chico hat mir gerade gegen das Ohr geboxt!«, beschwerte ich mich.

»Die Bands«, erinnerte mich der Doveston.

»Ja.« Ich kramte eine zerknitterte Liste aus meiner Kaftantasche. »Ich hab leider keine großen Namen kriegen können. Sie hatten alle zu viel zu tun oder wollten in Urlaub oder was weiß ich, und viele scheinen ganz nach San Francisco ausgewandert zu sein.«

»Und welche Bands hast du?«

Ich las von meiner Liste. »Astro Lazer and the Flying Starfish from Uranus. Rosebud Lovejuice. The Seven

Smells of Susan. Wompuchumbassa. The Chocolate-T-Shirts and Bob Dylan.«

»Bob Dylan?«, fragte der Doveston aufgeregt. »Du hast Bob Dylan?«

»Ja. Sein Vater hat gesagt, er könnte den Samstag freinehmen.«

»Bob Dylans Dad?«

»Johnny Dylan. Er ist der Besitzer des Delikatessenladens auf der High Street. Bob dreht üblicherweise Samstags den Käse rund, doch sein Dad meinte, es wäre in Ordnung, wenn er freimacht, dann könnte er vor Publikum mit seinem Käse jonglieren.«

»Bob Dylan ist ein Jongleur?«

»Natürlich ist er das, was hast du denn geglaubt, was er ist?«

Der Doveston schüttelte den Kopf. »Sonst noch jemand?«

»Sonny and Cher«, sagte ich.

»*Sonny and Cher?*«

»Sonny Watson und Cher O'Riley. Sie betreiben ein Pub in Kew.«

Der Doveston hob die Hand. »Und gehe ich recht in der Annahme, dass sie ebenfalls jonglieren?«

»Nein, sie steppen.«

»Perfekt. Hast du vielleicht auch einen Einrad fahrenden Klempner aus Chiswick namens Elvis Presley?«

Ich überflog meine Liste. »Nein«, sagte ich. »Möchtest du, dass ich ihn einlade?«

Chico versetzte mir einen weiteren Schlag gegen das Ohr.

»Hör auf damit«, sagte ich zu ihm, als ich wieder aufgestanden war.

»So«, sagte der Doveston und nahm sein Jojo aus der Tasche, um »den Drachen zu jagen«. »Wir haben also einen Haufen völlig unbekannter Bands und drei ...«

»Doppelgänger, Boss«, sagte Chico. »Denkst du das Gleiche wie ich, Boss?«

»Dass wir Bob, Sonny und Cher an die Spitze unserer Liste setzen sollten?«

»Es sollte eine Menge Besucher anziehen.«

Ich kratzte mich am Kopf. Er war heutzutage viel weniger räudig, trotzdem hatte ich immer noch eine Menge Schuppen. »Ich kapier das nicht«, sagte ich. »Bob, Sonny und Cher sind nicht so gut. Ich dachte, wir stecken sie irgendwo zwischen die anderen Bands.«

»Vertrau mir«, sagte der Doveston. »Ich weiß, was ich tue.«

Und das wusste er tatsächlich. Anderseits – ich wusste es auch. Weil ich nicht völlig dämlich war. Ich wusste sehr wohl, wer der echte Bob Dylan und wer Sonny and Cher waren. Doch ich hatte keine Lust, das zuzugeben. Wie ich die Sache sah, schien es folgendermaßen auszusehen: Hätte ich dem Doveston eine Liste mit lauter unbekannten Namen gegeben, hätte er Chico wahrscheinlich gesagt, dass er mich aus dem Fenster werfen soll. Indem ich ihm den falschen Dylan und die falschen Sonny and Cher präsentierte, gab ich ihm eine Gelegenheit, das zu tun, was er am liebsten machte: Leute übers Ohr hauen.

Und wie ich das noch sah, war folgendermaßen. Wenn die angeschmierte Menge sauer wurde und den Festival-Organisator Stück für Stück zerriss, dann war es wohl kaum meine Sache. Und es geschähe ihm recht, da er schießlich meinen Biscuit in die Luft gesprengt hatte.

»Damit wäre das also erledigt«, sagte der Doveston. »Kümmerst du dich um die Plakate?«

»O ja, gerne«, sagte ich. »Ich entwerfe sie selbst. Wie buchstabiert man Dylan? D-I-L-L-O-N, richtig?«

»Vielleicht sollte ich die Plakate doch lieber selbst machen.«

»Also schön. Wenn du meinst, dass es so besser ist.«

»Jetzt brauchen wir noch einen guten Namen für das Festival.«

»Ich hab einen«, sagte ich. »Was hältst du von Brentford's Ultimate Music Festival of Love and Peace. BUMFLAP abgekürzt.«

»Das gefällt mir«, sagte Chico.

»Mir nicht«, sagte der Doveston.

»Mir auch nicht«, sagte Chico. »Er gefällt mir überhaupt nicht.«

»Du wirst noch zu einem richtigen kleinen Jasager, Chico«, sagte ich zu ihm.

»Nein, werde ich nicht.«

»Doch, wirst du wohl.«

»Nein, werde ich nicht.«

»Doch, wirst du wohl.«

»Chico«, sagte der Doveston. »Hol uns allen ein Bier.«

»Ja, Mann«, sagte Chico.

O wie haben wir gelacht.

Nachdem wir alle unsere Biere hatten und das Gelächter ein wenig abgeklungen war, sagte der Doveston: »Wir werden dieses Festival Brentstock nennen.«

»Das gefällt mir«, sagte Chico.

»Mir nicht«, sagte ich. »Was soll das bedeuten?«

»Es bedeutet Qualität und Geschmack zu einem Preis, den man sich leisten kann.«

»Das wusste ich«, sagte Chico.

»Nein, wusstest du nicht.«

»O doch, wusste ich wohl.«

»Wusstest du nicht.«

»Entschuldigt bitte«, sagte Norman. »Aber Brentstock bedeutet Qualität und Geschmack zu einem Preis, den man sich leisten kann. Weil Brentstock der Name von Mr Dovestons exklusiven Brentford Reserve Stock Cigarettes ist, welche während des Festivals zum ersten Mal der Öffentlichkeit vorgestellt werden.«

»Das wusste ich auch«, sagte Chico.

»Nein, wusstest du nicht.«

»Wusste ich doch.«

»Nein, wusstest du nicht.«

Chico zog eine Pistole und zielte damit auf meine Rippen. »Hör zu«, sagte ich. »Wenn du sagst, dass du es gewusst hast, dann hast du es gewusst.«

»So«, sagte der Doveston und ließ mit seinem Jojo »den Hahn tanzen«. »Wir haben die Bands, wir haben den Namen. Was ist mit den Drogen?«

»*Den Drogen?*« Ich duckte mich, als das Jojo in meine Richtung wirbelte.

»Drogen!« Der Doveston machte »Roger Rabbit« mit dem Jojo. »Ich will nicht, dass mein Festival durch eine Bande von auswärtigen Drogendealern verdorben wird, die der Menge gepanschtes Zeug verkaufen.«

»Verdammt richtig«, sagte Chico. »Die Menge kann ihr gepanschtes Zeug auch bei uns kaufen.«

»Das habe ich nicht gemeint. Ich will nicht, dass auf diesem Festival überhaupt Dope verkauft wird. Verstehst du das?«

»O ja, Mann. Richtig«, sagte Chico und zwinkerte.

»Nein«, sagte der Doveston. »Ich meine es todernst. Keine Drogen auf meinem Festival.«

»Aber wir leben in den sechzigern, Mann! Du sagst selbst dauernd, dass wir in den sechzigern leben!«

»Kein Dope«, entschied der Doveston. »Ich will, dass

die Leute sich amüsieren. Norman wird die Stände organisieren, nicht wahr, Norman?«

»O ja.« Der Ladenbesitzer nickte. »Die Zigarettenläden, die T-Shirt-Stände und natürlich das Bierzelt.«

»Und das Essen?«

»Alles organisiert. Hotdogs, Eis, makrobiotischer brauner Reis und Falaffel. Ich habe die Standplätze vermietet, und wir kassieren Prozente von allen Verkäufen.« Norman klopfte auf die obere Tasche seines braunen, Paisley-gemusterten Ladenbesitzerkittels. »Ich hab sämtliche Verträge schriftlich.«

»Perfekt. Die Besucher können essen und trinken und zur Musik tanzen.«

»Und Brentstock-Zigaretten von dem Geld kaufen, das sie ansonsten für Dope ausgeben würden?«, schlug ich vor.

»Möglicherweise«, sagte der Doveston und vollführte einen Trick mit seinem Jojo, der ihn außer Puste brachte. »Das Grün strecken«, erklärte er. »Aber vertraut mir. Es wird getarnte Geheimpolizisten in der Menge geben. Ich möchte nicht, dass irgendjemand verhaftet wird. Ich möchte, dass dieses Festival läuft wie ein geölter ...«

» ... Penis?«, fragte Chico.

» ... Blitz«, sagte der Doveston.

»Verdammte Dyslexie«, sagte Chico.

»Hä?«

Brentstock lief nicht wie ein geölter Blitz und auch nicht wie ein geölter Penis. Es lief eher, falls überhaupt, wie eine angemalte Kohlrübe durch ein Feld eifriger Zahnbürsten. Oder wenigstens lief es so für mich. Ich kann nicht für andere sprechen. Die meisten von denen, die es überlebten, waren noch einige Wochen lang nicht in dem Zustand, etwas dazu zu sagen. Einige legten sogar Schweigegelübde ab und sprachen niemals wieder.

Doch an jenem Abend, oben in der Wohnung des Doveston, konnte sich keiner von uns vorstellen, was dann passieren würde.

Ich sage ja nicht, dass alles allein die Schuld vom Doveston war. Aber ein Teil davon war es, ohne jeden Zweifel. Ich sage deutlich, dass nichts von alledem auf meine Kappe ging. Ich bin unschuldig in sämtlichen Punkten der Anklage.

»Ich war es nicht«, sagte ich zum Friedensrichter.

Aber hat er mir zugehört?

Einen Dreck hat er!

Er meinte, in all seinen langen Jahren als Richter sei ihm noch niemals etwas derart Anstößiges untergekommen, und er würde einen Therapeuten brauchen, um über die Albträume hinwegzukommen.

Was möglicherweise der Grund dafür war, dass er so hohe Strafen verhängte.

Doch ich eile voraus. Wir waren bei Neunzehnhundertsiebenundsechzig, dem Sommer der Liebe und Brentstock.

Ah, Brentstock.

Ich war dabei, wissen Sie?

Alles begann an einem Freitagabend.

12

Ein Brauch, der abscheulich für das Auge,
verhasst für die Nase, schädlich für das Gehirn,
gefährlich für die Lungen und mit seinem
schwarzen, stinkenden Rauch noch am ehesten
an den grauenvollen stygischen Qualm aus
dem Bodenlosen Loch erinnert.

James I. (1566–1625)
Ein Gegenschlag gegen den Tabak

Brentstock, Brentstock. Hol dir deine
Brentstock Zigaretten, sie sind wunnebar.

Norman Hartnell[1]

Sie kamen zu Tausenden. Freundliche Leute, mit Blumen in den Haaren. Sie trugen Perlen und sie trugen Glöckchen und sie trugen Sandalen. Sie trugen auch ausgestellte Hosen, doch weil es die 1960er waren, war dies verzeihlich.

Sie waren farbenfroh und schön, und das einfache Volk von Brentford guckte zu. Mütter standen auf den Türschwellen mit ihren Babys in den Armen. Junge

1 Sehen Sie nicht hier unten nach, ich werde es nicht noch einmal wiederholen.

Konservative lehnten auf Spazierstöcken und nuckelten an ihren Pfeifen. Ladenbesitzer traten vor die Ladentüren und gafften, und Pussykatzen auf Fenstersimsen hoben die pelzigen Köpfe und glotzten und schnurrten.

Der Alte Pete lümmelte sich in der Tür seiner Schrebergartenhütte. »Schwuchtelpack, das alles!«, sagte er, während er die Ankömmlinge beobachtete. »Die könnten alle das ein oder andere Jahr Wehrdienst vertragen.«

»Ist Peace and Love nicht Ihr Ding?«, fragte ich den Alten.

»Versteh mich nicht falsch, Jungchen. Ich bin ganz und gar für die freie Liebe.«

»Sind Sie?«

»Verdammt richtig. Ich hab die Nase voll davon, immer bezahlen zu müssen.«

Ich lächelte höflich. »Nun, ich muss gehen«, sagte ich. »Ich muss sicherstellen, dass die Bühne vorbereitet ist und so weiter.«

»Huh«, schnaufte der Alte Pete. »Ach, wenn du den Doveston siehst, dann sag ihm doch, ich will, dass er die Fässer mit Chemikalien aus meinem Schuppen holt. Von den Dämpfen krieg ich ganz weiche Knie.«

»Chemikalienfässer?«, fragte ich.

»Fungizide. Das Zeug, das wir für die Pflanzen gebraucht haben. Irgendein amerikanischer Dreck, der in Vietnam gerade der letzte Schrei ist. Aber ich will es nicht hier haben. Ich hab's dem Doveston schon gesagt, aber hat er zugehört?«

»Einen Scheiß hat er, wie?«

Der Alte Pete spuckte in das Regenfass. »Ganz genau. Einen Scheiß. Also verpiss dich, Jungchen.«

Ich verpisste mich. Ich hatte jede Menge zu tun. Ich musste sicherstellen, dass die Bühne vorbereitet war und die Beleuchtung und das Soundsystem. O ja, wir hatten alles. Den ganzen Kladderadatsch. Wir hatten es bei einem einheimischen Requisitenverleih namens Fudgepacker's Emporium gemietet. Fudgepacker belieferte die Film- und Fernsehindustrie mit seinen Requisiten. In Brentford gibt es nicht viel, das man nicht kriegt, wenn man weiß, wo man suchen muss.

Ich musste alles vorstrecken, mit meinem Postsparbuch, doch der Doveston hatte versprochen, mir meine Auslagen zu ersetzen.

Ich kletterte auf die Bühne und starrte hinaus auf die haarigen Köpfe der wachsenden Menge. Und dann tat ich etwas, das ich schon immer hatte tun wollen. Ich nahm das erste Mikrofon in die Hand und machte: »Eins, zwei, eins, zwei.«

Es war schon eine gewisse Enttäuschung, muss ich sagen.

Ich drehte mich zu einem von Fudgepacker's Männern um, der Kabel verteilte. »Dieses Mikrofon ist nicht eingeschaltet«, sagte ich.

»Nichts ist eingeschaltet, Kumpel. Wir können keine Steckdose finden, wo wir etwas reinstecken könnten.«

Es war einer von jenen ganz besonderen Momenten. Sie wissen, was ich meine. Einer von jenen Momenten, die die Männer von den Knaben unterscheiden, die Helden von den Memmen, die Industriekapitäne von den Schauflern von ...

»Scheiße«, sagte ich, und meine Blase wurde schwach. »Keine Steckdose.«

»Um wie viel Uhr kommt der Generator-Wagen?«

Ich lächelte auf eine Weise, von der ich meinte, dass sie Zuversicht ausstrahlte. »Was bitte sehr ist ein Generator-Wagen?«, erkundigte ich mich.

Der Mann von Fudgepacker gab seinem Kollegen einen Rippenstoß. »Hast du das gehört?«, fragte er.

Sein Kollege grinste. »Vielleicht möchte er, dass wir die Stecker bei irgendjemandem zu Hause einstöpseln.«

Ich benutzte die Stimme gelassener Autorität, die bei einfachen Menschen stets Respekt erzeugt. »Ganz genau das möchte ich, meine Herren«, sagte ich zu ihnen. »Ich mag einfach keine Generator-Wagen. Mein eigenes Haus grenzt an die Schrebergärten; wir können das Kabel durch das Küchenfenster legen und die Steckdose vom elektrischen Wasserkocher benutzen.«

Nach der Art und Weise zu urteilen, wie ihre Unterkiefer herabsanken, war mir klar, dass ich nicht nur ihren Respekt gewonnen hatte, sondern auch ihre Bewunderung.

»Der Stecker für den elektrischen Wasserkocher«, sagte einer der beiden leise.

»Das ist richtig«, nickte ich. »Wir haben einen elektrischen Wasserkocher. Wir leben schließlich in den sechzigern.«

»Richtig«, machten beide. »Ja, richtig.«

Wir brauchten eine Menge Kabel, aber schließlich waren wir an der Rückwand meines Gartens angekommen. Ich kletterte über die Mauer und durch das Küchenfenster, zog den Stecker des Wasserkochers aus der Dose und steckte dafür Brentstock ein.

Ich war recht zufrieden mit mir, und als ich auf die Bühne zurückkehrte (Sie werden feststellen, dass ich nicht schlurfte), ignorierte ich das dümmliche Kichern und die hinter vorgehaltener Hand gemachten Bemerkungen. Diese Burschen wussten, dass sie es mit einer geborenen Autorität zu tun hatten, und ich bin sicher, dass es sie ziemlich gewurmt hat.

Bauern!

Bei meiner Rückkehr zur Bühne stellte ich mit Freuden fest, dass die erste Band sich bereits fertig machte. Es waren Astro Lazer and the Flying Starfish from Uranus. Chico hatte sie mir empfohlen. Sie waren eine Mariachi-Band.

Sie sahen sehr schick aus in ihrem Nationalkostüm: ärmellose Baumwollwesten, Kopfbänder und Tattoos. Ich beobachtete, wie sie ihre Trompeten und Flügelhörner, Ophikleiden, Kornetts und Euphonien stimmten und fragte mich, ob es eine gute Idee wäre, wenn ich nach vorne treten und ein paar »Eins, zweis« in die Mikrofone sprechen würde, um die Sache ins Rollen zu bringen. Und dann dämmerte mir, dass wirklich irgendjemand dieses Festival eröffnen sollte.

Und dieser Irgendjemand musste der Doveston sein.

Ich fand ihn beim Mischpult, und ich muss sagen, dass er wirklich perfekt aussah. Er trug einen langen weißen Kaftan, der ihm bis zu den Knöcheln reichte, seine langen Haare waren in der Mitte gescheitelt, und sein kleiner lockiger Bart erinnerte mich an ...

»Christus!«, machte der Doveston. »Was willst du?«

»Karl Marx«, sagte ich.

»Was?«

»Du erinnerst mich an Karl Marx, 1818–1883, den deutschen Gründer des modernen Kommunismus in England, aus ... oh ...«

Mein Runninggag wurde grausam abgeschnitten, als ich die blumenhaarige Hippiemaus sah, die vor dem Doveston kniete und ihm einen ...

»Runter!«, kreischte der Doveston. »Los, runter von der Bühne!«

»Aber ich dachte, du solltest an das Mikrofon treten und das Festival eröffnen! Es ist schließlich dein Festival!«

»Hm. Eine durchaus vernünftige Idee.« Er winkte die Hippiemaus weg. »Du kannst mein Jojo auch später noch justieren«, sagte er.

Ich betrachtete das Jojo des Doveston. »Das steckst du besser wieder weg, bevor du ans Mikrofon trittst«, lautete mein Rat.

»Was?«

»Du willst doch sicher nicht über die Schnur stolpern, oder?«

Ich muss sagen, die Eröffnungsansprache des Doveston war ein voller Erfolg. Der Stil seiner Rede erinnerte stark an den eines anderen berühmten Deutschen. Den Typen, der vor dem letzten Krieg in Nürnberg all diese aufrüttelnden Reden an die arische Nation gehalten hatte. Er hielt sich häufig die Hand vor den Schritt oder trat vom Mikrofon zurück, um einen Sachverhalt einwirken zu lassen, oder er schlug sich auf die Brust und so weiter und so fort et cetera pp.

Ich konnte nicht umhin zu denken, dass der kleine Führer vielleicht sogar noch mehr Erfolg gehabt hätte, wäre er imstande gewesen, die Doveston-Technik zu adaptieren und seine Rede mit dem ein oder anderen geschickten Jojo-Trick aufzupeppen.

Der Doveston sprach von Liebe und Frieden und Musik und davon, dass es unsere Pflicht wäre, das Allerbeste aus jeder einzelnen Minute zu machen. Und als er sich plötzlich unterbrach, um sich eine Zigarette anzustecken und einen »Brentstock-Moment« zu genießen, erkannte ich, dass ich wahrhaftig Zeuge von Größe war.

Er verließ die Bühne unter donnerndem Applaus und gesellte sich zu mir ans Mischpult. »Und?«, fragte er. »Was meinst du?«

»Brillant«, sagte ich. »Das ist wenigstens drei Abschnitte in deiner Autobiografie wert. Obwohl ich einen Kritikpunkt hätte.«

»Ach ja? Und welchen?«

»Du hast nicht ›Eins, zwei‹ in das Mikrofon gemacht, bevor du angefangen hast.«

Freitagabend war der Knaller. Die Bands spielten, die Leute tanzten. Und sie aßen und tranken und kauften Brentstock-Zigaretten. Chico und ein paar seiner Kumpel bewegten sich durch die Menge und nahmen jeden Pusher von außerhalb der Gemeinde aufs Korn, um ihm die Irrungen seiner Wege zu verdeutlichen. Die Sonne sank tief hinter die mächtigen Eichen, die den Fluss säumten, und ich war sicher, dass ein denkwürdiges Wochenende vor uns lag.

Und das tat es auch.

Früh am Samstagmorgen wurde ich unsanft aus dem Schlaf geweckt. Ich rollte mich herum in der Erwartung des wunderschönen Gesichts der jungen Frau, die ich am Abend zuvor kennen gelernt hatte. Der Frau mit den blonden Haaren und dem bunten Bikini-Top, die auf den Schultern eines Kerls ganz vorne im Publikum gesessen hatte. Ihr Name war Litany.

Aber es war nicht Litany. Litany hatte mir im Übrigen auch gesagt, dass ich Leine ziehen sollte.

»Wach auf!«, brüllte Norman. »Wir haben Probleme, und sie fangen alle mit P an.«

Ich stöhnte. »Probleme fangen immer mit P an. Erinnerst du dich an meine Party? Alle kamen als irgendwas verkleidet, das mit P anfing.«

»Tatsächlich?«, fragte Norman. »Wie interessant. Auch unsere Probleme fangen mit P an. Privatbesitz. Polizeistunde. Polemik.«

Ich stöhnte einmal mehr. »Dann schieß mal los«, sagte ich mit einem Seufzer. »Erzähl mir von unseren Problemen.«

Norman atmete tief durch. »Urgh!«, sagte er dann. »Du hast einen fahren lassen!«

»Alle Männer lassen als Erstes am Morgen einen fahren. Erzähl mir von unseren verdammten Problemen!«

»Ja, richtig. Nun, erstens haben wir kein Plazet, das Festival auf dem Schrebergartengelände abzuhalten. Die Schrebergärten sind Privatbesitz, sie gehören der Gemeinde. Dann all der Krach. Die meisten Anwohner haben sich beschwert, und deswegen ist die Polizei gekommen und hat das Festival abgebrochen. Und dann wäre da noch die ganze Scheiße.«

»Erzähl mir von der Scheiße.«

»Nun, draußen kampieren zweitausend Leute, und die meisten müssen auch irgendwann mal. Wäre es in Ordnung, wenn sie dein Außenklo benutzen?«

Ich kratzte mir den struppigen Kopf. »Ich weiß nicht«, sagte ich zögernd. »Ich denke schon. Aber ich muss zuerst meine Mum fragen.«

»Also ja.«

Ich sprang aus dem Bett. »Nein, verdammt noch mal, nein!«, brüllte ich. »Was machen wir?«

»Ich dachte, ich laufe einfach weg und verstecke mich irgendwo.«

»Das können wir nicht. Wir können den Doveston nicht im Stich lassen.«

»Warum nicht?«, wollte Norman wissen.

Ich überlegte gründlich. »Wo wäre denn ein guter Platz zum Verstecken?«, fragte ich schließlich.

»Was hältst du von Südamerika?«

Ich schüttelte den Kopf. »Wir dürfen es einfach nicht.

Wir dürfen nicht all diese Leute im Stich lassen. Wir dürfen sie nicht enttäuschen.«

»Was denn, du meinst, all die Leute, die gekommen sind, um Bob Dylan und Sonny and Cher zu sehen?«

»Wie ist das Wetter in Südamerika?«

»Besser als hier. Viel besser.«

In diesem Augenblick betrat der Doveston mein Schlafzimmer.

»Das Wetter sieht gut aus«, sagte er.

Norman und ich nickten. »Sehr gut«, stimmten wir ihm zu.

»So«, sagte der Doveston. »Kriegen wir vielleicht ein Frühstück? Ich hab die halbe Nacht mit einer Tussi namens Litany rumgebumst, und ich hab jetzt einen Bärenhunger.«

»Es gibt das ein oder andere Problem«, begann Norman vorsichtig.

»Was denn, nicht genug Eier? Macht nichts, dann nehme ich eben nur Speck.«

»Die Polizei hat die Schrebergärten abgeriegelt. Sie will das Festival beenden.«

Es war ein weiterer von jenen ganz besonderen Momenten. Jenen Momenten, die die Männer von den Knaben unterscheiden, die Ehrenhaften von den Taugenichtsen, die Löwenherzigen von den Verzagten, die Bulldoggen von den Schoßhündchen ...

»Scheiße«, sagte der Doveston. »Ich denke, ich lasse den Schinken sausen.«

Er stellte sich der Herausforderung. Er verließ mein Haus, kletterte über die hintere Mauer und marschierte los, um sich den Polizisten zu stellen. Der Doveston hatte schon vor langer Zeit aufgehört zu schlurfen, und als er sich durch die Menge bewegte, alle jetzt sitzend, viele mit übereinander geschlagenen Beinen, sprangen alle wieder auf und jubelten ihm zu. Es war sehr aufrührend, muss ich gestehen, fast wie in der Bibel.

Am Tor zu den Schrebergärten, die von innen zu verschließen und zu verriegeln jemand die Geistesgegenwart besessen hatte, blieb er Auge in Auge mit den dort versammelten Polizisten stehen. »Wer ist hier der Verantwortliche?«, wollte er wissen.

Ein großer, breitschultriger Mann trat vor. Die Uniform des Chief Constable hatte Mühe, die Muskelmassen zusammenzuhalten. »Hallo Doveston«, sagte er. »Ich sehe, du hast Norman bei dir, aber wer ist dieses schlurfende Arschloch im Pyjama?«

Ich winkte schwach.

»Erkennst du mich denn nicht?«, fragte der Chief Constable.

Der Doveston musterte den massig gebauten Hüter des Gesetzes. »Mason«, sagte er dann. »Du bist dieser Softy Paul Mason von der Grange.«

»Das mit dem Softy ist vorbei, Doveston. Und für dich heiße ich Chief Constable Mason, du Haufen Hippiescheiße.«

»Oooooooooooh!«, machte die Menge, und jemand murmelte: »Schwein.«

»Ich bin hier, weil ihr Landfriedensbruch begangen habt«, verkündete Chief Constable Mason.

»Aber hier gab es keinen Landfriedensbruch.«

»Noch nicht. Warte nur ab, bis meine Jungs anfangen, diese Bande von Faulenzern mit den Schlagstöcken zu bearbeiten.«

»Oooooooooooh!«, machte die Menge einmal mehr, und jemand murmelte: »Widerliches Schwein.«

»Ich vermute, Sie wollen uns jetzt alle verhaften«, sagte der Doveston.

»Da hast du verdammt Recht.«

»Dann zeigen Sie uns doch bitte Ihren Haftbefehl.«

»Meinen was?«

»Ihren Haftbefehl. Sie haben doch einen Haftbefehl, oder etwa nicht?«

»Ich brauche keinen Haftbefehl, Kerl. Ich habe den Beweis des Offensichtlichen. Ich sehe zweitausend Leute unbefugt auf Gemeindeland.«

Der Doveston blickte sich um. »Alles wieder hinsetzen!«, rief er.

Alle setzten sich.

»Und was sehen Sie jetzt, Chief Constable?«

»Zweitausend Leute, die unbefugt auf Gemeindeland sitzen.«

»Fast«, sagte der Doveston. »Aber nicht ganz. Was Sie tatsächlich sehen, sind zweitausend Menschen, die das Gemeindeland *besetzt* haben. Wir verlangen, als Besetzer behandelt zu werden, und wir fordern, dass dieses Land seinen rechtmäßigen Besitzern zurückgegeben wird, nämlich den Navajo-Indianern.«

»Blödsinn«, sagte der Chief Constable. »Dieses Land hat nie den Navajos gehört, das war der Memorial Park. Und ich sollte es wissen, mein Urgroßvater hat in der Schlacht gekämpft.«

»Hat er viele Indianer getötet?«

»Er hat nicht auf dieser Seite gekämpft. Aber das hat nichts damit zu tun. Die Navajo-Indianer haben dieses Land nie besessen.«

»O doch, das haben sie.«

»Nein, haben sie nicht.«

»Doch, haben sie.«

»Nein, haben sie nicht.«

»Doch, haben sie. Sie können ja in der Bücherei nachschlagen.«

»Was?«

»Sehen Sie nach, im Grundbuch in der Memorial-Bücherei. Und falls ich mich geirrt habe, verspreche ich, dass ich und alle anderen friedlich davongehen werden, ohne Schwierigkeiten zu machen.«

»Versprochen?«

»Großes Ehrenwort.«

»In Ordnung«, sagte der Chief Constable. »Abgemacht.« Er wandte sich zum Gehen. Dann stockte er, schüttelte den Kopf und drehte sich wieder um. »Du hältst mich wohl für einen Trottel, Doveston«, sagte er.

»Verzeihung?«, fragte der Doveston.

»Du glaubst, ich bin so blöd und fahre jetzt zur Bücherei, um im Grundbuch nachzusehen?«

»Warum denn nicht?«, fragte der Doveston.

»Weil die Bücherei samstags geschlossen hat. Sie macht erst am Montagmorgen wieder auf.«

»Verdammt!«, sagte der Doveston. »Daran hatte ich gar nicht gedacht. Sie haben Recht, Chief Constable.«

»Ich habe Recht. Und wer ist jetzt der Dumme von uns beiden?«

»Vermutlich ich.«

»Das bist du«, sagte Chief Constable Mason. »Und weißt du auch, was das bedeutet?«

»Nein.«

»Es bedeutet, dass du und all diese Leute da bis Montagmorgen hier bleiben müssen, bis ich mir Klarheit verschafft habe.«

»Oh«, sagte der Doveston. »Vermutlich tut es das.«

»Das tut es, mein Freund, das tut es.« Und mit diesen Worten wandte sich der Chief Constable ab und marschierte zu seinem Wagen.

Ich versetzte dem Doveston einen Rippenstoß. »Ich kann nicht glauben, dass du tatsächlich damit durchgekommen bist«, sagte ich.

»Noch bin ich es nicht.«

Der Chief Constable hatte soeben seinen Wagen erreicht, als er erneut den Kopf schüttelte, die Hände in die Luft warf, auf dem Absatz kehrtmachte und zum Tor zurück marschiert kam.

»Warte, warte, warte«, sagte er mit sehr erhobener Stimme. »Du musst mich wirklich für einen absoluten Dummkopf halten.«

Der Doveston zuckte die Schultern.

»Du glaubst allen Ernstes, dass ich einfach davonfahre und euch das ganze Wochenende allein lasse?«

Der Doveston zuckte erneut die Schultern.

»Ganz bestimmt nicht, Freundchen. Ganz bestimmt nicht.«

»Ganz bestimmt nicht?«, fragte der Doveston.

»Ganz bestimmt nicht. Ich werde einen Wachposten an diesem Tor zurücklassen, damit sich keiner von euch davonschleicht. Ihr werdet alle hübsch da drin bleiben, das ganze Wochenende lang. Ihr könnt essen und trinken, was ihr da drin habt.«

»Sie sind ein harter Verhandlungspartner, Chief Constable«, sagte der Doveston. »Hart, aber fair, jede Wette.«

»Hart und fair, ganz genau.«

»Genau das dachte ich mir. Hätten Sie etwas dagegen, wenn ich Sie um einen Gefallen bitte?«

»Frag nur.«

»Wäre es in Ordnung, wenn wir ein wenig Musik spielen? Um die Leute zu unterhalten, während wir auf den Montag warten?«

»Meinetwegen. Aber macht nach Mitternacht nicht mehr so einen Lärm.«

»Kein Problem, Chief Constable. Wir sehen uns dann am Montagmorgen.«

»Das werden wir, *Dummkopf.*«

Mit diesen Worten postierte Chief Constable Mason einen Beamten vor dem Tor und marschierte davon. Er stieg in seinen Wagen und fuhr leise vor sich hin kichernd los.

Der Doveston hatte den Tag gerettet, und ein lauter Jubel brandete auf. Er wurde auf den Schultern zur Bühne getragen, wo er der Menge zahlreiche Kusshände zuwarf und einen weiteren Brentstock-Moment genoss.

Ich genoss ebenfalls einen. Ich hatte von Norman ein paar Päckchen geschenkt bekommen, und obwohl ich nicht sagen kann, dass es großartige Zigaretten waren, so besaßen sie doch etwas Besonderes.

Der Doveston verließ die Bühne unter Standingovations, und ich fand ihn hinten am Mischpult wieder, wo sich zahlreiche junge Frauen versammelt hatten, die alle begierig darauf waren, sein Jojo zu justieren. Ich war mir nie zu stolz, ein wenig im Ruhm anderer zu baden, und so stellte ich mich ringsum vor und erkundigte mich höflich nach den Chancen auf eine Nummer.

Ob ich eine bekam?

Einen Scheiß bekam ich!

Der Samstagnachmittag war der Knaller. Weitere Bands spielten, und die wunderschönen Menschen tanzten dazu. Die Bands hatten keine Probleme, zum Festival zu kommen, weil der Constable am Tor lediglich den Auftrag hatte, die Menschen am Verlassen des Geländes zu hindern.

Ich dachte eine ganze Weile über die Geschichte mit dem Chief Constable nach. Ich meine, die ganze Angelegenheit war mehr als lachhaft! Viel zu weit hergeholt war das alles, absurd und vollkommen unglaubwürdig. Ich meine – nur ein einziger Wachposten am Tor!

Man hätte doch wenigstens *zwei* benötigt, oder nicht?

Es war ziemlich genau fünf Uhr, als mir bewusst wurde, dass irgendetwas mit mir nicht so ganz stimmte. Mir schien, als hätte ich im Verlauf des Nachmittags nach und nach eine Reihe von mystischen Kräften erlangt. Beispielsweise die Kraft, Musik in Farbe zu sehen, oder die Kraft, Gerüche zu hören.

Ich bemerkte, dass ich allmählich verwirrt wurde von allem, was um mich herum vorging, und das eigenartige Gefühl von Losgelöstsein, das ich empfand, half mir dabei auch nicht weiter.

Jedes Mal, wenn ich ein paar Schritte nach vorn machte, musste ich anhalten, um auf mich zu warten.

»Mir ist entschieden komisch«, sagte ich zu Humphrey.

»Du bist auf 'nem Trip, Mann, das ist alles.« Seine Worte kamen als purpurne Sterne aus seinem Mund und schwebten in den Himmel hinauf.

»Ich kann nicht auf 'nem Trip sein, Mann, ich hab kein Acid genommen.«

»Wehr dich nicht dagegen, Mann. Wehr dich nicht.«

Purpurne Sterne und kleine gelbe Flecken.

Jemand tippte mir auf die Schulter, und ich drehte mich sehr langsam zu ihm um, damit mein Bewusstsein nicht aus meinem Kopf schwappte.

»Was machst du?«, fragte der Doveston.

»Ich rede mit Humphrey. Er meint, ich wäre auf 'nem Trip, aber das kann nicht sein, ich hab überhaupt kein Acid genommen.«

»Nimm einfach keine Notiz von Humphrey«, empfahl der Doveston. »Man kann ihm nicht trauen.«

»O doch, kann man wohl«, sagte Humphrey.

»Kann man nicht.«

»Kann man wohl.«

»Warum kann man ihm eigentlich nicht trauen?«, fragte ich den Doveston.

»Weil Humphrey eine Eiche ist.«

13

Tabak, hic,
Ist ein Mann gesund, macht Tabak ihn krank.

John Ray (1627–1705)

Wir teilten einen Brentstock-Moment.

Oben auf der Bühne spielte eine Band. Die Band nannte sich The Seven Smells of Susan; fünf Zwerge mit sehr großen Köpfen und ein dürrer Bursche in Tweed. Die Seven Smells spielten »Kaffeetischmusik«, einen 1960er Vorläufer von Ambient. Sie brachten nur ein einziges Album heraus, das, wenn ich mich recht entsinne, von Brian Eno produziert wurde. Es hieß *Music for Teapots.* Ich persönlich habe es nicht in meiner Sammlung.

Ich war kein großer Fan der Seven Smells; ihre Musik war für meinen Geschmack zu kommerziell, doch an diesem Tag waren sie die reinste Magie. Die Klänge der sich duellierenden Okarinen und die Stammesrhythmen der aus Joghurtbechern angefertigten Rasseln kamen in argusäugigen polychromatischen Fulgurationen aus den Lautsprechern und waren sowohl pelluzid als auch dioptrisch, dadaistisch und achromatisch, alles zur gleichen Zeit. Es war, als würde ich mit eigenen Augen die Transperambulation pseudokosmischer Antimaterie beobachten, ohne auf einen Interrositor zurückzugreifen.

Sehr hübsch.

Doch so gut die Band auch war, niemand schien ihrer Musik zu lauschen. Das Zentrum der Aufmerksamkeit war längst nicht mehr die Bühne. Die Menge hatte sich an den Fluss zurückgezogen, um sich in einer Reihe von ineinander verschränkten Figuren anzuordnen, die an olympische Ringe erinnerten, mit einer alten Eiche im jeweiligen Zentrum. Die meisten Leute saßen im Schneidersitz, doch ich bemerkte auch einige, die knieten, die Hände zum Gebet gefaltet.

»Die Bäume«, sagte ich zu dem Doveston. »Sie reden alle mit den Bäumen.«

Meine Worte waren winzige grüne, transparente Kugeln, die auf seiner Stirn zerplatzten, doch er schien es nicht zu bemerken. Oder vielleicht war er auch nur höflich. »Was zur Hölle geht da eigentlich vor?«, hörte und sah ich ihn fragen.

»Sie sind alle auf dem Trip. Ausnahmslos alle. Irgendjemand muss Acid in das Wasser gekippt haben oder was weiß ich.«

»Oder was weiß ich.«

»Und was wirst du jetzt deswegen unternehmen?« Meine Frage war orange mit kleinen gelben Sternen.

»Ich sage Chico, dass er sich darum kümmern soll.« Rote Diamanten und Nordlichter.

»Vielleicht ist er ebenfalls breit.« Pinkfarbene Regenschirme.

»Besser nicht.« Goldene Handtaschen und Gitarren aus Schmelzkäse.

»Ich krieg das nicht auf die Reihe«, sagte ich melonensellerie-würzig. »Ich geh nach Hause schlafen.«

Ich stolperte über die Tabakstoppeleinöde und wartete hier und dort, bis ich mich eingeholt hatte, dann kletterte ich vorsichtig über die hintere Gartenmauer und das offene Küchenfenster ins Haus. Die Musik der Seven Smells stieg mir allmählich wirklich zu Kopf, und ich war ziemlich erleichtert, als sie genau in dem Augenblick, als ich den elektrischen Wasserkocher einstöpselte, um mir einen Tee aufzugießen, zu spielen aufhörten.

Offensichtlich gab es eine Reihe von Leuten, die nicht so erleichtert waren wie ich, denn ich hörte laute Rufe und dann den Lärm einer sich entwickelnden Prügelei. Doch das ging mich wohl kaum etwas an, und so saß ich einfach da und wartete darauf, dass das Wasser im Kessel zu kochen anfing.

Es dauerte eine Ewigkeit. Es dauerte ein ganzes Leben lang. Es dauerte Äonen.

Haben Sie vielleicht diese Dokumentation über den Wissenschaftler Christopher Mayhew gesehen? Sie wurde in den 1950ern von der BBC produziert. Der gute alte Chris nimmt Meskalin und versucht anschließend, einem schrecklich nüchternen BBC-Reporter seine Erfahrungen zu beschreiben. Da gibt es den einen, klassischen Augenblick, wo er kurz ins Leere starrt und sodann verkündet, dass er soeben von »Jahren und Jahren himmlischen Segens« zurückgekehrt ist. Was mir am besten im Gedächtnis haften geblieben ist, das ist die letzte Szene. Nachdem die Auswirkungen der Droge abgeklungen sind, wird Mayhew gefragt, was er denn nun aus dieser Erfahrung gelernt hat. »Es gibt keine absolute Zeit und keinen absoluten Raum«, lautet Mayhews Antwort.

Während ich dasaß und darauf wartete, dass das Wasser endlich zu kochen anfing, wurde mir klar, was er gemeint hatte. In jenem Augenblick verließ ich die Zeit. Es war, als wäre der Teil von mir, der mich für immer in der Gegenwart festhielt, plötzlich ausgeschaltet worden. Alle Zeiten waren simultan zugänglich. Die Vergangenheit, die Gegenwart und die Zukunft. Ich verspürte nicht den Wunsch, die Vergangenheit zu besuchen. Ich war bereits dort gewesen, und ich hatte mich nicht besonders gut geschlagen. Doch die Zukunft, o die Zukunft! Ich sah alles, und es entsetzte mich. Ich sah, was ich tun würde und wusste, warum ich es tun musste.

Ich sah mich selbst im Gefängnis. Im Gefängnis der Zeit vielleicht? Weggesperrt für Jahre und Jahre und dann freigelassen, um auf einsamen Wegen zu wandeln. Und dann sah ich helle Lichter und London City, und dann mich selbst, einen Mann von Wohlstand. Ich trug edle Kleidung und fuhr einen schicken Wagen. Und dann, an einem leeren Horizont, ragte ein mächtiges Haus auf, ein gotischer Kasten, und in diesem Kasten: Ausschweifungen, Völlerei, Drogen, langbeinige Frauen. Ich genoss diesen Teil sehr und verweilte bei den Einzelheiten und den Tiefen meiner Verderbtheit. Es war in der Tat sehr schön.

Doch dann ereignete sich die Tragödie. Ein Tod, der die Welt zu erschüttern schien, und kurze Zeit darauf eine große und wunderbare Party, die ich aus irgendeinem Grund, den ich nicht begriff, überhaupt nicht genießen konnte. Und dann spielte die Welt verrückt. Es war das Ende des Lebens, wie wir es kannten. Atomkrieg. Danach nur noch Ödland und Ruinen und weit verstreute Gemeinschaften.

Dieser Teil war ziemlicher Mist. Wie in einer billigen *Mad-Max*-Imitation, deswegen durchlief ich ihn so schnell ich konnte. Doch danach wurde ich in eine ziemlich ekelhafte Episode gezogen, die mir ganz übel werden ließ.

Ich befand mich in einem winzigen unterirdischen Raum unter Ruinen, zusammen mit einem alten gebrechlichen Mann in einem Sessel. Und dieser alte

Mann wetterte über mich, und ich hasste ihn zutiefst, und plötzlich brachte ich ihn um. Meine Hände lagen um seinen faltigen Hals, und ich drückte ihm das Leben ab.

Und ich konnte mich selbst sehen, heute, im Jahr 2008, beim Niederschreiben dieser Zeilen. Ich erinnerte mich an das, woran ich mich jetzt erinnerte, in der Erinnerung.

Sozusagen.

Ich bin sicher, dass ich imstande gewesen wäre, weit über das Ende meines eigenen kurzen Lebens hinaus in die Zukunft zu blicken, bis in die Ewigkeit, wäre ich nicht so verdammt rüde unterbrochen worden. Ich erinnere mich nicht, wer da durch mein Küchenfenster platzte und die Schnur meines elektrischen Wasserkochers aus der Wand riss und mir den Wasserkocher über den Schädel zog. Er sah ein wenig hager aus und war in Tweed gekleidet, aber da ich sehr bald das Bewusstsein verlor, war ich mir nicht ganz sicher.

Sie kennen sicher dieses panische Gefühl, wenn man nach einer wirklich langen Nacht voll Alkohol und Drogen aufwacht, um festzustellen, dass man sich nicht bewegen kann, und dann dämmert einem allmählich, dass jemand einem die Hände an den Boden geklebt hat, bis einem plötzlich klar wird, dass es wohl nicht so gewesen ist, sondern dass man im Schlaf gekotzt hat und der ganze Mist getrocknet ist und man jetzt mit den Händen und dem Gesicht am Linoleum klebt und ...

Nein. Nein, dieses Gefühl kennen Sie nicht, nicht wahr?

Es ist fast so schlimm wie das Gefühl in der Polizeizelle. Fast, doch nicht ganz.

Ich versuchte mich aufzurichten, doch ich machte keine rechten Fortschritte. Glücklicherweise fand ich einen Spachtel, den ich vor ein paar Wochen versehentlich fallen lassen und irgendwie unter den Herd getreten hatte. Ich war imstande, ihn zwischen den Boden und mein Gesicht zu klemmen und mich auf diese Weise vorsichtig freizuhebeln. Es war eine grauenvolle Erfahrung, das kann ich Ihnen verraten, und ich war zum Schluss völlig außer Atem und puterrot und sehnte mich verzweifelt nach einer Tasse Tee.

Ich will Sie wirklich nicht mit dem langweilen, was geschah, nachdem ich den Stecker meines elektrischen Wasserkochers wieder eingestöpselt hatte.

Doch was geschah, hat mir vielleicht das Leben gerettet – oder doch zumindest meine geistige Gesundheit. Hätte ich nicht diese zweite Tracht Prügel bezogen und wäre nicht ein Krankenwagen gerufen worden, um mich ins Cottage Hospital abzutransportieren, wäre ich bestimmt zum Festival zurückgekehrt, und mir wäre ohne den geringsten Zweifel genau das widerfahren, was all jenen unschuldigen Leuten dort widerfuhr. Wer auch immer mich das zweite Mal bewusstlos schlug, er hat mir all das erspart.

Was erspart?

Und warum?

Damit ich durchs Leben gehen konnte in dem Wissen, was geschehen würde, ohne die Macht, irgendetwas daran zu ändern?

Damit ich eine hilflose Marionette war, die ein schreckliches Schicksal erwartete?

Damit der grinsende purpurne Kaftan der Wahrheit seine Flügel ausbreiten und den bitteren Kelch des Morgen von mir nehmen mochte?

Letzteres war ein Rätsel, so viel war sicher.

Aber hey, wir lebten schließlich in den sechzigern.

Ich habe das, was sich an jenem Tag ereignet hat, aus Gesprächen im Hospital zusammengetragen, und später aus Gesprächen mit Norman und anderen, aus Geheimdokumenten der Geheimpolizei, die in meinen Besitz gelangten, und aus unterdrücktem Filmmaterial. Die wahre Geschichte wurde noch nie vorher erzählt.

Ich erzähle sie hier.

Fangen wir mit der Aussage des Krankenwagenfahrers Mick Loaf an.

»O ja, richtig. Läuft das Band? O. k. So, ja, also wir kriegen den Notruf gegen zehn Uhr am Sonntagmorgen, o. k.? Ich hatte meine Schicht gerade angefangen. Ich hatte ein paar Tage freigehabt und war meine Tante besuchen. Was? Pardon? Die Wahrheit sagen? Ich sage die Wahrheit. Was? Die Maschine sagt, ich lüge? O. k. Ja, schon gut, es war nicht meine Tante, aber spielt das eine Rolle? Sicher, o. k., o. k., ich sage nur das, was ich mit eigenen Augen gesehen habe. Wir hatten jedenfalls diesen Notruf, ein paar Straßen vom Hospital entfernt. Der Anrufer meinte, dass ein Mann namens Edwin von irgendwelchen Typen zusammengeschlagen worden wäre, die ausgesehen hätten wie Zigeuner, und dass er in seiner Küche lag und zu verbluten drohte. Also fuhren wir hin, o. k.?

Also auf dem Weg kommt man direkt bei den Schrebergärten vorbei, o. k.? Ich hatte keine Ahnung, dass dort so ein Festival stattfand, und als wir vorbeifahren, sehen wir all die Tausende von Leuten, die zur Musik schwanken oder so. Alle im gleichen Rhythmus, sehr beeindruckend, wirklich. Aber es war warm, verstehen Sie, und ich hatte das Fenster auf, und trotzdem konnte ich keine Musik hören, o. k.? Also sage ich zu meinem Kumpel Chalky: ›Hey, Chalky‹, sage ich, ›sieh dir nur all diese verrückten Hippie Bastarde an! Die tanzen zu keiner Musik!‹ Und Chalky sagt: ›Sieh dir die Bühne an.‹ Und ich hab den Krankenwagen angehalten, und dann hab ich zur Bühne gesehen. Und auf der Bühne war keine Band, nur eine ganze Wagenladung Kübelpflanzen mit Mikrofonen ringsum, als wären die Pflanzen die Band. Ziemlich unheimlich, wie?

Was? Die Chemikalien? Ach so, Sie wollen wissen, was mit den Chemikalien war? Da gibt es nicht viel zu erzählen, o. k.? Ich hab der Polizei schon alles gesagt. Als wir bei dem Haus ankamen, stand die Vordertür offen. Wir gingen rein, aber wir mussten zuerst wieder raus und die Atemgeräte holen, wegen dem Gestank, o. k.? Da standen dann überall die Fässer voll Chemikalien im Flur gestapelt. Amerikanischer Kram, von der Army. Irgendjemand hat mir erzählt, dass die Amis das Zeugs in Vietnam benutzen, aber ich hab keine Ahnung wofür, o. k.? Es roch jedenfalls verdammt übel, und ich bekam ganz weiche Knie davon.

Jedenfalls, wir fanden diesen Edwin in seiner Küche, o. k.? Er war in einem ziemlich schlimmen Zustand. Wir schafften ihn ins Hospital, und sie haben ihm eine Transfusion verabreicht. Hat ihm das Leben gerettet, die Transfusion.

Mehr weiß ich nicht. Keine Ahnung, was später noch passiert ist. Schätze, ich hatte ein verdammtes Glück, dass ich nicht dabei war.«

Ratsmitglied McMurdo, Vorsitzender des Stadtplanungskomitees, gab der Presse nur ein einziges Interview. Dies tat er telefonisch von seiner Villa in Benidorm aus.

»Die Wasserversorgung der Schrebergärten ist getrennt vom Rest der Gemeinde. Das Wasser kommt aus einem artesischen Brunnen tief unter den Schrebergärten. Wenn in der Kolonie giftige Chemikalien benutzt wurden, dann ist es sehr wahrscheinlich, dass sie das Grundwasser verseucht haben. Es gibt nur eine Entnahmestelle in der gesamten Kolonie, direkt neben der Parzelle eines Pächters, den alle Einheimischen nur unter dem Namen Alter Pete kennen. Soweit ich verstanden habe, benutzten die Standinhaber, die während dieses Festivals Essen anboten, genau diesen Wasserhahn. Die Gemeinde ist in keiner Weise verantwortlich für die Tragödie, die sich dort ereignet hat.«

Wird es allmählich klar? Beginnt sich ein größeres Bild zu formen?

Was genau war eigentlich geschehen? Worin genau bestand eigentlich die Tragödie?

Hören wir uns die Geschichte aus dem Mund von Norman Hartnell an, wie er sie vor Gericht erzählt hat.

»Ich bin früh am Samstagnachmittag nach Hause gegangen, bevor die Dinge anfingen, eigenartig zu werden. Ich hatte meinen Vorrat an Brentstock-Zigaretten verkauft und war nicht mal dazu gekommen, selbst eine zu probieren. Ich dachte, ich geh zum Tee nach Hause und lege mich früh aufs Ohr. Ich wollte am Sonntag frisch und ausgeschlafen sein und mir einen guten Platz ganz vorne bei der Bühne suchen. Ich war wirklich gespannt auf Bob Dylan und Sonny and Cher.

Am Sonntagmorgen nahm ich mir eine Thermoskanne Tee mit, genau wie am Tag zuvor, aber obwohl ich so früh da war, kam ich nicht mehr in die Nähe der Bühne. Ich konnte die Bühne nicht mal sehen, weil überall Leute zu keiner Musik tanzten. Es war gespenstisch. Ich selbst tanze nicht viel, ein wenig Twist bei Hochzeiten oder so, das ist schon ziemlich alles. Aber weil die meisten Mädchen all ihre Klamotten ausgezogen hatten, dachte ich, ich tanz ein wenig mit, der Geselligkeit wegen.

Ich war also am Tanzen mit diesem hübschen Ding, das die erstaunlichsten Trauben hatte, die ich je...«

An dieser Stelle unterbricht der Friedensrichter Norman und fragt nach, was »Trauben« sind.

»Brüste, Euer Ehren. Fünfte Generation Brentforder Reimschule. Charles Fort reimt sich auf *haute, haute cuisine* reimt sich auf Queen, Queen of May reimt sich mit Heu, und Heu und Graupen reimt sich mit Trauben.«

Der Richter bedankt sich bei Norman für diese Erklärung und bittet ihn fortzufahren.

»Also«, fährt Norman fort, »wir tanzen also vor uns hin, und ich sage zu ihr, dass sie nicht nur ganz erstaunliche Trauben hat, sondern auch eine atemberaubende Holman...«

Einmal mehr wird Norman um eine Erklärung gebeten.

»Holman Hunt, 1827 bis 1910«, sagt Norman. »Ein englischer Maler und einer der Begründer der Prä-Raphaelitischen Bruderschaft im Jahre 1848. Er hat eine Menge Frauen nackt gemalt. Einigen hat es nicht gefallen, deswegen zog er seine Hose wieder an. Aber er trug immer ein Kopfband.«

Der Friedensrichter fragt Norman, ob ein Holman Hunt vielleicht eine Art Kopfband wäre. »Nein«, antwortet Norman, »eine Tätowierung von einer Giraffe.«

Der Richter befiehlt einem Gerichtsdiener, Norman

einen Rüffel zu versetzen, weil er jedermanns Zeit verschwendet. Norman erhält eine anständige Tracht Prügel.

»Wir haben also getanzt«, berichtet Norman, nachdem er sich wieder erholt hat, »und dann plötzlich bleiben alle wie angewurzelt stehen. Außer mir, heißt das, aber ich bleibe auch bald stehen, als ich das Schreien höre. Jemand steht oben auf der Bühne und brüllt in das Mikrofon. Es ist ein Typ, und er brüllt: ›Jetzt habt ihr es gehört! Die Großen Alten haben zu uns gesprochen, ihre Kinder haben zu uns gesungen, was werden wir nun tun?‹

Ich brülle: ›Bringt Bob Dylan‹, aber niemand hört auf mich. Sie reißen sich alle die Klamotten von den Leibern und rufen: ›Zurück zu den Wurzeln! Zurück zum alten Leben!‹ und ›Reißt das Pflaster auf!‹ und ›Lasst die mächtige Mutantenarmee aus Chimären über das Land ziehen!‹ und lauter solches Zeugs.

Ich hab keine Ahnung, was das alles zu bedeuten hat, aber als ringsum die Klamotten fallen, denke ich, dass ich vielleicht besser mitmache, also zieh ich meinen Ladenkittel aus und falte ihn hübsch ordentlich und lege ihn zu Boden. Und dann sage ich zu dem Mädchen mit der Holman und den erstaunlichen Trauben: ›Was hat das alles zu bedeuten?‹, und sie sagt, ›Wann immer du etwas sagst, kommen lauter bunte Süßigkeiten aus deinem Mund‹, was eine verdammte Lüge ist, weil ich überhaupt keine Süßigkeiten mehr esse, auch wenn ich alles über Süßigkeiten weiß. Fragen Sie mich nur, wenn Sie glauben, dass ich nicht die Wahrheit sage.«

Der Friedensrichter fragt Norman, wie all die verschiedenen Farben in einen Gob-Stopper kommen. Norman sagt, dass er es weiß, es aber nicht verrät, weil es ein Geschäftsgeheimnis ist. Der Friedensrichter macht ein eingeschnapptes Gesicht, doch er bittet Norman fortzufahren.

Norman fährt fort. »Also«, fährt Norman fort, »also frage ich sie erneut, ›Was hat das alles zu bedeuten?‹, frage ich sie. Und sie sagt, ›Die Bäume, die Bäume. Die Bäume haben uns die Wahrheit erzählt. Die Menschheit zerstört den Planeten. Sie vergewaltigt Mutter Erde. Die Menschheit muss sich auf die alten Wege besinnen, Jagen und Fischen und Sammeln im Gras, weil das Gras daran Freude hat.‹ Und ich sage: ›Ich auch, ich auch, komm, wir fangen gleich damit an.‹ Aber sie hat keine Lust, sie sagt, die Bäume hätten allen gesagt, sie müssten das Pflaster aufreißen und alle Häuser niederbrennen und Brentford unterpflügen und Massen von Kohl pflanzen, weil Kohl eine Menge Weisheit besitzt und alle Rosenkohle wie kleine Planeten wären und ...«

Der Friedensrichter fragt Norman, ob er Rosenkohl mag. Norman sagt, dass er Rosenkohl nicht mag, und der Richter räumt ein, dass er ebenfalls keinen Rosenkohl mag und bittet die Anwesenden, durch Handzeichen zu bekunden, wer von ihnen Rosenkohl mag. Es sind neunundachtzig Leute im Gerichtssaal anwesend, und von diesen neunundachtzig Leuten sind nur ganze sieben bereit zuzugeben, dass sie Rosenkohl mögen, und von diesen sieben gestehen zwei, dass sie ihn nicht besonders mögen.

»Fahren Sie fort«, sagt der Friedensrichter zu Norman, und Norman fährt einmal mehr fort.

»Also«, fährt Norman fort, »also sage ich zu diesem Mädchen auf die netteste Art und Weise und so, dass ich hoffe, sie nicht zu beleidigen, dass sie total bekifft ist und ob sie keine Lust hat, zu mir nach Hause zu kommen, wo ich Gummi ...«

»Gummi?«, fragt der Friedensrichter.

»Gummientchen«, sagt Norman. »Obwohl ich eigentlich darauf gehofft hatte, mit ihr zu vögeln.«

Der Gerichtsschreiber macht eine Notiz, Normans Aussage während der Mittagspause bis auf die relevanten Passagen zusammenzustreichen.

»Aber dann«, sagt Norman, indem er fortfährt, »aber dann hören wir die Sirenen der Polizeiautos. Nun ja, *ich* höre die Sirenen der Polizeiautos. Die Menge ohne Klamotten brüllt, dass sie den Lärm der Sirenen *sehen* kann. ›Passt auf, die schwarzen Blitze!‹, kreischen die Leute und ähnlich verrücktes Zeugs. Also ich hab keine Ahnung, wer eigentlich die Polizei gerufen hat oder warum. Auch wenn ich ein paar Typen gesehen hab, die immer wieder verstohlen in ihre Unterhosen gemurmelt haben. Aber vielleicht waren das Ägypter.«

Der Gerichtsschreiber verdreht die Augen, der Friedensrichter nickt.

»Also«, fährt Norman einmal mehr fort, indem er fortfährt, »also die Polizeiautos kommen mit quietschenden Reifen herbei, und die Constables strömen heraus, und sie haben allesamt Schlagstöcke und drängen durch das Tor und *krach, peng, bumm, dong, rums, klatsch* und ...«

»Ich muss Sie an dieser Stelle unterbrechen«, sagt der Friedensrichter.

»Warum denn?«, fragt Norman.

»Weil es nicht besonders nett ist. Mir gefällt die Vorstellung von Polizisten nicht, die mit Schlagstöcken auf nackte, unbewaffnete, friedliche Leute einprügeln. Das ist grauenhaft.«

»Es *war* grauenhaft«, sagt Norman. »Ich war dabei.«

»Nun, ich mag die Art und Weise nicht, wie Sie es beschreiben. Es impliziert, dass unsere Polizisten nichts weiter als billige Schläger in Uniform sind. Stellen Sie sich vor, was geschehen würde, wenn die Zeitungen davon erfahren! Die Menschen würden denken, dass wir in einem Polizeistaat leben, anstatt zu glauben, dass es ihnen noch niemals vorher so gut gegangen ist.«

»Also wie hätten Sie es denn gerne beschrieben?«, fragt Norman.

»Es ist mir eigentlich egal, was Sie sagen. Aber ich erhebe Einspruch gegen das Wort Schlagstock. Nennen Sie es anders.«

»Baton?«, schlägt Norman vor. »Gummiknüppel?«

»Nein, nein, nein! Nichts in der Art. Irgendetwas Freundlicheres.«

»Tulpe?«, fragt Norman.

»Perfekt«, sagt der Friedensrichter. »Und nun seien Sie so freundlich und fahren Sie fort.«

»In Ordnung. Also«, fährt Norman fort, »also stürzt die Polizei mit den Tulpen auf das Gelände, und überall gibt es blaue Flecken und gebrochene Knochen und Blut. Die Leute kriegen die Fressen eingeschlagen und die Polizisten rammen ihnen die Tulpen in die ...«

»Nein, nein, nein!«

»Nein?«, fragt Norman.

»Nein.«

»Aber ich komme doch gerade erst zum besten Teil.«

»Beinhaltet dieser Teil ebenfalls Tulpen?«

Norman macht die So-so-Geste, indem er mit der flachen Hand wackelt. »Nicht besonders viele Tulpen.«

»Also schön, fahren Sie fort, und ich unterbreche Sie, wenn mir nicht gefällt, was ich höre.«

»Meinetwegen. Also«, fährt Norman fort, »also die Polizei, Sie wissen schon, mit den Tulpen und allem, aber sie ist stark in der Unterzahl, und irgendwann fangen die nackten Leute an, die Polizisten festzuhalten und ihnen die Uniformen herunterzureißen, und dann kann man gar nicht mehr sehen, wer Polizist ist und wer nicht, und das Nächste, was ich sehe, ist, wie die ganze Geschichte sich in eine Massenorgie verwandelt, und sich jeder auf jeden stürzt.«

»Klingt erstaunlich.«

»Es war eine ziemliche Party, das kann ich Ihnen sagen, Euer Ehren.«

»Ich war auch mal auf so einer Party«, sagt der Friedensrichter. »Damals, dreiundsechzig. Das war eine Party! Irgendjemand hat sogar den Hund des Gastgebers mit Dynamit in die Luft gesprengt!«

»Hä?«

»Na ja, spielt ja auch keine Rolle jetzt. Eine Massenorgie, sagen Sie?«

»Eine richtige Massenorgie, ja, Euer Ehren.«

»Sie wollen damit sagen, dass unsere Polizisten vergewaltigt wurden?«

»Nein, das will ich nicht.«

»Aber es muss so sein. Schließlich waren sie völlig in der Unterzahl und hatten nichts weiter als Tulpen, um sich zu verteidigen.«

»Vergewaltigen ist ein sehr unangenehmes Wort«, sagt Norman. »Vielleicht könnten wir uns auf ›sie wurden gegen ihren Willen geliebt‹ oder etwas in der Art einigen. Aber es war nicht so. Sie waren mittendrin, Euer Ehren, ganz besonders der alte Mason, und ich war mit ihm zusammen in der Schule.«

In seiner Zusammenfassung des Falles benutzte der Friedensrichter die Worte »gegen ihren Willen geliebt« nicht. Er benutzte eine ganze Reihe anderer Worte. *Vergewaltigung* und *Tulpe* waren darunter. Und er benutzte eine grauenvolle Menge von Adjektiven: schrecklich, grausam, entsetzlich, albtraumhaft, widerlich, verderbt, lasterhaft, erniedrigend.

Er sagte, dass er nicht die Absicht hege, zweitausend

einzelne Verhandlungen zu führen. Er würde nicht lange genug leben, um das Ende zu sehen. Und außerdem, wie konnte man von Zeugen erwarten, Verteidiger von Recht und Ordnung zu erkennen, wo doch alle Menschen gleich aussehen, wenn sie ihre Kleider ausgezogen haben.

Die Festivalbesucher traf keine Schuld an ihren Handlungen, sagte der Friedensrichter. Sie waren unschuldige Opfer einer Vergiftung.

Es war nicht ihre Schuld.

Aber wessen Schuld war es dann?

Auch hierüber ließ der Friedensrichter keinen Zweifel. Es war alles die Schuld eines einzelnen Individuums. Eines kriminellen Meisterhirns. Eines modernen Moriarty. Eines Erzbösewichts in Menschengestalt, der offensichtlich ganz genau gewusst hatte, was er tat, als er die Fässer mit chemischen Abfällen ausgekippt und damit das Grundwasser verseucht hatte.

Der Doveston war nicht bei der Gerichtsverhandlung. Er war zu krank, um zu erscheinen. Es war eine Schande, wirklich, weil ich ihm wirklich gerne eine Reihe von Fragen gestellt hätte, wäre er dort gewesen.

Beispielsweise, wie die Fässer mit den Chemikalien in meinen Hausflur gekommen waren.

Aber er war nicht da, und deswegen konnte ich ihn nicht fragen.

Und selbst, wenn er dort gewesen wäre, hätte es einen Unterschied gemacht?

Verstehen Sie, ich hatte die Zukunft gesehen, und ich wusste, dass die Chemikalienfässer nicht das Geringste mit dem Irrsinn zu tun hatten. Die Chemikalien trugen keine Schuld.

Es waren die Brentstock-Zigaretten.

Zigaretten, die aus genetisch verändertem Tabak hergestellt worden waren. Nach einer Formel genetisch verändert, die in den Unterlagen von Onkel Jon Peru Joans niedergelegt war. Onkel Jon Peru Joans, der Mann, der mit den Bäumen reden konnte.

Was hätte ich sagen sollen? Hätte ich meinen besten Freund ans Messer liefern sollen? Ihm die ganze Schuld geben? Und welche Beweise hatte ich? Dass ich die Zukunft gesehen hatte?

Das konnte ich nicht.

»Ich war es nicht«, sagte ich zum Friedensrichter. »Ich war es nicht.«

Aber glaubte er mir?

Von wegen.

14

Schickt mich nach Newgate und auf
den Galgen. Es ist mir gleich.
Ich werde lachen und Possen reißen
und mit dem Henker eine Pfeife rauchen.

Dick Turpin (1705–1739)

Ich vermisse die siebziger.

Was so viel heißt wie: Ich vermisse sie wirklich.

Jedes einzelne Jahr. Jeden einzelnen Monat und jeden einzelnen Tag. Jede Stunde und jede Minute.

Er hat mich eingelocht, der Friedensrichter. In den Knast geschickt. Mir fünfzehn Jahre aufgebrummt.

Fünfzehn Jahre!

Ich war alles andere als erfreut, das kann ich Ihnen sagen. Ich war wütend, ich war verbittert und ich war am Kochen und Brodeln und Brüten. Ich war kein netter Zeitgenosse.

Sie schickten mich zuerst nach Parkhurst und dann nach Pentonville. Später wurde ich nach Powys verlegt, dann nach Penroth und schließlich nach Poonudger. Ich fand nichts Lustiges daran, dass alle mit P anfingen.

Der Doveston schrieb mir Briefe. Seine ersten Briefe waren voll mit Entschuldigungen und Versprechen, dass er alles unternehmen würde, was in seiner Macht steht, um mich vorzeitig aus dem Knast zu holen. Und weil ich seine Vorliebe für Dynamit nur allzu gut kannte, schlief ich des Nachts mit der Matratze über dem Kopf, um mich vor der Druckwelle und den umherfliegenden Splittern zu schützen, die mit der Sprengung meiner Zellenwand einhergingen und die Ankunft des Fluchtwagens signalisierten, der mich in die Freiheit bringen würde.

Keine Sprengung kam, und kein Fluchtwagen traf ein.

Seine Briefe wurden seltener und seltener, doch nun legte er Zeitungsausschnitte bei. Eine Notiz, die den ersten Ausschnitten beigefügt war, besagte, dass ich, als sein Biograf und mit reichlich Zeit zur Verfügung, meine Tage damit verbringen sollte, ein Archiv seiner Errungenschaften anzulegen, wie sie in den Tageszeitungen aufgezeichnet wurden.

Dies, so schlug der Doveston vor, würde mir eine sinnvolle Beschäftigung verschaffen mit dem zusätzlichen Vorteil, dass ich darüber informiert bliebe, was draußen in der Welt vor sich ging und wie gut er zurechtkam, auch ohne meine unschätzbare Hilfe.

Wir würden diese Sache gemeinsam durchstehen, schrieb er.

Aber er hat mich nicht ein einziges Mal besucht.

Norman hingegen besuchte mich jeden Monat, bis ich in den Norden verlegt wurde. Norman brachte mir Neuigkeiten aus Brentford. Größtenteils schlechte Neuigkeiten, wenn ich mich recht entsinne.

Der Tabakanbau auf der Fläche der St.-Mary's-Schrebergartenkolonie war verboten worden. Die Parzellen waren wieder aufgeteilt und einzeln verpachtet worden, und inzwischen sah es aus, als hätte die Plantage niemals existiert. Die mexikanischen Plantagenarbeiter waren weggezogen. Die Crad-Felder in Chiswick waren jetzt Gemeindebesitz. In Hammersmith hatte eine Frau ein Kind zur Welt gebracht, das aussah wie ein Fön, und am Himmel hatte es zahlreiche dunkle Vorzeichen gegeben.

»Bestimmt stehen wir kurz vor dem Jüngsten Tag«, meinte Norman.

Zusammen mit den Berichten über erstaunliche Geburten, die Sichtung mystischer Tiere und die schweren Zeiten, die ein gewisser Brentforder Süßwarenhändler durchmachte, brachte Norman auch tragische Nachrichten.

Chico war tot.

Niedergeschossen aus einem vorbeifahrenden Fahrzeug, als er auf der Straße gedealt hatte.

»Er hätte genau auf diese Weise sterben wollen«, schluchzte Norman.

Und wer wollte ihm da widersprechen?

Norman war nicht mein einziger Besucher. Bruder Michael kam auch ein oder zwei Mal vorbei. Er bot mir seinen Trost und die Möglichkeit an, mich von meinen früheren Sünden loszusagen und den Mönch in mir freizusetzen. Er erzählte mir, dass er von einem Traum inspiriert worden sei, eine Vision sei es gewesen, die mich als Mönch in einer knapp sitzenden Lederkutte zeigte, wie ich die Insignien an einer höchst ungewöhnlichen Stelle erhielt.

Bruder Michael zeigte mir die heiligen Paraphernalien, die er eigens zum Zweck meiner Initiierung mitgebracht hatte. Ein Kruzifix und einen Rosenkranz, die goldene Ikone von St. Argent mit der winzigen Nase, die lateinischen Texte, eine Phiole mit Weihwasser, ein Büßergewand und eine Tube KY-Gel.

Obwohl ich in Versuchung war und sicher manch einer schwach geworden wäre, wurde ich kein Mönch. Tatsächlich ließ meine physische Antwort auf den Vorschlag Bruder Michaels, die sich über ihm in einer höchst gewalttätigen und ausgedehnten Weise manifestierte, nicht nur ernste Zweifel über die Genauigkeit gewisser Visionen in ihm entstehen, sondern raubte ihm auch für längere Zeit jegliche Neigung, mit seinem Fahrrad zu fahren.

Es brachte mir sechs Monate Einzelhaft und weitere zwei Jahre zu meiner ursprünglichen Strafe ein.

Ich war nie wieder der gleiche Mann wie zuvor.

Ich weiß nicht, ob Sie jemals etwas von Hugo Rune gelesen haben. Doch unter zahlreichen Allerletzten Wahrheiten, die dieser große Philosoph des zwanzigsten Jahrhunderts und Zeitgenosse der Berühmten und Schönen enthüllt hat, findet sich auch eine, die mit dem menschlichen Charakter zu tun hat. Rune schreibt in Begriffen, die auch für den Laien verständlich sind, dass es IN DER NATUR DES MENSCHEN LIEGT, SICH SCHLECHT ZU BENEHMEN.

Nach Rune (und wer würde seine Worte anzweifeln?) »benimmt sich jede beliebige Person zu jeder beliebigen Zeit so schlecht, wie sie oder er es ungestraft tun kann«.

Nach Rune werden wir mit schlechtem Benehmen geboren. Wir betreten diese Welt strampelnd und schreiend und scheißen uns selbst voll. Als Kinder werden wir ununterbrochen für schlechtes Benehmen bestraft. Wir werden belehrt, wo die Grenze liegt und was geschieht, wenn wir sie überschreiten. Dies setzt sich durch unser ganzes Leben hindurch fort, in der Schule, auf der Arbeit, in Beziehungen und in der Ehe. Jeder von uns benimmt sich so schlecht, wie er es ungeschoren kann, und überschreitet sehenden Auges jede Grenze, solange keine Gefahr droht.

Wie schlecht wir uns zu benehmen imstande sind, hängt einzig und allein von unseren persönlichen Umständen ab. Die Armen benehmen sich häufig sehr schlecht, wie man bei Fußball-Hooligans mit eigenen Augen sehen kann, bei Urlauben im Ausland und beim Tragen von Sportkleidung. Wer jedoch richtig schlechtes Benehmen sehen will, schlechtes Benehmen bis zum Extrem, kultiviert zu einer Kunstform (hauptsächlich im Privaten), der muss entweder die Höhlen der ganz Reichen und Privilegierten aufsuchen oder eine Langzeit-Institution.

Es ist ein Klischee zu glauben, dass Reichtum und schlechtes Benehmen miteinander einhergehen. Wir haben alle die Geschichten über Bestsellerautoren gehört, die bei Autogrammstunden Kumquats und Chardonnay von dem gestressten Verkaufspersonal verlangen, die Geschichten über die Mätzchen von Rockstars oder Kabinettsministern, berühmten Künstlern oder Mitgliedern der königlichen Familie. Wir wissen, dass es so ist, und wir machen Tsss-tsss-tsss, doch wenn unsere Rollen im Leben vertauscht wären, würden wir es genauso machen.

ES LIEGT IN DER NATUR DES MENSCHEN, SICH SCHLECHT ZU BENEHMEN.

Und je mehr man sich ungeschoren erlauben *kann*, desto mehr wird man sich herauszunehmen *versuchen*.

Was ist nun mit den Langzeit-Institutionen?

Nun, hier haben wir wieder andere Umstände. Hier haben wir einen Ort, der nahezu ausschließlich von

Leuten bewohnt ist, die die Grenze überschritten haben. Sie bezahlen den Preis dafür.

Da ist der Mörder, dessen schlechtes Benehmen ihn zu lebenslänglichem Gefängnis verdammt hat. Die Gesellschaft hat ihm seine Strafe auferlegt, obwohl die gleiche Gesellschaft beide Augen zudrückt, wenn es um das gleiche schlechte Benehmen der Armee oder der Polizei geht. Die Gesellschaft sagt, dass diese Form von schlechtem Benehmen nicht toleriert werden kann. Sperrt den bösen Mann für immer ein, schafft ihn uns aus den Augen.

Doch ist der Mörder stets ein »böser Mann«?

Wenn es in der Natur des Menschen liegt, sich danebenzubenehmen, ist er dann nicht einfach den Vorgaben seiner Natur gefolgt? Hat er nicht einfach getan, was natürlich ist? Und was ist mit der Person, die er ermordet hat? War sie tatsächlich ein *unschuldiges* Opfer?

Ich streife dieses Thema einstweilen nur, aus Gründen, die später verdeutlicht werden. Doch im Gefängnis lernte ich, dass ein Mann ohne Hoffnung auf Freilassung ein Mann ist, der keine Grenze mehr besitzt, die er überschreiten könnte.

Und man drängt sich nicht vor solch einen Mann, wenn man in der Schlange für das Frühstück ansteht, oder man kann in der Tat sehr, sehr schlechtes Benehmen erleben.

Die interessantesten Leute trifft man im Pub, heißt es. Aber nur aus dem Mund von Leuten, die eine Menge Zeit in Pubs verbringen. Meiner persönlichen Meinung nach lernt man die interessantesten Leute im Knast kennen. Sie sind nicht ausnahmslos interessant, verstehen

Sie mich nicht falsch. Heinlein, der berühmte Heinlein, hat geschrieben, dass fünfundneunzig Prozent aller Science-Fiction Schwachsinn wären. Und dann hinzugefügt, dass fünfundneunzig Prozent von *allem* Schwachsinn wären. Der nächste logische Schritt wäre zu behaupten, fünfundneunzig Prozent aller Menschen wären schwachsinnig. Das ist kein Standpunkt, den ich selbst vertrete, doch ich kenne einige, die es tun.

Nachdem der Leser nun die vorangegangenen Abschnitte erlitten hat, könnte er anfangen zu glauben, dass ich mir eine etwas morbide Geisteshaltung zu Eigen mache. Dass ich zu einem wütenden und verbitterten und kochenden und brodelnden und brütenden Menschen geworden bin, kurz, zu keinem netten Zeitgenossen.

Sitzen Sie mal mehr als ein Jahrzehnt im Knast. Wollen mal sehen, ob Ihnen nicht auch das Grinsen vergeht!

Es war nicht alles Elend, und ich lernte in der Tat eine Reihe interessanter Leute kennen.

Ich traf zum Beispiel einen alten Bekannten.

Im Penroth Prison für kriminell Gestörte traf ich Mr Blot wieder. Ich hatte überhaupt nicht gewusst, dass sie ihn eingebuchtet hatten, und es war ein ziemlicher Schock, seine hagere Gestalt düster durch den Korridor von Block C schlurfen zu sehen. Ich fragte mich, ob er mich wiedererkennen würde, doch er schnüffelte nur kurz, als er an mir vorbeikam, und schlurfte weiter zu seiner Therapiestunde.

Ich schnüffelte im Gegenzug auch an ihm, und zum ersten Mal wurde mir bewusst, was für ein Geruch das war. Der Geruch, der ihn in der Grange umgeben hatte. Jener *merkwürdige* Geruch.

Es war der Geruch nach Gefängnis.

Von einem der Pfleger, die mir meine Elektroschock-Therapie verpassten, erfuhr ich alles über die Verbrechen Blots. Die Elektroschocks in Verbindung mit hohen Dosen Pharmazeutika halfen, mein Temperament unter Kontrolle zu halten. Ich hatte seit mehr als einem Monat niemandem mehr ins Gesicht gebissen.

Die Verbrechen Mr Blots waren nicht uninteressant. Er hatte, wie es schien, eine Schwäche für Leichen. Nekrophilie nennt man das. Offensichtlich hatte Blot seine amouröse Aufmerksamkeit, glücklos, wie er mit lebenden Frauen gewesen war, jenen zugewandt, die auf dem Friedhof an der Rückseite des Schulhofs begraben lagen. Leichter Zugang über die Mauer des Schulhofs hinweg hatte Mr Blot mit einem veritablen Harem versorgt. Sein Pflichtverteidiger hatte argumentiert, dass zwar keine der Leichen ihre Zustimmung erteilt hätte, auf der anderen Seite allerdings wäre auch nicht erwiesen, dass die Handlungen Mr Blots gegen deren Willen erfolgt seien. Untermauert wurde diese Tatsache dadurch, dass keine der Leichen Widerstand geleistet hatte.

Mr Blot war jahrelang auf dem Friedhof verkehrt und hätte dies wohl auch weiterhin unbemerkt getan, hätte er nicht irgendwann angefangen, seine jeweiligen Freundinnen mit nach Hause zu nehmen.

Ich kam einigermaßen gut mit Mr Blot zurecht. Wir redeten eine Menge über die guten alten Zeiten, und er zeigte mir voll Freude seine Bibel. Er hatte sie selbst gebunden, und sie war einer der wenigen persönlichen Gegenstände, die er mit ins Gefängnis hatte nehmen dürfen. »Eine Bibel darf man immer mitbringen«, erklärte er.

Der Einband war ungewöhnlich. Auf der Vorderseite befand sich ein Muster, wie ich es bisher nur einmal zuvor gesehen hatte – als Tätowierung auf dem Oberschenkel meiner verstorbenen Großmutter. Die Ähnlichkeit war in der Tat verblüffend.

Also war das Gefängnisleben nicht ganz *sooo* schlecht.

Ich lernte ein paar interessante Leute kennen, und ich begann mit der Anlegung des Doveston-Archivs. Während die Jahre langsam vergingen, wurde die Menge an Material immer größer. Ich war imstande, die Fortschritte des Doveston zu verfolgen, und es war eine faszinierende Lektüre. Es war, als stünde das Glück stets auf seiner Seite.

Als ich von Norman erfahren hatte, dass die Tabakplantage nicht mehr existierte, hatte ich mich gefragt, was der Doveston wohl als Nächstes tun würde. Die Antwort darauf war mit der Post gekommen: Ein Zeitungsausschnitt aus dem *Brentford Mercury*, eine Kolumne von Old Sandell.

UNHEILIGER RAUCH!
WAS KOMMT ALS NÄCHSTES?

Hart auf den Fersen des Jojo-Wahns vom vergangenen Jahr folgt die Mini-Pfeife oder Schulhof-Bruyère. Genau wie die von Papi, *sagt die Werbung.*

Doch einmal mehr gibt es Probleme. Der Vikar von Brentford, Pater Bernard Berry, hat die kleine Mini-Pfeife verdammt und den Chorknaben ihren Gebrauch in der Sakristei untersagt. Warum?

Offensichtlich wegen des Logos. Was in meinen Augen wie drei kleine Kaulquappen aussieht, die sich gegenseitig jagen, ist in Wirklichkeit, so sagt der Vikar, die Zahl des Tiers: 666.

Blicken Sie über den Tellerrand, Herr Vikar, meint Old Sandell. Lassen Sie die Jungs in Frieden ihre Pfeife schmauchen.

Die Mini-Pfeife genoss nicht den Erfolg des Jojos. Ob das an Vikar Berry lag, wer vermag das schon zu sagen? Wenngleich er auch auf der Kanzel triumphierte, nachdem Norman die Mini-Pfeifen aus dem Regal seines Ladens genommen hatte, so war dieser Triumph doch nur von kurzer Dauer. Kaum drei Wochen später berichtete Old Sandell nämlich in seiner Kolumne:

BERRY IN DIE LUFT GEFLOGEN!

Der Brentforder Vikar Pater Bernard Berry hat diese Woche die letzte Überraschung seines Lebens erlebt, als er versehentlich einen Dynamitstab anzündete, den er offensichtlich für eine Kommunionkerze gehalten hat.

Ein schlecht lesbares Etikett auf dem Karton und die Tatsache, dass der Vikar offensichtlich seine Brille verlegt hatte, führten zu der Tragödie.

Doch wo sind die Kerzen abgeblieben? Unfälle passieren nun mal, sagt Old Sandell, und wir müssen darauf vertrauen, dass Gott weiß, was er tut.

Der Fehlschlag mit den Mini-Pfeifen konnte den Doveston nicht entmutigen. Es war von Anfang an eine dämliche Idee gewesen, und er hatte weit höhere Dinge im Sinn. Ich sammelte die Zeitungsausschnitte, wie sie hereinkamen, und heftete sie sorgfältig ab, während ich verfolgte, wie ein Geschäft zum nächsten führte und wie mit schöner Regelmäßigkeit jeder, der ihm irgendwie im Weg stand, Opfer merkwürdiger Unfälle explosiver Natur wurde.

Doch Unfälle passieren nun mal, wie Old Sandell schreibt, und wir müssen darauf vertrauen, dass Gott weiß, was er tut.

Unfälle passieren überall, und eine ganze Menge ereignen sich in Gefängnissen.

Im Powys lernte ich einen Kerl namens Derek kennen. Derek war wegen Mordes verurteilt. Wegen Mordes an, wie sich herausstellte, Chico.

Kaum drei Tage, nachdem ich Derek kennen gelernt hatte, war er tot. Er starb, rein zufällig, am gleichen Tag, als ich vom Powys ins Penroth verlegt wurde. Derek starb bei einem merkwürdigen Unfall, bei dem gefesselte Hände und ein Flachspüler im Spiel waren.

Ich schätze, der gute alte Gott weiß schon irgendwie, was er tut.

Wäre ich draußen in der Welt gewesen, um die siebziger zu genießen, hätte ich ihnen die vollen fünfzig Seiten zukommen lassen, genau wie jedem anderen der vorangegangenen Jahrzehnte. Aber ich war es nicht, also werde ich es nicht.

Ich kam erst 1984 aus dem Gefängnis frei, zu einer Zeit also, zu der die meisten, die die siebziger erlebt hatten, sie auch schon wieder vergessen hatten. Wenn Sie wissen, was ich meine. Und ich bin sicher, dass Sie wissen, was ich meine.

Sozusagen.

Selbstverständlich bedaure ich, dass ich die Mode versäumt habe. Wenn ich heute alte Folgen von *Jason King* oder *Die Zwei* ansehe, bekomme ich eine Ahnung von einer Epoche, wo Stil noch König war. Diese breiten Revers, die ausgestellten Hosen, die Plateausohlen. Sie sind heute alle wieder modern, ich weiß, aber stellen Sie sich vor, wie es damals gewesen sein muss, als man die Sachen tragen konnte, ohne dass irgendjemand einen als totalen Spinner bezeichnet hat.

Am allerletzten Tag im Knast, ganz besonders dann, wenn man eine lange Haftstrafe abgesessen hat, machen sie ein ziemliches Aufhebens um einen. Die Zellengenossen geben einem kleine Geschenke, ein Stück Kordel, einen alten Klumpen Seife und dergleichen mehr. Und wenn es Lebenslängliche sind, die nichts zu verlieren haben, bezahlt man diese Geschenke mit dem wenigen Geld, das man über die Jahre gespart hat.

Es ist eine Tradition oder eine alte Bulle oder was weiß ich.

Man *muss* nicht bezahlen, aber ich vermute, man *muss* auch nicht unbedingt laufen können.

Ich für meinen Teil bezahlte.

Anschließend wird man vom Direktor in sein Büro eingeladen. Er stellt einem eine Tasse Tee hin, ein Biskuit und hält einem dann einen Vortrag. Er sagt einem, wie man sich draußen zu verhalten hat. Und was man nicht tun darf. Und um die moralische Rechtschaffenheit zu bestärken und Widerspenstigkeit zu schwächen, kommen anschließend zwei Wärter in das Büro und prügeln den heiligen Beelzebub aus einem heraus.

Hinterher erhält man ein Fünferpäckchen Woodbines und das Geld für eine kurze Busfahrt sowie ein Stück Käse und Zwiebelchips. Die Zwiebelchips sind allerdings nur eine symbolische Geste; man muss sie wieder zurückgeben.

Und wenn man, wie ich, aus dem Poonudger entlassen wird, das mitten in einem verflucht großen Moor liegt, ist das Geld für eine kurze Busfahrt auch nur symbolisch. Und wenn man fünf Woodbines kriegt und keine Streichhölzer, um sie anzustecken, dann macht das dieses Geschenk ebenfalls zu etwas Symbolischem.

Die Wärter erleichterten mich um das Busgeld und die Kippen und warfen mich hinaus auf die Straße.

Als die Tür hinter mir zugeworfen worden und das Gelächter verklungen war, erhob ich mich langsam vom Boden und atmete die Freiheit ein. Sie roch nach Moor und Eseldung. Sie roch himmlisch.

Am Tag zuvor war eine Limousine in Purbeck angekommen, um das Doveston-Archiv wegzuschaffen. Ich gestehe, dass ich ein wenig überrascht war, dass sie nicht zurückgekommen war, um mich ebenfalls zu holen.

Ich machte mich also über die einspurige Straße auf, in der Erwartung, dass sie jeden Augenblick am fernen Horizont erscheinen musste.

Was sie nicht tat.

Ich hätte Niedergeschlagenheit empfinden müssen, doch ich war nicht niedergeschlagen. Ich war frei. Ich marschierte über die Straße, und meine Gefängnissandalen wirbelten den Staub auf. Es war eine Schande, dass die Gefängniswäscherei meine zivile Kleidung verlegt hatte. Ich hatte mich ziemlich darauf gefreut, meinen Kaftan wieder anzuziehen. Aber, wie der Kollege, der die Wäscherei leitete, mir erzählte, passieren solche Dinge nun einmal, und außerdem ist es immer besser, einen neuen Start hinzulegen. Wie es der Zufall wollte, trug er einen Kaftan, der genauso aussah wie meiner, und ich muss sagen, er sah ziemlich dämlich darin aus.

Ich würde also einen neuen Start hinlegen. Ich wusste es einfach. Ich wusste es allein schon deswegen, weil ich ein Stück in die Zukunft geblickt hatte. Es war eine Schande, dass ich nicht die ganze Zukunft gesehen hatte. Wenn ich sie gesehen hätte, wäre ich bestimmt nicht in so viele Eselshaufen getreten.

Aber zur Hölle mit alledem. Ich war frei. Ich war frei. Ich war frei. Ich marschierte und grinste und sang und pfiff und trat in noch mehr Eselshaufen, und es war mir vollkommen egal.

Ich war einfach glücklich.

Ich weiß nicht, wie ich dann von der Straße abgekommen bin. Aber es war auf gewisse Weise ein Glück, dass ich von der Straße abgekommen bin. Wäre ich nämlich nicht von der Straße abgekommen, hätte ich nie im Leben das kleine Gehöft entdeckt, das ganz versteckt in ein flaches Tal geduckt lag. Und hätte ich das kleine Gehöft nicht gefunden, hätte ich die Vogelscheuche nie entdeckt. Und hätte ich die Vogelscheuche nicht entdeckt...

Na ja, ich fand jedenfalls die Vogelscheuche, und sie lieferte mir Kleidung zum Wechseln. Hernach schlich ich hinunter zum Gehöft und spähte durch die Fenster ins Innere. Ich wollte niemanden stören, doch dann kam mir der Gedanke, dass ich fragen könnte, ob ich vielleicht das Telefon benutzen durfte.

Es war nur eine kleine alte Lady zu Hause, niemand sonst, und weil ich in so guter Stimmung war, dachte ich, dass ich ihr vielleicht einen harmlosen Streich spielen würde. Ich kehrte zu der Vogelscheuche zurück und setzte mir den großen Kürbiskopf auf, dann ging ich zur Tür und klopfte an.

»Buh!«, machte ich, als die alte Lady öffnete.

Ich konnte ja schließlich nicht wissen, dass ihr Herz nicht mehr das beste war. Aber in gewisser Weise war es gut, dass ihr Herz nicht mehr das beste war, denn wenn es nicht nicht mehr das beste gewesen wäre, hätte sie wohl keinen Herzanfall erlitten.

Und hätte sie den Herzanfall nicht erlitten, hätte sie mir wahrscheinlich niemals ihren Wagen gegeben, um zum nächsten Telefon zu fahren.

Das nächste Telefon befand sich in einem Pub, vielleicht fünfunddreißig Kilometer von dem kleinen Gehöft entfernt. Der Wirt dort begrüßte mich äußerst freundlich. Ich hatte eigentlich gedacht, mein Aussehen würde die Leute abschrecken, aber nein, der Wirt grinste über sämtliche Backen.

»Als ich das letzte Mal einen Hut, einen Mantel und eine Hose wie diese gesehen habe, trug mein alter Vater die Sachen. Er war ein Farmer in dieser Gegend, sein ganzes Leben lang, Gott hab ihn selig.«

Ich fragte den Wirt, ob ich das Telefon benutzen dürfte, und der Wirt fragte mich warum.

Ich erklärte ihm, dass eine alte Dame, die ich kennen gelernt hätte, einen Herzanfall erlitten hatte und ich einen Krankenwagen rufen wollte.

Der Wirt schüttelte traurig den Kopf. Es gab kein Krankenhaus in der Nähe, sagte er, und keinen Doktor, der des Nachts aufs Land kommen würde. Sein lieber alter Vater wäre an einem Herzanfall gestorben, und er wäre sicher, dass seine liebe alte Mutter, die fünfunddreißig Kilometer entfernt auf einem kleinen Gehöft wohne und ebenfalls an einem schwachen Herzen litte, eines Tages auf die gleiche Weise sterben würde.

»Es ist alles Gottes Wille«, sagte der Wirt. »Der Mensch denkt, Gott im Himmel lenkt.«

Ich seufzte. »Wahrscheinlich haben Sie Recht«, sagte ich.

»Möchten Sie ein Pint aufs Haus?«

Ich trank ein Pint aufs Haus und dann noch eins, und als ich dieses ausgetrunken hatte, sagte ich zu dem Wirt, dass ich nun wirklich weiterfahren müsse. Der Wirt, immer noch vor sich hin kichernd, wie sehr mein Mantel dem seines seligen Vaters ähnelte, welchen seine liebe alte Mutter inzwischen ihrer Vogelscheuche umgehängt hatte, schob mir eine Zehn-Pfund-Note in die Brusttasche.

»Sie sehen aus, als könnten Sie die gebrauchen«, sagte er. »Viel Glück.«

Als ich in die Nacht davonfuhr, wusste ich, dass ich Glück haben würde. Ich wusste es, denn ich hatte die Zukunft gesehen.

Und ich hatte Glück.

15

Eine langbeinige Frau und eine gute Zigarre.
Sie haben beides. Sie sind ein glücklicher Mann.

Al Capone (1899–1947)

Ich hatte kein Zuhause, wo ich hinkonnte. Meine Eltern hatten mich enterbt, als ich verurteilt worden war. Meine Mutter weinte die Tränen, die Mütter weinen, und mein Vater nahm es wie der Mann, der er war, und sagte, dass er sowieso nie viel für mich übrig gehabt hätte. Als ich nach London fuhr, hatte ich nur ein Ziel vor Augen, und dieses Ziel war das Haus des Doveston.

Das Haus des Doveston lag nicht länger in Brentford. Aber das Haus des Doveston war auch kein gewöhnliches Haus. Es war ein verdammt schicker Tabakwarenladen in Covent Garden.

Ich wusste, dass der Doveston seine Penthousewohnung im Hawtrey House verkauft hatte. Er hatte mir eine Pressemeldung geschickt, in der alles darüber stand, dass die Gemeinde die Wohnungen verkaufte und wie damit Vermögen gemacht wurden. Ein weiterer Ausschnitt hatte die Gerichtsverhandlung und die Verurteilung des Ratsmitglieds McMurdo zum Thema, der offensichtlich Millionen aus der Gemeindekasse unterschlagen hatte. Ich hatte McMurdo in meiner Zeit im Gefängnis nie kennen gelernt – ich schätze, er war in einer jener ziemlich luxuriösen offenen Strafanstalten, wo Leute hinkommen, die sich zwar schlecht benommen haben, aber über gute Verbindungen verfügen.

Ich muss gestehen, ich war beeindruckt vom Haus des Doveston. Es stand direkt am zentralen Platz, Tür an Tür mit Brown's Restaurant. Und es war *groß*.

Der Stil war Bauhaus: jene deutsche Schule für Architektur und verwandte Künste, die 1919 von Walter Gropius (1883–1969) begründet worden war. Die experimentellen Prinzipien des Funktionalismus, die er auf die Baustoffe anwandte, beeinflussten Zeitgenossen wie Klee, Kandinsky und vor allem Le Corbusier. Obwohl die Nazis das Bauhaus 1933 schlossen, ist sein Einfluss bis in die heutige Zeit erhalten geblieben.

Ich blickte an der Fassade des Gebäudes hinauf, die ganz aus schwarzem Glas und Chrom bestand. Der Name stand in schlanken, großen Art-Deco-Buchstaben über dem Eingang, zusammen mit dem Wappen, den drei Kaulquappen, alles in poliertem Chrom. Es war asketisch und zugleich hochtrabend, schmucklos und zugleich protzig. Volkstümlich und zugleich dünkelhaft.

Ich hasste es.

Ich hätte keinen Affendreck auf diesen Bauhaus-Kram gegeben. Die Viktorianer – jederzeit. Aber Bauhaus?

Doch wenn ich im Knast etwas gelernt habe, dann ist es die Tatsache, dass Runninggags, die esoterisches Wissen voraussetzen und den Einsatz eines Thesaurus erfordern, für den Erzähler in der Regel mit einem wohlverdienten Tritt in die Eier enden.

Ich stieß die schwarze Glastür auf und stolzierte in das Geschäft.

Und jemand trat mir in die Eier.

Ich stolperte rückwärts auf die Straße hinaus und sank

in die Knie, während ein oder zwei Passanten an mir vorübereilten.

»Oooooooooooh!«, machte ich. »Das tut vielleicht weh!«

Ein großer, gut gebauter Schwarzer in einer schicken Uniform trat aus dem Laden und funkelte mich wütend an. »Verschwinde, Schnüffler!«, sagte er. »Hier drin ist kein Platz für Typen wie dich.«

»Schnüffler?«, machte ich. »Schnüffler? Wie können Sie es wagen?«

»Schnüffel deinen Leim woanders, Kerl. Verschwinde, oder ich trete dir in den Arsch.«

Ich bewegte mich ganz vorsichtig zurück in die Vertikale. »Warten Sie, das muss ein Irrtum sein«, sagte ich.

Er hob die Fäuste.

»Ich bin ein Freund vom Doveston«, sagte ich.

Die Knöchel seiner Fäuste machten knackende Geräusche.

»Ich habe ein Empfehlungsschreiben bei mir.«

Ich schob die linke Hand behutsam in die Manteltasche. Er beobachtete mich misstrauisch. Ich tat, als kramte ich in der Tasche. Er beugte sich ein wenig vor. Noch ein wenig weiter.

Ich sandte ihn mit einem rechten Cross auf die Bretter und setzte die Stiefel ein.

Ich meine, also wirklich, ich habe siebzehn Jahre im Gefängnis verbracht. Glauben Sie nicht, dass ich zu kämpfen gelernt habe?

Ich richtete mich auf und marschierte zurück in das Haus vom Doveston. Ich war nicht in der besten aller Stimmungen.

Das Innere des Ladens war sehenswert, und nachdem ich drin war, sah ich es. Eine atemberaubende Auswahl an importierten Tabaken und das größte Sortiment an

Zigaretten, das mir je unter die hervorquellenden Augen gekommen ist.

Ich war nie ein großer Poet, doch hier, zwischen all diesen Wundern, war ich beinahe versucht zu reimen.

Aber dann ließ ich es doch bleiben.

Ich wanderte und staunte und starrte und gaffte. Es gab Dinge, die eindeutig nicht zum Verkauf bestimmt waren. Seltene Sammlerstücke. Die Beutel beispielsweise. Und dort die berühmte Kalebasse, aus der der Magier Crowley geraucht hatte. Die legendäre Snuff-Pistole von Slingsby, die aussah wie ein Derringer. Und das dort – das war doch wohl nicht Abraham Lincolns Maiskolben-Pfeife? Und dort, eine von Churchills halb aufgerauchten Coronas?

»Doch, das ist alles echt«, sagte eine vertraute Stimme.

Ich drehte mich um und sah – ihn. Er stand dort, lebensgroß – *größer* als das Leben. Ich sah ihn an, er sah mich an, und wir sahen uns an.

Er sah einen Exsträfling in der Garderobe einer Vogelscheuche. Die Hände des Exsträflings waren übersät von ordinären Tätowierungen, wie andere Körperteile auch, doch die waren momentan nicht zu sehen. Der Kopf des Exsträflings war kahl rasiert, seine Wangen eingefallen und narbig und schattiert von einem zwei Tage alten Bart. Der Exsträfling stand da, schlank und durchtrainiert und muskulös. Der Exsträfling sah weit älter aus, als er in Wirklichkeit war, doch irgendwie hatte er auch das Aussehen eines Überlebenskünstlers.

Ich sah einen Geschäftsmann. Einen erfolgreichen Geschäftsmann. Gekleidet in der Garderobe eines erfolgreichen Geschäftsmannes. Ein Paul-Smith-Anzug aus Leinen, das genau dort knitterte, wo es sollte. Eine goldene Uhr von Piaget um das gebräunte linke Handgelenk. Schuhe von Hobbs und ein Haarschnitt von Michael. Ebenfalls ein Bart, drei Tage, allerdings in diesem Fall designermäßig. Der erfolgreiche Geschäftsmann sah ein wenig verweichlicht aus, mit Ansätzen zur Rundlichkeit, und weit jünger, als er in Wirklichkeit war.

Sah er aus wie ein Überlebenskünstler?

Ja. Ich denke doch.

»Edwin«, sagte der Doveston schließlich.

»Bastard«, erwiderte ich.

Der Doveston grinste, und ich sah einen glitzernden Goldzahn. »Du hast kurzen Prozess mit meinem Türsteher gemacht«, beobachtete er.

»Ich werde mit dir den gleichen kurzen Prozess machen, Bastard. Jetzt wirst du bezahlen.«

»Wie bitte?« Der Doveston wich einen Schritt zurück.

»Siebzehn Jahre lang hab ich für dich gesessen!«

»Ich habe alles in meiner Macht Stehende unternommen, um dich rauszuholen!«

»Ich scheine die Explosionen überhört zu haben.«

»Zu primitiv«, sagte der Doveston. »Ich konnte dich doch nicht mit Gewalt rausholen. Du hättest den Rest deines Lebens auf der Flucht verbracht. Aber ich habe dich doch im Gefängnis mit allem versorgt, nicht wahr? Ich hab dir immer Geld und Kippen geschickt.«

»Was hast du?«

»Fünfhundert Zigaretten die Woche.«

»Ich hab nie Zigaretten bekommen.«

»Aber du musst sie bekommen haben! Ich hab sie zusammen mit den Zeitungsausschnitten geschickt, und die hast du alle erhalten, wie ich weiß. Ich habe das Archiv gesehen. Sehr gute Arbeit übrigens. Sehr schön zusammengesetzt.«

»Warte mal, warte.« Ich hob die Faust und sah, wie er zusammenzuckte. »Du hast mir Zigaretten geschickt? Zusammen mit den Zeitungsausschnitten?«

»Selbstverständlich habe ich das. Willst du etwa andeuten, dass du sie nicht bekommen hast?«

»Keine Einzige!« Ich schüttelte den Kopf.

»Dann hast du vermutlich auch meine Geschenkkörbe zu Weihnachten nicht bekommen?«

»Nein.«

»Oh«, machte der Doveston. »Aber du musst den frischen Lachs bekommen haben, den ich dir jeden Monat geschickt habe.«

»Kein frischer Lachs.«

»Kein frischer Lachs.« Nun schüttelte der Doveston den Kopf. »Und warum bist du überhaupt so merkwürdig angezogen? Jetzt erzähl mir nicht, du hast auch die neuen Sachen nicht bekommen und die Armbanduhr, die mein Chauffeur im Gefängnis für dich hinterlegt hat, als er das Archiv abholen war? Und wo warst du, als er dich abholen wollte? Hat dir niemand gesagt, um welche Zeit er kommen würde?«

Ich schüttelte einmal mehr den Kopf. »Bastarde!«, brüllte ich. »Bastarde! Bastarde! Bastarde!« Und: »Bastarde! Bastarde! Bastarde!«

Der Doveston machte ein Gesicht, als wollte er sagen: »Armer kleiner Kerl.«

»Ich denke, ich werde einen sehr ernsten Brief an den Gefängnisdirektor schreiben«, sagte er dann.

»Einen ernsten Brief? Nein.« Ich schüttelte noch einmal den Kopf. »Warum schickst du ihm nicht lieber ein hübsches Paket mit Kerzen?«

»Ein hübsches Paket Kerzen also.« Der Doveston zwinkerte. »Ich denke, das lässt sich arrangieren.«

Er führte mich die Stufen zu seiner Wohnung hinauf. Ich will den Leser nicht mit einer Beschreibung langweilen, aber lassen Sie mich sagen, dass sie verdammt schick war, wirklich verdammt schick. So viel dazu.

»Ein Drink?«, fragte der Doveston.

»Ja«, antwortete ich.

»Eine Zigarette?«, fragte der Doveston.

»Nichts dagegen.«

»Ein Canapé?«, fragte der Doveston.

»Was zur Hölle ist das?«

»Ein kleines Überbleibsel von der Party, die ich gestern Abend für dich organisiert hatte. Eine Schande, dass du nicht da warst; ich hatte ein paar wirklich klasse Frauen mit wunderschönen langen Beinen eingeladen. Und klasse Herberts hatten sie auch noch.«

»Herberts? Was zum Teufel sind Herberts?«

»Ärsche natürlich. Fünfte Generation Brentforder Reimschule. Herbert reimt sich auf Brechwert, Brechwert auf Küchenherd, Küchenherd macht Chips, reimt sich auf Dips. Chips hart wie Stein, so muss es sein. Rock 'n' Roll, ich hab die Nase voll. Voll riecht der Camembert, und der reimt sich auf Herbert. Es ist ganz einfach, wenn man weiß, wie es geht.«

»Hast du Norman in letzter Zeit gesehen?«, fragte ich den Doveston.

»Hin und wieder. Er hat viel zu tun. Er beschäftigt sich neuerdings mit Erfindungen. Letztes Jahr hat er eine Maschine erfunden, die auf Einsteins Vereinigter Feldtheorie basiert. Er hat die Große Cheopspyramide auf den Brentforder Bolzplatz teleportiert.«

»Wie interessant, ehrlich.«

Der Doveston reichte mir meinen Drink, eine Zigarette und ein Canapé. »Verrate mir doch eins«, sagte er. »Wenn du glaubst, ich hätte dich hängen lassen, warum hast du dann weiter am Doveston-Archiv gearbeitet?«

Ich zuckte die Schultern. »Als Hobby vielleicht?«, schlug ich vor.

»Dann verrate mir noch eins. Besteht die Chance, dich zu einem Bad zu überreden? Du stinkst ganz erbärmlich.«

Ich nahm ein Bad. Ich rasierte mich und schlüpfte in einen der Anzüge des Doveston. Ich musste den Gürtel ein wenig zusammenziehen, damit mir die Hose nicht runterrutschte, aber der Doveston meinte, das sähe trendy aus. Seine Schuhe passten mir ebenfalls, und als ich endlich fertig war, sah ich wieder wie ein Mensch aus.

Ich kam aus dem Badezimmer und stand völlig unerwartet einer der wunderschönsten Frauen gegenüber, die ich je gesehen hatte.

Sie war groß und schlank und geschmeidig. Ihre Haut war makellos und gebräunt, ihre Beine lang und lieblich. Sie trug eines von jenen sportlichen Kostümen, die in den achtzigern so populär waren. Kurzer schwarzer Rock und Jacke mit Dan-Dare-Schultern[1]. Sie balancierte auf Fünf-Zoll-Stilettos, und ihr Mund war so breit, dass man leicht die ganze Hand hätte hineinstecken können, selbst mit einem Boxhandschuh.

»Hallo«, sagte sie und entblößte mehr Elfenbein, als in der Reisetasche eines Großwildjägers Platz gefunden hätte.

»Ebenfalls hallo«, erwiderte ich, und meine Stimme hallte von der Rückwand ihrer Kehle wider.

---

1 Eigentlich Flash Gordon. Aber ich hatte ja im Gefängnis gesessen.

»Sind Sie ein Freund von Mr Doveston?«

»Der beste Freund, den der Doveston je gehabt hat.«

»Sie sind nicht Edwin, oder?«

»So pflegt er mich zu nennen, ja.«

»So, so, so.« Sie betrachtete mich von oben bis unten. Dann von unten bis oben. Und ihr Blick blieb auf meiner Körpermitte haften. »Sie haben da was Hartes«, sagte sie.

Ich grinste schmerzvoll. »Ich möchte Sie ja nicht beleidigen«, sagte ich, »aber Sie sind vermutlich keine Prostituierte?«

Sie lächelte, schüttelte den Kopf und überschüttete mich mit Pheromonen. »Nein«, sagte sie. »Aber ich bin schamlos und unmoralisch. Es gibt nicht viel, was ich für einen Mann in einem Paul-Smith-Anzug nicht tun würde.«

Ich gab leise röchelnde Geräusche von mir.

»Aha«, sagte der Doveston und kam herbei. »Ich sehe, du hast dich bereits mit Jackie bekannt gemacht.«

»Gggmmmph«, sagte ich. »Mmmmmph.«

»Jackie ist mein GA.«

Ich nickte auf eine Weise, die Verstehen meinerseits nahe legte.

»Du weißt nicht, was ein GA ist, oder?«

Ich schüttelte den Kopf auf eine Weise, die Ahnungslosigkeit meinerseits ausdrückte.

»Geiler Arsch«, sagte der Doveston. »Komm, wir nehmen noch ein paar Drinks und rauchen ein paar Zigaretten, während wir uns miteinander bekannt machen.«

Ich grinste breiter. »Ich gehe nur schnell ins Badezimmer zurück und wechsle meine Unterhose«, sagte ich.

Höflich.

Ich kam sehr gut mit Jackie zurecht. Sie zeigte mir ein

paar Tricks, die man mit Canapés machen konnte, und ich zeigte ihr einen Trick, den ich im Gefängnis gelernt hatte.

»Mach so etwas nie wieder vor einer Frau!«, sagte der Doveston, nachdem er Jackie aus ihrer Ohnmacht erweckt hatte.

Jackie zeigte mir London. Sie führte mich überall herum. Der Doveston gab ihr etwas, das er Kreditkarte nannte, und mit diesem magischen Stück Plastik kaufte sie mir eine Menge Dinge. Anzüge und Hemden und Krawatten und Unterhosen und Schuhe. Und einen Filofax.

Ich starrte das Ding hilflos an. »Das ist ein Adressbuch«, sagte ich.

»Und ein Kalender und Tagebuch. Es ist ein persönlicher Organizer.«

»Ja. Und?«

»Er ist in. Du nimmst ihn überall hin mit und legst ihn neben dir auf den Tisch, wenn du irgendwo essen gehst.«

Ich schüttelte den Kopf. »Aber es ist ein Adressbuch. Nur Schwuchteln haben Adressbücher.«

»Hinten drin sind Taschen, wo du deine Kreditkarten einstecken kannst. Außerdem eine völlig nutzlose Weltkarte.«

»Ja, aber ...«

»Wir leben in den achtzigern«, sagte Jackie. »Und in den achtzigern gibt es nur zwei Sorten Leute. Leute, die einen Filofax haben, und Leute, die keinen haben. Glaub mir, es ist viel besser, einen zu haben, als keinen zu haben.«

»Aber dieses Ding ist riesig!«

»Ich bin sicher, du findest einen Platz, wo du es verstauen kannst.«

»Wo verstaust du deinen?«

Jackie zeigte mir die Stelle.

»Ah«, sagte ich. »Natürlich. Alberne Frage. Tut mir Leid.«

Und sie kaufte mir eine Armbanduhr. Armbanduhren waren in den achtzigern eine große Sache. Nichts von diesem digitalen Unsinn. Echte Uhren mit echten Zeigern und römischen Ziffern und Federwerken. Ich habe die Uhr noch immer, die Jackie für mich gekauft hat. Und sie geht immer noch absolut genau. Außerdem ist sie um Mitternacht bei der Jahrtausendwende *nicht* explodiert. Merkwürdigerweise habe ich nicht die geringste Ahnung, was aus meinem Filofax geworden ist.

»Du brauchst ein Auto«, sagte Jackie. »Was würde dir denn gefallen?«

»Ein Morris Minor.«

»Ein was?«

»So einer.« Ich deutete auf einen kleinen Wagen auf der anderen Straßenseite.

»Ein Porsche.«

»Ja, so einer.«

Und sie kaufte mir einen Porsche.

Der Doveston brachte mich in einer kleinen Wohnung in der Nähe der Portobello Road unter. »Diese Gegend ist auf dem Weg nach oben«, sagte er.

Ich musterte das schmierige Linoleum und die zerbrochenen Fensterscheiben. »Ich würde sie eher als reif für den Abriss bezeichnen«, schlug ich vor. »Sie gefällt mir nicht.«

»Du wirst nicht lange hier wohnen. Nur so lange, bis du mit dem Renovieren fertig bist.«

»Was?«

»Sobald du alles renoviert hast, verkaufen wir sie zum doppelten Preis.«

»Und was dann?«

»Dann werde ich dich in einer größeren Wohnung unterbringen, in einer anderen aufstrebenden Gegend. Du wirst sie renovieren, und wir werden sie erneut für den doppelten Preis verkaufen.«

»Ist das überhaupt legal?«

»Selbstverständlich, mein Freund«, sagte der Doveston. »Merke dir meine Worte. Wir haben gegenwärtig einen Boom in diesem Land. Er wird nicht ewig anhalten, und viele werden untergehen, sobald es vorbei ist. Bis dahin liegt es an uns und anderen wie uns ...«, er hob seinen eigenen Filofax, als wäre er ein Schwert, » ... so viel zusammenzuraffen, wie wir können. Wir leben schließlich in den achtzigern.«

»Und der Morgen gehört denen, die in der Lage sind, ihn kommen zu sehen.«

»Ganz genau. Ich bin kein Immobilienmensch. Häuser zu kaufen und zu verkaufen interessiert mich nicht die Bohne. Ich will der Welt meinen Stempel aufdrücken, und das werde ich durch mein Wissen auf dem von mir erwählten Gebiet erreichen.«

»Tabak«, sagte ich.

»Gottes liebstes Kraut.«

»Ich verspüre keine Lust auf einen weiteren Brentstock-Augenblick.«

»Ah, Brentstock«, sagte der Doveston. »Das waren noch Zeiten, mein Freund.«

»Es waren verdammt noch mal Scheiß-Zeiten! Wenigstens ein Teil davon. Weißt du überhaupt, was mit mir passiert ist, als ich deine Zigaretten geraucht hab?«

»Du hast mit den Bäumen geredet.«

»Mehr als das. Ich hab in die Zukunft gesehen.«

»Die ganze Zukunft?«

»Nicht die ganze. Obwohl es mir damals so vorgekommen ist. Aber es waren nur Ausschnitte. Heute erscheint mir alles wie ein *Déjà-vu.* Ich krieg ständig eins, und ich weiß, dass etwas Schlimmes passieren wird. Aber ich kann nichts dagegen tun. Es ist schrecklich, wirklich. Du bist schuld daran. Du hast mir das angetan.«

Der Doveston ging zu dem winzigen Fenster und spähte durch die zerbrochene Scheibe nach draußen. Er wandte sich wieder zu mir um und sagte: »Was in Brentstock mit dir passiert ist, tut mir wirklich Leid. Es war alles ein schrecklicher Fehler von mir. Ich habe nach Onkel Jon Peru Joans' Notizen gearbeitet, und ich dachte, die genetischen Modifikationen, die ich am Tabak vorgenommen hatte, würden nur helfen, dass er im englischen Klima wächst. Ich hatte keine Ahnung, dass die Zigaretten diese Auswirkungen haben würden. Ich habe seit damals eine Menge mehr über diese Droge herausgefunden, und ich werde dir alles darüber sagen, wenn die Zeit gekommen ist. Für den Augenblick kann ich dich nur bitten, meine Entschuldigung anzunehmen für das Schreckliche, was ich dir angetan habe, und dich bitten, mit keinem anderen Menschen darüber zu reden. Man weiß einfach nicht mehr, wer wer ist.«

»Wer wer ist?«

»Ich werde verfolgt«, sagte der Doveston. »Sie verfolgen mich überall hin. Sie beobachten jeden meiner Schritte und fertigen Berichte an. Sie wissen, dass ich sie erkannt habe, und das macht sie umso gefährlicher.«

»Du sprichst nicht rein zufällig von der Geheimpolizei, oder?«

»O doch«, sagte der Doveston mit ernstem Gesicht. »Onkel Jon Peru Joans wusste ganz genau, wovon er sprach. Du hast die Auswirkungen der Droge am eigenen Leib gespürt. Du weißt, dass es stimmt.«

»Ja, aber dieser Kram mit der Geheimpolizei. Ich erinnere mich, wie du selbst gesagt hast, dass sie in Brentstock in der Menge versteckt wären. Ich dachte, du würdest mich auf den Arm nehmen.«

»Sie waren dort, und sie sind dort draußen, jetzt in diesem Augenblick. Irgendwann in der Zukunft, wenn ich denke, dass es ungefährlich ist, werde ich dir mein Labor zeigen. Du wirst sehen, wie das Große Werk voranschreitet.«

»Das Große Werk? Onkel Jon Peru Joans Großes Werk?«

»Genau das. Aber lass uns zu einem anderen Zeitpunkt über diese Dinge reden. Ich will nicht, dass du jetzt weiterschwatzt.«

»Nein?«

»Nein. Auf dich wartet Arbeit. Du hast eine Wohnung zu renovieren. Du findest in der Küche alles, was du brauchst, zusammen mit den Plänen, welche Wände herausgerissen werden müssen und wo du den Geschirrspüler einbauen musst. Versuche, bis nächste Woche damit fertig zu sein, denn ich glaube, dass ich schon einen Käufer gefunden habe.«

»Du hast was?«

Doch der Doveston sagte nichts mehr.

Er drehte sich auf seinem Designer-Absatz um und verließ das Gebäude, genau wie Elvis.

Er blieb an der Tür kurz stehen und entbot mir ein Lächeln und ein Winken, bevor er endgültig ging.

Und da sah ich es.

Den Ausdruck in seinen Augen.

Den gleichen Ausdruck, den Onkel Jon Peru Joans in seinen Augen gehabt hatte.

Den Ausdruck, den der Affe in dem *Mondo-Cane*-Movie gehabt hatte.

Vermutlich war es genau in jenem Augenblick, dass ich zum allerersten Mal erkannte, wie absolut wahnsinnig der Doveston war.

Doch ich würde nicht zulassen, dass unsere Freundschaft darunter litt. Schließlich hatte ich hier einen Lauf. Ich bekam eine Menge Geld. Ich hatte einen Paul-Smith-Anzug, eine Piaget-Armbanduhr, einen Porsche und einen Persönlichen Organizer.

All diese Dinge begannen mit P.

Es hätte mir wirklich auffallen müssen ...

16

Beatle Bones und Smokin' Stones.

Don Van Vliet

Für einen Mann, der nicht an Immobilien interessiert war, kaufte der Doveston eine ganze Menge davon. Während meiner ersten sechs Monate in Freiheit zog ich acht Mal um. Jedes Mal in eine größere Wohnung in einer Gegend, die im Begriff stand, sich zu entwickeln.

Weihnachten 1984 war ich in Brentford angekommen.

Ah, Brentford.

Das Butts Estate.

Und in welchem Haus wohnte ich wohl? Genau. In keinem anderen als dem Haus, das früher einmal Onkel Jon Peru Joans gehört hatte. Es wäre ein wahr gewordener Kindertraum gewesen – hätte ich in meiner Kindheit jemals von so einem Haus geträumt. Doch meine Kinderträume waren aus weit einfacherem Holz geschnitzt gewesen. Nicht ein Mal hatte ich geglaubt, dass ich eines Tages auf dem Butts Estate leben würde.

Der Wintergarten war wiederaufgebaut worden, doch nicht im ursprünglichen Stil. Zwei einheimische Handlanger, der Haarige Dave und Dschungel-John, hatten eine hässliche, doppelt verglaste Monstrosität an die Rückseite des Hauses gezimmert, die aussah wie ein

Karbunkel, und meine erste Aufgabe war es, dieses Ding wieder abzureißen.

Ich gab eine kleine Party, als ich einzog. Alles sehr gesittet und gebildet. Ich hatte gehofft, Jackie ins Bett zu kriegen, doch sie wollte nicht. Sie sagte zu mir, dass es zwar nicht viel gäbe, was sie nicht tun würde für einen Mann in einem Paul-Smith-Anzug, aber sie würde auf gar keinen Fall mit einem Kerl ins Bett steigen, der als Maler und Anstreicher arbeitete. Was dachte sie denn, was sie war? Eine Schlampe?

Ich nahm den Niederschlag hin und schwor mir, dass ich sie eines Tages …

Eines Tages …

Norman verdarb mir die Party ein wenig. Er hatte mehrere Flaschen selbst gebrauten Rosenkohlbranntwein mitgebracht, von welchem er zu viel konsumierte. In einem Augenblick trunkener Bonhomie nannte er mich seinen besten Freund und sagte, dass dies die beste Party wäre, die er je besucht hätte.

Bis auf die Teenagerparty damals, neunzehnhundertdreiundsechzig, als jemand den Hund des Gastgebers mit einer Stange Dynamit in die Luft gejagt hatte.

O wie haben wir gelacht!

Ich war darauf vorbereitet, den ursprünglichen Wintergarten wiederaufzubauen. Es war mir gelungen, die ursprünglichen Pläne aus der Memorial-Bücherei zu besorgen, und eine Gießerei in der Nähe erklärte sich einverstanden, die Säulen und die dekorativen Eisenelemente herzustellen.

Als der Doveston mir im Januar des folgenden Jahres sagte, dass es an der Zeit wäre, erneut umzuziehen, sagte ich nein. Ich sagte, ich wolle bleiben, wo ich war, den

Wintergarten fertig stellen und endlich wieder ein Brentforder sein.

Zu meiner großen Überraschung hatte der Doveston nichts dagegen. Ich könnte das Haus behalten, sagte er, unter einer Bedingung. Er hatte selbst kürzlich einen Besitz in Sussex erworben, und wenn ich ihm diesen ohne Bezahlung renovierte, würde das Haus auf dem Butts mir gehören.

Ich erklärte mich bereitwillig einverstanden.

Ich war inzwischen ziemlich geschickt, was das Renovieren anging. Ich hatte ein kleines Team von Helfern, die für mich arbeiteten, und wir schneiten im Eiltempo durch. In meinen Augen waren ein oder zwei Monate Arbeit auf dem Besitz des Doveston im Tausch gegen Onkel Jon Peru Joans Haus ein Angebot, das ich nicht ausschlagen konnte.

Allerdings hätte ich wohl zuerst eine Frage stellen sollen.

Und diese Frage lautete: »Wie groß ist dieser Besitz?«

Der Winter Fünfundachtzig war der kälteste seit Beginn der Aufzeichnungen. Die Themse fror vollständig zu, und Tausende starben an Unterkühlung. Wenige von diesen Tausenden, so vermute ich, hinterließen ihren nächsten Anverwandten einen Filofax. Die Nation hatte sich in zwei Klassen gespalten. In die Wir-haben-jede-Menges und die Wir-haben-einen-Scheißdrecks. Die Wir-haben-jede-Menges sicherten ihre Grundstücksmauern mit Stacheldraht und Glasscherben. Die Wir-haben-einen-Scheißdrecks planten die Revolution.

Die Limousine des Doveston, ein gepanzertes Ding mit kugelsicheren Scheiben und Schießscharten auf dem Dach, holte mich eines Morgens im Februar ab, um mich nach Sussex zu bringen. Der Schnee fiel seit einem Monat fast ununterbrochen, und wären nicht die Ketten auf den Reifen und der Schneepflug an der Stoßstange gewesen, wären wir wahrscheinlich niemals an unserem Ziel angekommen.

Ich war vorher noch nie in Sussex gewesen, und ich wusste von der Gegend nicht mehr als das, was alle Londoner wussten: Die Leute dort lebten in strohgedeckten Cottages, jagten Füchse und vögelten Schafe. Wenn sie keine Schafe vögelten, vögelten sie ihre Töchter, und wenn ihre Töchter keine Lust darauf hatten, dann machten sie sich über ihre Hühner her.

Ich bin heute bereit einzuräumen, dass diese allgemeine Sicht der Landbewohner nicht ganz der Wahrheit entspricht. Die meisten Landbewohner vögeln nicht ihre Schafe, ihre Töchter oder ihre Hühner.

Allerdings praktizieren sie Menschenopfer und beten Satan an. Andererseits – wer tut das heutzutage nicht?

Und sie machen gute Marmelade.

Das Besitztum des Doveston lag am Rand einer pittoresken Ortschaft namens Bramfield, vielleicht fünfzehn Kilometer nördlich von Brighton gelegen.

Bramfield duckte sich in die South Downs. Die meisten Dörfer schmiegen sich, nicht so Bramfield. Bramfield duckte sich definitiv. Es hatte den Kopf unten. Es kauerte. Und als wir auf die High Street einbogen, wurde deutlich, wovor es sich duckte.

Voraus, hinter den schneebedeckten Feldern, erhob sich ein grauenhaftes Bauwerk. Es sah aus, wie ich mir Gormenghast vorstelle. Ein großer, düsterer, gotischer Albtraum von einem Bauwerk, übersät mit verwinkelten Türmen und hohen Kuppeln, Giebeldächern und Strebebögen.

»Sieh dir nur dieses grauenhafte Ding an«, sagte ich, als wir uns näherten.

Der Doveston sah mich mit erhobener Augenbraue an.

»Ist es nicht grauenhaft?«, fragte ich.

»Es ist grauenhaft«, erwiderte er.

Und je näher wir kamen, desto größer ragte es vor uns auf, weil das nun einmal die Natur der Dinge ist. Als wir aus dem Wagen stiegen und in einem Meter hohem Schnee landeten, mussten wir die Köpfe weit in den Nacken legen, um die Spitzen zu sehen.

Jackie kuschelte sich in ihren Marder, und ihr Mund war so breit, dass ich sicher bin, ich hätte ganz hineinkriechen und mich dort vor der Kälte verstecken können. Der Chauffeur des Doveston, Rapscallion, nahm seine Mütze ab und fuhr sich mit einem übergroßen roten Gingantaschentuch über die afrikanische Stirn. »Jesses, Jesses, Jesses«, war alles, was er sagen konnte.

Ich hingegen hatte eine ganze Menge mehr zu erzählen. »Jetzt hör aber mal zu«, begann ich. »Wenn du glaubst, dass ich diese Monstrosität für dich renoviere, dann bist du gewaltig auf dem Holzweg. Wem hat dieser Schuppen eigentlich gehört, bevor du ihn gekauft hast, Graf Dracula?«

»Höchst amüsant.« Der Doveston grinste golden in meine Richtung. »Ich hab mein Labor hier drin. Ich möchte nur, dass du einige der Wohnungen renovierst.«

»Labor?« Ich schüttelte den Kopf und lockerte damit die Eiszapfen, die sich an meinem Zinken gebildet hatten. »Ich nehme an, du beschäftigst einen Assistenten namens Igor, der dir die Leichen beschafft?«

»Er heißt eigentlich Blot.«

»*Was?*«

»Komm, wir gehen rein, bevor wir uns zu Tode frieren.«

»Wir gehören tot«, murmelte ich in meinem feinsten Karloff-Akzent.

Drinnen sah es genauso aus, wie man es von außen erwartet hätte. Reinster Horrorfilm. Eine gewaltige, freiherrliche Halle, große Steinplatten unter den Füßen und eine gewölbte Decke hoch über unseren Köpfen. Eine weit ausladende Freitreppe aus massiver, geschnitzter Eiche. Eine Galerie mit massig Verzierungen. Fenster aus Bleiglas, mit massig Märtyrermotiven. Wandteppiche mit massig Motten. Ritterrüstungen mit massig Rost. Authentisch aussehende Folterinstrumente.

Echt heavy.

Es war eine grimmige, von Kerzenlicht und einem monströsen Feuer, das in einer Kaminecke prasselte, erhellte Halle. Alles an dieser Halle sagte: »Kehre zurück nach London, junger Master.«

»Kehren wir zurück nach London«, schlug ich vor.

»Dazu ist es zu spät«, sagte der Doveston. »Draußen wird es bereits dunkel. Wir müssen über Nacht bleiben.«

Ich seufzte tief und bedrückt. »Das ist ohne Zweifel der unheimlichste Ort, den ich je betreten habe«, sagte ich. »Es riecht buchstäblich nach dem Bösen. Jede Wette, dass sämtlichen Vorbesitzern ein schreckliches Ende widerfahren ist. Die Hälfte von ihnen wurde wahrscheinlich in irgendwelchen Alkoven eingemauert, und um Mitternacht kann man sich nicht bewegen vor lauter Gespenstern mit den Köpfen unter dem Arm.«

»Es hat eine gewisse Ausstrahlung, nicht wahr?«

»Verkauf den Kasten«, lautete meine Empfehlung.

»Oder brenn ihn nieder und kassier das Geld von der Versicherung. Ich leihe dir mein Feuerzeug, falls du möchtest.«

»Ich habe selbst reichlich Feuerzeuge«, sagte der Doveston. Er zog seinen Designermantel aus und wärmte sich die Hände vor dem Kamin. »Allerdings habe ich nicht die Absicht, dieses Bauwerk niederzubrennen. Es ist mehr als nur ein Ort zum Leben. Ein Titel geht mit dem Besitz einher.«

»Haus der Verdammnis«, schlug ich vor.

»Ein Titel für mich, du Trottel. Ich bin jetzt der *Laird of Bramfield.*«

»Oh, bitte verzeiht, Euer Lordschaft. Bedeutet das, dass ihr bald mit den Bluthunden hetzt?«

»Das tut es.«

»Und die Schafe vögelt?«

»Pass auf, was du sagst.«

»O ja, bitte verzeiht. Wenn ich mich recht entsinne, waren es die Hühner, die darauf achten müssen, den Rücken stets der Wand zuzuwenden.«

Ein ärgerlicher Ausdruck blitzte in den Augen des Doveston auf, doch ich wusste, dass er nicht wagen würde, mich zu schlagen. Diese Zeiten waren vorbei. Trotzdem war es nicht klug, ihn zu verärgern.

»Das ist also der Grund, aus dem du es gekauft hast«, sagte ich. »Damit du Lord wirst?«

»Teilweise. Aber auch, weil es leicht zu befestigen ist. Ich werde den Graben freilegen lassen und ringsum einen hohen Zaun errichten.«

»Das sollte die Einheimischen erfreuen.«

»Vergiss die Einheimischen.«

»Richtig.«

»Aber siehst du es denn nicht? Das Prestige, so einen Palast zu besitzen! Hier kann ich wohlhabende Kundschaft unterhalten. Hier kann ich außergewöhnliche Partys feiern.«

»Hm«, machte ich. »Du wirst allerdings etwas am Ambiente tun müssen.«

»Genau. Das schalte ich ab.«

»Was?«

Der Doveston kehrte zu der schweren Eingangstür zurück und legte einen winzigen verborgenen Schalter um. Ich spürte ein leichtes Knacken in den Ohren, und ein Wohlbefinden breitete sich in mir aus, als würde mich eine tropische Sonne wärmen. Aber nicht zu viel. Gerade richtig.

»Mmmmmmmmmmmh«, machte Jackie und legte ihren Marder ab.

»So ist's recht«, sagte Rapscallion.

Der Doveston grinste. »Clever, nicht wahr?«

»Was?«, machte ich und »Hä?« und »Wie?«.

»Eine von Normans Erfindungen. Er nennt es den Hartnell Home Happyfier. In jedem Zimmer ist einer eingebaut.«

»Was?«, machte ich einmal mehr und »Hä?« und »Wie?«

»Verstehst du«, erklärte der Doveston, »Norman hat eine Anzeige im *Brentford Mercury* gelesen. Da wurden Ionisierer angeboten. Sie sind total in heutzutage und sollen die Atmosphäre in Büros und so weiter verbessern. Norman dachte, so einen könnte er auch für seinen Laden gebrauchen. Doch als der Ionisierer eintraf und Norman ihn ausprobierte, fand er die Ergebnisse eher schwach. Er glaubte, dass das Gerät vielleicht defekt wäre, also nahm er es auseinander, um zu sehen, wie es arbeitet, und er stellte fest, dass alles darin so funktionierte, wie es sollte, aber es wirkte einfach nicht stark genug. Also hat Norman sich mit seinem Stabilbaukasten an die Arbeit gemacht und einen besseren konstruiert. Einen, der wirklich tat, was er sollte.

Normans Ionisierer hat drei Einstellungen. *Grimmig*, das war die Einstellung, die wir eben hatten. Das entmutigt jeden Einbrecher, glaub mir. *Normal*, das haben wir jetzt, und *Juchhu-es-ist-Partyzeit*, das bringt dich wirklich zum Tanzen.«

»Aber das ist unglaublich!«, sagte ich. »Wie funktioniert dieser Ionisierer?«

»Ich glaube, es hat irgendetwas mit der Transperambulation kosmischer Antimaterie zu tun.«

Ich schüttelte erstaunt den Kopf. »Aber so eine Erfindung muss Millionen wert sein!«

»Sollte man meinen, nicht wahr? Und doch war ich imstande, Norman die Patente für weniger als einhundert Pfund abzukaufen.«

»Du hinterhältiger, verschlagener, niederträchtiger …«

»Kein Stück. Ich verspüre nicht den Wunsch, finanziellen Profit aus Normans Erfindung zu ziehen. Ich wollte lediglich sicherstellen, dass sie in den rechten Händen bleibt.«

»Und diese rechten Hände sind natürlich Hände, die häufig einen Filofax halten?«

»Ich halte meinen im Allgemeinen in der Linken. Doch im Prinzip hast du Recht. Sollen wir nun essen?«

Wir aßen zu Abend.

Während wir zu Abend aßen, sprach der Doveston. Und wie das alte Walross sprach er über viele Dinge. Über Pfeifen und Snuff und Rauchwaren und Brentstock Super Kings.

Er sprach von seinen Plänen für das Haus. Es hieß

gegenwärtig Bramfield Manor, doch er beabsichtigte, den Namen in Castle Doveston zu ändern. Er wollte es zu einem »sicheren Gebiet« machen. Ich nahm an, dass er damit sicher vor Angriffen der Dorfbewohner meinte, mit brennenden Fackeln. Später wurde mir jedoch klar, dass er Sicherheit vor der Überwachung durch die Geheimpolizei meinte.

Er sprach von seinen Zukunftsplänen. Dass es seine Absicht wäre, Geschäfte auf der ganzen Welt zu eröffnen. Ich fragte, ob jeder dieser Läden mit einem Hartnell Home Happyfier ausgestattet werden würde, der auf volle Leistung gedreht wäre.

Ich erhielt keine Antwort auf meine Frage.

Bevor das Essen begann, bat mich der Doveston, meinen Filofax und meinen Mont Blanc hervorzunehmen, sodass ich all seine Worte für seine Biografie mitschreiben könnte. Ich erklärte ihm, dass das wirklich nicht nötig sei, weil ich ein fotografisches Gedächtnis hätte, doch er bestand trotzdem darauf, dass ich beides hervornahm und auf den Tisch legte.

Ich fertigte ein paar Notizen an und zeichnete ein richtig gutes Bild von einer vollbusigen Lady auf einem Fahrrad. Leider kann die Zeichnung nicht hier abgedruckt werden, weil dies keine illustrierte Biografie ist. Andererseits gilt dies auch für alles, was der Doveston sagte.

Vermutlich hätte es abgedruckt werden können.

Wenn ich mir die Mühe gemacht hätte, es aufzuschreiben.

Aber ich hatte keine Lust.

Das Essen war ausgezeichnet. Ein Fünf-Gänge-Menü mit Nachtisch. Höchstpersönlich vom Koch serviert, der zum Haus gehörte.

Hinterher redete der Doveston, bei Zigarren und Brandy, noch mehr. Wir waren inzwischen alle recht betrunken und fühlten uns sehr heiter. Rapscallion schnarchte in einem Lehnsessel beim Kamin. Jackie hatte einen Schluckauf und blies den Kandelaber am anderen Ende des Zimmers aus. Und ich überlegte ununterbrochen, wie ich sie dazu bringen konnte, mit mir hoch in mein Zimmer zu kommen und die *Juchhu-es-ist-Partyzeit*-Einstellung des Hartnell Home Happyfiers zu genießen.

Als ich den Doveston beobachtete, wie er neben dem großen Kamin stand und über seine Pläne bezüglich dieser und jener Dinge dozierte, begannen meine Gedanken zu wandern, wie Gedanken dies hin und wieder tun. Sie wanderten zurück zu längst vergangenen und vergessenen Zeiten.

Im allerersten Kapitel habe ich geschrieben, dass dieses Buch keine gewöhnliche Biografie werden soll, sondern eine Reihe persönlicher Erinnerungen. Und ich habe mich daran gehalten. Unsere Kindheitstage waren glücklich gewesen, und ich wusste, dass glückliche Zeiten vor uns lagen.

Doch ich wusste auch, denn ich hatte die Zukunft gesehen, dass es schlimme Zeiten geben und der Doveston ein schlimmes Ende nehmen würde. Als ich ihn hier sah, in seinen besten Jahren, auf der Höhe seiner Kraft, voller Pläne und voller Leben, erschien mir alles so unwahrscheinlich. Der Doveston war das Schmuddelkind, aus dem ein wohlhabender, erfolgreicher Mann geworden war. Der Doveston war mein bester Freund.

Wann immer mich die Leute über die Zeit befragen, die ich mit dem Doveston verbracht habe, wollen sie etwas über die Periode zwischen 1985 und der Jahrtausendwende wissen. Die Jahre auf Castle Doveston und den großen Millenniums-Ball.

Ist all das Unglaubliche tatsächlich passiert?

Stimmt das, was wir in der Boulevardpresse gelesen haben? Nun, ja und ja. Es ist passiert, und es stimmt alles.

Aber es gab noch viel mehr.

Und ich werde hier davon erzählen.

17

Der Zustand des Königs verschlimmerte sich.
Er litt unter schrecklichen Anfällen, die ihn die
Augen auf das Schlimmste verdrehen ließen,
während er sich auf die Brust schlug.
Wenn der Wahnsinn über ihn kam, schrie
er vulgäre Dinge heraus und benutzte
unchristliche Worte. Nur seine Pfeife brachte
ihm Trost und Linderung.

Silas Camp (1742–1828)

»Er ist Richard, weißt du?«, sagte Norman.

Ich blickte von meinem Tod-durch-Cidre auf. Wir saßen im *Fröhlichen Gärtner* beisammen, Bramfields einzigem anständigen Pub. Es war der Sommer Fünfundachtzig, der heißeste Sommer seit Beginn der Aufzeichnungen. Der Asphalt warf Blasen auf der Straße, und die Todesfälle durch Hitzschlag in London erreichten Schwindel erregende Ausmaße. Revolution hing in der Luft. Allerdings nur im Schatten. Drinnen, wo es kühl war.

»Richard?«, fragte ich.

»Richard«, sagte Norman. »Vollkommen durchgeknallt.«

»Ah«, sagte ich. »Vermutlich wieder Brentforder Reimschule in der fünften Generation. Ich finde das weder clever noch amüsant.«

»Nein, nein, das ist diesmal ganz geradeaus. Richard Penn, völlig plemplem. Richard Penn (geboren irgendwann, gestorben später), malte Feen, schlachtete seinen Vater und beendete seine Tage in der Klapsmühle.«

»*Touché.*« Ich lächelte Norman an. Der Ladenbesitzer war in seinen mittleren Jahren ein wenig dick geworden. Er hatte trotzdem noch immer ein gutes Gesicht, ein ehrliches Gesicht, das er im Osten und im Westen mit zwei atemberaubenden Koteletten einrahmte. Seine Haare waren inzwischen fast vollständig ausgefallen, und die wenigen verbliebenen wurden von Pomade über dem ansonsten kahlen Schädel zusammengehalten, ein Anblick, der die meisten Frauen in die Flucht schlug.

Norman war größtenteils in Würde alt geworden und mit wenig Rückgriffen auf das Künstliche. Sein Bauch ragte über den Hosenbund, und sein Hintern ragte hinten heraus. Sein Ladenkittel war makellos, seine Schuhe glänzend poliert und sein Verhalten fröhlich, wenngleich verhalten.

Er hatte geheiratet und war wieder geschieden worden. Seine Frau war mit dem Herausgeber des *Brentford Mercury* durchgebrannt. Norman hatte es philosophisch aufgenommen. »Wenn man eine gut aussehende Frau heiratet«, hatte er zu mir gesagt, »dann besteht eine hohe Wahrscheinlichkeit, dass sie mit einem anderen Mann wegrennt und einem das Herz bricht. Aber wenn man, wie ich, eine hässliche Frau heiratet, und sie brennt mit einem anderen Kerl durch – wer schert sich einen Dreck darum?«

Norman war nach Castle Doveston gebracht worden, wo er die »Sicherheit« verbessern helfen sollte. Er war genauso begierig in seinen Laden zurückzukehren wie ich wieder in meinen Wintergarten. Aber der Doveston fand immer neue Dinge, die wir für ihn tun sollten.

»So«, sagte ich. »Er ist also Richard. Und wen genau meinst du?«

»Den Doveston natürlich! Sag mir nicht, es ist dir entgangen, dass der Doveston völlig den Verstand verloren hat!«

»Er besitzt eine Reihe von Exzentrizitäten, zugegeben.«

»Genau wie Richard Penn. Warte, ich zeig dir was.«

Norman kramte in den Taschen seines Ladenkittels und brachte einen zerknitterten Satz Pläne zum Vorschein. »Tu mal dein blödes Adressbuch beiseite, damit ich diese hier ausbreiten kann.«

Ich schob meinen Filofax mit dem Ellbogen über die Kante. »Was hast du denn da?«, fragte ich.

»Pläne für den Garten von Castle Doveston«, antwortete Norman, während er die Falten glättete und Kuchenkrümel wegschnipste. »Selbstverständlich topsecret und streng vertraulich«, sagte er.

»Selbstverständlich.«

»Siehst du das hier?« Norman zeigte auf den Plan. »Das ist das Anwesen rings um das Haus. Ungefähr zweieinhalb Quadratkilometer. Jede Menge Land. Das sind die existierenden Gärten, das viktorianische Labyrinth, die Zierteiche, die baumgesäumten Spazierwege.«

»Alles sehr schön«, sagte ich. »Ich hab den größten Teil schon selbst gesehen.«

»Es wird umgegraben. Der größte Teil jedenfalls. Die Bagger kommen nächste Woche.«

»Aber das ist kriminell!«

»Es sind seine Gärten. Er kann damit tun und lassen, was er will.«

»Du meinst, er kann sich so schlecht darin benehmen, wie er möchte.«

»Was auch immer. Und jetzt sieh her.« Norman angelte eine zerknitterte transparente Folie aus einer weiteren Tasche und hielt sie hoch. »Erkennst du das?«

Es war eindeutig das unverwechselbare Logo des Doveston, das Logo, das den verstorbenen Vikar Berry so aufgebracht hatte. Die drei Kaulquappen, die ihre Schwänze jagten.

»Das Zeichen des Tiers«, sagte ich grinsend.

»Sei nicht albern«, entgegnete Norman. »Das ist das Alchemistensymbol für Gaia.«

»Für was?«

»Gaia. Die Göttin der Erde. Sie hat den Uranus geboren und von ihm Cronos und Oceanus und die Titanen empfangen. In der Alchemie wird sie häufig durch drei Schlangen repräsentiert. Die Schlangen symbolisieren Schwefel, Salz und Quecksilber. Die Vereinigung dieser drei Elemente im kosmischen Brennofen symbolisiert die Konjunktion der weiblichen und männlichen Prinzipien und bringt den Stein der Weisen hervor.«

»Hey, du musst dich nicht über mich lustig machen!«, sagte ich.

»Tue ich nicht. Das Symbol repräsentiert in letzter Instanz die Vereinigung zwischen dem Königreich der Tiere und dem der Pflanzen. Mensch und Natur und so weiter. Ich sollte es wissen, schließlich habe ich das Symbol für ihn entworfen.«

»Oh«, sagte ich. »Dann bitte ich um Entschuldigung.«

Norman legte die transparente Folie über den Plan. »Und was siehst du nun?«, fragte er.

»Ein verdammt großes Logo über den Gärten des Anwesens.«

»Und genau das wirst du vom Flugzeug aus sehen, sobald der Boden eingeebnet und die Bäume gepflanzt worden sind. Das Logo in Form von grünen Bäumen auf brauner Erde.«

»Er ist Richard, du hast Recht«, sagte ich.

»Er macht mir Angst«, sagte Norman. »Und er hält sich auch dran mit dieser Geschichte von der unsichtbaren Tinte. Ich wünschte, ich hätte sie ihm gegenüber nie erwähnt.«

»Ich glaube nicht, dass du sie mir gegenüber je erwähnt hast«, sagte ich.

»Top Secret«, sagte Norman und tippte sich mit dem Zeigefinger an die Nase.

»Und?«

»Und es ist so. Wir haben über die Farbe geredet, die er für die Verpackung seiner neuen Zigaretten möchte. Er meinte, er wollte etwas, das direkt ins Auge sticht. Das sich von allem anderen abhebt. Und ich meinte, dann wäre Rot nicht falsch. Die meisten erfolgreichen Produkte kommen in roten Verpackungen daher. Es hat wohl irgendetwas mit Blut und Sex zu tun, glaube ich. Dann beging ich den Fehler, ihm von dieser neuen Farbe zu erzählen, an der ich gerade arbeite. Es ist Ultraviolett.«

»Aber man kann Ultraviolett doch gar nicht sehen.« Ich nippte an meinem Pint. »Ultraviolett ist für das menschliche Auge unsichtbar.«

»Das ist ja gerade der Punkt. Wenn man eine undurchsichtige ultraviolette Farbe erschaffen könnte, dann würde alles, was man damit anstreicht, praktisch unsichtbar.«

»Das ist Blödsinn«, sagte ich. »Das ist völlig unmöglich.«

»Warum denn? Wenn du irgendetwas mit einer deckenden Farbe bemalst, kannst du das, was darunter steckt, doch auch nicht mehr sehen. Sondern nur die Farbschicht.«

»Aber man kann Ultraviolett nicht sehen.«

»Siehst du? Wenn du nicht durch die Farbe sehen kannst, kannst du das Ding darunter nicht sehen. Richtig?«

»Deine Logik muss einen Fehler haben«, sagte ich. »Wenn die Farbe für das menschliche Auge unsichtbar ist, dann sieht man das Objekt unter der Farbschicht.«

»Nicht, wenn man nicht durch die Farbe sehen kann. Wenn die Farbe undurchsichtig ist, siehst du nichts.«

»Und? Hast du schon eine Probe von dieser Farbe hergestellt?«

Norman zuckte die Schultern. »Vielleicht. Vielleicht auch nicht.«

»Hast du?«

»Ich weiß es nicht. Ich dachte, ich hätte, aber jetzt finde ich das Glas nicht mehr, in das ich sie gegossen habe.«

Ich machte das Gesicht, das besagte: »Du nimmst mich auf den Arm.« »Und der Doveston würde gerne den ein oder anderen Topf deiner Wunderfarbe kaufen, vermute ich?«

»So viel, wie ich herstellen kann. Aus ästhetischen Gründen, hat er gesagt. Er möchte den Stacheldraht auf der Umzäunung des Anwesens damit bemalen.«

Ich erhob mich, um zwei neue Pints zu holen. An der Bar richtete der Wirt meine Aufmerksamkeit auf den Umstand, dass ich mein blödes Adressbuch hätte fallen lassen. »Arbeiten Sie noch immer in dem großen Haus?«, fragte er.

»Würde ich noch in diesem Schuppen trinken, wenn nicht?«, entgegnete ich.

Er füllte meine frisch gezapften Pints aus dem Tropfglas auf. »Vermutlich nicht. Stimmt es eigentlich, was man sich über den neuen Laird erzählt?«

»Vermutlich.«

Der Wirt stieß einen Pfiff aus. »Ich hab das auch einmal versucht. Ich musste meinen Dödel anschließend eine Woche lang in Jod einweichen, bis ich den Gestank endlich wieder los war.«

Ich bezahlte die beiden Pints und kehrte zu meinem Tisch zurück.

»Und da ist noch etwas«, sagte Norman. »Der Doveston ist inzwischen fest davon überzeugt, dass die Welt, wie wir sie kennen, Schlag Mitternacht am letzten Tag dieses Jahrhunderts endet. Er sagt, er wüsste es bereits seit Jahren und Jahren, und er wollte vorbereitet sein.«

»Das Morgen gehört denjenigen, die in der Lage sind, es kommen zu sehen.«

»Ich habe mir diese Phrase ausgedacht«, sagte Norman. »Er hat sie mir geklaut.«

»Hast du eigentlich niemals die Nase voll davon, dass er dir ständig deine Ideen klaut?«

»Eigentlich nicht. Immerhin ist er mein bester Freund.«

»Aber er ist Richard.«

»Ja, sicher, er ist Richard. Aber das hat nichts mit unserer Freundschaft zu tun.«

Wir leerten unsere Pints, und dann stand Norman auf, um die nächste Runde zu holen. »Der Wirt hat gesagt, ich soll dich daran erinnern, dass du dein blödes Adressbuch nicht vergisst. Es liegt immer noch auf dem Fußboden«, sagte Norman bei seiner Rückkehr und stellte die beiden Pints auf den Tisch.

»Wir sehen besser zu, dass wir diese Runde schnell getrunken kriegen und dann wieder an unsere Arbeit gehen«, sagte ich.

»Heute nicht. Der Doveston hat gesagt, wir sollen den Nachmittag freinehmen. Ein weiteres von seinen geheimen Treffen.«

»Scheiße. Ich will endlich fertig werden.«

»Ich auch. Aber wir dürfen heute Nachmittag nicht wieder an die Arbeit. Wir sollen uns nicht auf Castle Doveston blicken lassen.«

Ich trank einen großen Schluck Tod-durch-Cidre. »Ich würde nur zu gerne wissen, was er bei diesen geheimen Treffen zu besprechen hat. Du nicht auch?«

Norman zuckte die Schultern. »Wir könnten uns ja zurückschleichen und ihn über die Kameraüberwachungsanlage beobachten.«

»Was für eine Kameraüberwachungsanlage?«

»Die, die ich letzten Monat eingebaut habe. In jedem Zimmer gibt es geheime Kameras.«

»Was? Auch in meinem Schlafzimmer?«

»Selbstverständlich.«

»Dann hat er mich ja beim Sex beobachtet!«

»Nun, wenn er das getan hat, dann hat er mir die Bänder jedenfalls nicht gezeigt. Das Einzige, was ich zu sehen gekriegt habe, waren du, ein paar schmutzige Magazine und eine Schachtel Kleenex.«

Ich stieß ein Ächzen aus.

»Ja, genau. Diese Geräusche hast du dazu gemacht.«

»Dieser Bastard!«, sagte ich. »*Dieser Bastard!*«

»Wenn du glaubst, das wäre schlimm, dann solltest du erst mal die Bänder von mir sehen.«

»Von dir?«

»Ja. Aus meinem Schlafzimmer. Der Wirt hat mir Jod empfohlen.«

»Du meinst, auch in deinem Zimmer gibt es eine versteckte Kamera?«

»Aber natürlich. Ich habe sie doch selbst installiert.«

»Aber ...«, sagte ich. »Aber wenn du ... ich meine ... warum ... Ich ...«

»Ganz recht«, sagte Norman. »Es ist eine ziemliche Frechheit, nicht wahr?«

Wir leerten unsere Pints und schlichen zum Castle Doveston zurück.

Norman führte mich zu einem Loch, das er in die Umzäunung geschnitten hatte. »Ich vertrage diesen ganzen Wirbel am Haupttor nicht«, erklärte er. »Ich nehme immer diesen Eingang.«

Wir umgingen das grauenvolle große Haus, und Norman führte mich zu einer Kellertür. »Ich hab mir diesen Schlüssel nachgemacht«, erklärte er, nachdem er aufgesperrt hatte. »Es ist praktisch, weißt du?«

Norman führte mich durch ein Labyrinth von Gängen und Korridoren und öffnete zahlreiche verschlossene Türen mit Schlüsseln, die er sich nachgemacht hatte, weil es praktisch war. Schließlich betraten wir einen großen unterirdischen Raum mit niedriger Decke und geweißten Wänden. Eine Seite war mit Fernsehmonitoren voll gestellt, vor denen zwei bequeme Sessel standen. Wir nahmen darin Platz, und Norman nahm eine Fernbedienung zur Hand.

»So, los geht's«, sagte er und drückte auf Knöpfe. »Sieh nur, da ist dein Schlafzimmer, und das ist meins. Und dort ist die große Küche – was macht denn Rapscallion mit dem Huhn?«

»Das ist armselig. Aber im Besprechungsraum gibt es auch eine versteckte Kamera, oder nicht?«

»Natürlich. Stell dir vor, der Doveston weiß nicht, dass sie da ist. Ich habe eine eingebaut, weil ich ...«

»Weil du es praktisch findest?«

»Weil ich neugierig bin, offen gestanden. Möchtest du sehen, was da vorgeht?«

»Verdammt richtig.«

Norman drückte auf eine Reihe von Knöpfen, und auf den Schirmen erschien der Tisch des Konferenzraums von oben gesehen. Ich erkannte den Kopf des Doveston. Die fünf anderen Köpfe waren mir ein Rätsel. »Ich frage mich, wer diese Burschen sind?«, fragte ich mich.

»Es sind jedenfalls nicht alles Männer«, sagte Norman. »Die kahle dort beispielsweise ist eine Frau. Ich weiß, wer sie alle sind.«

»Wieso das?«

»Ich erkenne sie von ihren Fotos in den Doveston-Akten.«

»Das sind die Akten, die er in seinem gut verschlossenen Aktenschrank aufbewahrt?«

»Und es ist ein sehr sicherer Aktenschrank obendrein. Ich habe ihn selbst gebaut. Er hat auf der Rückseite noch eine Tür, für den Fall, dass man seinen Schlüssel einmal verlegt hat.«

Ich schüttelte den Kopf. »Kannst du die Lautstärke ein wenig höher drehen, damit wir hören können, was sie zu besprechen haben?«

»Natürlich. Und anschließend erkläre ich dir, wer wer ist.«

Die Geschichte kann sich einer Menge bedeutsamer Treffen rühmen. Tatsächlich hätte es wahrscheinlich überhaupt keine richtige Geschichte gegeben, wären nicht die bedeutsamen Treffen gewesen. Vielleicht besteht die ganze Geschichte in Wirklichkeit ja ausschließlich aus bedeutsamen Treffen, wenn man es genau betrachtet. Vielleicht ist die Geschichte selbst ein einziges bedeutsames Treffen.

Na ja, vielleicht.

Und vielleicht war es reiner Zufall, dass Norman und ich diesem ganz besonders bedeutsamen Treffen an diesem bedeutenden Tag beizuwohnen das Glück hatten.

Na ja.

Vielleicht.

»Das ist, warte mal, das ist der Außenminister«, sagte Norman und deutete auf den Außenminister. »Und das dort ist der alte Schwachkopf von stellvertretendem Premierminister.« Er deutete auf den alten Schwachkopf von stellvertretendem Premierminister. »Die beiden dort am Ende des Tisches sind die Anführer des kolumbianischen Drogenkartells, ich hab ihre Namen vergessen, aber du weißt, wen ich meine, nicht wahr? Dieser Typ dort, das ist der Bursche, der diese große Company führt, du weißt schon, die dauernd im Fernsehen Werbung macht, mit diesem Schauspieler. Er war in der Serie mit dieser Frau, die diese Sache mit ihren Haaren macht. Die große Frau, nicht die andere. Die andere hat immer bei *Blue Peter* mitgespielt. Die glatzköpfige Frau, die kennst du auch, nicht wahr? Obwohl sie in der Öffentlichkeit normalerweise eine Perücke trägt. Die meisten Leute wissen nicht, dass es eine Perücke ist. Ich selbst hab es auch nicht gewusst. Und dieser Typ dort, auf den ich zeige, dass ist du weißt schon wer, nicht wahr?«

»Nie im Leben!«, sagte ich.

»Er ist es, und weißt du, wer das dort ist, neben ihm auf dem Platz?«

»Doch nicht ...?«

»Doch.«

»Unglaublich.«

»Er hat eine Affäre mit der Frau, die bei diesem Programm mitgemacht hat, du weißt, was ich meine.«

»Die andere?«

»Nicht die andere. Die große.«

»Die aus der Werbung?«

»Nein, die war in der Serie. Der Typ aus der Werbung war in der Serie mit ihr zusammen.«

»Aber das ist nicht die Frau, mit der der Typ neben du weißt schon wer eine Affäre hat, oder?«

»Nein. Das ist die andere.«

»Ah, ja, die andere. Und wer ist das dort?«

»Der Typ gegenüber von du weißt schon wer?«

»Nein, rechts von dem Kerl, der diese große Company leitet.«

»Von wem aus gesehen rechts? Von ihm oder von uns?«

»Spielt das denn eine Rolle?«

»Natürlich spielt es das. Du musst dich schon genau ausdrücken, wenn du etwas wissen willst.«

»Und? Wer ist es?«

»Keine Ahnung.«

»Ich sag dir was«, sagte ich zu Norman.

»Was?«

»Diese Sache, die diese Frau mit den langen Haaren mit ihren langen Haaren gemacht hat, ja? Ich fand das irgendwie nie besonders lustig.«

»Ich glaube, es sollte auch nicht lustig sein. Bist du sicher, dass wir über die gleiche Frau reden?«

Doch ob ich nun sicher war oder nicht, das würden wir nie herausfinden. Denn in diesem Augenblick begann der Doveston zu sprechen.

»Danke sehr«, sagte der Doveston. »Danke sehr, dass Sie alle kommen konnten. Sie wissen, warum dieses Treffen einberufen wurde. Der harte Winter, gefolgt von dem drückend heißen Sommer, hat zu einer wirtschaftlichen Krise geführt. Überall sprechen die Leute von Revolution, und in den letzten Tagen hat es weitere Bombenanschläge gegen die Häuser von Kabinettsmitgliedern gegeben, durchgeführt von einer Organisation, die sich Black Crad Bewegung nennt. Wir alle möchten, dass diese sinnlosen Explosionen enden, und niemand von uns möchte, dass die Regierung gestürzt wird, ist das richtig?«

Ringsum am Tisch zustimmendes Köpfenicken. Ich blickte Norman an, und Norman blickte mich an.

»Und so«, fuhr der Doveston fort, »habe ich ein paar radikale Vorschläge ausgearbeitet, von denen ich glaube, dass sie alles wieder ins Lot bringen werden. Zuerst schlage ich vor, dass die Einkommenssteuer abgeschafft wird.«

Ein Ächzen ging durch die versammelte Gruppe.

»Ich wäre dafür«, sagte Norman zu mir.

»Bitte beruhigen Sie sich«, beschwichtigte der Doveston die Versammelten, »und gestatten Sie mir, meinen Vorschlag zu erläutern.«

»Ich bin ganz ruhig«, sagte Norman.

»Er hat dich nicht gemeint.«

»Wie wir alle wissen«, erläuterte der Doveston, »wie wir alle wissen, spielt es keine Rolle, wie viel wir im Einzelnen verdienen, die Steuern fressen irgendwann alles auf. Es ist so gut wie unmöglich, irgendetwas zu kaufen, das nicht auf die ein oder andere Weise besteuert ist. Gestatten Sie mir, dieses Argument zu verdeutlichen. Sagen wir, ich verfüge über einhundert Pfund. Ich gehe in einen Spirituosenladen und kaufe zehn Flaschen Whiskey zu zehn Pfund die Flasche. Der eigentliche Whiskey kostet lediglich zwei Pfund, der Rest sind Steuern. Der Mann im Spirituosenladen hat nur die Differenz eingenommen, also zwanzig Pfund. Damit fährt er zur Tankstelle und füllt seinen Wagen. Die Steuer auf dem Treibstoff beträgt fünfundsiebzig Prozent des Gesamtpreises. Also verdient der Tankwart nur fünf Prozent von meinen ursprünglichen hundert Pfund, den Rest kassiert die Steuer. Der Tankwart gibt seinen Fünfer für ein Päckchen Zigaretten aus. Wir alle wissen, wie hoch Zigaretten besteuert werden. Von meinen ursprünglichen hundert Pfund hat der Staat inzwischen alles bis auf ein einziges Pfund. Und was auch immer der Mann im Tabakwarenladen mit diesem einen Pfund anstellt, es wird irgendwie besteuert.«

»Ja, ja, ja«, sagte der alte Schwachkopf von stellvertretendem Premierminister. »Das wissen wir doch alle längst. Wir wollen nur nicht, dass der Mann auf der Straße es erfährt.«

»Genau«, sagte der Doveston. »Und wir werden es ihm auch nicht sagen. Der Mann auf der Straße jedenfalls muss ungefähr ein Drittel seines Einkommens als Steuern abführen. Was würde schon passieren, wenn er das nicht täte?«

»Er hätte ein Drittel mehr Geld, das er ausgeben könnte«, sagte der alte Schwachkopf von stellvertretendem Premierminister.

»Und wofür würde er es ausgeben?«

»Irgendwelche Sachen vermutlich.«

»Ganz genau. Irgendwelche Sachen. Irgendwelche Sachen, die besteuert werden.«

»Äh, entschuldigen Sie«, sagte der Außenminister. »Aber wenn jeder im Land ein Drittel mehr Einkommen zur Verfügung hätte und das Geld auch ausgeben würde, hätten die Läden doch bald nichts mehr zu verkaufen?«

»Ganz genau. Und daher müssten die Fabriken mehr Dinge herstellen, und dazu müssten sie mehr Personal einstellen, und damit würde die Arbeitslosigkeit auf einen Schlag sinken. Und man müsste nicht ständig die Löhne erhöhen, weil sowieso alle ein Drittel mehr in ihren Lohntüten hätten. Wir hätten Vollbeschäftigung und glückliche Arbeitnehmer. Kaum das Klima, um eine Revolution anzuzetteln, oder?«

»Diese Logik muss einen Fehler haben«, sagte ich zu Norman.

»Diese Logik muss irgendwo einen Fehler haben«, sagte der alte Schwachkopf von stellvertretendem Premierminister. »Aber ich will verdammt sein, wenn ich ihn sehe.«

»Es gibt keinen Fehler«, sagte der Doveston. »Und wenn man die Steuern auf alle Waren um ein Prozent erhöht – worüber sich sicherlich niemand beschweren wird, weil alle so viel mehr Geld zum Ausgeben haben – dann hat der Staat auch noch jenes letzte Pfund aus meinem Beispiel von vorhin. Dann hat die Steuer hundert Prozent eingenommen.«

Rings um die Tafel erhoben sich die Versammelten und applaudierten. Selbst die Frau mit dem kahlen Schädel, die normalerweise nur mit einer Perücke in der Öffentlichkeit auftrat, sprang von ihrem Platz auf und klatschte.

»Bravo!«, jubelte Norman.

»Setz dich wieder hin, du Blödmann«, sagte ich zu ihm.

»Ja, sicher, aber er ist clever. Das muss man ihm lassen.«

»Mein zweiter radikaler Vorschlag ist folgender«, fuhr der Doveston fort, nachdem der Applaus verklungen war und alle wieder saßen. »Ich schlage vor, dass der Staat sämtliche Drogen legalisiert.«

»O Mann«, sagte Norman. »Na ja, einer von zweien

war nicht schlecht. Nicht für einen Typ, der so Richard ist wie der Doveston.«

Chaos regierte das Konferenzzimmer. Der Doveston hämmerte die Fäuste auf den Tisch. Das Chaos verebbte und Ruhe kehrte ein. Der Doveston fuhr fort. »Bitte hören Sie mich an«, fuhr er fort. »Wie wir alle wissen, gibt die Regierung Jahr für Jahr ein Vermögen in ihrem Kampf gegen die Drogen aus. Es ist ein Krieg, den die Regierung niemals gewinnen kann. Man kann die Menschen nicht daran hindern, sich zu vergnügen, und es gibt einfach zu viele Wege, Drogen in dieses Land zu bringen. Warum also kämpft die Regierung so hart gegen Drogen?«

»Weil sie schlecht für die Menschen sind!«, rief der Außenminister.

»Sie sind hier unter Freunden«, sagte der Doveston. »Sie können ruhig die Wahrheit sagen.«

»Jede Wette, dass er es nicht kann«, sagte der alte Schwachkopf von stellvertretendem Premierminister.

»Kann ich doch.«

»Können Sie nicht.«

»Kann ich doch.«

»Dann schießen Sie doch einfach los«, sagte der Doveston. »Warum gibt die Regierung so viel Geld für den Kampf gegen Drogen aus?«

»Weil wir sie nicht besteuern können natürlich.«

»Ganz genau. Aber man könnte sie besteuern, wenn sie legal wären.«

»Meinen Sie nicht, wir hätten schon selbst daran gedacht?«, rief der alte Schwachkopf von stellvertretendem Premierminister. »Aber keine Regierung wagt es, Drogen zu legalisieren. Auch wenn die halbe Bevölkerung regelmäßig Drogen nimmt, würde uns die andere Hälfte auf der Stelle abwählen.«

»Und was, wenn sie legal wären, ohne dass der Mann auf der Straße etwas davon erfährt?«

»Ich verstehe nicht ganz, wie Sie das machen wollen.«

»Was, wenn man alles Geld, das Jahr für Jahr im Kampf gegen die Drogen verschwendet wird, dafür nimmt, in die Gegenden zu gehen, wo Drogen angebaut werden, das Goldene Dreieck und so weiter, und mit dem Geld sämtliche Drogen kauft? Sie nach England verschifft und durch das existierende Netz von Dealern vermarktet? Die Regierung würde einen gewaltigen Profit erwirtschaften.«

»Das ist wohl kaum das Gleiche, wie Drogen zu legalisieren oder sie zu besteuern.«

»Nun, erstens wollen die Leute, die Drogen nehmen, nicht wirklich, dass sie legalisiert werden. Das ist der halbe Spaß an der Sache, etwas Verbotenes zu tun. Von der verbotenen Frucht zu naschen. Es ist viel aufregender, Drogen zu nehmen, wenn sie illegal sind. Nur die Regierung selbst weiß, dass sie legal sind, was so viel heißt wie, die Royal Navy importiert sie. Sie glauben doch wohl nicht, dass irgendwelche Drogenkuriere es mit der Royal Navy aufnehmen, oder? Sobald die Drogen hier eingetroffen sind, werden sie geprüft, kategorisiert und vielleicht sogar mit Markenzeichen versehen. Sie werden von bester Qualität sein und zu erschwinglichen, fairen Preisen angeboten. Jegliche Opposition in Form anderer Drogenimporteure wird innerhalb kürzester Zeit aus dem Geschäft gedrängt. Die dadurch erzielten Profite könnte man durchaus als »Steuern« verbuchen. Mir fällt kein besseres Wort ein – Ihnen vielleicht?«

»Aber wenn der Rest der Welt das herausfindet...?« Der alte Schwachkopf von stellvertretendem Premierminister rang die Hände.

»Sie meinen, wenn andere Regierungen das herausfinden? Nun, wir sagen es ihnen von uns aus. Wir sagen es allen. Sie können das Gleiche tun. Es wird die Mafia auf einen Schlag erledigen und die Einnahmen der Staaten auf der ganzen Welt um Milliarden erhöhen.«

»Aber alle Welt wird ununterbrochen high sein!«

»Nein, wird sie nicht. Es werden nicht mehr Leute Drogen nehmen als heute. Im Gegenteil, es werden sogar weniger werden.«

»Wie kommen Sie auf diesen Gedanken?«, fragte der alte Schwachkopf von stellvertretendem Premierminister.

»Weil viele Drogen aus reiner Verzweiflung genommen werden. Von armen, arbeitslosen Menschen, die jegliche Hoffnung verloren haben. In der neuen, einkommenssteuerfreien Gesellschaft haben alle Arbeit und Geld zum Ausgeben. Sie werden längst nicht mehr so verzweifelt und hoffnungslos sein, oder?«

»Der Mann ist ein Genius!«, rief Norman.

»Der Mann ist ein kriminelles Meisterhirn!«, sagte ich. »Kein Wunder, dass er sosehr auf Sicherheit bedacht ist. Wahrscheinlich rechnet er jeden Augenblick mit dem Eintreffen von James Bond.«

Und was wurde nun aus den radikalen Vorschlägen des Doveston? Ja, was wurde aus ihnen. Sie werden sicher wissen, dass die direkten Steuern Punkt Mitternacht am letzten Tag des vergangenen Jahrtausends erloschen, als die meisten Computersysteme der Regierung sich selbst zerstörten. Doch sie werden wahrscheinlich nicht wissen, dass seit dem Sommer 1985 praktisch jede »illegale« Droge, die Sie in diesem Land erwerben konnten, *by Appointment of Her Majesty, the Queens Government* persönlich importiert, klassifiziert, abgepackt und vermarktet wurde.

Und dass ein Penny von jedem Pfund Profit, der auf diese Weise gemacht wurde, direkt in die Taschen des Mannes floss, der den ursprünglichen Deal mit den Jungs vom kolumbianischen Drogenkartell eingefädelt hatte.

Und der Name dieses Mannes?

Nun, ich muss ihn nicht wirklich nennen, oder?

Oder doch?

Aber ich verrate Ihnen was. Es war nicht Richard.

18

Ruhm ist ein Prozess der Isolation.

Alice Wheeler (Freundin von Curt Cobain)

Ich arbeitete volle zehn Jahre an Castle Doveston.

Zehn verdammte Jahre benötigte ich, um den Kasten zu renovieren. Und als ich endlich mit meiner Arbeit fertig war, lenkte der Doveston meine Aufmerksamkeit auf einige der Zimmer, die ich ganz zu Anfang renoviert hatte, und sagte, dass sie inzwischen ein wenig heruntergekommen aussähen und ob es mir etwas ausmachen würde, sie noch einmal eben schnell überzustreichen.

Es machte mir etwas aus, und ich sagte es ihm. Ich wollte endlich mit meinem Wintergarten anfangen, und außerdem hatte ich das Gefühl, dass ich Urlaub gebrauchen konnte.

Nicht, dass Sie denken, die Jahre auf Castle Doveston wären kein Spaß gewesen. Tatsächlich gestehe ich bereitwillig ein, dass sie mit zu den fröhlichsten und glücklichsten Jahren meines Lebens gehörten. Während dieser Jahre habe ich jede nur denkbare Droge ausprobiert und jede Form von sexueller Abweichung genossen, die Mensch und Tier sich vorstellen können. Eine Weile gab es sogar Überlegungen, eine Jodmarke nach mir zu benennen.

Und ich lernte die Reichen und die Berühmten kennen. Ich konnte beobachten, wie sie sich so schlecht benahmen, wie ihr Status es ihnen ermöglichte. Und wenn ich nicht dabei war, um es mit eigenen Augen zu beobachten, dann konnte ich es stets am folgenden Tag auf Video sehen. Meine Videosammlung wurde in Brentford bald legendär, und ich zog eine Menge Vergnügen aus der Tatsache, dass ich in der Salonbar des Fliegenden Schwans stehen und den Unterhaltungen über die angeblichen sexuellen Ausschweifungen von Filmstars lauschen konnte, um anschließend beiläufig einzuwerfen, dass ich sie auf Band hätte, wie sie noch viel Schlimmeres täten. Ich nahm nie Geld für private Vorführungen, doch ich verdiente eine Menge mit der Vermarktung von Kopien.

Allerdings hätte ich vielleicht besser keinen Zusammenschnitt der besten Szenen an die *Versteckte Kamera* schicken sollen.

Die Sittenpolizei kassierte mich ein wegen unerlaubten Besitzes von pornografischem Material. Wieder ein P, wie Sie sicherlich bemerkt haben werden. Doch der Fall kam nie vor Gericht. Der Einfluss des Doveston sorgte dafür. Seine Videothek war viel, viel größer als meine, und er hatte eine spezielle Sektion für Richter. Außerdem war er inzwischen so dick mit der Regierung, dass all seine Angestellten diplomatische Immunität genossen. Was bedeutete, dass wir uns verdammt schlecht benehmen und sogar ungestraft auf den doppelten durchgezogenen weißen Linien parken konnten.

Während dieser Zeit gelangte der Doveston zu Weltruhm. Er war seit Jahren reich und mächtig, doch auf den Ruhm fuhr er richtig ab.

Es war der Snuff, der dafür sorgte. Der Doveston-Designer-Snuff.

Die neunziger, verstehen Sie, waren nicht zum Lachen. Es waren die Jahre der PC. *Political Correctness.*

Man kann sie ruhigen Gewissens als TYRANNEI buchstabieren. Die Leute wurden genötigt, Dinge aufzugeben. Sie gaben das Fleischessen auf. Sie gaben die freie Liebe auf.

Sie gaben das Rauchen auf!

Sie wollten eigentlich nicht, aber sie taten es. Die Geheime Weltregierung hatte es beschlossen, und es geschah.

Und wo die Leute ein wenig härter bedrängt werden mussten, gewisse Dinge aufzugeben, da wurden sie ein wenig härter bedrängt. Wir alle wissen heute, dass AIDS und BSE keine Produkte natürlicher Evolution sind. Sie wurden erschaffen. Wenn es jedoch um das Rauchen ging, war die Vorgehensweise sehr viel subtiler.

Die Schauermärchen, dass das Rauchen schlecht wäre für die Gesundheit, funktionierten einfach nicht. Niemand, der seine sieben Sinne einigermaßen beisammen hatte, glaubte diesen Schwachsinn. Also sorgte die Geheime Weltregierung dafür, dass das Rauchen an öffentlichen Plätzen verboten wurde. Man durfte in Restaurants, in Kinos, in Kunstgalerien, in Theatern und Geschäften, in Schulen und Schwimmbädern nicht länger rauchen. Das Rauchen dort war verboten.

NICHT ALLERDINGS DAS EINNEHMEN VON SNUFF!

Es war fast so, als hätte der Doveston es kommen sehen. Fast, als hätte er ... vielleicht hatte er ja seine Hand im Spiel gehabt. Er besaß inzwischen ausgedehnte Tabakplantagen in mehreren Ländern der Dritten Welt, zusammen mit seinen Gütern in Virginia. Und war es tatsächlich nur ein Zufall, dass zur gleichen Zeit, zu der er lukrative Handelsbeziehungen zu China knüpfte, einem großen und hungrigen Markt, der wahrscheinlich alles schlucken würde, was der Doveston zu produzieren imstande war, das Rauchen in der westlichen Welt plötzlich aktiv bekämpft wurde?

Verstehen Sie, die Sache mit dem Snuff ist, dass er billig aus den getrockneten Endblättern der Tabakpflanze produziert werden kann, die qualitativ nicht ausreichen, um in der Herstellung von Zigaretten Verwendung zu finden. Jede Plantage hat zum Jahresende einen großen Überschuss eben jener Endblätter. Normalerweise werden sie zerhackt und kompostiert.

Aha!, höre ich Sie rufen. Sie haben den Braten gerochen. Aber was war mit Political Correctness als Gesamtes? Das war doch wohl mehr als nur ein gefühlloser Streich, der einer leichtgläubigen Öffentlichkeit aus reiner Profitsucht gespielt wurde?

Es tut mir wirklich Leid, meine Freunde, doch ich fürchte, es war genau das. Die Angst vor AIDS führte zur Aufgabe von ungeschütztem freiem Sex. An der Börse explodierten die Aktien von Gummiherstellern und Kondomfabrikanten. Die Angst vor BSE brachte die Menschen dazu, auf den Konsum von Fleisch zu verzichten und mehr Gemüse zu verzehren. An der Börse boomten die Aktien von Düngemittel- und Insektizidherstellern. Und so weiter und so fort.

Ganz gleich, was Sie im Namen der PC aufgegeben haben, irgendein reicher Mistkerl irgendwo hat davon profitiert.

Und was war nun mit dem Snuff?

Der erste Fernseh-Werbespot war ein Meisterwerk. Eine Schauspielerin aus einer beliebten Soap-Opera spielte darin mit. Normalerweise steht in den Verträgen solcher Schauspielerinnen, dass sie nicht in Werbespots auftreten dürfen. Außer natürlich, die Soap selbst wird von den Herstellern eben jenes Produktes gesponsert, für das sie Werbung machen soll. Und wenn das Produkt die »gesunde, politisch korrekte Alternative zum Rauchen« darstellt, was konnte daran Schlimmes sein?

Es war der allererste Werbespot für einen Markenartikel, den die BBC je zeigte.

Und das Spektrum modischer Accessoires, das mit dem Produkt einherkam! Die verzierten Schnupftabaksdosen, die Anhänger und Kettchen, die Armreifen und Broschen! Die Handschellen, die Taschenwärmer, die Stifte mit Fächern für Snuff. Die Snuff-Schleudern. Alles natürlich mit dem unverwechselbaren Gaia-Logo. Was auf der Welt könnte politisch korrekter sein?

Doch was war mit dem Produkt selbst, wenn man einmal von all dem Design und der Werbung und dem ganzen Mist absah? Taugte der Snuff etwas? Roch er gut? Gab er einem einen Kick? Vergessen Sie nicht, man musste sich dieses Zeugs in die Nase stopfen, und die Einnahme von Schnupftabak hatte zuvor als etwas gegolten, das nur schmutzige alte Männer tun.

Kommen Sie schon, was halten Sie davon?

Es war einfach fantastisch! Es roch himmlisch und brachte einen in Stimmung für den Tag.

Es kam in fünfzig verschiedenen Mischungen daher, jede einzelne das Produkt von Jahren der Forschung und Entwicklung. Der Doveston hatte nichts dem Zufall überlassen. Er hatte den Namen Doveston's Snuff schützen lassen. Was bedeutet, dass er nicht nur seinen eigenen Namen geschützt hatte, sondern das Wort »Snuff« ebenfalls. Wie er das geschafft hat, darüber kann man nur spekulieren, auch wenn ich meine Vermutungen hege. Die Folge jedenfalls war, dass kein Konkurrent das Wort »Snuff« für sein Produkt benutzen durfte. Und es gab eine Menge Konkurrenten. Jede gute Idee findet

Nachahmer, und ich besitze in meiner privaten Sammlung noch immer ein Päckchen Virgin Sniffing Mixture.

Sie hat sich nicht durchgesetzt.

Der Doveston trat die ersten Male in der Öffentlichkeit auf. In Talkshows, bei Weltpremieren, Wohltätigkeitsveranstaltungen und Boxnächten. Er war ein geborener Erzähler, und die Kamera liebte ihn. Bald war er in *Newsnight* und sprach über »Grüne Probleme« und in *Blue Peter*, wo er zeigte, wie man für Mami eine Schnupftabaksdose aus Spülmittelflaschen und Kleber basteln konnte, während die Namen auf den Flaschen unkenntlich gemacht worden waren.

Er erschien auf den Titelseiten von Trendmagazinen, und es dauerte nicht lange, bis Fotografen von *Hello!* das geheime Passwort erhielten, das ihnen den Zutritt zu Castle Doveston gewährte.

Und es dauerte nicht viel länger, bis das erste Stück Scheiße in den wild wirbelnden Ventilator flog. Ein paar Standbilder aus einem Video fanden den Weg in die Hände des Reporters einer sonntäglichen Boulevardzeitung. Der hocherfreute Journalist gab die Bilder an seinen Redakteur weiter. Der hocherfreute Redakteur gab die Nachricht an den Doveston weiter, dass er die Bilder zu veröffentlichen gedachte. Der Doveston scheint ihm gesagt zu haben, dass er tun solle, was er nicht lassen könne, und dafür zur Hölle fahren möge.

Oder so behauptet es die Legende. Andere, besser informierte Kreise, berichten, dass der Wortlaut wohl eher folgendermaßen ging: *Sie werden zur Hölle fahren, noch bevor Sie ein einziges Bild veröffentlicht haben.* Falls dies tatsächlich die benutzten Worte gewesen sein sollten, dann waren sie von einer verblüffend prophetischen Natur, denn der Redakteur starb am folgenden Tag bei einem merkwürdigen Unfall, bei dem eine Stange Dynamit und das Auspuffrohr seines Wagens mit im Spiel waren.

Die inkriminierenden Fotos flogen mit ihm in die Luft. Oder flogen sie geradewegs nach *unten*, im Falle des in die Hölle fahrens?

Doch das braune Zeug hat die unangenehme Eigenschaft zu kleben, und so kam es, dass, noch während der Doveston auf dem Weg in den Buckingham Palace war, um seinen Verdienstorden »For Services to the British People« von seiner dankbaren Königin entgegenzunehmen, sich Schlangen junger Frauen vor den Büros der nationalen Presse bildeten, um gegen größere Summen Geldes Details anzubieten, wie der Mann, den nun alle den »Sultan of Snuff« nannten, versucht hatte, sie dazu zu zwingen, ihm Blow-jobs zu verpassen oder unanständige Dinge mit Zigarren zu tun[1].

Sozusagen.

Und es schien, dass jeder verärgerte Exangestellte oder in der Tat jeder, der den Doveston je gekannt hatte, irgendeine schaurige Geschichte über ihn verkaufen wollte. Selbst Chicos inzwischen alte Tante, die noch immer die immer noch beliebte Besserungsanstalt von Brentford führte, trat mit einer lächerlichen Zote über den jungen Doveston an die Presse heran, nach der der Doveston ihr Lieblingshuhn sexuell belästigt und anschließend mit ihrer Lieblings-Teekanne das Weite gesucht haben sollte.

Doch jede Publicity ist gute Publicity, und wenn man so reich ist, dann spielt es eigentlich überhaupt keine Rolle mehr, was die Boulevardzeitungen über einen schreiben. Oder ob eine Spur Wahrheit daran ist. Man

1 So, jetzt wissen Sie jedenfalls, woher Bill Clinton die Idee hatte.

verklagt sie und gewinnt, und die Öffentlichkeit liebt einen dafür. Und der Schadensersatz macht einen ganz nebenbei noch reicher.

Allerdings gab es auch Augenblicke, in denen es wirklich brenzlig wurde. Irgendjemand – durchaus möglich, dass es die gleiche Person war, die der Presse auch die Video-Standbilder hatte zukommen lassen –, irgendjemand jedenfalls gab einem investigativen TV-Journalisten einen Tipp, dass die britische Regierung den Import von Drogen finanziere und dass der Doveston als Mittelsmann agieren und ein Prozent vom Gewinn kassieren würde.

Es lässt mich bis ins Mark erschauern, wenn ich an die grauenhaften Einzelheiten jenes merkwürdigen Unfalls zurückdenke, bei welchem der TV-Journalist ums Leben kam. Möge seine gequälte Seele in Frieden ruhen.

Oh, höre ich Sie sagen, genug davon! So relevant all diese Details sein mögen und so notwendig für den Fortgang der Geschichte, wir wollen endlich Blut und Eingeweide spritzen sehen.

Ganz wie Sie meinen, in Ordnung. O.k., o.k., o.k. Ich kann nicht mehr länger drum herum reden, die Geschichte will geschrieben sein, und ich allein kann sie niederschreiben. Das Blut und die Eingeweide spritzten beim großen Millenniums-Ball. Als der ganze Wahnsinn und das Chaos ausbrachen.

Abgehalten im Castle Doveston sollte es das gesellschaftliche Ereignis des Jahrhunderts werden. Jeder, der wer war, war eingeladen worden, und wer nicht wer war, war nicht eingeladen worden und kam nicht rein.

Offensichtlich war ich nicht wer, denn ich war nicht eingeladen worden. Das erste Mal, dass ich von dem Ball hörte, war bei Norman, als er mir erzählte, dass er an einem Kostüm arbeitete, das »die Ladys wirklich beeindrucken« sollte.

Norman war gerade von dem Ballontrip zurück.

Welchem Ballontrip? Nun, dem Ballontrip, den der Doveston für seine engsten Freunde organisiert hatte. Sie waren über dem englischen Kanal über die Wolken aufgestiegen, um die Sonnenfinsternis zu beobachten.

Was für eine Sonnenfinsternis?

Die Sonnenfinsternis, die reiche Leute beobachtet haben und wir nicht. Diese Sonnenfinsternis.

»War es gut?«, fragte ich Norman.

»Saugut. Du hättest dabei sein sollen! Stell dir vor, der Doveston hat richtig Schiss gekriegt! Er rechnet ja mit dem Ende der Welt, wie wir sie kennen. Er schien ziemlich sicher, dass die Sonnenfinsternis ein Zeichen war. Ein Zeichen am Himmel. Er hat sich in die Hosen gemacht. Vor dem Premierminister.«

»Jede Wette, dass du gelacht hast.«

»Selbstverständlich nicht! Nun ja, ein wenig vielleicht. Eigentlich ganz schön viel. Ich hätte mir fast in die Hosen gemacht vor Lachen.«

»Also ist er immer noch Richard wie eh und je?«

»Noch schlimmer. Wie lange hast du ihn eigentlich nicht mehr gesehen?«

»Vier Jahre. Seit der Geschichte mit den Videos und der Sittenpolizei. Er zahlt mir eine Apanage, aber ich bin auf Castle Doveston nicht mehr willkommen. Ich kriege immer noch Presseausschnitte, sodass ich an seiner Biografie weiterarbeiten kann.«

»Und wie kommst du voran?«

Ich schnitt eine Grimasse, die besagte: »Gar nicht.«

»Ich hole uns noch eine Runde, soll ich?«

Als Norman zur Bar ging, blickte ich mich um. Ich saß

im Fliegenden Schwan, dem legendären Pub. Niemand hier hatte irgendwelche Pläne, den Jahrtausendwechsel zu feiern. Die Brentforder hatten ihn bereits hinter sich. Letztes Jahr. Es war irgendeine Tradition, eine alte Bulle oder was weiß ich. Ich hatte die Feiern verpasst, aber ich hatte erzählen hören, dass es ziemlich gut gewesen sein soll. Die zweite Wiederkehr von Christus und alles. Norman hatte das Feuerwerk aufgebaut. Ich fragte mich, ob er das Gleiche für die Sause vom Doveston machen würde.

»Erzähl mir mehr von diesem Ball«, sagte ich, als er mit den Drinks zurückkehrte.

»O ja, wo war ich stehen geblieben? Ach ja, bei meinem Kostüm, nicht wahr?«

»Ich glaube, es war irgendetwas von einem Pfau.«

»Ja, das ist es. Das Pfauenkostüm. Nein, kein gewöhnliches Pfauenkostüm, das wäre albern. Es ist ein Pfauenanzug, er sieht aus wie ein balzender Pfau. Verstehst du, die Schwanzfedern von männlichen Pfauen haben überhaupt keinen anderen Zweck, als Weibchen anzulocken. Pfauenweibchen fahren schon immer auf Pfauenmännchen mit ganz besonders großen Schwanzfedern ab. Das sind dann die Männchen, mit denen sie Sex machen, und folglicherweise haben die Männchen größere und immer größere Federn entwickelt. So groß, dass die bekloppten Viecher nicht mal mehr fliegen können. Nicht, dass es sie stören würde – sie sind viel zu sehr mit Sex beschäftigt.«

»Ich bin sicher, du willst auf irgendetwas hinaus«, sagte ich, »nur auf was, das entzieht sich meinem Begreifen.«

»Nun«, sagte Norman. »Stell dir ein menschliches Äquivalent vor. Einen Anzug für Männer, der Frauen anzieht.«

»So einen Anzug gibt es schon. Er heißt Paul-Smith-Anzug.«

»Wenn ich mich recht entsinne, hat deiner nicht besonders gut funktioniert.«

Ich nahm einen Schluck aus meinem Glas. »Was ist eigentlich aus Jackie geworden?«, sinnierte ich.

»Sie starb bei einem merkwürdigen Unfall, glaube ich. Tragische Geschichte. Aber ich spreche hier nicht von einem sehr kostspieligen Anzug, der irgendwelche Frauen allein aus dem Grund anmacht, dass er so kostspielig ist. Ich spreche von einem Anzug, der *alle* Frauen anmacht. Ich habe solch einen Anzug entworfen, und wenn ich ihn auf dem Ball trage, werde ich mir jede Frau aussuchen können, die ich nur möchte.«

»Das ist Blödsinn«, sagte ich. »Das kann nicht sein.«

»Ich glaube, das Gleiche hast du damals über meine unsichtbare Farbe gesagt. Und was hattest du davon?«

»Einen Aufenthalt im Krankenhaus«, erinnerte ich mich. »Mit gebrochenen Rippen.«

»Geschah dir recht. Das nächste Mal, wenn jemand in einem unsichtbaren Auto direkt auf dich zukommt, auf die Hupe drückt und aus dem Fenster brüllt ›Aus dem Weg, aus dem Weg, die verdammten Bremsen funktionieren nicht!‹, weißt du es besser, als einfach stehen zu bleiben und zurückzubrüllen ›Mich legst du nicht herein! Das ist nichts weiter als ein Soundeffekt!‹, oder?«

»Was ist eigentlich aus diesem Wagen geworden?«

»Keine Ahnung«, sagte Norman. »Ich kann mich nicht mehr erinnern, wo ich ihn geparkt habe.«

»Also dein Pfauenanzug zieht tatsächlich die Frauen an, ja?«

»Hör zu«, sagte Norman, beugte sich zu mir herüber und senkte den Tonfall zu einem vertraulichen Flüstern. »Ich hab den Prototypen bei Sainsbury's einem Feldtest unterzogen. Ich hatte Glück, dass ich lebendig wieder rausgekommen bin! Ich hab die Kontrollen bei dem neuen besser justiert.«

»Kontrollen? Dieser Anzug besitzt Kontrollen?«

»Er funktioniert nach einem ganz ähnlichen Prinzip wie der Hartnell Home Happyfier. Doch diesmal habe ich beschlossen, das Patent für mich selbst zu behalten. Ich beabsichtige, der ganzen Welt zu beweisen, dass ein Mann mit Mörderkoteletten und über die Glatze gekämmten pomadigen Haaren Sex mit einem Supermodel haben kann, ohne dafür zu bezahlen.«

»Aber nur, indem du betrügst.«

»Jeder betrügt heutzutage mit irgendetwas. Das Problem ist, dass ich die ganze Zeit über meinen Anzug anlassen muss, während ich Sex habe.«

»Was würdest du zu einer im Schritt geschlitzten Pfauen-Unterhose sagen?«

»Brillante Idee!«, sagte Norman. »Und alle glauben, du wärst dumm!«

»Hä?«

Unsere Konversation wurde an dieser Stelle von lautem Rufen unterbrochen. »Da ist schon wieder dieser Bastard im Fernsehen!« Ich wusste sehr genau, dass der Fliegende Schwan weder einen Fernseher noch eine Jukebox noch ein digitales Telefon besaß und war doch sehr überrascht angesichts dieses Rufs. Wie nicht anders zu erwarten, war es irgendein Typ von außerhalb, dessen Mobiltelefon einen winzigen eingebauten Fernseher besaß.

Norman und ich halfen Neville, dem Teilzeitbarmann, den Tunichtgut auf die Straße zu setzen. Doch während wir damit beschäftigt waren, streifte mein Blick den winzigen Fernsehschirm, und darauf war das Bild des fraglichen Bastards zu sehen.

Es war der Doveston.

Es war eine Fotografie, und sie war schon einige Jahre alt. Ein Publicity-Foto von der Sorte, die der Doveston gerne mit seinem Autogramm darunter an die Menschen verteilt hatte. Die Stimme eines Nachrichtensprechers kam piepsend aus den Minilautsprechern des winzigen Fernsehers. Die Stimme des Nachrichtensprechers sagte irgendetwas von einem merkwürdigen Unfall.

Die Stimme des Nachrichtensprechers sagte, dass der Doveston tot wäre.

19

Da de da de da de da de candle in the wind.

Elton John (Textrechte verweigert)

»Er ist Leonardo«, sagte Norman.

Ich fragte nicht nach. Ich wusste, was er meinte.

Tot, meinte er.

Allerdings hätte ich wohl besser fragen sollen. Weil dieser besondere Brentforder Reim ein geniales Stück zwölfter Generation war, das von dem legendären Künstler und Visionär des fünfzehnten Jahrhunderts über mehrere Varietäten von Käse, eine Reihe wohl bekannter Haushaltsprodukte, zwei Sorten Fisch und drei Motorradmarken zu dem Wort *tot* führte.

Norman war erfindungsreich, so viel stand ohne jeden Zweifel fest.

Ich saß in der Küche des Ladenbesitzers auf dem ausgebauten Vordersitz eines alten Morris Minor, den Norman in ein Sofa verwandelt hatte. Falls es tatsächlich Zufälle gibt, so erinnerte mich Normans Küche, die zugleich sein Labor und seine Werkstatt war, sehr an meine Vorstellung davon, wie Leonardos Werkstatt einst ausgesehen haben musste. Ohne den Stabilbaukasten, heißt das.

»Er kann nicht tot sein«, sagte ich. »Er kann nicht tot sein. Er kann einfach nicht.«

Norman fummelte an den Reglern seines Fernsehers.

»Los, mach schon!«, drängte ich ihn.

»Ja, ja, ich versuche es ja!« Der wissenschaftliche Ladenbesitzer hämmerte mit der Faust auf das Gehäuse des Apparats. »Ich habe ein paar Modifikationen in dieses Gerät eingebaut«, sagte er. »Ich hatte immer das Gefühl, dass Fernsehgeräte jede Menge Energie verschwenden. All diese Kathodenstrahlen und das viele Licht und so weiter, was aus dem Schirm kommt. Deswegen hab ich das hier erfunden.«

Er justierte einen komplizierten Apparat, der vor der Mattscheibe hing. Er war aus dem Stabilbaukasten konstruiert. »Es funktioniert wie ein Solarpaneel, aber viel effizienter. Es fängt die Strahlen auf, die aus dem Fernseher kommen, verwandelt sie in elektrische Energie und fütterte sie hinten wieder in den Fernseher ein. Genial, nicht wahr?«

Ich nickte. »Sehr clever.«

»Allerdings bin ich auf eine größere Schwierigkeit gestoßen, die ich bisher trotz aller Anstrengungen noch nicht überwinden konnte.«

»Erzähl mir davon.«

»Wie kriegt man den Fernseher eingeschaltet, ohne zu Anfang Strom einzuspeisen?«

»Ich würde sagen, du steckst ihn in die Steckdose, du Blödmann.«

»Brillant!« Normal schüttelte den Kopf, und seine grässlichen Strähnen verloren den Sitz. »Wenn man bedenkt, dass die Leute glauben, du wärst ...«

»Steck einfach den Stecker rein!«

Norman steckte den Stecker rein.

Einmal mehr erschien das Gesicht des Doveston auf dem Bildschirm. Diesmal war es eine noch ältere Aufnahme, die ihn bärtig und mit langen Haaren zeigte. Das war der Doveston cirka 1967.

Im Hintergrund redete ein Nachrichtensprecher, und er sagte Folgendes:

»Die Tragödie ereignete sich heute kurz nach Mittag auf Castle Doveston. Der Laird von Bramfield hatte Gäste empfangen, unter ihnen der Sultan von Brunei, der Präsident der Vereinigten Staaten und Mr Saddam Hussein. Die Party hatte sich einer von Mr Dovestons Lieblingsbeschäftigungen zugewandt: Schafesprengen. Nach Berichten von Augenzeugen, hauptsächlich der anwesenden Staatsoberhäupter, hatte Mr Doveston soeben seine Schleuder gespannt und traf Vorbereitungen zum Abschuss, als das Gummi des Geräts riss und die Dynamitstange in seiner Hand explodierte.«

»Ein merkwürdiger Unfall«, sagte Norman. »Auf der anderen Seite hätte er mit Sicherheit auf diese Weise gehen wollen.«

Ich schüttelte den Kopf.

»Was für ein Gentleman«, sagte Norman. »Was für ein Gentleman!«

»Was für ein Gentleman?«

»Na ja, denk doch mal nach. Er starb mittags an einem Mittwoch. Mittwochsnachmittags habe ich meinen Laden geschlossen. Wäre er an einem anderen Tag gestorben, hätte ich meinen Laden als Zeichen meines Respekts schließen müssen, und ich hätte den Umsatz eines halben Tages verloren.«

Norman saß neben mir und zog den Korken aus einer Flasche selbst gebrauten Kohlbrandys. Dann reichte er mir die Flasche am Hals.

Ich nahm einen großen Schluck. »Er kann nicht tot sein!«, sagte ich einmal mehr. »Es passiert nicht auf diese Weise!«

»Wieso?« Norman beobachtete mich misstrauisch.

»Ich hab die Zukunft gesehen. Ich hab dir davon erzählt. Damals, siebenundsechzig, als ich diese Brentstock-Zigaretten geraucht hab. Ich bin ganz sicher, dass er nicht auf diese Weise stirbt.«

Norman beobachtete mich noch genauer. »Vielleicht hast du ja etwas falsch interpretiert. Ich glaube nicht, dass die Zukunft festgelegt ist. Und wenn der Doveston sich selbst in die Luft gejagt hat, direkt vor den Augen all dieser Staatsmänner …«

»Ja, schätze, du hast Recht. Oh mein Gott!« Ich umklammerte meine Kehle. »Ich glaube, ich verbrenne! Mein Gott!«

Norman nahm mir die Flasche aus der Hand. »Das geschieht dir recht, wenn du so gierig sein musst«, sagte er grinsend. »Ich mag vielleicht nicht imstande sein, die Zukunft vorherzusehen (noch nicht), aber das habe ich kommen sehen.«

»Das muss ein Irrtum sein. Ein Streich oder sonst etwas«, sagte ich, als ich meine Fassung zurückgewonnen hatte. »Das muss es sein. Er hat seinen eigenen Tod vorgetäuscht. Genau wie Howard Hughes.«

»Sei nicht so obszön.«

»Obszön?«

»Howard Hughes. Brentforder Reimschule, vierte Generation. Es bedeutet …«

»Es ist mir gleich, was es bedeutet. Aber ich gehe jede Wette mit dir ein, dass es so ist, wie ich sage. Er hat seinen Tod vorgetäuscht.«

Norman nahm einen vorsichtigen Schluck aus der Flasche. »Und warum sollte er?«, fragte er. »Warum sollte er so etwas tun?«

»Das weiß ich nicht. Vielleicht um unterzutauchen«, sagte ich.

»O ja, sicher. Der Mann, der es wie nichts anderes genießt, im Scheinwerferlicht der Öffentlichkeit zu stehen, der Mann, dem einer abgeht, wenn er sich mit den anderen Reichen und Berühmten zeigen kann, der Mann, der Gastgeber des größten gesellschaftlichen Ereignisses des zwanzigsten Jahrhunderts sein wird, der Mann ...«

»In Ordnung, ich weiß, was du sagen willst. Trotzdem kann ich es nicht glauben.«

»Er ist Leonardo«, sagte Norman.

Und Leonardo war er.

Ich war wirklich begierig, den Leichnam zu sehen. Nicht aus morbider Neugier – ich musste einfach sicher sein. Konnte es wirklich sein, dass er tot war? Es schien unmöglich. *Nicht der Doveston.* Nicht *tot.* Je länger ich darüber nachdachte, desto sicherer war ich, dass es nicht stimmen konnte. Er musste seinen Tod vorgetäuscht haben. Und wenn er seinen Tod vortäuschen wollte, was konnte besser sein als sich selbst vor den Augen der Öffentlichkeit in die Luft zu sprengen? Ohne dass irgendwelche identifizierbaren Leichenteile übrig blieben?

Norman meinte, ihm fielen auf Anhieb wenigstens sechs bessere Methoden ein.

Ich ignorierte Norman.

Wir gingen beide zu seinem Begräbnis. Wir erhielten Einladungen. Wir konnten seinem Leichnam unseren letzten Respekt erweisen, der in Castle Doveston aufgebahrt lag, und wir durften sogar dabei helfen, den Sarg zu seiner letzten Ruhestätte auf einer kleinen Insel mitten im einzigen verbliebenen Teich auf dem Anwesen zu tragen. Er hatte offensichtlich in seinem Testament

Anweisungen hinterlassen, dass er genau dort beigesetzt werden wollte.

Eine lange, schwarze, glänzende, gepanzerte Limousine kam, um uns abzuholen. Rapscallion saß hinter dem Steuer. »Master Doveston ist zum Herrn heimgekehrt«, war alles, was der Chauffeur sagen konnte.

Als wir uns Castle Doveston näherten, betrachtete ich voll Staunen, was sich vor meinen Augen abspielte. Tausende von Menschen hatten sich hier versammelt. Tausende und Abertausende. Viele hielten Kerzen, und die meisten weinten. Der umgebende Zaun war bedeckt mit Kränzen und Blumengebinden. Mit Fotografien des Doveston. Mit wirklich grauenhaften Gedichten, auf kleine Zettel gekritzelt. Mit Fußballschals (der Doveston hatte mehrere Clubs besessen). Mit Gaia-Logos aus Plastikflaschen und Kleber mit geschwärzten Namen (als Tribut an *Blue Peter*).

Und die Nachrichtenteams waren dort. Nachrichtenteams aus der ganzen Welt. Mit Kameras auf den Dächern ihrer Übertragungswagen. Alle auf Castle Doveston gerichtet.

Als wir uns näherten, schwangen sie zu uns herum. Die Menge teilte sich, und die Tore öffneten sich weit. Rapscallion steuerte die Limousine über die lange, gewundene Auffahrt.

Das Haus im Innern war genauso, wie ich es in Erinnerung hatte. Der Doveston hatte keine weiteren Renovierungen oder Umbauten vorgenommen. Der offene Sarg ruhte auf dem Esstisch in der großen Halle, und als ich dort stand, kehrten die Erinnerungen an all die wunderbaren Zeiten zurück, die ich hier erlebt hatte. An all die alkoholischen Exzesse, den Drogenkonsum und die sexuellen Ausschweifungen. An Dinge, die so grob waren, dass ich sie vielleicht in dieses Buch mit einschließen hätte sollen, um ein paar der langweiligeren Kapitel aufzupeppen.

»Sollen wir einen Blick auf ihn werfen?«, fragte Norman.

Ich atmete sehr tief durch.

»Besser, wenn du das jetzt machst«, sagte Norman. »Er stinkt wahrscheinlich schon ein wenig.«

Er stank nicht.

Bis auf das kostspielige Aftershave – seine eigene Marke, *Snuff for Men*. Dort lag er nun, in seinem offenen Sarg, herausgeputzt, doch er würde nie wieder irgendwohin ausgehen. Sein Gesicht trug jenen friedlichen, resignierten Ausdruck, den Tote so oft zeigen. Eine Hand lag auf seiner Brust. Zwischen die Finger hatte jemand eine kleine Zigarre gesteckt.

Ich spürte, wie die Emotionen in mir aufstiegen wie große Wellen, die sich an einem felsigen Ufer brachen. Wie der Wind, der in eine tiefe Höhle fuhr. Wie Donnergrollen über einer weiten Ebene. Wie eine Mohrrübe auf einem Kuhfladen in einer Handtaschenfabrik.

»Er sieht gar nicht schlecht aus für einen Toten«, stellte Norman fest.

»Hä? Nein, sieht er nicht. Ganz besonders für einen Mann, der von Dynamit in Stücke gerissen wurde.«

»Das ist hauptsächlich ausgestopft, weißt du? Sie haben lediglich seinen Kopf und seine rechte Hand gefunden. Hier, sieh her, ich mache seinen Kragen auf. Du kannst sehen, wo der abgerissene Kopf an die Füllung genäht ...«

»Wag es nicht!« Ich fiel Norman in den Arm. »Aber er ist tatsächlich tot, nicht wahr? Ich dachte, es wäre vielleicht eine Puppe oder so.«

»Sie haben Fingerabdrücke von seiner Hand genommen«, sagte Norman. »Und selbst wenn er bereit war, eine Hand zu opfern, um seinen eigenen Tod vorzutäuschen, so glaube ich nicht, dass er das Gleiche mit seinem Kopf getan hätte.«

Ich seufzte. »Dann ist es also wahr. Der Doveston ist tot. Das Ende einer Epoche. Das Ende einer langen, wenngleich getrübten Freundschaft.« Ich griff in meine Jacke und zog ein Päckchen Zigaretten hervor. Ich schob es dem Doveston in die Brusttasche.

»Netter Einfall«, sagte Norman. »Damit sein Geist im Jenseits etwas zu rauchen hat.«

Ich nickte feierlich.

»Zu schade, dass es nicht seine eigene Marke ist«, sagte Normann grinsend. »Das wird ihn ganz bestimmt ärgern.«

Das Begräbnis war ernst und feierlich, wie es alle Begräbnisse sind. Beim Gottesdienst traten zahlreiche Berühmtheiten nach vorn und rezitierten entweder schauderhafte Gedichte oder ergingen sich in Lobreden über den Verstorbenen. Elton John hatte sich entschuldigen lassen (er hatte einen Termin bei seinem privaten Friseur), doch man hatte ein ehemaliges Mitglied der Dave Clarke Five verpflichtet, das jetzt den größten Hit der Band sang, »Bits and Pieces«.

Die eigentliche Beisetzung war nicht ohne Höhepunkte. Insbesondere, als der Vikar bei dem Versuch, den Sarg auf das Ruderboot zu laden, der Länge nach ins Wasser fiel.

»Du hast ihn absichtlich geschubst!«, flüsterte ich Norman zu. »Ich hab's genau gesehen, streite es nicht ab!«

Hernach kehrten wir in das große Haus zurück, wo es Drinks und Zigaretten und Snuff und Kuchen und eine Menge höflicher Konversation darüber gab, welch ein durch und durch guter Menschenfreund der Doveston doch gewesen sei.

O ja, und die Verlesung seines Testaments.

»Ich fahre wieder nach Hause«, flüsterte ich Norman zu. »Mich hat er sowieso nicht bedacht.«

»Du wärst überrascht. Ich war dabei, als er sein Testament geschrieben hat.«

»Wenn sich herausstellt, dass er mir ein Autogrammfoto hinterlassen hat, schlage ich dich nieder.«

Ich kannte den Nachlassverwalter des Doveston von früher. Wir waren uns zwar nicht persönlich bekannt, doch ich besaß aufregende Aufnahmen von ihm auf Video. Daher wusste ich auch, was er unter seinem schicken, kostspieligen Anzug trug.

Wir waren wenigstens fünfzig Leute, die in der großen Halle saßen, dem Tisch zugewandt, auf dem vor kurzer Zeit noch der Sarg gestanden hatte. Die meisten der Anwesenden waren mir fremd, doch ich nahm an, dass es die Verwandtschaft des Doveston war. Die bucklige Verwandtschaft wagt sich immer nur bei Hochzeiten und Beerdigungen ans Tageslicht.

»So«, sagte der Nachlassverwalter und nahm hinter dem großen Tisch Platz, wobei er verstohlen sein Korsett zurechtrückte. »Es ist ein sehr trauriger Anlass, aus dem wir uns heute hier eingefunden haben. Ein trauriger Anlass für die gesamte Nation. England hat mehr verloren als einen seiner berühmtesten und beliebtesten Söhne. Ich glaube nicht, dass wir je wieder einen Menschen wie ihn sehen werden.«

»Diese Zeile hat er geklaut«, sagte Norman.

»Ja, aber nicht von dir.«

»Es gibt eine Reihe von Hinterlassenschaften, die an Wohltätigkeitsorganisationen und Stiftungen gehen«, fuhr der Nachlassverwalter fort. »Doch das muss uns hier nicht beschäftigen. Sie alle haben ohne Zweifel in den Zeitungen davon gelesen, nachdem die Einzelheiten öffentlich gemacht wurden. Was uns hier beschäftigen wird, ist der größte Teil des Anwesens, das Haus mit dem umgebenden Grundstück, die Geschäfte, das Kapital.

Doch immer schön der Reihe nach. Der große Millenniums-Ball. Der Doveston hat genaue Instruktionen hinterlassen. Der Ball *muss* stattfinden. Er wird zu seinen Ehren und seinem Gedenken stattfinden, und sein Erbe wird ihn abhalten. Ich sage Erbe und nicht Erben, weil es nur einen einzigen gibt. Diese eine Person wird den Millenniums-Ball genauso veranstalten, wie der Doveston es in seinem Testament verfügt hat, oder das Erbe verfällt. Ist das so weit klar?«

Die Leute nickten. Mir war es egal. »Gleich kriegst du eins auf die Mütze«, sagte ich zu Norman.

»Der Alleinerbe des Doveston'schen Vermögens ist ...« Der Anwalt zögerte, um die Spannung zu erhöhen. Köpfe wurden gereckt, der Atem angehalten.

»... ist ...« Er zog einen kleinen goldenen Umschlag aus seiner Brusttasche und öffnete ihn vorsichtig.

Norman gab mir einen Stoß in die Rippen. »Aufregend, nicht wahr? Das hat der Doveston so in seinem Testament niedergeschrieben.«

Ich verdrehte die Augen.

»... ist ...« Der Nachlassverwalter blickte auf die Karte. »*Mein allerbester Freund ...*«

Norman sprang auf. »Na, was für eine Überraschung. Damit hatte ich nun wirklich nicht gerechnet.«

»... *Edwin*«, vollendete der Nachlassverwalter seinen Satz.

Norman setzte sich wieder. »War nur ein Witz«, sagte er. »Ich hab dir doch gesagt, dass du eine Überraschung erleben wirst.«

Sie brachten mich mit dem Inhalt eines Soda-Siphons wieder zu Bewusstsein.

Es tat mir Leid, dass ich ohnmächtig geworden war, weil ich den ganzen Tumult versäumt hatte. Einige Leute können sehr schlechte Verlierer sein. Offensichtlich hatte Norman die Schlägerei angefangen.

»Ich kann es nicht glauben«, sagte ich und spuckte Soda. »Er hat alles mir vermacht.«

»Du bist der neue Laird von Bramfield«, sagte Norman. »Wie fühlst du dich?«

»Ich bin reich!«, antwortete ich. »Ich bin ein Multi-Multi-Multimillionär!«

»Dann leih mir doch ein Pfund, bitte«, sagte Norman.

Ich zitterte wirklich am ganzen Leib, als ich all die Formulare unterzeichnete, die der Nachlassverwalter mir gab. Norman hielt sich dicht hinter mir und spähte mir immer wieder über die Schulter, um sicherzustellen, dass ich nichts Windiges oder Zweideutiges unterschrieb. Der Nachlassverwalter bedachte Norman mit einem sehr bitteren Blick und steckte mehrere Blätter wortlos in seine Jacke zurück.

»So«, sagte ich, als ich fertig war. »Fertig.«

Der Nachlassverwalter lächelte ein einschmeichelndes Lächeln. »Ich vertraue darauf, Sir«, sagte er, »dass Sie weiterhin auf die Dienste unserer Kanzlei bauen.«

»Von wegen!«, schimpfte ich. »Los, verschwinden Sie!«

Norman scheuchte den Nachlassverwalter nach draußen und kehrte anschließend zu mir zurück. »So«, sagte er, »möchten Euer Lairdschaft, dass ich Euer Lairdschaft durch Euer Lairdschaft neues Heim führe?«

Ich nahm eine Prise Snuff aus einer silbernen Schale und stopfte sie mir in die Nase. »Ich kenne das Haus bereits«, sagte ich. »Ich hab den größten Teil davon selbst renoviert.«

»Es muss doch etwas geben, was du gerne sehen würdest«, sagte Norman.

»Ah, selbstverständlich.« Ich nieste.

»Gesundheit«, sagte Norman.

»Ich würde gerne die geheimen Labors sehen. Ich will wissen, was er all die Jahre wirklich getrieben hat. All dieser Kram von wegen Großes Werk. Die Gen-Forschung. Die ganzen merkwürdigen, bewusstseinsverändernden Drogen.«

»O ja!«, sagte Norman und rieb sich die Hände. »Das würde ich auch gerne sehen.«

»Dann führ mich hin.«

»Klaro«, sagte Norman. »In welche Richtung müssen wir?«

Ich machte das Gesicht, das so viel sagt wie: »Jetzt komm schon.« »Jetzt komm schon«, sagte ich. »Du hast deine Nachschlüssel für alles. Du weißt alles, was es über dieses Haus zu wissen gibt.«

»Da hast du allerdings Recht«, sagte Norman. »Und wo sind nun die geheimen Labors?«

»Norman«, sagte ich. »Mach dich nicht über mich lustig. Du weißt, dass ich für dich sorgen werde. Du kannst davon ausgehen, dass du von diesem Augenblick an ebenfalls ein Millionär bist.«

»Oh, nein danke«, entgegnete Norman. »Ich brauche kein Geld.«

»Du brauchst kein Geld?«

»Nein. Ich habe alles, was ich mir wünsche. Obwohl ...«

»Obwohl?«

»Ich könnte einen Erweiterungskasten für meinen Meccano gebrauchen.«

»Er gehört dir. Eine Wagenladung voll Stabilbaukästen. Aber jetzt sag mir endlich, wo die Geheimlabors liegen.«

»Ich geb's auf«, sagte Norman. »Wo liegen sie?«

»Also schön.« Ich nahm eine Prise Snuff aus einer anderen silbernen Schale und stopfte sie mir in die Nase. »Dann müssen wir sie eben suchen. Was meinst du, wo sollen wir anfangen?«

Norman zuckte die Schultern. »Was hältst du von seinem Büro? Vielleicht hat er dort geheime Pläne versteckt?«

»Eine sehr gute Idee, wirklich.«

Das Büro des Doveston (jetzt mein Büro!) lag im ersten Stock. Ein prachtvoller Raum, alles im Stil von Grinling Gibbons (1648–1721), dem englischen Bildhauer und Holzschnitzer, der so berühmt ist für seine Kirchenschnitzereien. Und für die Größe seines Dödels.

Nun ja, wahrscheinlich mehr für seine Kirchenschnitzereien. Aber weil ich jetzt reich bin, kann ich schreiben, was ich will.

»Die Tapete passt wirklich nicht zum Rest«, sagte Norman. »Sie verdirbt alles. Sterne und Streifen. Ich bitte dich.«

»Oh«, sagte ich. »Ich hatte die Tapete damals ausgesucht.«

»Hübsch«, sagte Norman. »Wirklich sehr hübsch und geschmackvoll.«

»Das sagst du nur, um mir zu gefallen.«

»Selbstverständlich tue ich das. Daran wirst du dich gewöhnen müssen, jetzt, wo du reich bist. Alle wollen von dir schmarotzen. Alle wollen dein Geld. Niemand wird noch etwas sagen, das du nicht hören willst.«

»Sag das nicht!«

»Was denn?«, fragte Norman. »Ich hab doch gar nichts gesagt.«

Wir durchsuchten das Büro. Wir schoben den Aktenschrank vor und untersuchten die Rückseite. Der Aktenschrank war leer; sämtliche Schubladen waren ebenfalls leer. Genau wie die Regale, in denen normalerweise Papierkram lag.

»Irgendjemand hat dieses Büro ausgeräumt«, sagte ich. »Und alles mitgenommen.«

»Er hat wahrscheinlich diesbezügliche Instruktionen in seinem Testament hinterlassen. Dass sämtliche belastenden Beweise zerstört werden sollten. Er wird nicht gewollt haben, dass nach seinem Tod irgendetwas ans Tageslicht kommt und seinen guten Namen in der Öffentlichkeit befleckt.«

»Du meinst, das ist es?«

»Meine ich. Aber du kannst selbstverständlich gerne sagen, dass du es zuerst gesagt hast, wenn du möchtest.«

»Norman«, sagte ich. »Wird die Tatsache, dass ich nun unvorstellbar reich bin, zu einem Problem für unsere Freundschaft?«

»Selbstverständlich nicht«, sagte Norman. »Ich mag dich immer noch nicht besonders gern.«

Ich setzte mich in den Stuhl des Doveston. (Es war jetzt mein Stuhl!) »Also willst du mir sagen, dass du nicht die geringste Ahnung hast, wo diese geheimen Laboratorien liegen könnten?«

»Nicht die geringste.« Norman setzte sich auf den Schreibtisch.

»Schaff deinen Arsch von meinem Schreibtisch«, sagte ich.

Norman stand wieder auf. »Sorry«, sagte er. »Du bist

der Erste, der an die Wand gestellt wird, wenn die Revolution kommt«, murmelte er leise.

»Was war das?«

»Nichts.«

»Aber die Geheimlabors müssen hier irgendwo sein! Ich bin sicher, dass wir dort die Antwort auf alles finden, wenn wir sie nur entdecken könnten! Ich glaube, er hat nur für sein Großes Werk gelebt. Das war alles, was für ihn gezählt hat.«

Norman zuckte die Schultern. »Nun, glaub mir, ich hab nach den Labors gesucht. Ich habe jahrelang nach den Labors gesucht. Aber wenn sie hier sind, dann weiß ich nicht wo. Der einzige geheime Raum, den ich je gefunden habe, war das geheime Trophäenzimmer.«

»Und wo liegt das?«

»Am Ende der geheimen Passage.«

»Führe mich hin.«

Norman führte mich hin.

Es war tatsächlich eine ziemlich geheime Passage. Man musste eine Rüstung zur Seite drehen und auf Händen und Knien hineinkriechen. Norman führte einmal mehr. »Wage es nicht zu furzen«, warnte ich ihn.

Nach einer ganzen Weile erreichten wir eine geheime Tür, und Norman öffnete sie mit dem geheimen Schlüssel, den er sich bequemlichkeitshalber nachgemacht hatte.

Er schaltete das Licht ein, und ich rief: »Ich werd verrückt!«

»Er war gut, nicht wahr? Sieht aus wie ein richtiges kleines Museum.«

Und genau das war es auch. Ein kleines Museum. Ein kleines *schwarzes* Museum. Ich wanderte zwischen den

Ausstellungsstücken umher. Jedes davon erzählte seine eigene kleine niederträchtige Geschichte.

»Hm«, sagte ich und nahm eine Brille zur Hand. »Das ist offensichtlich die Brille, die der arme Vikar Berry ›verlegt‹ hat, bevor er die Dynamitstange statt der Kommunionkerze angezündet hat. Und hier ist der lederüberzogene Teekessel von Chicos Tante. Und die Schachtel aus menschlicher Haut, die Professor Merlin uns gezeigt hat, bevor du ...«

»Ich will nicht daran denken, danke sehr.«

»Und was haben wir hier? Eine Maschine zum Herstellen von Abzeichen und ein paar Abzeichen. Wollen mal sehen ... Die Black Crad Bewegung.«

»War das nicht die terroristische Vereinigung, die die Häuser all der Kabinettsmitglieder in die Luft gesprengt hat?«

»Mit Dynamit, ja. Und sieh dir das an. Ein paar angesengte Fotografien. Sie sehen aus wie Standbilder von einem Videoband.«

»Das sind doch die Bilder, die der Journalist seinem Redakteur übergeben hat, welcher ...«

»Aaah-Tschuh!«, sagte ich. »Wie in Dynamit.«

»Urgh!«, sagte Norman. »Und sieh dir diese blutverschmierte Krawatte an. Hat nicht dieser Typ aus dem Fernsehen, der Korruption in Regierungskreisen aufgedeckt hatte, so eine getragen? Sie haben nie alles von ihm gefunden, oder?«

Ich schüttelte den Kopf. »Aber ... sieh nur, Norman!«, sagte ich. »Hier ist etwas von dir.« Ich reichte ihm den fraglichen Gegenstand, und er betrachtete ihn.

»Mein Jojo!«, sagte er schließlich. »Mein Prototyp-Jojo! Das entsetzt mich doch ein wenig. Wer war noch mal der Bursche, der sich das Patent hat erteilen lassen?«

»Ein gewisser Mr Crad, glaube ich. Ohne Zweifel der gleiche Crad, der die Black Crad Bewegung ins Leben gerufen hat.«

»Oh«, sagte Norman. Er steckte den Finger in die Schlaufe am Ende der Schnur und sandte das kleine helle Holzspielzeug rotierend nach unten. Es scharrte über den Boden und kam nicht wieder nach oben.

»Typisch«, sagte Norman und machte sich an der Schnur zu schaffen. »O nein, warte mal. Da ist etwas eingeklemmt. Ein Stück Papier, sieh nur!«

»Vielleicht eine Karte, die den Lageplan der geheimen Labors zeigt?«

»Glaubst du wirklich?«

»Nein.« Ich riss ihm das winzige Stück zerknüllten Papiers aus der Hand und tat mein Bestes, um es zu glätten. Und dann blickte ich auf das, was dort geschrieben stand und sagte einmal mehr: »Menschenskind!«

»Was denn?«, fragte Norman.

»Eine Liste mit sechs Namen darauf. Aber ich kenne keinen davon. Hier, kannst du vielleicht etwas mit den Namen anfangen?«

Norman strengte seine Augen an und überflog die Liste. »Ja, natürlich«, sagte er dann.

»Und wer sind sie?«

»Nun, erinnerst du dich, wie wir dieses geheime Treffen beobachtet haben? Als der Doveston seine Ideen für die Regierung ausgebreitet hat, wie man das Drogengeschäft übernehmen könnte?«

»Selbstverständlich erinnere ich mich.«

»Das waren die sechs anwesenden Personen. Das dort ist der alte Schwachkopf von stellvertretendem Premierminister. Das dort ist der Typ mit dem komischen Gesicht. Und das ist die glatzköpfige Tussi, die normalerweise eine Perücke trägt, und ...«

»Norman«, unterbrach ich ihn. »Weißt du, was das bedeutet?«

»Dass einer von ihnen vielleicht weiß, wo die geheimen Labors liegen?«

»Nein! Verstehst du denn nicht? Diese Liste steckt nicht zufällig in dem Jojo. Sie wurde dort hineingesteckt, damit wir sie finden. Du und ich, die Leute, die das Geheimtreffen beobachtet haben. Die besten Freunde des Doveston. Das Zeug in seinem Büro wurde nicht entfernt, um vernichtet zu werden, es wurde gestohlen. Von einem oder mehreren dieser Leute.«

»Ich verstehe nicht recht, wie du dazu kommst, eine solche Schlussfolgerung zu ziehen.«

»Norman«, sagte ich. »Lies doch mal, was als Überschrift über der Liste steht.«

Norman las die Worte laut vor. Es waren ihrer nur zwei.

Die Worte waren: »POTENZIELLE MEUCHELMÖRDER«.

»Norman«, sagte ich. »Der Doveston starb nicht durch einen Unfall, wie merkwürdig der auch immer gewesen sein mag. Der Doveston wurde ermordet.«

20

Metabolisch verändert: Tot

Das Phrasenbuch der Political Correctness

»Ermordet!«, schrie Norman, dann stieß er einen Pfiff aus.

Es war eine hübsche Melodie, doch ich war sie bald leid. »Hör mit diesem verdammten Pfeifen auf«, sagte ich zu ihm. »Wir müssen nachdenken.«

»Worüber?«

»Über das, was wir als Nächstes tun! Unser bester Freund wurde ermordet!«

Norman öffnete den Mund, um zu sprechen, doch dann tat er es doch nicht.

»Sprich«, sagte ich.

»Oh, nichts. Ich wollte eigentlich nur sagen, dass er sich gewünscht hätte, auf diese Weise zu enden. Aber ich glaube nicht, dass es so ist. Andererseits, wenn man sich's genauer überlegt, war es wahrscheinlich die Art und Weise, wie es mit ihm enden musste. Er hat sich bestimmt Hunderte von Feinden gemacht.«

»Ja. Aber wir haben die Liste.«

»Und? Wenn der Doveston ermordet wurde, kann es jeder gewesen sein.«

»Dann müssen wir den Kreis der Verdächtigen eben einschränken.«

»Das ist einfach«, sagte Norman.

»Ist es?«

»Natürlich ist es das. Wir müssen lediglich herausfinden, welche einzelne Person den größten Vorteil vom Tod des Doveston hat. Das ist ganz bestimmt der Mörder.«

»Aber wie machen wir das?«

»Ganz einfach.«

Ich seufzte.

»Möchtest du vielleicht, dass ich dir einen Hinweis gebe?«

Ich nickte.

»Also schön. Die eine Person, die den größten Profit aus dem Ableben des Doveston zieht, steht hier in diesem Raum – und ich bin es nicht.«

»Du Arschloch!«, sagte ich zu Norman. »Ich habe ein Alibi, weißt du? Ich war mit dir zusammen im Fliegenden Schwan, als der Doveston ermordet wurde.«

»Das habe ich mir gedacht, dass du das sagen würdest. Typisch.«

»Hör auf damit. Ich denke, wir haben die Pflicht, den Mörder des Doveston der Gerechtigkeit zuzuführen.«

»Warum denn? Sieh dir dieses Zimmer an. Es sieht aus wie Ed Geins Küche. Oder Jonathan Does Apartment in diesem Film *Sieben.* Sämtliche Beweise für all die Verbrechen, die er begangen hat. Er hat bekommen, was er verdient hat – warum belassen wir es nicht dabei?«

Es war ein durchaus vernünftiger Vorschlag, doch ich war nicht zufrieden damit. Sämtliche Beweise lagen hier vor uns. Der Doveston hatte uns den Tipp in Normans Jojo hinterlassen, doch er hatte auch alle anderen Beweise hier gelassen, damit wir sie fanden. Und er hatte mir all das viele Geld hinterlassen, womit er mich zum Hauptverdächtigen machte, falls es je zu einer Morduntersuchung durch die Polizei kam. Und es machte mich zu noch etwas.

»O Scheiße!«, sagte ich.

»Verzeihung?«, fragte Norman.

»Mir ist soeben ein schrecklicher Gedanke gekommen.«

»Also nichts Besonderes.«

»Nein, halt die Klappe und überlege Folgendes. Falls der Doveston wegen des Geldes ermordet wurde, dann hat derjenige, wer auch immer für den Mord verantwortlich ist, das Geld nicht bekommen, richtig? Weil ich es bekommen habe. Und das bedeutet ...«

»Ach du meine Güte! Ach du heiliger Schreck!«, sagte Norman. »Das bedeutet, dass sie wahrscheinlich dich als Nächsten umbringen werden.«

»Bastard! Bastard! Bastard!«

»Ich kann doch nichts dafür!«

»Nein, nicht du! Ich meine den Doveston! Er hat mich schon wieder angeschmiert. Noch aus dem Grab heraus! Ich erbe all sein Geld, aber wenn ich seinen Mörder nicht schnappe, dann schnappt sein Mörder mich!«

»Trotzdem«, sagte Norman. »Du hast eine faire Chance. Er hat dir die Liste mit POTENZIELLEN MEUCHELMÖRDERN hinterlassen. Das war sehr gut überlegt von ihm.«

Wir kehrten in *mein* Büro zurück. Ich setzte mich in *meinen* Sessel und gestattete Norman, seinen Hintern auf *meinem* Schreibtisch zu parken. »Diese sechs Namen auf der Liste«, sagte ich. »Sind diese sechs Leute auf den großen Millenniums-Ball eingeladen, was meinst du?«

»Definitiv.«

»Und wieso bist du dir da so sicher?«

»Weil es meine Aufgabe war, die Liste zusammenzustellen. Ich habe die Entscheidung gefällt, wer eine Einladung erhielt und wer nicht.«

Ich bedachte Norman mit einem vernichtenden Blick.

»Ah«, sagte er. »Ah. Vielleicht ist deine Einladung auf dem Postweg verloren gegangen.«

»Schaff deinen Arsch von meinem Schreibtisch«, sagte ich.

Da Geld keine Rolle spielte, engagierte ich die Dienste eines Privatdetektivs. Die Gelben Seiten von Brentford enthielten nur einen einzigen Mann. Sein Name lautete Lazlo Woodbine. Ich überlegte mir, dass jemand, der den Mut hatte, sich nach dem berühmtesten Romandetektiv der Welt zu benennen, eigentlich nicht übel sein konnte.

Lazlo Woodbine stellte sich als sympathisch aussehender Bursche heraus. Tatsächlich sah er mir selbst verblüffend ähnlich. Er hatte soeben einen Fall gelöst, bei dem es um Billy Barnes gegangen war. Ich erinnerte mich dunkel aus meinen Schultagen auf der Grange an Billy Barnes. Billy war der Knabe gewesen, der stets mehr gewusst hatte, als für sein Alter gut gewesen war. Wie klein doch die Welt ist!

Ich erklärte Mr Woodbine, dass ich sämtliche Informationen benötigte, die er über die sechs POTENZIELLEN MEUCHELMÖRDER zusammentragen konnte. Und ich benötigte sie *schnell.* Bis zum Großen Millenniums-Ball waren es keine zwei Monate mehr, und ich wollte vorbereitet sein.

Die letzten Monate des zwanzigsten Jahrhunderts verliefen relativ ereignislos. Ich hatte eigentlich mehr Geschäftigkeit erwartet. Jede Menge Ratzfatz, sozusagen. Doch stattdessen war alles relativ ruhig. Die meiste Zeit über regnete es, und die Zeitungen kannten nur noch ein Thema, den Millennium-Bug. Wir alle hatten es seit Jahren gewusst. Wie viele Computeruhren nicht imstande wären, mit dem Jahr 2000 umzugehen und dass sich überall in der Welt die Computer abschalten oder verrückt spielen würden oder was weiß ich. Doch nur sehr wenige Menschen hatten die Gefahr ernst genommen, und die Zeitungen hatten sich nicht im Geringsten dafür interessiert. Bis heute. Bis es zu spät war, irgendetwas dagegen zu unternehmen.

Jetzt war es eine Nachricht wert. Jetzt besaß es das Potenzial, Panik zu verbreiten.

Doch es verbreitete keine Panik. Den Mann auf der Straße schien es nicht zu interessieren. Der Mann auf der Straße sagte: »Es wird schon nichts passieren.« Und warum sagte der Mann auf der Straße das? Warum interessierte es ihn nicht? Warum der glasige Blick in den Augen und die Gleichgültigkeit im Gemüt?

Und warum bei fast jedem Mann in jeder Straße?

Warum?

Nun, ich kann Ihnen sagen, warum.

Der Mann auf der Straße war auf einem Trip.

Der Mann auf der Straße war dicht bis hinter die Augäpfel.

Der Mann auf der Straße nahm Doveston's Snuff.

Jawohl, das ist richtig, Doveston's Snuff. »Eine Prise am Tag, und die Welt ist nicht länger grau.« Es war alles, worüber die Menschen in jenen finalen Monaten redeten. Alle Menschen. Sie versuchten diese und jene und die dritte Mischung. Diese Mischung brachte einen hoch, die andere brachte einen wieder runter, und wenn man die beiden Mischungen mischte, war man irgendwo ganz anders. Es war zu einer nationalen Besessenheit geworden. Es war der allerletzte Schrei. Wie der Jojo-Wahn.

Alle machten es. Jeder Mann in jeder Straße. Und jede Frau und jedes Kind. Na und, was ist schon schlimm daran, wenn das Ende der Zivilisation kommt? Alle schienen darin übereinzustimmen, dass man damit zurechtkommen würde – wenn nicht mit einem Lächeln auf dem Gesicht, so doch wenigstens mit dem Finger in der Nase.

Und so wanderten sie durch die Straßen wie Schlafwandler. Zum Tabakwarenladen und wieder zurück. Norman sagte, das Geschäft wäre noch nie so gut gelaufen – auch wenn er kaum Süßigkeiten verkaufte.

Doveston's Snuff, eh? Wer hätte das geglaubt? Wer hätte geglaubt, dass irgendetwas Zweifelhaftes an Doveston's Snuff sein könnte? Dass Doveston's Snuff vielleicht mehr enthielt als lediglich gemahlenen Tabak und Aromen? Dass er vielleicht, wie soll ich es sagen ... DROGEN enthielt?

Und wenn jemand das geglaubt hätte – wäre dieser Jemand auch imstande gewesen, den Grund dafür zu erkennen? Wäre dieser Jemand imstande gewesen, die Tatsache aufzudecken, dass er es hier mit einer Verschwörung von globalem Ausmaß zu tun hatte? Dass dies in Wirklichkeit das Werk der Geheimen Weltregierung war, die ihren stinkenden Stecken vor dem Niedergang der Zivilisation in Sicherheit bringen wollte?

Ich bezweifle es sehr.

Ich jedenfalls hätte es nicht geglaubt.

Was eine Schande war, wirklich. Weil ich, wenn ich es herausgefunden hätte, imstande gewesen wäre, etwas dagegen zu unternehmen. Weil ich schließlich die verdammte Company *besaß*. Ich hätte den Snuff aus den Regalen nehmen können. Ich wäre vielleicht sogar imstande gewesen, die Verschwörung aufzudecken. Die Geheime Weltregierung zu stürzen. Die Menschheit vor dem Grauen zu retten, das da kommen sollte.

Doch ich hatte es nicht geglaubt, hatte nichts vermutet und so kam es eben, wie es kommen musste.

Ich war viel zu sehr damit beschäftigt, *irgendetwas* herauszufinden. Ich versuchte, einen Mörder aufzuspüren, und ich versuchte gleichzeitig, eine Riesen-Party zu organisieren: DEN GROSSEN MILLENNIUMS-BALL.

Der Nachlassverwalter des Doveston hatte mir ein gewaltiges Portfolio übergeben, in dem jegliches Detail des Balls festgehalten war. Alles musste ganz genauso ausgeführt werden, wie der Doveston es geplant hatte. Falls nicht, erzählte mir dies der Nachlassverwalter Hände reibend, falls nicht, würde ich alles verlieren.

Alles.

Ich beabsichtigte nicht, alles zu verlieren, und so befolgte ich die Instruktionen des Doveston auf den Buchstaben. Norman war während all dieser Zeit ein Fels in der Brandung. Er war stark an der ursprünglichen Planung des Balls beteiligt gewesen und hatte es eingerichtet, dass sein Onkel den Laden hütete, während er mir in Castle Doveston half.

Allerdings gab es Zeiten, da Norman und ich uns fast heillos zerstritten hätten.

»Die Zwerge sind da«, sagte er eines Freitagsabends, nachdem er in mein Büro geschneit kam und seinen Hintern auf meinen Schreibtisch fallen ließ.

»Welche Zwerge?«

»Die Zwerge, die für den Ball engagiert worden sind. Vierzehn Zwerge haben sich zum Vorsprechen gemeldet, aber wir benötigen nur sieben.«

»Niemand braucht jemals mehr als sieben Zwerge«, sagte ich, während ich mir eine grüne Zigarre aus dem Befeuchter nahm und sie unter meiner Nase entlang strich. »Aber was sollen diese sieben Zwerge überhaupt machen?«

»Sie sollen sich die Schädel kahl rasieren und sich dann beim Ball mit Kokslinien auf den Köpfen unter den Gästen bewegen.«

Fast hätte ich mir die grüne Zigarre ins linke Nasenloch gerammt. »Was?«, machte ich. »Was? Was? Was?«

»Du hättest wirklich das ganze Kleingedruckte lesen sollen.«

»Das ist derb. Das ist wirklich ganz und gar unfein!«, sagte ich.

Norman nahm sich eine Zigarre. »Wenn du das schon für derb hältst«, sagte er, »dann warte erst mal ab, bis die menschlichen Aschenbecher kommen.«

Ich ließ die Zwerge vorsprechen. Es war eine schmerzliche Erfahrung. Obwohl sie alle bereit waren, sich der Demütigung zu unterziehen und die Haare zu scheren, fühlte ich mich deswegen kein Stück besser. Am Ende ließ ich das Geschlecht entscheiden.

Es waren sieben Männer und sieben Frauen.

Im Geist der neunziger, der Political Correctness und der positiven Diskriminierung entließ ich die Männer und entschied mich für die Frauen.

Ein Innenausstatter namens Lawrence war angestellt worden, um den großen Saal für die Party aufzupeppen. Lawrence war berühmt. Er war in einer sehr beliebten Fernsehserie der BBC zu sehen, wo Nachbarn eingeladen wurden, sich gegenseitig die Wohnungen so zu renovieren, dass es beim jeweils anderen den größtmöglichen Ärger und Stress auslöste.

Ich mochte die Serie, und ich liebte Lawrence. Er trug lange Haare und Lederhosen und stolzierte in Cowboystiefeln umher, geriet leicht in Zorn und brüllte dann, dass dies und jenes nicht richtig wäre und das Ding dort abgerissen und weggeworfen werden müsste.

Lawrence hielt überhaupt nichts von der Kunstsammlung des Doveston. Er hasste sie. Er sagte, die Canalettos wären viel zu altmodisch, und malte mit einem Filzschreiber ein paar Speedboats auf die Leinwand. Ich habe keine Ahnung von Kunst, aber ich weiß, dass mir die Speedboats gefallen haben.

Was mir nicht gefiel war, als er zu mir kam und meinte, die beiden Säulen, die die umlaufende Galerie trugen, müssten abgerissen werden.

»Das können wir nicht«, antwortete ich. »Die Galerie stürzt sonst ein.«

Lawrence stampfte mit dem Stiefel auf und wurde ganz rot im Gesicht. »Sie ruinieren die Linien!«, brüllte er. »Ich will Kaskaden von Plastikfrüchten über der Galerie aufhängen! Entweder diese Säulen verschwinden, oder ich gehe!«

Ich durfte Lawrence nicht ziehen lassen, doch ich wusste auch, dass die Säulen bleiben mussten. Zum Glück kam Norman hinzu und glättete die Wogen. Er schlug Lawrence vor, die Säulen mit seiner unsichtbaren Farbe zu streichen.

Normans unsichtbare Farbe beeindruckte den leicht

erregbaren Lawrence wirklich, und schon bald wanderte der Ladenbesitzer hinter ihm her und übermalte Rembrandts und Caravaggios und Rüstungen, die wir nicht wegräumen konnten. Und er machte Türöffnungen breiter und Stufen niedriger und verbesserte ganz allgemein das Aussehen der Räumlichkeiten.

Ich habe keine Ahnung, wo der Doveston den Koch aufgetrieben hat.

Er war offensichtlich ebenfalls berühmt, doch ich hatte noch nie von ihm gehört. Der Koch war klein und stämmig und dick und verschwitzt und fluchte ununterbrochen. Wie alle Köche war er völlig verrückt und hasste jeden. Er hasste Lawrence, und er hasste mich. Ich stellte ihm Norman vor. Er hasste auch Norman.

»Und das hier ist mein Chauffeur Rapscallion.«

»Ich hasse ihn«, sagte der Koch.

Der Koch *liebte* das Kochen. Und er liebte-liebte-liebte es, für die Reichen und die Berühmten zu kochen. Als ich ihm verriet, dass er dies für fast vierhundert dieser Sorte tun würde, küsste er mich auf den Mund und versprach, Speisen von exquisiter Natur aufzutischen und alles zu übertreffen, was es in der Geschichte der gesamten Menschheit jemals gegeben hatte.

Dann drehte er sich um und rannte geradewegs gegen eine unsichtbare Säule.

»Ich hasse dieses verdammte Haus!«, sagte er.

Lazlo Woodbine hielt telefonisch mit mir Verbindung. Er sagte, dass er und sein Kompagnon, irgendein Kerl namens Barry, dicht davor stünden, den Fall zu lösen, und sie wären zuversichtlich, den Namen des Mörders am Abend des großen Millenniums-Balls zu nennen. Das gefiel mir zur Abwechslung sehr.

Es war wie bei Agatha Christie.

Mary Clarissa Christie (1890–1976), englische Autorin zahlloser Detektivgeschichten. Zu vieler Geschichten um Hercule Poirot. Und wenn Sie *Die Mausefalle* nicht gesehen haben, seien Sie unbesorgt – der Detektiv hat sie gesehen.

Und so vergingen die letzte Wochen des Jahrhunderts langsam, doch unaufhaltsam. Lawrence hatte mir versprochen, dass er in zwei Tagen mit allem fertig wäre. Länger brauchte er im Fernsehen nie. Doch offensichtlich handelte es sich dabei um spezielle BBC-Tage, von denen jeder bis zu einem Monat währen kann.

Norman marschierte durch das Haus und kümmerte sich um das Geschäftliche. Auf dem Kopf trug er einen eigenartigen Apparat, den er aus seinem Stabilbaukasten zusammengebastelt hatte. Der Apparat, so verriet mir Norman, trainiere seine Haare.

Norman war zu der Überzeugung gelangt, dass der Grund für Haarausfall darin zu suchen war, dass es nicht gesund war. Um es fit zu halten, musste man es also trainieren. Er hatte ein System entwickelt, dass er *Hairobics* nannte. Es bestand aus einem kleinen Fitnesszentrum, das auf dem Kopf getragen wurde.

Ich konnte mir nicht vorstellen, dass Hairobics auch nur annähernd den wirtschaftlichen Erfolg haben würde wie das Jojo.

Dann, eines Morgens, erwachte ich und stellte fest, dass es fast vorbei war.

Das zwanzigste Jahrhundert.

Es war der einunddreißigste Dezember. Es war acht Uhr morgens. Nur noch zwölf Stunden bis zum Großen Millenniums-Ball.

Ich geriet in Panik.

21

Los, Kumpel, es ist Partyzeit!

Bill (und Ted)

»Los, aufwachen, raus aus den Federn!«, stürmte Norman in mein Schlafzimmer, Tee auf einem Tablett und das große Portfolio unter dem Arm.

Ich starrte zu ihm hinauf, und meine Panik verebbte vorübergehend. »Was ist denn mit deinen Haaren passiert?«, fragte ich.

»Ah.« Norman stellte das Tablett auf einen vergoldeten Nachttisch. »Das.«

»Das! Ich hab ja schon öfters dünnes Haar gesehen, aber fettes Haar noch nie!«

»Ein kleines Problem mit meinem Hairobic. Ich habe die Follikel ein paar Tage lang nicht trainiert, und ihre Muskeln haben sich in Fett verwandelt. Ich schätze, ich werde heute Abend einen Filzhut tragen. In einem schicken Winkel auf dem Kopf. Guten Morgen Claudia, guten Morgen Naomi.« Meine Begleiterinnen gähnten und erwiderten den Gruß. Naomi setzte ihre Zähne wieder ein, und Claudia suchte nach ihrem Bruchband.

Norman setzte sich auf das Bett.

»Gerunter!«, rief eine dumpfe Stimme.

»Entschuldige, Kate, hab dich nicht gesehen.« Norman rutschte zur Seite. »Ich hab dir die hier mitgebracht«, sagte er und reichte mir ein paar Tabletten.

»Was ist das?«

»Drogen natürlich. Ich dachte, dass du inzwischen vielleicht ein wenig in Panik geraten wärst. Die hier helfen dagegen.«

»Ausgezeichnet!« Ich warf mir die Tabletten in den Mund und spülte sie mit ein wenig Wasser hinunter. »Es gibt einfach nichts Besseres als ein paar Drogen auf nüchternen Magen.«

»Naomi hat eben ihre Zähne aus diesem Glas genommen«, sagte Norman. »Aber macht nichts. Ich habe dir die Gästeliste mitgebracht. Es wäre sehr schön, wenn du noch einmal versuchen könntest, die Namen der wichtigsten Persönlichkeiten auswendig zu lernen. Oh, und ich habe mit Lazlo Woodbine telefoniert. Er hat gesagt, dass er den Mörder heute Nacht enttarnen wird. Und dass du ihn wahrscheinlich nicht erkennen wirst, weil er verkleidet kommt.«

»Warum kommt er denn verkleidet?«

»Um es aufregender zu machen. Also, mach dir keine Sorgen. Alles ist unter Kontrolle. Die Transportgelegenheiten für die Stars und Sternchen, das Essen, die Getränke, die Drogen, die Musik, die Dekorationen, die Bühnenshows, alles. Du musst nichts weiter tun als dort sein. Alles ist ganz genau so, wie es sein soll.«

Ich nippte an meinem Tee. Kein Zucker. Ich spie den Tee wieder aus. »Aber werden sie denn auch alle kommen? Ich meine, der Doveston ist schließlich tot. Werden die Leute trotzdem zu seiner Party erscheinen?«

»Selbstverständlich werden sie. Außerdem stand auf den Einladungen: Für den unwahrscheinlichen Fall, dass der Gastgeber bei einem merkwürdigen Unfall in Stücke gerissen wird, bei dem Dynamit und eine Handschleuder im Spiel waren, wird die Party definitiv trotzdem stattfinden. Kommen Sie also in Scharen. Kommen Sie oder bleiben Sie, wo der Pfeffer wächst.«

»Er hatte auf jeden Fall Klasse, so viel steht fest.«

»Er war ein regelrechter Rupert.«

»Bear oder Brooke?«

»Bear«, sagte Norman. »Definitiv Bear.«

O wie haben wir gelacht. Na ja, der war ja auch richtig gut.

»Also schön«, sagte Norman. »Genug davon fürs Erste. Ich muss gehen und ein paar letzte Dinge an meinem Pfauenanzug einstellen. Du gehst noch einmal die Gästeliste durch. Tschüs, bis später.«

Mit diesen Worten sprang er auf und ging. Die Tür fiel krachend hinter ihm ins Schloss.

Ich schleuderte das Portfolio unters Bett und drehte mich auf Naomi. Ich vögelte und duschte und rasierte mich und vögelte noch ein wenig mehr. Dann ging ich nach unten, um zu frühstücken.

Nach dem Frühstück inspizierte ich den großen Saal. Lawrence hatte seine Arbeit endlich beendet, und der weitläufige gotische Raum war in seine persönliche Vision eines orientalischen Palasts umgewandelt.

Die alten Steinmauern waren in einem kräftigen Rot gestrichen, mit ungelenk aufgemalten chinesischen Schriftzeichen in Gelb.

Schnüre voller Plastikfrüchte – Mandarinorangen und Litschipflaumen – hingen über der Galerie. Ein paar bunte Ballons lagen verteilt umher, und ein Schild »Frohes neues Jahr« war von seinem Platz über dem Eingang heruntergefallen. Am großen Kronleuchter in der Mitte des Saals baumelte etwas, das ich im ersten Augenblick für einen toten Hund hielt. Bei näherer Betrachtung jedoch stellte ich fest, dass es ein chinesischer Drache war, kunstvoll geformt aus Spülmittelflaschen mit unkenntlich gemachtem Namenszug und Plastikkleber.

Lawrence hatte sein Fünfhundert-Pfund-Budget leicht überschritten. Um einhundertsiebenundvierzigtausend Pfund, nach seiner Rechnung zu urteilen.

Ich nahm mein Mobiltelefon und wählte eine Nummer. »Hallo?«, sagte ich. »Rapscallion, Massa Edwin hier. Finde Lawrence und bring ihn um. Goodbye.«

Die Sonne kam hinter einer Wolke hervor, und hoch oben im Himmel sangen die Engel.

Ich werde den Leser nicht mit den Einzelheiten meines Tages langweilen. Sie wissen selbst, wie das ist, wenn man versucht, eine große Party zu organisieren und möchte, dass alles »richtig« ist. Man zerbricht sich wegen der albernsten Kleinigkeiten den Kopf. Sollte der 1822er Château-Lafite in Champagnerflöten serviert werden oder in Halfpint-Bechern? Große oder kleine Löffel für die *pâté de foie gras* oder einfach mit den Fingern essen? Was, wenn der Esel, den du für die Bühnenshow engagiert hast, keinen hochkriegt? Passen die Affenköpfe durch die kleinen Löcher in den Esstischen? Ist in jedem Partybeutel die gleiche Anzahl Smarties?

Während des gesamten Nachmittags hielt Norman aufmerksam am Tor Wache. Ich hatte ihn für die Sicherheit von Castle Doveston eingeteilt. Wir hatten innere Verteidigungsanlagen gebaut, Gräben gezogen und angespitzte Bambusstäbe in den Boden gerammt (die wir mit unsichtbarer Farbe übermalt hatten, damit der Anblick der Gärten nicht verdorben wurde). Trotzdem war ich immer noch sehr unruhig. Die Besessenheit des Doveston, was die Sicherheit anging, war nicht aus der Luft gegriffen gewesen. Sie waren trotzdem an ihn herangekommen und hatten ihn erledigt, und vielleicht kamen sie als Nächstes zu mir.

Norman trug dafür Sorge, dass absolut nichts, was nicht in dem großen Portfolio aufgelistet war, durch die Tore in das Haus kam.

Der Große Millenniums-Ball war kein Geheimnis. Einmal mehr hatten sich Nachrichtenteams und Neugierige vor dem Zaun versammelt und warteten neugierig auf das Eintreffen der Stars und Sternchen. Norman behielt sie misstrauisch im Auge.

Wann immer ich nicht gerade den Koch, die Schauspieler, die Zwerge, meine langbeinigen Freundinnen, die menschlichen Aschenbecher oder die Esel belästigte, fand ich Zeit, Norman zu belästigen.

»Was machst du da gerade?«, fragte ich ihn.

»Verpiss dich«, antwortete Norman. »Ich hab zu tun.«

»Was ist das dort?«, fragte ich und deutete auf einen langen Konvoi schwarzer Lieferwagen, die in unsere Richtung kamen. Es waren beeindruckende Lieferwagen, mit geschwärzten Scheiben und dem Gaia-Logo auf der Motorhaube.

Norman kratzte sich am Kopf und zog dann seine Finger aus den fetten Haaren. »Keine Ahnung«, sagte er dann. »Die sind mir offen gestanden im Augenblick ein Rätsel. Sie sind im Portfolio aufgelistet, und auf dem Grundstück gibt es einen speziellen Parkplatz, der für sie reserviert wurde, aber ich habe absolut nicht den leisesten Schimmer, was in den Wagen ist.«

»Vielleicht Hüpfburgen«, schlug ich vor.

Norman machte ein Gesicht, das sagte: »Du Arschloch.« »Bestimmt hast du Recht«, antwortete er laut. »Aber wenn du dich jetzt bitte verpissen könntest?«

Ich verpisste mich.

»Von hier auch gleich!«, brüllte der Koch mich an.

Ich verpisste mich in mein Schlafzimmer.

Ich saß auf meinem Bett und zerbrach mir den Kopf. Meine Panik war nicht allzu stark, dafür trugen die Drogen Sorge. Doch ich machte mir Sorgen. Ich hatte in den letzten Wochen und Monaten ein *Déjà-vu* nach dem anderen gehabt. Andauernd Halluzinationen dessen, was kommen würde. Ich wusste, dass irgendetwas Schlimmes passieren würde, denn ich hatte schließlich einen Blick in die Zukunft getan. Doch es war alles so wirr, und ich konnte mich beim besten Willen nicht erinnern, wie die Dinge ins Rollen geraten würden.

Als ich so dort saß, kehrten Erinnerungen zu mir zurück. Erinnerungen an eine andere, längst vergangene Zeit, als ich vor einer anderen Party wartend auf meinem Bett gesessen hatte. Es war die heute berühmte Pubertätsparty von 1963. Diese Party hatte ein sehr schlimmes Ende genommen, schlimmer noch für meinen treuen Hund Biscuit als für mich. Biscuit war in die Luft gejagt worden, vom Doveston, der jetzt selbst in die Luft gejagt worden war.

Wie würde diese Party enden? Besser? Ich hatte irgendwie meine Zweifel.

Ich schlüpfte in einen der Anzüge des Doveston. Während der wenigen Monate meines großen Reichtums war es mir gelungen, beträchtlich an Gewicht zuzulegen. Meine eigenen Anzüge passten längst nicht mehr. Die des Doveston hingegen schon.

Ich wählte einen weißen Armani, Thaiseide mit einem Gaia-gemusterten Futter. Ein Hawaiihemd und ein paar offene Sandalen komplettierten das fesche Ensemble.

Ich grinste mich im Garderobenspiegel an. »Du bist ein richtig attraktiver Hundesohn!«, sagte ich zu mir.

Gegen halb acht abends klopfte es an meiner Zimmertür.

»Herein!«, rief ich und nahm eine würdevolle Pose ein.

Die Tür öffnete sich, und herein kam Norman.

»Heilige Scheiße!«, sagte ich.

Norman drehte sich einmal um sich selbst. »Und?«, fragte er. »Was sagst du?«

Ich wusste nicht, was ich sagen sollte. Normans Anzug war einfach atemberaubend. Er passte ganz genau, an all den richtigen Stellen, aber er tat noch viel mehr als das. Er machte Norman wenigstens fünfzehn Zentimeter größer, breiter in den Schultern und ein gutes Stück schmaler in der Taille. Der Anzug war blau, oder zumindest schien er blau zu sein – aus bestimmten Blickwinkeln war er es nicht. Aus bestimmten Blickwinkeln kam und ging er, und aus bestimmten Blickwinkeln war er überhaupt nicht da.

Doch so erstaunlich, wie er war (und er *war* erstaunlich), so hatte er doch irgendetwas an sich, das ich überhaupt nicht mochte. Irgendetwas an diesem Anzug machte mich unruhig und brachte mich aus der Fassung. Irgendetwas an diesem Anzug erweckte meinen Hass.

Norman schien den Ausdruck in meinem Gesicht bemerkt zu haben. »Warte«, sagte er. »Ich drehe ihn ein wenig herunter.« Er zog etwas aus der Tasche, das an eine Fernbedienung erinnerte, und drückte auf ein oder zwei Knöpfe. »Gefällt es dir so besser?«, fragte er.

Ich nickte. »Besser.«

»Ich weiß noch nicht genau, wie ich dieses Problem lösen soll. Der Anzug soll mich für Frauen unwiderstehlich machen; das Dumme ist nur, dass er auf Männer genau die gegenteilige Wirkung hat. Er lässt mich abscheulich wirken.«

»Aber es ist ein unglaublicher Anzug, Norman. Er macht dich schlanker und größer und breiter in den Schultern. Wie macht er das?«

»Größer ...« Norman hob ein Hosenbein und entblößte einen Plateausohlenschuh. »Breiter machen die Schulterpolster, und was das Schlankere angeht: Ich hab meinen Hintern und meinen Bauch mit unsichtbarer Farbe eingepinselt.«

»Es ist alles so einfach, wenn man es erklärt bekommt«, sagte ich. »Und wie sehe *ich* aus?«

»Nun ja, äh ... wir ... wir gehen jetzt besser nach unten. Die Gäste werden sicher bald eintreffen.«

»Mit diesem Filzhut siehst du aus wie ein Volltrottel«, sagte ich.

Das Personal stand bereits im großen Saal aufgereiht, um die Gäste zu begrüßen. Ich inspizierte das Personal und sagte Dinge wie: »Sie sehen sehr schick aus« oder »Machen Sie diesen Knopf zu« oder »Stehen Sie gerade« und dergleichen mehr.

Das Personal reagierte mit höflichem Lächeln und hinter vorgehaltener Hand geflüsterten Worten. Ich habe keine Ahnung, was sie zu flüstern hatten, aber ich bin sicher, es waren ausnahmslos Komplimente.

Eines der größeren Probleme, wenn man ein großes Fest gibt, ist die Frage, wie man die Berühmtheiten ins Haus bekommt. Erlauben Sie mir zu erläutern. Verstehen Sie, keine Berühmtheit möchte als Erste auf dem Fest erscheinen. Es ist nicht mit ihrem Status zu vereinbaren. Es ist nicht cool. Es lässt sie übereifrig erscheinen. Man kommt einfach nicht als Erster.

Viele Jahre lang schien dieses Problem unlösbar. Bei einigen wirklich großen Festen mit Berühmtheiten kam nicht ein einziger Gast in den Festsaal. Die ganzen Berühmtheiten saßen draußen auf dem Parkplatz in ihren von Chauffeuren gesteuerten Limousinen und warteten geduldig, dass jemand anderes als Erster hineinging. Und schließlich, wenn der Morgen dämmerte, fuhren alle wieder nach Hause.

Dies führte unausweichlich dazu, dass irgendein genialer Gastgeber die Idee entwickelte, speziell trainierte Schauspieler und Schauspielerinnen zu engagieren, die die Rolle der ersten Gäste spielten. Sie trafen rechtzeitig auf dem Fest ein, stiegen aus ihren chauffeurgelenkten Luxuslimousinen, winkten der Menge zu und gingen hinein und ermutigten auf diese Weise die sich draußen herumdrückenden wirklichen Berühmtheiten, ihnen nachzufolgen.

Es war eine brillante Idee.

Das Dumme daran war, dass einige dieser speziell ausgebildeten Schauspieler und Schauspielerinnen später berüchtigt dafür wurden, stets als Erste auf den Partys einzutreffen, und sich fortan weigerten, diese Rollen zu spielen. Sie verlangten andere speziell ausgebildete Schauspieler und Schauspielerinnen, die vor ihnen das Fest betraten. Nachdem dieser Bitte Folge geleistet worden war, ging es eine Weile gut, bis auch diese Schauspieler und Schauspielerinnen berühmt wurden und ihrerseits verlangten, dass andere speziell ausgebildete Schauspieler und Schauspielerinnen und so weiter und so fort und dergleichen mehr et cetera.

Das Resultat war, dass auf manchen Partys überhaupt keine Berühmtheiten mehr anzutreffen waren, sondern nur noch speziell ausgebildete Schauspieler und Schauspielerinnen, die dafür bezahlt wurden, als Erste einzutreffen, und andere speziell ausgebildete Schauspieler und Schauspielerinnen, die dafür bezahlt wurden, vor den ersten speziell ausgebildeten Schauspielern und Schauspielerinnen einzutreffen und so weiter und so fort und dergleichen mehr et cetera.

Wenn Sie je eine dieser Partys im Fernsehen verfolgt haben, wissen Sie ganz genau, wovon ich rede.

Um zu vermeiden, dass bei seinem Millenniums-Ball ähnliche Probleme entstehen konnten, hatte der Doveston die Dienste eines gewissen Colin Delaney Hughes verpflichtet.

Colin Delaney Hughes war ein berühmter Krimineller, und wie jedermann weiß, *lieben* Berühmtheiten Kriminelle. Sie können ihnen nicht widerstehen. Sie lieben es, in den Nachtclubs von Kriminellen zu essen und zu trinken und zu tanzen, mit ihnen in ihren spanischen Villen oder auf ihren privaten Inseln Ferien zu machen oder sich mit ihnen zusammen in Skandale verwickeln zu lassen, wenn sie Publicity brauchten, um Werbung für ihren letzten Film oder ihr neuestes Album zu machen.

Berühmtheiten also lieben Kriminelle.

Und Kriminelle lieben Berühmtheiten.

Daher funktioniert es ziemlich gut.

Colin hatte sich inzwischen zur Ruhe gesetzt, doch er war in seinen Tagen ein ganz besonders gewalttätiger und gnadenloser Krimineller gewesen. Er hatte den Menschen die Gesichter abgesägt, Unschuldige niedergeschossen, Drogen verkauft und ganz allgemein nur böse Sachen im Kopf gehabt. Daher hatten ihm die Verleger seine Autobiografie auch aus den Händen gerissen, und das Werk war ein internationaler Bestseller geworden.

Es hatte eine ganze Menge bedruckter Scheine und zwei Kilo Kokain gekostet, Colin zu verpflichten und sicherzustellen, dass er als erster Gast eintraf. Doch weil er nun einmal der Profi war, der er war, tauchte er um Punkt acht Uhr auf, eine Braut aus Essex in jedem Arm und ein großes breites Grinsen auf dem Gesicht.

Ich begrüßte ihn freundlich und schüttelte ihm die Hand.

»Ich bin sehr erfreut, Sie kennen zu lernen«, sagte ich.

Dann stellte ich ihm Norman vor.

»Was glaubst du eigentlich, wen du vor dir hast, du Bastard?«, sagte Colin.

Nachdem Colin da war, kamen auch all die anderen. Die Limousinen hielten draußen vor der Tür, und ein steter Strom allerbekanntester Berühmtheiten strömte herein, lächelte und winkte und warf der Menge Kusshände zu und benahm sich ganz allgemein so, als gehörte Castle Doveston ihnen.

»Was für ein Pack von Wichsern!«, sagte ich zu Norman.

»Blödsinn«, entgegnete der Ladenbesitzer. »Du hast selbst im Lauf der Jahre Freundschaft mit einer Reihe von Berühmtheiten geschlossen. Du bist einfach nur sauer, weil das hier nicht wirklich deine Party ist und weil du Angst hast, jemand könnte versuchen, dich zu ermorden.«

»Da hast du nicht ganz Unrecht«, räumte ich ein.

»Das habe ich selten. Sieh nur, dort drüben ist der große geile Biber.«

»Wer?«

»Sigourney Weaver. Pass auf, ich gehe jetzt hin und beschwatze sie.«

Norman stakste auf seinen Plateausohlen durch die Menge. Ich schüttelte weitere Hände und entbot weitere Begrüßungen.

Die Ankömmlinge kamen in einer interessanten Reihenfolge an. Jedem giggelnden, gackernden Glamour folgte ein negatives Gegenstück. Grimmig dreinblickende Vorstandsvorsitzende in dunklen Abendanzügen mit gut gekleideten, verlebten Frauen an der Seite. Unter ihnen, so wurde mir rasch klar, waren die Leute, die ich fürchten musste.

Ich hatte bereits den alten Schwachkopf von stellvertretendem Premierminister begrüßt und den Kerl mit der Visage, den Außenminister. Und die beiden Typen vom kolumbianischen Drogenkartell. Die glatzköpfige Frau, die üblicherweise eine Perücke trug, war noch nicht gekommen. Genau wie der Typ, der all diese Companys besaß.

Und wenn ich das Wort »Jumper« erwähne, wissen Sie ganz genau, wen ich meine.

Der große Saal füllte sich, und alles schwatzte vor sich hin. Das Personal kümmerte sich aufmerksam um das Wohl der Gäste. Es lief mit Schalen voll Schnupftabak umher oder bot Canapés an, diese Dinger, die ich nie verstehen werde, sowie Drinks und mehr Drinks und noch mehr Drinks.

Mir wurde allmählich bewusst, dass bisher noch niemand daran gedacht hatte, eine Flasche mitzubringen.

»Ich hab eine Flasche mitgebracht!«, rief jemand.

Ich blickte in die Richtung und bemerkte das goldene Lächeln von Professor Merlin.

»Professor!«, rief ich aus. »Sie sehen wunderbar aus!«

Und das tat er tatsächlich. Er war in all den Jahren nicht einen einzigen Tag älter geworden.

Er besaß eine fantastische Figur. Puder im Gesicht und eine purpurne Perücke, Diamantstecker in den Ohrläppchen und Perlen an den Spitzen seines gewichsten Schnurrbarts. Ein samtener Frack in hellem Lila, dazu eng sitzende seidene Bundhosen und Schnallenschuhe. An seinen schlanken Fingern hingen schwere goldene Ringe, und seine türkisen Augen glitzerten fröhlich. »Hallo, junger Edwin!«, begrüßte er mich.

Ich schüttelte ihm herzlich die Hand. »Ich bin ja so froh, dass Sie gekommen sind, Professor«, sagte ich. »Ich weiß, Sie waren auf der Gästeliste, aber ich hatte ja keine Ahnung, dass Sie noch am ... dass Sie immer noch ...«

»Dass ich immer noch lebe?«

»Nun ...«

»Ich bin, wie du siehst, so frisch und munter wie eh und je, junger Freund.« Er reichte mir eine in braunes Papier eingewickelte Flasche. »Etwas ganz Besonderes für dich«, sagte er mit einem Zwinkern. »Marsianischer Sherry. Ich habe ihn von meinen Reisen zwischen den Planeten mitgebracht. Ich erzähle dir später alles darüber, wenn du möchtest. Aber für den Augenblick denke ich, sollten wir uns auf die vorliegende Aufgabe konzentrieren.«

»Das Trinken?«, fragte ich.

»Die Ansprache, mein lieber Junge. Der leider verstorbene Doveston hat mich als Zeremonienmeister bestellt. Wusstest du das denn nicht?«

Ich schüttelte den Kopf. »Ich fürchte, das große Portfolio war voll mit jeder Menge Kleingedrucktem. Ich muss einen Teil davon übersehen haben.«

»Beispielsweise die Angelegenheit meines Honorars, nehme ich an?«

»Verlangen Sie, was immer Sie möchten, Professor, ich habe genug. Oh, und ich habe unten noch etwas von Ihnen, eine gewisse Schachtel, eingeschlagen in menschliche Haut. Ich bin sicher, Sie hätten sie gerne zurück.«

»Sie zurückhaben?« Professor Merlin lachte auf. »Diese Schachtel hat mir nie gehört, junger Edwin. Ich glaube, der Doveston hat sie auf einem Flohmarkt gekauft. Er hat mich gebeten, eine Geschichte dazu zu erfinden, um den jungen Norman auf den Arm zu nehmen. Aus Gründen, die nur der Doveston selbst kannte, nehme ich an.«

»Ja«, sagte ich. »Ja, das ergibt ohne jeden Zweifel einen Sinn.«

»Und ist dies nicht der gleiche Norman, dort drüben mit dem Filzhut? Entschuldige mich bitte, während ich zu ihm gehe und hallo sage.«

Und mit diesen Worten war er in der Menge verschwunden und ließ mich allein, um neue Hände zu schütteln und weitere Ankömmlinge zu begrüßen.

Eines der anderen größeren Probleme bei einem großen Fest sind die Draußen-Gebliebenen. Es wird stets eine Reihe von Berühmtheiten geben, die man aus dem ein oder anderen Grund nicht eingeladen hat und die der Meinung sind, ihre Anwesenheit wäre ihr gottgegebenes Recht. Trotz all der Sicherheitsmaßnahmen, die ich ergriffen hatte, war ich sicher, dass wenigstens ein oder zwei dieser Mistkerle versuchen würden, sich ins Haus zu schleichen. Ich hatte den Wachen befohlen, auf jeden zu schießen, den sie dabei überraschten, wie er den Zaun zu überklettern versuchte, und sie hatten bereits David Bowie und Patsy Kensit abgeknallt. Ich war zuversichtlich, dass die Welt gegen Ende des Balls auch von Michael Jackson befreit sein würde.

»Hi«, sagte eine piepsige Stimme. »Tut mir Leid, dass ich zu spät komme. Ich hoffe, es macht Ihnen nichts aus. Ich habe auch Bubbles mitgebracht.«

Ich grinste zwischen zusammengebissenen Zähnen hindurch. »Kein Problem, wirklich nicht, Michael«, sagte ich. »Der Koch wird sich um die Bedürfnisse von Bubbles kümmern.«

»Er hat immer seinen eigenen Platz am Tisch.«

»Michael«, sagte ich, »Bubbles wird seinen eigenen Platz *im* Tisch haben.«

Norman stakste herbei.

»Oooooooooooh!«, sagte Michael. »Du siehst aber gut aus!«

Norman räusperte sich. »Hey«, flüsterte er mir zu. »Hast du das gesehen? Hast du gesehen, wie Sigourney Weaver auf mich abgefahren ist? Ich gehe morgen mit ihr zusammen essen.«

»Ich bin sehr beeindruckt«, sagte ich.

»Das ist noch gar nichts. Hey, sieh mal da drüben. Das ist Camilla.«

»Wer?«

»Camilla Parker-Bowles.«

»Norman«, sagte ich, »Norman. Ich bin wirklich sehr beeindruckt, aber ich wette, das hältst du nicht lange durch.«

»Keine Sorge, ich hab Viagra eingeworfen.«

O wie haben wir gelacht.

Norman stakste einmal mehr von dannen, und dann sagte eine Stimme: »Pssst!«

»Nein, mache ich nicht«, sagte ich.

»Nein. Pssst. Komm her, hier herüber!«

Ich drehte mich um und sah Michael in einem Alkoven stehen. Er winkte mir mit seinem albernen Handschuh.

Hoppla, sagte ich zu mir, *was ist denn das?*

»Komm her, schnell!«

Ich schlenderte hin. »Was gibt es denn?«, fragte ich ihn.

»Ich bin es!«, sagte Michael.

»Ich weiß, dass du es bist«, sagte ich.

»Nein! Ich bin es! Lazlo Woodbine!« Lazlo hob eine Ecke seines Gesichts. »Lazlo Woodbine, Privatschnüffler.«

»Bei Gott!«, sagte ich. »Sie haben mich tatsächlich an der Nase herumgeführt! Sie sind ein wahrer Meister der Verkleidung!«

Michael verzog das Gesicht. »Ein wenig Schummelei ist dabei«, gestand er. »Die Wachen haben den echten Michael Jackson erschossen, als er versucht hat, über den Zaun zu klettern.«

»Es gibt also doch einen Gott!«, sagte ich.

»Die Wachen haben seine Leiche in den Wald geworfen. Ich konnte der Gelegenheit nicht widerstehen, also bin ich hingegangen und hab …«

»Was haben Sie?«, fragte ich.

»Ich hab ihn gehäutet und seine Haut übergestreift.«

»Gott sei Dank«, sagte ich. »Ich dachte schon, jetzt käme etwas wirklich Abscheuliches.«

»Wie können Sie es wagen! Aber hören Sie, wir müssen reden. Ich weiß jetzt, wer der Mörder ist. Aber ich weiß auch eine ganze Menge mehr. Es ist eine globale Verschwörung. Das Ende der Zivilisation, wie wir sie kennen, ist nur wenige Stunden entfernt. Die Geheime Weltregierung wird die Macht an sich reißen, und zwar in dem Augenblick, in dem alle Computer abstürzen. Sie haben es seit Jahren geplant. Wir müssen sie aufhalten!«

»Warten Sie«, sagte ich. »Warten Sie, nicht ganz so schnell. Wer ist der Mörder?«

»Das spielt doch jetzt keine Rolle!«

»Doch, das tut es! Das tut es wirklich!«

»Tut es nicht! Wir müssen jeden warnen, das ist viel wichtiger!«

»Nein, nein«, widersprach ich. »Das Wichtigste ist, dass Sie mir den Namen des Mörders nennen!«

»Das ist unwichtig. Wir ...«

»Es ist verdammt noch mal wichtig! Ich zahle Ihr Honorar, Sie Bastard! Sagen Sie mir, wer der Mörder ist, und zwar auf der Stelle!«

»Also schön, wie Sie meinen«, sagte Lazlo Woodbine. »Der Mörder ist ...« Dann stockte er.

»Reden Sie weiter!«, sagte ich. »Der Mörder ist ...?«

»Der Mörder ist ...« Lazlo Woodbine fasste sich an die Kehle. »O Scheiße!«, sagte er.

»O Scheiße? Ist das ein irischer Name?«

»Urgh!«, ächzte Lazlo Woodbine. »Man hat mir einen vergifteten Pfeil in den Hals geschossen!«

»Machen Sie sich darüber jetzt mal keine Gedanken. Sagen Sie mir einfach den Namen des Mörders, ja?«

Aber meinen Sie, er hätte mir etwas gesagt?

Pustekuchen hat er!

Er fiel einfach tot zu Boden.

22

Da de da de da de da de da de da de da de da
de da de . . . thriller night.

Michael Jackson (Textrechte verweigert)

Sicher kennen Sie dieses panische Gefühl, das einen überkommt, wenn man die größte Promi-Party des Jahrhunderts schmeißt und die Party kaum angefangen hat, als dem Privatschnüffler, den Sie eingestellt haben, um den Killer Ihres besten Freundes aufzuspüren, ein vergifteter Pfeil in den Hals geschossen wird und er dabei rein zufällig die Haut des berühmtesten Popstars der Welt trägt?

Kennen Sie nicht?

Na ja, ich schätze, so häufig geschieht das ja auch nicht.

Die Berühmtheiten fingen bereits an zu mir zu starren. Einer von ihnen lag in einer Ecke, und das zieht immer eine Menge an.

»Oh-hey!«, machten sie. »Was ist denn mit Michael passiert?«

»Michael geht es prima«, antwortete ich. »Michael geht es ausgezeichnet. Er hat nur zu viel Dunkelbier getrunken. Sie wissen ja, wie er ist.«

Ich versuchte, Lazlo auf die Beine zu stellen. Ich weiß nicht warum. Um so zu tun, als wäre nicht ein vergifteter Pfeil in seinen Hals geschossen worden, schätze ich.

Unter solchen Umständen verhält man sich nicht immer rational.

Es gelang mir, ihn in eine kniende Position zu wuchten. Doch meine Versuche wurden ernsthaft durch Bubbles behindert, den Schimpansen, der sich in amouröser Weise meinem linken Bein verschrieben hatte.

»Verschwinde, du dämlicher Affe!«, sagte ich zu Bubbles und trat nach ihm und mühte mich ab. An diesem Punkt kippte Lazlos Kopf irgendwie nach vorn in meinen Schoß, und Michaels Haare verfingen sich irgendwie in meiner Gürtelschnalle.

An dieser Stelle begannen die anwesenden Berühmtheiten zu applaudieren. Was sogleich eine noch größere Menge anzog.

Zum Glück war Norman unter ihnen.

»Mensch!«, sagte Norman. »Wenn das kein Bild fürs Album ist!«

»Steh nicht einfach tatenlos rum!«, brüllte ich ihn an. »Gib mir deine Hand!«

»Nein danke«, sagte Norman. »Das ist nicht mein Ding. Außerdem hab ich Camilla gerade eben klar gemacht.«

»Komm her, du verdammter Narr!«

Norman klipp-klappte auf seinen Plateauschuhen herbei.

»Er ist tot!«, flüsterte ich ihm zu.

»Dann gibt es also einen Gott!« Norman lachte. »Was ist denn nun wirklich passiert?«

»Er ist wirklich tot, sieh ihn doch an! Verschwinde von meinem Bein, Bubbles!«

»Wirklich tot?« Norman gaffte und starrte. »Also wenn er wirklich tot ist, dann würde ich sagen, dass das, was du mit ihm machst, verdammt schlechtes Benehmen ist. Vor all den Leuten und alles!«

Hätte ich eine freie Hand gehabt, ich hätte ihm eine

Maulschelle gegeben. Aber ich hatte keine freie Hand. »Das ist nicht Michael Jackson!«, flüsterte ich aufgeregt zwischen zusammengebissenen Zähnen hindurch, während ich mit dem linken Bein nach dem Affen trat. »Das ist Lazlo Woodbine!«

»Dann ist er wirklich ein Meister der Verkleidung, alle Achtung!«

»Er träg Michael Jacksons Haut!«

»Und ich dachte schon, du würdest etwas Abscheuliches sagen. Aber warte mal, damit ich dich richtig verstehe«, sagte Norman.

»Dafür habe ich jetzt keine Zeit! Um Himmels willen, hilf mir, ihn hier rauszuschaffen!«

»Was ich nicht alles für dich tue!«, sagte Norman. »Also gut, dann heben wir ihn eben hoch.«

Na schön, ich weiß, dass es nicht Normans Schuld war. Er wollte schließlich nur helfen. Und ich bin sicher, hätte ich Schuhe mit so hohen Plateausohlen getragen wie er, wäre es mir genauso schwer gefallen, das Gleichgewicht zu bewahren. Die Angelegenheit wurde nicht gerade durch den blöden Schimpansen vereinfacht, der ununterbrochen mein Bein rammelte, und die Tatsache, dass Michaels Haare immer noch in meiner Gürtelschnalle verheddert waren.

Norman zupfte irgendwie an Lazlos Schulter. Er zupfte, dann stolperte er und stieß mir den Ellbogen mitten ins Gesicht, und ich fiel rückwärts in die Menge und riss Michaels Kopfhaut mit, und das alles endete damit, dass ich einen dichten Lockenbusch im Schoß hatte. Und Lazlos Leiche kippte vornüber, der Kopf ganz blutig rot, und in diesem Augenblick flippte Bubbles aus und lief Amok.

Sozusagen.

Es war die erste größere Peinlichkeit des Abends.

Und es dauerte wirklich eine ganze Weile, den anwesenden Gästen alles zu erklären, das kann ich Ihnen sagen.

Ich überließ Norman diese Aufgabe.

Ich zerrte die Leiche nach draußen und stand dann dort und fror mir meine Millionen-Dollar-Eier ab. Endlich kam Norman hinterher. Er war verdammt wütend.

»Du dämlicher Bastard!«, brüllte er.

»Was?«

»Willst du mir vielleicht etwas sagen?«

»Danke, dass du die Situation geklärt hast?«

»Nein, nein, nicht das!« Norman stampfte mit dem Fuß und hätte sich fast den Knöchel gebrochen.

»Wenn ich aus Versehen den Deckel deiner Jodflasche nicht zugeschraubt haben sollte ...«

»Nein, das ist es nicht! Ich habe gerade per Funk mit den Wachen am Tor geredet.«

»Ah«, sagte ich.

»Ja, ah! Du hast ihnen befohlen, auf jeden zu schießen, der versucht, über den Zaun zu klettern! Und die Wachen haben gerade Jeffrey Archer erschossen!«

»Dann gibt es also doch einen Gott!«

»Das ist nicht zum Lachen! Bist du eigentlich völlig verrückt geworden? Du kannst doch nicht einfach berühmte Leute erschießen lassen! Wir sind hier nicht in Frankreich, weißt du?«

»Hä?«

»Ich meine, das mit Michael geht schon in Ordnung.«

»Geht es?«

»Natürlich geht es. Ich kann ihn nachbauen. Er besteht sowieso hauptsächlich aus Plastik.«

»Angeblich«, sagte ich. »Angeblich.«

»Ich habe den Wachen jedenfalls jetzt befohlen, ihre Waffen wegzustecken. Bevor jemand wirklich Berühmtes verletzt wird. Was hast du mit der Leiche gemacht?«

»Ich hab sie unter den großen schwarzen Lieferwagen dort gerollt.«

»Wir werfen besser einen Blick darauf.«

»Warum?«

»Um nach Spuren zu suchen natürlich! Falls Lazlo mit einem Blasrohr erschossen wurde, dann muss der Pfeil irgendwo sein, und wir haben einen Beweis. Man steckt das Ende des Pfeils in den Mund, wenn man ihn bläst. Also gibt es Spuren von Speichel, und wir können die DNA des Schützen analysieren.«

»Und?«

»Und dann müssen wir nur noch Speichelproben von jedem der anwesenden Gäste sammeln, um Lazlos Mörder zu identifizieren.«

Ich sah Norman an.

Und Norman sah mich an.

»Richtig«, sagte Norman. »O. k. Vergiss das erst mal. Aber lass uns trotzdem einen Blick auf den Pfeil werfen.«

»Also schön, meinetwegen«, sagte ich. »Pass auf, dass du dich nicht selbst stichst.«

»Oh. Du hast ihn bereits angesehen.«

»Selbstverständlich habe ich ihn bereits angesehen. Und sieh nur, was am Ende ist.«

Norman hielt den Pfeil hoch und untersuchte ihn im Licht, das durch eines der großen Saalfenster nach draußen fiel. »Lippenstift«, sagte er. »Hellgrüner Lippenstift.«

»Rosenkohlgrün«, sagte ich. »Aus der Snuff-for-Women-Schrebergarten-Serie. Sehr kostspielig.«

»Also schön, Zeit zum Handeln.« Norman warf den Pfeil zur Seite und hätte mich fast getroffen. »Jetzt müssen wir nichts weiter tun als die Frau finden, die diesen Lippenstift trägt.«

»Du meinst, du musst nichts weiter tun. Ich gehe da nicht wieder rein ohne wenigstens sechs Leibwächter um mich herum.«

»Sei nicht so ein Weichei. Hätte sie dich umbringen wollen, hätte sie das mit der gleichen Leichtigkeit tun können. Sie hatte es auf Lazlo abgesehen. Hat er noch irgendetwas gesagt, bevor er starb?«

»Nur irgendwelchen alten Unsinn darüber, dass das Ende der Zivilisation, wie wir sie kennen, nur noch wenige Stunden entfernt wäre und dass die Geheime Weltregierung in dem Augenblick die Macht an sich reißen würde, in dem alle Computer abstürzen.«

»Natürlich«, sagte Norman. »Das muss es sein. Der Doveston hat immer schon gesagt, dass die Geheimpolizei hinter ihm her wäre. Wie es scheint, hatte er Recht. Ein Verhör dieser Frau sollte sich als höchst aufschlussreich erweisen.«

»Vielleicht ist sie gar nicht begierig darauf, uns irgendetwas zu erzählen?«

»Es gibt immer Mittel und Wege«, sagte Norman.

»Oh, richtig. Du meinst, wir sollten sie foltern, bis sie redet. Gute Idee.«

»Nein! Das habe ich nicht gemeint!«

»Was dann?«

Norman fasste sich an die Revers. »Überlass nur ruhig alles dem Mann mit dem Pfauenanzug«, sagte er.

Ich folgte dem Mann mit dem Pfauenanzug zurück auf den Ball.

»Oh, sieh nur!«, sagte Norman. »Das ist die mit dem Riesenlutschmund.«

»Warte«, sagte ich. »Riesenlutschmund? Sag nichts, ich finde es selbst heraus. Ja, ich hab's. Du meinst sicher Ulrika Jonnson.«

»Nein«, sagte Norman. »Ich meine Kate Moss. Ich hab nur laut gedacht.«

Norman drehte den Hartnell Home Happyfier eine Spur höher, stellte seinen Pfauenanzug auf Betören und stolzierte in die Menge. »Hoppla«, war von ihm zu hören und »'tschuldigung bitte« und »Passen Sie auf« und »Sorry, bin ich Ihnen auf den Fuß getreten?«

Ich zog zwei Linien vom Kopf eines vorüberkommenden Zwergs und beschloss, die Party in vollen Zügen zu genießen, ganz gleich, was kommen würde. Wenn ich nicht auf der unmittelbaren Liste der Attentäter stand, dann konnte ich mich wenigstens vergnügen. Schließlich war ich der Gastgeber dieser Sause, also war ich praktisch dazu verpflichtet, mich nach Kräften zu amüsieren. Sollte Norman sich um alles andere kümmern.

Ich würde feiern.

Und so drängte ich mich mit der Nase voll Koks und einem großen breiten Grinsen auf den Lippen in die Menge.

Ich grinste Caprice an, warf lüsterne Blicke auf zwei Spice Girls, lächelte Joanna Lumley wärmstens an (Sie dürfen nicht vergessen, dass ich schon ein wenig älter bin), zwinkerte Tom und Nicole zu, ignorierte Hugh und Liz rundweg und trat über einen Moderator von *Blue Peter* hinweg.

Dann rannte ich in Colin.

»Amüsieren Sie sich gut?«, fragte ich Colin.

»Verdammt gut, alter Freund«, sagte Colin und schlug mir auf den Rücken, dass ich mir fast einige Wirbel ausrenkte. »Wie sieht es bei Ihnen aus? Amüsieren Sie sich?«

»Tue ich«, sagte ich. »Und ich bin entschlossen, mich durch nichts daran hindern zu lassen.«

»Sehr schön für Sie«, sagte Colin. »Das letzte Mal, dass ich mich so gut amüsiert habe, war auf einer Party damals, dreiundsechzig. Irgendjemand jagte den Hund des Gastgebers mit einer Stange Dynamit in die Luft. O wie haben wir gelacht, damals.«

»Entschuldigen Sie«, sagte ich. »Ich muss mich unter die Gäste mischen.«

»Viel Vergnügen«, sagte Colin.

Tatsächlich mischte ich mich nicht unter die Gäste. Tatsächlich ließ ich mich einfach treiben und lauschte den Unterhaltungen anderer Leute.

Ist Ihnen je aufgefallen, dass die Unterhaltungsschnipsel, wenn man sich einfach treiben lässt und den Unterhaltungen anderer Leute lauscht, stets mit »Und dann sagte ich ...« anfangen?

» ... und dann sagte ich zu Val Parnell, ›wenn mein Name nicht über den Jongleuren steht, trete ich nicht auf ...‹ «

» ... und dann sagte ich: ›Mir gefällt Ihr Gesichtsausdruck nicht, junger Mann‹, und er erwiderte: ›Darf ich Ihre Achselhöhlen riechen?‹, und ich sagte: ›Ganz gewiss nicht‹!, und er sagte: ›Oh, dann sind es wohl Ihre Füße.‹ «

» ... und dann sagte ich: ›Ich verrate ihnen die Lieblingsstellung meiner Frau beim Sex. Nebenan, das ist die Lieblingsstellung.‹ «

» ... und dann sagte ich zur Polizei, dass ich eigentlich gar nicht gewusst hatte, dass ich vergewaltigt worden bin, bis der Scheck geplatzt war.«

» ... und dann sagte ich: ›Wir treffen uns in dem neuen FKK-Restaurant, du weißt schon, welches ich meine. Es heißt Eat Your Foot Nude.‹ «

»… und dann sagte ich, da waren also diese beiden Spermien, die nebeneinander herschwammen, und das eine sagte zum anderen: ›Sind wir bereits bei den Eileitern angekommen?‹, und das andere sagte: ›Nein, wir haben gerade erst die Mandeln hinter uns gelassen …‹«

»… und dann sagte ich, das liegt daran, dass du nicht verstehst, wie die Geheime Weltregierung arbeitet. Gewöhnliche Regierungen glauben, dass sie imstande sind, das Chaos zu kontrollieren, das der Millennium-Bug verursacht. Was sie nicht wissen ist, dass ihre eigenen Systeme sabotiert wurden. Agenten der Geheimen Weltregierung haben sie seit Jahren infiltriert und so getan, als würden sie das Problem lösen, während sie es in Wirklichkeit verschlimmert haben.

Die Revolution in allen Ländern der Erde ist keine drei Mahlzeiten mehr entfernt, und sobald die Infrastruktur zusammenbricht und das Essen nicht länger die Regale in den Läden erreicht, kommt es zu einer weltweiten Krise. Und genau dann wird die Geheime Weltregierung die Macht an sich reißen. Sie haben es seit Jahren geplant, weil sie genau wissen, was passieren wird. Und du weißt schließlich selbst, was sie sagen: ›Das Morgen gehört denen, die in der Lage sind, es kommen zu sehen.‹«

Als ich diesen speziellen Unterhaltungsschnipsel auffing, blieb ich abrupt stehen. »Äh, entschuldigen Sie bitte«, sagte ich und schob mich ein wenig näher zu der kleinen Traube aus Konversation Betreibenden. »Hätten Sie etwas dagegen, wenn ich mich zu Ihnen geselle?«

Der Bursche, der gesprochen hatte, musterte mich misstrauisch. Was ich für meinen Teil als ein wenig unverfroren empfand, angesichts der Tatsache, dass es *meine* Party war. Er war jung und blass und verhärmt und ziemlich pickelig. Er trug ein zerrissenes T-Shirt mit den Worten »FAST AND BULBOUS« auf der Brust, schmuddelige alte Turnschuhe und ausgeweitete alte Jeans. Ich konnte mich nicht erinnern, ihn an der Tür begrüßt zu haben.

»Was wollen Sie?«, fragte er auf eine Weise, die ich nur als mürrisch beschreiben kann.

»Ich habe rein zufällig mitgehört, was Sie über die Geheime Weltregierung gesagt haben.«

»Ich gehe jede Wette ein, dass Sie mir kein Wort glauben.«

»Ganz im Gegenteil. Ich glaube Ihnen jedes Wort. Aber ich würde gerne wissen, woher Sie diese Informationen haben.«

»Wer sind Sie?«

»Ich bin der Gastgeber dieser Party.«

»Oh, Scheiße. Dann nehme ich an, Sie werden mich jetzt rauswerfen?«

»Warum sollte ich so etwas tun?«

»Weil ich mich durch ein Loch im Zaun hereingeschlichen habe.«

»Schon o. k.«, sagte ich. »Das macht überhaupt nichts. Ich möchte einfach nur mehr über die Geheime Weltregierung erfahren. Wer sind Sie eigentlich, nebenbei bemerkt?«

»Ich bin Danburry Collins«

»Doch nicht *der* Danburry Collins?«

»Doch, genau der.«

Fast hätte ich die Hand ausgestreckt, um die seine zu schütteln. Fast.

Für diejenigen unter den Lesern, denen der Name Danburry Collins nichts sagt, gestatten Sie mir zu erklären. Danburry Collins ist der berühmte psychopathische jugendliche Masturbator, dessen Erlebnisse zusammen mit denen von Sir John Rimmer und Dr. Harney in den fantastischen Erzählungen von P. P. Penrose geschildert werden.

Und P. P. Penrose, wie Sie alle ohne Zweifel wissen, war *der* Autor *der* Bestseller des zwanzigsten Jahrhunderts, der Lazlo-Woodbine-Thriller.

Wie klein doch die Welt ist, eh?

»Aber was machen Sie hier?«, fragte ich den psychopatischen Masturbator.

»Ich habe einen Tipp erhalten, dass hier etwas Großes abgehen soll.«

»Und wer hat Ihnen diesen Tipp gegeben?«

»Das möchte ich lieber nicht sagen.«

»War es Lazlo Woodbine?«

»Das möchte ich lieber nicht sagen.«

»Meinetwegen«, sagte ich. »Aber verraten Sie mir bitte eins: Glauben Sie, dass die Geheime Weltregierung hinter der Ermordung des Doveston steckt?«

»Nein, glaube ich nicht«, sagte Danburry.

»Oh.«

»Ich glaube nämlich nicht, dass der Doveston wirklich tot ist.«

»Vertrauen Sie mir«, entgegnete ich. »Ich habe seine Leiche gesehen. Er ist tot.«

»Die Leiche zu sehen bedeutet noch gar nichts. Die Leute haben die Leiche von Elvis gesehen, und Elvis ist auch nicht tot.«

»Ich denke, Sie werden feststellen, dass Elvis tot ist«, sagte ich.

»Ach ja? Und wer ist dann der Mann dort drüben, der gerade die singende Nonne anbaggert?«

»*Wen* anbaggert?«

»Oh, ich habe mich geirrt. Es ist Giant Haystacks. Ich glaube, meine Augen werden immer schlechter.«

Ich spähte in die Richtung, in die Danburry zeigte. »Ah«, sagte ich.

»Ganz genau«, sagte Danburry. »Wenn man wirklich sehr, sehr berühmt ist, dann bedeutet tot zu sein noch lange nicht, dass man *tatsächlich* tot ist. Jedenfalls nicht dann, wenn man mit der Geheimen Weltregierung unter einer Decke steckt. Sie können alles arrangieren. Elvis ist in ein Paralleluniversum übergewechselt, um die Menschheit vor dem Antichristen zu retten. Ich dachte eigentlich, das wüsste jeder.«

»Ja, sicher«, sagte ich. »Aber verraten Sie mir doch eins. Wenn Sie sich irren, mit dem Doveston, und er wirklich tot ist, was glauben Sie, wer ihn ermordet hat?«

Danburry machte ein nachdenkliches Gesicht und steckte die Hände in die Hosentaschen seiner ausgeweiteten, schlabberigen Jeans. »Kommen Sie näher«, sagte er und winkte mich mit einer Geste seines Ellbogens zu einem Alkoven.

Ich folgte ihm durch die Menge, und zu meinen Gunsten muss erwähnt werden, dass ich kaum lachte, als er sich den Schädel an einer unsichtbaren Rüstung rammte.

»Hören Sie zu«, flüsterte er. »Falls der Doveston tatsächlich tot ist, dann kann das nur eines bedeuten. Dass er sich der Geheimen Weltregierung widersetzt hat. Dass sie Kontakt mit ihm aufgenommen und versucht haben, ihn für ihre Sache zu gewinnen, und dass er sich geweigert hat.«

»Das klingt plausibel. Er war eigentlich immer ein Mann, der sich keiner Macht gebeugt hat.«

»Das würde der Geheimen Weltregierung bestimmt nicht in den Kram passen. Sie sind eher für totale Kontrolle, wissen Sie?«

»Aber was sind das für Leute, die diese Geheime Weltregierung bilden?«

Danburry zuckte die Schultern. »Vielleicht Sie selbst? Woher soll ich das wissen?«

»Sie wissen von ihrer Existenz.«

»Jeder weiß von ihrer Existenz. Die Leute tun bloß so, als existierte sie nicht. Sehen Sie sich doch um! Was sehen Sie?«

Ich blickte mich um. »Jede Menge reicher und berühmter Leute.«

»Und wie kommt es, dass diese Leute reich und berühmt sind?«

»Weil sie mehr Begabung haben als andere?«

Danburry blickte mich an.

Und ich blickte Danburry an.

»Nein, o. k., vergessen Sie's«, sagte ich.

»Es ist alles eine einzige Verschwörung«, sagte Danburry. »Alles ist eine einzige große Verschwörung. Die einzigen Leute, die es auf dieser Welt zu etwas bringen, sind die Leute mit den richtigen Verbindungen. Und wenn mal richtige Denker vorkommen, was wird aus ihnen? Entweder verschwinden sie spurlos, oder sie werden von diesem Ruhmsystem aufgesaugt und enden damit, dass sie ihren Meistern nach dem Mund schwatzen. Sie machen Geld und verkaufen sich dafür.«

»An die Geheime Weltregierung.«

»Letzten Endes, ja. Die meisten wissen es nicht. Doch Schauspieler können nur arbeiten, wenn ihnen Drehbücher angeboten werden, und Rockstars sitzen ganz schnell wieder beim Arbeitsamt, wenn sie den Mund zu weit aufreißen.«

»Sie benehmen sich alle schlecht.«

»Das gehört zu ihrem Job. Doch die Produkte, die sie erzeugen, sind ›sicher‹. Sie laden nicht zur Rebellion ein. Sie wiegeln die Massen nicht auf. Sie tragen zum Erhalt des Status Quo bei.«

»Das hab ich alles schon einmal gehört«, sagte ich. »Hauptsächlich von Leuten, die es nicht bis ganz nach oben geschafft haben.«

»Ich versuche doch nicht, Sie zu überzeugen«, sagte Danburry. »Aber lassen Sie mich eines sagen: Die eine Sache, die die Geheime Weltregierung, oder, was das betrifft, jede andere Regierung, fürchtet wie der Teufel das Weihwasser, ist Information. Den freien Austausch von Information. Und mit dem World Wide Web und der ganzen Informationstechnologie kann eine Idee innerhalb von Sekunden um die Welt gehen. Das ist der eigentliche Grund, warum es heute Nacht zum Zusammenbruch kommt. Wenn die Systeme wegen des Millennium-Bugs abstürzen, wird es keinen weiteren ungehinderten Austausch von Informationen mehr geben. Es sei denn vermittels Brieftauben, heißt das.«

»Und Sie glauben wirklich, dass das heute Nacht geschieht?«

»Wir werden es bald herausfinden, nicht wahr?«

»Aber wenn es stimmt, dann müssen wir doch etwas dagegen unternehmen!«

»Und was würden Sie vorschlagen?«

»Ich weiß es nicht. Es den Leuten erzählen. Es hinaus in das World Wide Web tragen.«

»Es ist bereits im World Wide Web«, sagte Danburry. »Es gibt Tausende von Konspirationsseiten im World Wide Web. Viele wurden von der Geheimen Weltregierung selbst ins Web gestellt, um die Situation noch weiter zu verwirren. Es gibt keine Möglichkeit das aufzuhalten, was geschehen wird. Nun ja, es gibt vielleicht eine, aber weil sich das nicht arrangieren lässt, gibt es doch keine.«

»Und welche Möglichkeit wäre das?«

»Man müsste sämtliche Mitglieder der Geheimen Weltregierung in einem großen Saal versammeln und sie dann gemeinsam in die Luft jagen.«

»Das ist nicht sehr wahrscheinlich.«

»Obwohl ...«

»Obwohl was?«

»Nun, Sie lachen wahrscheinlich, wenn ich es Ihnen sage. Aber mir ist da gerade ein sehr offensichtlicher Gedanke gekommen.«

»Erzählen Sie weiter.«

»Nun, es ist so ...« Danburrys rechte Hand bewegte sich in der Hosentasche.

»Machen Sie weiter.«

»Es ist ...«

Etwas zischte an meinem Ohr vorbei, und Danburrys linke Hand kam aus der Hose und umklammerte seinen Hals.

War das vielleicht ein vergifteter Pfeil?

Natürlich war es einer.

Und gelang es Danburry vor seinem Tod noch, das wirklich Offensichtliche auszusprechen, das ihm gekommen war?

Von wegen!

23

Für den Nachmittag ist die Box ja ziemlich schick, zugegeben. Aber man würde sie doch niemals zu einem Dinner mitnehmen.

Beau Brummell (1778–1840)
über seine Schnupftabaksdosen-Sammlung

Ich geriet nicht in Panik.

Ich hätte in Panik geraten können, aber ich tat es nicht.

Ich war diesmal viel zu wütend. Ich hatte genug. Ich meine, ein verdammter kaltblütiger Mord auf der eigenen Party ist schon schlimm genug. Aber zwei! Das war wirklich zu viel!

Ich blickte mich suchend nach dem Meuchelmörder um. Aber es stand niemand in der Nähe, der ein Blasrohr in der Hand gehalten hätte, während er mir mit der anderen Hand zuwinkte, dass er es gewesen war.

Die Gäste tanzten inzwischen zur Musik der Mariachi-Band oben auf der Galerie. Alle schienen sich ganz prächtig zu amüsieren.

Alle außer mir.

Doch ich geriet nicht in Panik. Nein. Ich war wütend, aber ich blieb cool. Ich war *sooo* cool. Wissen Sie, was ich machte? Ich werde Ihnen sagen, was ich machte. Ich zerrte Danburry auf die Beine. Tanzte mit ihm hinüber zu der unsichtbaren Rüstung. Und rammte seine Leiche hinten in die Rüstung hinein. Verdammt cool, wie?

Wenn Sie je versucht haben, eine Leiche von hinten in eine unsichtbare Rüstung zu rammen, dann wissen Sie auch, dass das ziemlich schwierig werden kann.

Insbesondere dann, wenn die Leiche eine Erektion hat.

Anschließend machte ich mich auf die Suche nach Norman.

Ich war wütend auf Norman.

Der Ladenbesitzer war nicht schwer zu finden. Er tanzte Twist. Ganz allein. Doch er wurde umringt von einem Kreis kreischender Frauen. Ich bahnte mir einen Weg durch das Gekreische, sehr zum Ärger der Kreischenden.

»Norman! Du Arschloch!«, brüllte ich Norman das Arschloch an.

Norman schnippte mit den Fingern. »Verschwinde!«, brüllte er zurück. »Diese Frauen fressen mir aus der Hand. Sieh dir nur die dort an. Sie wartet darauf, dass ich ihre Gliedmaßen auseinander reiße.«

»Wen?«

»Tara Palmer-Tomkinson.«

Es war nicht schlecht, wirklich, doch ich war nicht in der Stimmung.

»Norman!«, brüllte ich ihn an. »Es ist schon wieder passiert!«

»Dann nimm einfach mehr Jod.«

Ich ballte drohend die Fäuste, sehr zum Entsetzen der Frauen ringsum.

»Hör sofort auf zu tanzen!«, brüllte ich. »Es hat einen weiteren Mord gegeben!«

»Oh«, sagte Norman und hörte sofort auf zu tanzen.

»Oooooooooooh!«, machten die Frauenzimmer ringsum. »Tanz noch ein wenig für uns, Norman!«

»Schalt deinen dämlichen Anzug ab!«, sagte ich zu Norman.

Norman kam meiner Aufforderung widerstrebend nach.

Die Frauenzimmer verloren das Interesse an Norman. Sie hüstelten höflich und verschwanden in der Menge, und ich hasste Norman nicht mehr ganz so stark.

»Noch ein Mord, sagst du?«

»Danburry Collins.«

»Danburry Collins?«

»Danburry Collins.«

Norman lüpfte seinen Filzhut und kratzte sich am Kopf. »Nein«, sagte er, »das verstehe ich nicht. Könntest du mir einen Tipp geben?«

Ich packte Norman bei den Jackenaufschlägen und schüttelte ihn. »Das ist keins von deinen blöden Reimspielen! Das ist der echte Name des Opfers. Danburry Collins!«

»Doch nicht *der* Danburry Collins?«

»Genau der!«

»Doch nicht der Junge, der immer ...« Norman machte entsprechende schüttelnde Handbewegungen.

»Er war gerade dabei es zu tun, als er starb.«

»Er hätte bestimmt so sterben wollen.«

Ich konnte nichts dagegen sagen.

»Ich fress einen Besen«, sagte Norman. »Lazlo Woodbine und Danburry Collins in einer Nacht! Wäre P. P. Penrose heute noch am Leben, er würde sich in seinem Grab umdrehen.«

»Hör zu!«, brüllte ich Norman an. »Wir dürfen keine Zeit mehr verlieren! Wir müssen diesen mörderischen ...«

In diesem Augenblick endete die Musik der Mariachi-Band.

»... *Hurensohn* ...«

Es war schon recht erstaunlich, wie weit meine Stimme durch den vorübergehend stillen Saal trug. Und dann drehten sich alle Köpfe gleichzeitig in meine Richtung.

Das war ebenfalls erstaunlich.

Es war die zweite große Peinlichkeit des Abends, und es war noch früh.

»Gut gemacht«, flüsterte Norman. »Sehr 1990er. Sehr politisch korrekt.«

Und dann machten irgendwelche Metallbecken *Klang!* und ersparten Norman eine Ohrfeige.

»Boom Shanka!«, ertönte eine Stimme von hoch oben. Es war die Stimme von Professor Merlin. Köpfe drehten sich und wurden in den Nacken gelegt. Der alte Schausteller stand oben auf dem Geländer der Galerie, die Arme weit ausgebreitet, und bewegte die Finger in Wellenform.

»Boom Shanka! Boom! Boom! Boom!«, krähte der Alte. »Ich bin Professor Merlin, und ich heiße Sie alle willkommen auf dem großen Millenniums-Ball!«

Die Menge, voll gepumpt mit Drinks und Drogen und alle in bester Laune dank Normans Hartnell Home Happyfier, brüllte begeistert auf und applaudierte.

»Ich hasse diesen alten Mistkerl!«, sagte Norman.

Ich zeigte ihm meine Faust. »Sobald er fertig ist, suchen wir nach dem mörderischen Du-weißt-schon-was.«

»Meine Lieben!«, fuhr der Professor fort und verschränkte die Hände wie zum Gebet. »Wir haben uns heute Abend alle hier in diesem auserlesen geschmückten Saal versammelt...« Er gestikulierte in Richtung von

Lawrences baumelndem Hundedrachendingsbums, und die Menge johlte reichlich. »Wir haben uns hier versammelt«, fuhr der Professor fort, »um die Geburt eines neuen Jahrtausends zu feiern. Doch auch, um das Leben eines höchst bemerkenswerten Mannes zu ehren. Sie kannten ihn als den King of the Corona. Den Großherzog vom Goldenen Blatt. Den Cäsar der Zigarette. Den Rajah der Selbstgedrehten. Er war der Sachsen-Coburg-Gotha der kleinen Zigarre. Er war der Sultan des Snuff. Ich spreche von niemand anderem als von Ihnen, Mr. Doveston.«

Klatsch, klatsch, klatsch machte die Menge. Und pfeifen tat sie auch.

Und jubeln.

»Sie«, Professor Merlin machte eine umfassende Handbewegung, die sämtliche Anwesenden einschloss, »Sie sind die Auserwählten. Die Herrschenden und Formenden der Menschheit. Die Herren von höchsten Ämtern und Würden. Die großen Muck-a-Mucks. Die Kapitäne der Industrie, die Märchenfeen der Mode.« Professor Merlin verneigte sich galant. »Sie sind die Stars der Leinwand. Sie sind die Theaterschauspieler. Sie sind die Musiker. Sie, meine lieben Freunde, sind die Persönlichkeiten.«

Weiteres Jubeln und Applaus und Pfiffe.

»Und daher haben Sie sich diese Unterhaltung verdient.« Professor Merlin schnippte mit den Fingern, und in seiner Hand erschien ein glitzerndes Jojo.

»Oooooooooooh!«, machte die Menge höchst beeindruckt.

»Das ist ein ganz einfacher Trick!«, brummte Norman. »Das kann ich auch.«

Professor Merlin zwinkerte dem Mosaik aus Gesichtern unten im Saal zu, dann sandte er das Jojo hinab. Es funkelte wie ein Edelstein, als er es in mächtigen Bögen nach links und rechts sausen ließ.

»Was für ein einfacher Scheiß!«, brummte Norman.

»In dieser Nacht der Nächte«, rief der Professor, »in diesem letzten Augenblick unseres Zeitalters, möchte ich Ihnen eine ganz besondere Nummer präsentieren. Ein Amüsement. Eine Narretei. Ein Stück *fol de rol* ...

Zum Verblüffen und zum Staunen,
Zum Betör'n und Amüsieren,
Zur Erbauung und Besinnung.
Sehen Sie, was Sie nun seh'n?
Hören Sie, was Sie nun hör'n?
Werden Sie sich sagen
Das ist alles sonderbar?
Heißt es, was es heißt?
Sagt es, was es meint?
Oder bindet er uns ein Bärchen
Auf und erzählt uns Märchen?«

Und das Jojo tanzte durch eine verblüffende Serie von Figuren, die selbstverständlich das populäre »Hüpfen des Hermelins«, das »Porkeln des Pinguins«, das »Furteln der Flunder« und das »Gib dem Gibbon einen Gummi« enthielten.

»Das kannst du ganz bestimmt *nicht*!«, sagte ich zu Norman.

»Ich bin gar nicht mal sicher, ob ich es wollte, selbst wenn ich es könnte.«

»Und nun aufgepasst, meine Freunde«, sagte Professor Merlin, »denn die Geschwindigkeit der Hand täuscht das Auge.« Und er schleuderte das Jojo einmal mehr über die Menge, und siehe da!, es war verschwunden!

»Je mehr man sieht«, sagte der Professor, »desto mehr glaubt man zu wissen.«

Er klatschte in die Hände. »Kommt, Kayseri und Karaman, Kilims und Keschan. Kommt und koset eure kühle Kongregation!«

Von allen Seiten des Saals strömte nun Personal herbei, kahlköpfige weibliche Zwerge und diese menschlichen Aschenbecher, über die man am besten so wenig sagt wie möglich. Sie trugen Kayseris und Karamans und Kilims und Keschans und bewegten sich unter die Gäste, um sie auf dem gefliesten Boden abzulegen.

»Bitte nehmt doch Platz!«, rief der alte Schausteller. »Setzt euch, jawoll, setzt euch!«

Unter ausgelassener Heiterkeit ringsum und mit viel Rock-zurecht-Zupfen bei den Frauen und Hosenknie-Rücken bei den Männern nahmen die Partygäste auf den ausgebreiteten Teppichen und Läufern und Kissen Platz.

»Ich glaube, ich verschwinde jetzt einfach mal kurz auf den Lokus«, sagte Norman.

»Das wirst du verdammt noch mal nicht tun! Setz dich hin und warte ab, bis der Professor fertig ist!«

Norman setzte sich.

Und ich setzte mich auch.

Alle anderen setzten sich.

»Und jetzt!«, rief der Professor, »während Sie hersehen und unsere Schau bewundern, warum nehmen Sie da nicht gleichzeitig ein paar leckere Häppchen zu sich? Hauen Sie rein, stopfen Sie sich die Lachausrüstung. Dinieren Sie Delikatessen, kicken Sie Koks in die Kolben und genießen sie paradiesische Palaten. Vivaziöse Vianden. Magische Morscheln. Tantalisierende Tidbits. Johnny B. Goode, bei Gott!«

Und einmal mehr klatschte er in die Hände.

Die Mariachi-Männer stießen eine Fanfare aus, und unter der Galerie, hinter den unsichtbaren Pfeilern, öffnete sich die Tür zur Küche, und der berühmte Koch trat heraus.

Er klatschte in die Hände,
Und schwang auf poliertem Absatz herum.
Und er rief seinen wartenden Kellnern,
das fabelhafte Essen zu servieren.

»Los, ein bisschen dalli, ihr Idioten!«, rief er.

Und aus der Küche kamen die Kellner herbeimarschiert, und jeder einzelne sah ganz genauso aus, wie Kellner aussehen sollten. Gestärkte weiße Hemden und schicke schwarze Fliegen, schlanke Westen und Fracks und Pomade in den Haaren und Killerkoteletten. Alle waren Club-Med-gebräunt und Sportstudio-fit, und alle hatten diesen »Eine-Rose-für-die-liebliche-Lady?«-Blick.

»Was für ein Idiot!«, brummte Norman.

Doch was trugen sie heraus auf ihren silbern polierten Tabletts! Welch wundersame Gaumenkitzler. Welche Reichhaltigkeit an Köstlichkeiten! Während sich die Kellner zwischen den sitzenden Partygästen hindurchbewegten, sich mit ihren Tabletts verneigten und die Leckereien darboten, rief der Professor von hoch oben herab und deutete auf jedes Tablett, das unter ihm vorbeizog.

»Sehet da!«, rief er. »Ein Freudenfest, ein Festessen, ein Bankett! Ein saranapalianisches Schluck-mich-runter! Ein epikureisches Esst-alles-auf! Sehet nur dort!«, rief er und zeigte mit dem Finger darauf. »Filet Mignon aus *Alytes obstretican*, leicht gegrillt in *Ranidae miluh* und auf einem Bett aus *Taraxacum* dargereicht.«

»Klingt köstlich«, sagte ich.

Norman schnitt eine Grimasse. »Wenn du Geburtshelferkröte magst, gekocht in Froschmilch und auf Löwenzahnblätter geschmissen, dann nur zu.«

»Einige dieser exotischen Gerichte verlieren mächtig, wenn man sie übersetzt, wie?«

»Hmmmph!«, machte Norman und winkte einen Kellner weg.

Der Professor deutete weiter auf die verschiedensten unter ihm hinwegziehenden Speisen und proklamierte ihre Namen, um anschließend laut ihre Vorzüge zu preisen.

Und Norman gab seine altklugen »Ich-hatte-Sprachen-an-der-Grammar-School«-Übersetzungen dazu.

Ich verzichtete auf Lunge und Leber und Schweinehoden und Gnupenis. Das Affenhirn war zwar frisch und heiß (und Bubbles sah besonders appetitlich aus in der frischen Crad-Sauce), doch es reizte mich nicht im Mindesten.

Nicht, dass ich nicht hungrig gewesen wäre.

Ich verhungerte fast, offen gestanden.

Aber ...

Wenn man so viele wunderbare Dinge zur Auswahl hat, dann weiß man gar nicht, wo man anfangen soll. Schließlich fasste ich einen Entschluss. Ich beschloss, es einfach zu halten. Nichts Exotisches oder Schweres, das mir im Magen liegen würde. Gute, vollwertige, einfache Hausmannskost.

»Bohnen auf Toast, Sir?«, fragte der Kellner.

»Nein danke, mein Freund«, antwortete ich. »Ich nehme die Rocky-Mountain-Austern, die Bauchscheibe vom Menschenfleisch und die Schafsvagina im eigenen besonderen Saft geschmort. Oh, und dazu ein Pint vom Château-Lafite 1822. Servieren Sie es in meinem persönlichen Zinnkrug, ja?«

Klasse Nummer, wie?

Ich muss sagen, dass ich meine helle Freude daran hatte, den Partygästen beim Essen zuzusehen. Es war der reinste Spaß, die berühmtesten Gourmets zu beobachten, wie sie alles verschlangen. Ich beobachtete sie verstohlen, wie sie an Penis-Pastetchen pickten und an Schweineschwanz-Pilaw, um sich sodann große Portionen ihres Lieblingsfutters auf die Teller zu knallen.

»Was nimmst du, Norman?«, fragte ich Norman.

»Nur den Toast mit Bohnen.«

»Stimmt irgendwas nicht mit den anderen Sachen?«

»Himmel, nein!«, sagte Norman. »Gott behüte! Es ist nur, dass ich nicht besonders hungrig bin. Ich glaube, ich habe zu viel Elefantendödel zum Tee gegessen.«

Während das Abfüllen im Gang war, hatten sich unter der Galerie bestimmte Dinge ereignet. Eine kleine Bühne war errichtet worden, mit einer Reihe Scheinwerfer und einer gemalten Hintergrund-Szenerie.

Wir waren ungefähr beim sechsten oder siebten Gang, als die Becken erneut schepperten und die Stimme von Professor Merlin das allgemeine Schmatzen übertönte.

»Boom Shanka! Boom! Boom! Boom!«, rief der Professor. »Sie speisen und dinieren. Der liebliche Champagner soll gereicht und die Lichter sollen gedämpft werden, und die Musik soll spielen!«

Und dann ging jedes einzelne verdammte Licht im Saal aus, und wir saßen im Dunkeln.

Nicht für lange.

Die Scheinwerfer auf der Bühne flammten auf und tauchten sie in ihr helles Licht. Professor Merlin betrat die Bühne. Er nahm eine edle Pose ein, mit gespreizten Beinen, die Hände in die Hüften gestemmt.

Die Mariachis spielten einen lieblichen Refrain, und der Professor sagte einfach: »Die Show soll beginnen.«

Ein Blitz, eine Rauchwolke, und der Professor war verschwunden.

»Das kann ich auch«, brummte Norman.

Was nun folgte, war ohne jeden Zweifel das außergewöhnlichste Stück Theater, das ich jemals gesehen habe. Es war lächerlich und zugleich laudabel, absurd und absolut, wahnsinnig und weise und zu heiß gebadet und Zen. Es war monströs anders, und ich fürchte, so etwas werden wir niemals wieder sehen.

»Om!«, rief die Stimme von Professor Merlin. »Om!«, rief sie einmal mehr. »Om, die heilige Silbe des Allerhöchsten. Die Silbe, die das Triumvirat aus Göttern symbolisiert. Brahma, Vishnu und Shiva. Geburt, Leben und Tod. Denn unser kleines Schauspiel kommt in diesen drei Aufzügen daher. Der Stoff, aus dem wir alle gemacht sind. Wir werden geboren, wir leben und wir vergehen. Sehet den Knaben!«

Wir sahen den Knaben. Er erhob sich mitten unter uns unter einem Teppich hervor, wo er wartend gelegen hatte. Bei seinem Auftauchen applaudierten wir. Wir applaudierten laut und lange.

Denn dieser Junge war ohne jeden Zweifel eine Frau, als Junge verkleidet. Eine wunderschöne Frau, wie es der Zufall will. Jung und schlank und geschmeidig, mit breitem Mund und großen Augen. Einige Lackaffen in der Menge stießen laute Pfiffe aus und gaben ihre Kommentare ab.

Der »Junge« bewegte sich langsam durch die Menge. Auf schlurfenden Füßen. Müde kletterte er auf die Bühne hinauf, wandte sich dem Publikum zu und seufzte laut, als wäre ein langer Tag harter Arbeit getan. Dann gähnte er ausgiebig und träge.

Was Norman in Wut versetzte. Ich ballte drohend die Faust.

Der Knabe ließ sich auf der Bühne nieder. Er trug Lumpen und hatte nichts, womit er sich hätte zudecken können. Er schien sehr am Ende mit seinem Glück.

Doch sobald er eingeschlafen war, begann er zu träumen, und wir bekamen eine üppige Sequenz präsentiert, in welcher Feenvolk umherschwebte, und ein großer fetter Engel in einem freizügigen Mieder und Wellington Boots erfreute sich an dem Knaben und überhäufte ihn mit glitzerndem Staub.

»Wäre dies nun der lächerliche und zugleich laudable Teil?«, erkundigte sich Norman.

Die Stimme von Professor Merlin meldete sich zu Wort. »Ein Geschenk wird gegeben. Ein Geschenk wird empfangen«, sagte sie, glaube ich.

Soweit ich das beurteilen kann, ging die Geschichte ungefähr folgendermaßen: Da war dieser kleine Junge, und ein Engel macht ihm ein besonderes Geschenk, während er schläft. Wir wissen nicht, was dies für ein besonderes Geschenk ist, doch es muss wirklich etwas ganz Besonderes sein, weil jeder, dem der Junge begegnet, ihm das Geschenk entreißen will.

Zuerst dieser verschlagene Onkel. Er trägt einen schwarzen Turban und einen angemalten Bart und hat schlechten Atem. Der schlechte Atem brachte eine ganze Menge Lacher, genau wie die Pose des Schauspielers, der wieder und wieder (als Onkel) versucht, dem Knaben das Geschenk wegzunehmen.

Wir riefen und jubelten und pfiffen und buhten den bösen Onkel aus.

Dann war da diese Gruppe von Schönwetterfreunden.

Sie taten, als wären sie die besten Kumpel des Knaben, doch wir alle wissen, worauf sie scharf waren. Sie machten den Knaben betrunken, doch er ließ sich sein besonderes Geschenk nicht wegnehmen, und die Schönwetterfreunde tanzten umher und rannten gegen die unsichtbaren Stützpfeiler der Galerie und fielen ganz allgemein ziemlich oft auf die Nase. O wie haben wir gelacht.

Dann kam der richtig Böse. Der Böse Prinz. Der Böse Prinz besitzt einen gewaltig großen Palast mit Dienerinnen und seinen eigenen Indoor-Idioten-Golf-Parcours und so weiter.

Er nähert sich dem Knaben auf subtilere Weise.

Er lädt den Knaben zu sich nach Hause ein. Lässt ihn eine Runde Idioten-Golf spielen, umsonst und ohne Bezahlung. Macht dem Knaben Geschenke und kümmert sich um ihn und tätschelt ihm dauernd den Kopf.

Die Harem-Szene gefiel mir am besten. Ich dachte, ich würde jede vorstellbare Spielart zwischen Mensch und Tier und Fisch und Huhn kennen, die es zu kennen gab. Schließlich hatte ich diese ganzen Videobänder gesehen und alles, von Kabinettsministern, die innerhalb der Mauern von Castle Doveston taten, was ihnen beliebte und Spaß machte.

Ich war beeindruckt.

Und ein ganz klein wenig scharf.

Ich will die Einzelheiten hier nicht weiter erzählen, weil sie nicht wirklich relevant sind für den Fortgang des Stücks, aber eins können Sie mir ruhig glauben: Es war UNGLAUBLICH!

Na ja, jedenfalls, nachdem der Knabe in der Haremsorgie alles gegeben hatte (und mehr als seinen Anteil zurückerhalten), bot er dem Bösen Prinzen sein ganz besonderes Geschenk (an das er sich irgendwie die ganze Zeit über geklammert hatte, selbst während der bizarren Sache mit der Forelle) als Geschenk an. Er bot es ihm als Geschenk dafür an, dass er so nett zu ihm gewesen war.

Und ohne ein Auf Wiedersehen, ohne ein Dankeschön und ohne ein weiteres Wort wurde der Junge von den Palastwachen gepackt, nach draußen geschleift, gründlich zusammengeschlagen und halb tot liegen gelassen.

Wir alle weinten ein wenig an dieser Stelle. Obwohl wir alle der gleichen Meinung waren, nämlich dass der Knabe ein wenig naiv gewesen war, dem Bösen Prinzen zu vertrauen.

Der Knabe fällt in ein Koma, und der dicke Engel kehrt zu ihm zurück und verpasst dem Knaben noch eins mit dem Wellington Boot. Doch dann verzeiht er dem Knaben und schenkt ihm einen ganzen Sack voll von weiterem magischem Staub.

In der letzten Szene kehrte der Junge in den Palast des Bösen Prinzen zurück. Der Böse Prinz war ganz gewaltig high und lachte sich selbst dumm und dämlich, weil er nun das ganz besondere Dingsbums hatte.

Doch der Knabe sprang unter einem Tisch hervor und schleuderte den magischen Staub in eine Kerzenflamme. Es gab eine höllisch laute Explosion und jede Menge Rauch, und als sich der Rauch endlich wieder verzogen hatte, sahen wir, dass alle in dem Saal tot waren – bis auf den Knaben, der wie durch ein Wunder überlebt hatte.

Er verneigte sich tief, erhielt einen riesigen Strauß Blumen, und die Schau war vorüber.

Bis auf die restlichen Verbeuger, heißt das. Wir alle buhten den bösen Onkel und die Schönwetterfreunde und den Bösen Prinzen aus, und wir jubelten dem dicken Engel und den Flitterfeen zu und dann erneut dem Knaben.

Und das war es.

Nun ja, fast.

Unter großem Applaus trat Professor Merlin ins Licht. Er stieg zur Bühne hinauf und verneigte sich tief. Er hielt eine sehr kurze Ansprache, in welcher er allen dankte, dann zog er seine Schnupftabaksdose hervor. Es war eine schmale silberne Box, geformt wie ein Sarg. Er klopfte dreimal auf den Deckel, für den Vater, den Sohn und den Heiligen Geist, dann klappte er sie auf, nahm eine Prise und stopfte sie in seine Nase.

Um anschließend ganz laut zu niesen. »Aaah-Tschuh!« Die Becken schepperten ein letztes Mal, dann gab es einen Blitz und eine fette weiße Rauchwolke.

Und weg war er, der Professor.

Einfach so.

24

Aaah-Tschuh!
Gesundheit!

Sprichwort

Der gewaltige Applaus und das Jubeln erstarben nach und nach. Die Scheinwerfer wurden dunkler, und die Deckenbeleuchtung schaltete sich wieder ein. Wie auf Kommando erschienen die Kellner und brachten Tabletts voller süßer Nachspeisen und Käse und Schokolade. Cognac und Zigarren. Erdbeeren in Crack und Biergläser voll Absinth und Meskalin.

Die Mariachi-Band spielte einmal mehr auf, und die Leute nickten mit den Köpfen und zappelten, doch nur wenige machten sich die Mühe aufzustehen und zu tanzen. Sie waren alle voll gefressen und nicht nur ein wenig stoned.

»Nun, das war jedenfalls eine ganze Wagenladung voll altem Käse«, sagte Norman.

»Hör doch auf!«, widersprach ich. »Das war einfach brillant!«

»Und was hatte es dann zu bedeuten?«

Ich machte umfassende Bewegungen.

»Du hast nicht den blassesten Dunst«, sagte Norman. »Aber der Esel hat mir gefallen.«

»Ich werde jedenfalls zu Professor Merlin gehen und ihm danken. Ich frage mich, wohin er verschwunden ist.«

»Weg«, sagte Norman. »Gegangen. Ein großes Aaah-Tschuh und auf Wiedersehen an alle.«

»Wie spät ist es eigentlich?«, fragte ich.

Norman zerrte eine Taschenuhr aus einer Uhrentasche. Sie sah mehr als nur ein wenig nach Stabilbaukasten aus. »Viertel vor zwölf«, sagte Norman. »Vergeht die Zeit nicht wie im Flug, wenn man sich amüsiert?«

»O. k.« Ich stand auf, straffte die Schultern, und dann atmete ich tief durch die Nase ein und durch den Mund wieder aus, wie es Leute tun, bevor sie etwas Großes anpacken.

Einen Bungee-Sprung beispielsweise. Oder vielleicht einen Sprung mit dem Motorrad durch ein brennendes Rad.

Oder einen wagemutigen Kopfsprung vom oberen Rand eines Wasserfalls. Oder einen Kavallerieangriff hoch zu Ross in die Mündungen russischer Gewehre und Kanonen vor Sewastopol.

Oder ...

»Was machst du da?«, fragte Norman.

»Ich bereite mich auf den ganz Großen vor.«

»Ich verspüre nicht den Wunsch, mir von deinen Blähungen erzählen zu lassen.«

Ich zeigte Norman einmal mehr die Faust und schlug wiederholt einen imaginären Gegner ans Kinn. »*Biff, biff, biff!*«, machte ich. »Und da liegt Norman am Boden, ausgeknockt.«

Norman verdrehte die Augen und fiel um. »O. k.«, sagte er. »Ich weiß, was wir zu tun haben. Wir müssen die Frau mit dem grünen Lippenstift finden. Wenn sie noch grünen Lippenstift auf den Lippen hat. Wahrscheinlich ist er beim Essen abgegangen, als sie sich Stachelschweinpimmel in den Rachen gestopft hat.«

»Ich wusste gar nicht, dass es Stachelschweinpimmel gab.«

»Ja, nun, es waren auch nicht viele übrig. Die meisten hab ich schon heute Mittag gegessen.«

»Los, komm«, sagte ich zu Norman. »Dreh deinen Pfauenanzug hoch, und bringen wir die Sache hinter uns. Ich würde mich ein gutes Stück besser fühlen, wenn wir diese Frau noch vor dem Einläuten des neuen Jahrtausends schnappen und zusammenschnüren und in den Keller werfen könnten.«

»Meinetwegen«, sagte Norman und spielte mit seiner Fernbedienung. »Dieses Ding hat einen Wackelkontakt«, sagte er und schüttelte das Gerät. »Ich glaube, ein paar Schaltkreise haben sich gelöst.« Er versetzte dem empfindlichen elektronischen Kästchen ein paar derbe Stöße. »So, jetzt funktioniert es wieder«, sagte er schließlich.

»Gut, dann also los.« Ich erklärte Norman die verwegene Strategie, die ich mir ausgedacht hatte und die wir meiner Meinung nach anwenden sollten. Sie war einfach, doch sie würde sich als effektiv erweisen. Wir müssten nichts weiter tun, sagte ich zu Norman, als nonchalant unter den am Boden lümmelnden Gästen auf eine Weise umherzuschlurfen, die keinen Verdacht erregte, und jeder der anwesenden Frauen ein lässiges Hallo zuzuwerfen, während wir verstohlen auf ihren Lippenstift starrten. Wer auch immer von uns sie als Erster fand, würde einfach quer durch den Saal zum anderen rufen: »Hier ist das mörderische Miststück!«, und gemeinsam würden wir sie in Gewahrsam nehmen, wie es die gute Bürgerpflicht verlangte.

Was konnte mit einer Strategie wie dieser schief gehen?

Nichts.

Außerdem hatte ich das Gefühl, dass ich auf diese Weise eine Gelegenheit bekäme, eines der Klasseweiber anzuquatschen und vielleicht eine Nummer für die Neujahrsnacht klar zu machen.

Es war nur fair. Schließlich war es *meine* Party.

»Los geht's«, sagte ich zu Norman. »Mach dich auf.«

Norman machte sich auf, Frauen Hallo zu sagen, und ich tat das Gleiche.

»Hallo, wie geht's?«, fragte ich. »Gefällt Ihnen die Party?«

»Hallo, ich hoffe, alles ist zu Ihrer Zufriedenheit?«

»Hallo, bitte drücken Sie ihre Zigarrenstummel nicht auf dem Fußboden aus. Seien Sie bitte so freundlich und benutzen sie unsere menschlichen Aschenbecher, die wir eigens dafür zur Verfügung gestellt haben.«

»Hallo, ein wenig mehr Charlie zu Ihren Erdbeeren, Euer Königliche Hoheit?«

Und so weiter und so fort et cetera pp. und dergleichen mehr.

Meiner Meinung nach schlugen wir uns recht gut. Wir durchquerten den Saal in beinahe formationshaftem Zickzackkurs nicht unähnlich Rommels legendärem Zangenmanöver oder dem stets populären »Hokey Cokey«.

Ich hatte eigentlich gehofft, dass wir das erst später tun würden. Zusammen mit dem »Birdy Song« und »Knees Up Mother Brown«. Diese Spiele machen eine Party wirklich zu einem vollen Erfolg, meiner Meinung nach.

Ich vermute, ich hatte inzwischen fast fünfzig Frauen Hallo gesagt, bevor ich den ersten zufälligen Blick hinüber zu Norman warf, um zu sehen, wie er vorankam. Er schien recht gut voranzukommen, alles, was recht war. Denn wo alle meine Hallos damit geendet hatten, dass ich alleine weitergeschlurft war, hatten Normans Hallos ganz anders geendet. Wie es schien, waren sämtliche von Norman angequatschten Frauen aufgestanden, um ihm zu folgen.

Sie zogen in einer kichernden Polonaise wie Schulmädchen hinter ihm her.

Ich seufzte frustriert und schüttelte den Kopf und sagte einer Reihe weiterer Frauen Hallo. Ich hatte schon bald die Nase voll vom Hallo, wie es der Zufall so will. Also dachte ich, ich wechsle mal zu Hi, um den Dingen ein wenig mehr Abwechslung zu geben.

Ich weiß überhaupt nicht, warum ich mir die Mühe gemacht habe, Freundlichkeiten zu sagen. Keine der hochhackigen, langbeinigen, voll gedröhnten, zugekifften Tussis zeigte auch nur das geringste Interesse an mir.

Ich war ziemlich sauer deswegen, das kann ich Ihnen sagen.

Ich meine, das hier war schließlich *meine* Party, und sie fraßen mein Essen und soffen meinen Stoff und machten sich über mein Dope her. Das wenigste, was ich von einer dieser aufgeblasenen Kühe erwartet hätte, wäre das Angebot eines anständigen Blow-jobs gewesen.

Aber habe ich eins bekommen?

Einen Scheiß habe ich!

Ich dachte, ich wechsle zur Abwechslung zur irischen Methode. Frauen stehen immer auf irische Typen. Es liegt an ihrem Charme und der Melodie ihrer Aussprache. Oder es ist der Hauch von Gefahr, der sie umgibt. Oder es ist sonst irgendwas. Jedenfalls stehen alle Weiber auf Iren. Ich für meinen Teil schätze, es liegt am Akzent.

Einen Versuch war es wert, dachte ich.

»Einen wunderschönen guten Morgen, meine Liebe!«, sagte ich zur nächsten Tussi.

Sie wirkte seltsam unbeeindruckt.

Doch ihr Freund wirkte seltsam wütend.

»Verpiss dich, du dämlicher Idiot!«, war das, was er mir zu sagen hatte.

Ich beugte mich in seine Richtung hinunter. Ich erkannte ihn augenblicklich wieder. Es war dieser ehrenwerte Literaturtyp, der alte fette Schwanz[1].

»Verschwinde und kümmere dich um deinen eigenen Kram!«, sagte er breit. »Oder du wirst mich kennen lernen.«

Ich starrte dem Kerl tief ins Auge, und dann stieß ich ihm den Kopf mitten in die Fresse. Es war ein langer, anstrengender Tag für mich gewesen.

Der alte Mistkerl kippte hintenüber, und ich lächelte seine Freundin an. »Ohnmächtig geworden«, sagte ich. »Zu viel Dunkelbier. Sie kennen das ja.«

Ich schlurfte weiter.

Und dann, aus heiterem Himmel, kam es mir. Ich blieb unvermittelt stehen und dachte: Was mache ich eigentlich hier? Ich meine, *was* mache ich hier? Nicht: Was mache ich *hier*?

Ich dachte, verdammter Mist, ich weiß sehr wohl, was ich hier mache!

Ich schlurfe!

Schlurfen! Ich war seit Jahren nicht mehr geschlurft. Doch hier stand ich nun und schlurfte, als wäre nie etwas gewesen, schlurfte zwischen all diesen reichen Säcken

---

1 Ernest Hemingway?

umher. Diesen wirklich reichen, reichen, berühmten, berühmten Säcken. Ein vollkommen Fremder. Einer, der überhaupt nicht hierher gehörte.

Ich war ein Schlurfer, war ich. Schon immer gewesen, und ich würde immer einer sein. Und all der Reichtum, den der Doveston mir hinterlassen hatte, würde nichts an dem ändern, was ich innerlich wirklich war. Ein Schlurfer. Ich schlurfte genauso, wie der Doveston vor vielen, vielen Jahren geschlurft war. So, wie die als Junge verkleidete Schauspielerin vorhin. Ganz genau das gleiche Schlurfen.

Ganz genau das gleiche Schlurfen.

Und dann kam mir die Erleuchtung. Es traf mich wie der Blitz aus heiterem Himmel. Plötzlich wusste ich sehr genau, was das Stück des Professors zu bedeuten hatte[1].

Das Stück symbolisierte das Leben des Doveston. Das ganze Leben. Geburt, Leben und Tod. Genau wie in »Om«. Brahma, Vishnu und Shiva. Und wie hatte das Stück geendet? Mit dem Fall des Palasts und des Bösen Prinzen, so hatte es geendet. Und wie hatte der Professor die gesamte Aufführung abgeschlossen?

Mit einem großen *Aaah-Tschuh!*

Und was hatte Danburry Collins gesagt?

Versammle alle Mitglieder der Geheimen Weltregierung in einem großen Saal und dann jag sie in die Luft!

Mit Dynamit vielleicht?

Das Große Aaah-Tschuh!

»O Scheiße!«, rief ich. »O Scheiße, Scheiße, Scheiße! O Scheiße!«

»Jetzt haben Sie mich aber auf dem falschen Fuß

1 Ja, ja, schon gut. Ich bin sicher, Sie wussten es längst. Aber ich gehe auch jede Wette ein, dass Sie auf der Grammar School waren.

erwischt!«, sagte eine Stimme. Eine irische Stimme, wie es der Zufall so will. Ein Bursche stand auf, ein Bursche in einem Frack. Ein Bursche mit grünem Lippenstift und einem Blasrohr in der Hand. »O'Scheiße ist mein Name«, sagte er. »Agent der Geheimen Weltregierung, als Transvestit verkleidet. Wie habe ich mich verraten? Hätte ich vielleicht meinen Bart abrasieren sollen?«

»Vergessen Sie's«, sagte ich zu ihm. »Erkennen Sie denn nicht, was gleich geschehen wird?«

»Nun«, sagte O'Scheiße, »ich würde vermuten, Sie versuchen, mich zu denunzieren. Aber ich glaube, Sie kämen nicht mal bis zur Tür dort, bevor mein guter Kumpel O'Bastard dort drüben Ihnen die Rübe mit seiner Uzi weggeblasen hat!«

»Nein!«, sagte ich und schüttelte ihn an den paillettenbesetzten Schultern. »Wir werden alle sterben!«

»Sie vor uns anderen, würde ich meinen.«

»Verschwinden Sie, gehen Sie mir aus dem Weg! Gehen Sie mir aus dem Weg!« Ich stieß O'Scheiße von den Beinen und brüllte zu Norman hinüber: »Norman!«, brüllte ich. »Komm her, schnell, wir stecken in der Scheiße!«

»In Ordnung!«, rief Norman. »Ich komme!«

Am Boden, doch nicht außer Gefecht gesetzt, kämpfte sich O'Scheiße wieder zurück. Er war zwischen Lackaffen zu Boden gegangen. Was sich als ziemlich ungeschickt erweisen kann, wenn man ein Mann ist und ein Frauenkleid trägt.

»Na, wen haben wir denn hier?«, sagte einer der Lackaffen.

»Nimm deine verfickten Hände von meinem Hintern!«, sagte O'Scheiße.

»Norman! Komm schnell her!«

»Ich komme! Ich komme!« Norman kam herbeigeschlurft.

Geschlurft. Jawohl.

»Hast du sie gefunden?«, fragte Norman, als er herangeschlurft war. »Oh, Entschuldigung, bin ich auf Sie getreten?«, rief er, als er mit einem seiner Plateauschuhe auf die Finger irgendeines armen Kerls trat.

»Los, Norman, beeil dich!«

Hinter Norman kam die lange Polonaise seiner Verehrerinnen. Und hinter den Verehrerinnen die lange Schlange ihrer stinksauren Freunde.

Ich atmete ein paar Mal mehr durch die Nase ein und durch den Mund aus und packte Norman in dem Augenblick, als er auf O'Scheiße trat.

»Norman!«, ächzte und hechelte ich. »Norman, ich bin dahinter gekommen! Ich bin dahinter gekommen!«

»Ich hab doch gesagt, dass ich nichts von deinen Verdauungsgeschichten hören will!«

Ich boxte Norman mitten auf die Nase. Es tut mir Leid, aber ich habe es getan. Die Hitze des Augenblicks, nehme ich an.

»Oooooooooooh!«, machten Normans weibliche Anhängerinnen. »Lass unseren lieben Jungen in Ruhe!«

»Haltet euch da raus!«, sagte ich zu ihnen. Ich hatte Norman bei den Aufschlägen gepackt und ließ ihn nicht fallen. »Wie spät ist es?«, ächzte ich. »Los, sag schon, wie spät?«

»Du hast mich geschlagen!« Norman hielt sich die Nase. »Du hast mir auf die Nase geboxt!«

»Sag mir, wie spät es ist! Schnell, oder ...«

»O. k., o. k.« Norman fummelte seine Meccano-Taschenuhr aus der Uhrentasche. Die Frauen versammelten sich inzwischen um uns herum, traten auf die Sitzenden und regten sich mehr und mehr auf. Ihre Freunde, Liebhaber, Ehemänner und was auch immer zerrten an ihnen und bettelten, dass sie wieder zurückkommen sollten.

»Es ist fünf vor zwölf«, sagte Norman und betupfte sich den Zinken mit der Manschette. »All diese Aufregung nur, weil du wissen willst, wie spät es ist! Aber warte mal, sollten wir nicht langsam das Auld Lang Syne organisieren, das Lied auf die gute alte Zeit?«

»Norman!« Ich schüttelte ihn kräftig durch. »Ich hab es herausgefunden! Es wird kein Auld Lang Syne geben! Ich weiß, was passieren wird!«

»Das sagst du immer, wenn du ein paar zu viel getrunken hast!«

»Norman, du Arschloch, jetzt hör mir doch einfach mal zu!«

»Lassen Sie Norman in Ruhe!«, sagte eine Frau und versetzte mir einen Schlag mit ihrer Handtasche.

»Keine Sorge, meine Liebe«, sagte Norman. »Ich komme schon mit ihm zurecht, er ist nur ein wenig sauer, das ist alles.« Und in diesem Augenblick wurde Norman zum ersten Mal gewahr, wie viele Frauen uns umringten. »Na, wen haben wir denn da?«, sagte er. »Hallo Ladys!«

»Hör zu! Hör zu!« Ich fuchtelte hilflos mit den Händen. »Hör zu, was ich dir zu sagen habe! Das Stück von Professor Merlin, ja? Es ging die ganze Zeit um den Doveston.«

»So viel ist mir auch längst klar geworden«, sagte Norman. »Aber ich war ja auch auf der Grammar School.«

»Ja, zugegeben. Aber der Teil am Schluss, wo der Junge alles in die Luft jagt. Und der Professor. Das große Aaah-Tschuh! Verstehst du denn nicht, was ich sage?«

Norman nickte nachdenklich. »Nein«, sagte er.

»Alle hier«, sagte ich. »All die Leute hier.« Ich musste ziemlich laut reden, weil der Mob rings um uns herum stieß und auf Menschen trampelte. »All diese Leute hier. Sie sind es. Diese Leute hier. Das ist die Geheime Weltregierung! Die Herrscher und Lenker der Menschheit, die großen Muck-a-Mucks, wie der Professor sie genannt hat. Der Doveston hat all die Leute eingeladen, und sie sind alle gekommen, obwohl er tot ist. Weil sie wussten, dass sie hier die Party des Jahrhunderts feiern würden. Aber weißt du, was sie wirklich erwartet? Der ganz große Knall! Der Große Aaah-Tschuh!«

»Wovon genau redest du eigentlich die ganze Zeit?«

Ich trat nach O'Scheiße, der mir in den Knöchel gebissen hatte. »Ich rede davon, Norman, dass dieses Haus hier in die Luft fliegen wird. Der Professor hat uns gewarnt. Er muss niemals niesen, wenn er Snuff nimmt. Er hat uns beide gewarnt, dich und mich, damit wir rechtzeitig von hier verschwinden! Verstehst du denn nicht? Der Doveston wird sich an ihnen rächen, aus dem Grab heraus. Ich gehe jede Wette ein, dass das ganze Haus voller Dynamit steckt! Und ich wette weiter, ich wette, dass es mit einem Zeitzünder versehen ist, der genau um Mitternacht explodiert. Komm schon, Norman, du hast den Doveston genauso gut gekannt wie ich! Wäre so etwas nicht absolut typisch für ihn?«

»Da muss irgendwo ein Fehler in deiner Logik stecken«, sagte Norman. »Aber ich will auf der Stelle tot umfallen, wenn ich ihn sehen kann.«

Ich starrte Norman an.

Und Norman starrte mich an.

»Feuer!«, kreischte Norman plötzlich. »Alles raus! Alles raus!«

»Was machst du denn da?« Ich legte ihm erschrocken die Hand auf den Mund.

»Lassen Sie ihn in Ruhe!«, sagte eine andere Frau und schlug mit ihrer Handtasche nach mir.

»Halten Sie sich da raus!« Ich versetzte ihr einen Stoß.

»Wie können Sie es wagen, Sir, meine Frau zu stoßen?«, rief irgendein Arschloch und holte zu einem Schwinger aus. Ich duckte mich unter seinem Schlag hinweg, doch O'Scheiße hatte meinen Knöchel immer noch gepackt, und so fiel ich nach vorn und riss Norman mit mir. Wir gingen mitten zwischen den Lackaffen zu Boden, die durcheinander purzelten und ihrerseits versuchten, auf die Beine zu kommen, während Normans weiblicher Fanclub die Knie einsetzte und die mächtig wütenden Verehrer des Fanclubs ebenfalls wahllos zuschlugen.

»Geh runter von mir!«, heulte Norman auf. »Wir müssen alle warnen!«

»Warum?«, ächzte ich. »Warum? Diese Bande hier ist die Geheime Weltregierung! Sie sind der Feind! Sie haben den Doveston ermordet!«

»Ja«, sagte Norman. »Da hast du allerdings Recht.« Er wich einem Fuß aus, der in seine Richtung zielte. »Vergiss sie! Vergiss sie!«

Es muss an dieser Stelle gesagt werden, dass Norman und ich auf der Seite des Großen Saals waren, wo die Galerie lag. Es war nicht das Ende, wo wir sein wollten. Das Ende, wo wir sein wollten, war das andere Ende. Das Ende mit den großen Eingangstüren. Das Schubsen und Stoßen und Treten und allgemein schlechte Benehmen rings um uns entwickelte sich nach und nach zu einer Art isoliertem Chaos. Die Mehrzahl der Partygäste hatte nichts damit zu tun. Sie zeigten zwar inzwischen beträchtliches Interesse an den Vorgängen, doch sie lagen größtenteils am Boden und lümmelten sich träge. Aber es waren schrecklich viele, und sie lagen dicht an dicht gedrängt, und wenn Norman und ich fliehen wollten, mussten wir durch die Menge hindurch.

»Komm mit!« Ich riss Norman hoch. »Benimm dich unauffällig. Wir gehen Richtung Ausgang.«

Wir kämpften uns so beiläufig aus dem Chaos frei, wie wir nur konnten. Was wahrscheinlich nicht ganz so beiläufig war, wie wir uns das gewünscht hätten, doch uns brannte die Zeit unter den Nägeln.

»Ich schätze, wir sollten das ›beiläufig‹ vergessen«, sagte Norman. »Ich schätze, wir sollten jetzt allmählich um unser Leben rennen!«

»Ich denke, da hast du absolut Recht.«

Und wir rannten um unser Leben.

Aber konnten wir rennen?

Einen Scheiß konnten wir!

Wir konnten nicht mehr tun, als hin und her springen und versuchen, den Leuten nicht auf die Gesichter zu treten. Es war ein wenig wie diese lächerliche Prozession, wo die Leute zwei Schritte vor und einen zurück gehen.

Ich hatte eigentlich auf einen sauberen Abgang gehofft, doch Normans weibliche Fans wollten das nicht zulassen. Sie folgten uns dicht auf den Fersen.

»Schalt endlich deinen Pfauenanzug ab!«, brüllte ich Norman an.

Er fummelte einmal mehr mit seiner Fernbedienung in der Tasche, doch das ist gar nicht so leicht, wenn man gleichzeitig hüpfen und springen muss.

Was als Nächstes geschah, besaß eine elegante, fast zeitlupenhafte Qualität.

Die Fernbedienung entglitt Normans Fingern. Sie segelte durch den Saal.

Sie fiel dem Boden entgegen.

Sie landete auf dem Boden, und Normans hoher linker Plateauschuh landete knirschend auf ihr.

Es gab ein kurzes Funkensprühen und Zischen. Das Funkensprühen und Zischen kam nicht von der Fernbedienung, sondern von Normans Anzug. Der Anzug begann zu pochen und zu pulsieren. Er begann zu leuchten.

Und dann gab es ein ohrenbetäubendes Kreischen, das jeden Anwesenden den Kopf nach uns drehen ließ.

Was als Nächstes geschah, war das reinste Chaos.

25

Das Morgen gehört denen,
die in der Lage sind, es kommen zu sehen.

Der Doveston.

Gestatten Sie mir, die Szene zu beschreiben, wie sie sich darbot.

Versuchen Sie, sich jenen Augenblick vorzustellen, bevor das Chaos ausbrach.

Stellen Sie sich bitte den Großen Saal vor.

Stellen Sie sich die doofe Dekoration vor. Die ungeschickt bemalten und mit ungelenken Schriftzeichen verschmierten Wände. Den hässlichen Drachen, der aussah wie ein Hund und vom Kronleuchter baumelte. Stellen Sie sich die Mariachi-Band hoch oben auf der Galerie vor. Es ist genau die gleiche Band, die einst in Brentstock gespielt hat. Älter inzwischen, jedoch immer noch mit jeder Menge Dampf. Und stellen Sie sich ihre Instrumente vor. Die Trompeten und Flügelhörner, die Kornetts, die Euphonien und auch die Ophikleiden.

Und nun stellen Sie sich die Menschen unten im Saal vor. All die wunderschönen Menschen. Die reichen und berühmten Menschen. Diese Menschen ganz oben an der Spitze, die alles haben. Diese Leute von der Geheimen Weltregierung. Stellen Sie sich vor, wie gut gekleidet sie alle sind. Wie prächtig zurechtgemacht. Einige sind auf den Füßen, doch die meisten lümmeln sich noch immer auf den Teppichen, winken träge vorbeieilenden Kellnern zu oder kahl rasierten Zwergen.

Und versuchen Sie, sich Norman Hartnell vorzustellen. Er steht dort unten, mitten im Großen Saal. Er hat noch immer den Filzhut auf dem Kopf. O nein, doch nicht. Er hat ihn nicht mehr auf dem Kopf. Er hat ihn sich heruntergerissen und hält ihn in der Hand. Er schlägt damit auf sich selbst ein. Er scheint in Flammen zu stehen. Rings um ihn herum leuchtete eine Korona aus Licht. Rauch steigt von seinen Schultern auf. Und er blinkt. An – aus. An – aus. Sein Anzug. Er sieht aus wie ein Stroboskop. Und dann das schreckliche Geräusch dazu. Es kommt von seinem Anzug. Es ist ein hohes, heulendes Schrillen. Ein Geräusch, das einen die Zähne zusammenbeißen lässt, das durch Mark und Bein geht.

Alle Augen sind auf Norman gerichtet. Die Herumlümmler rappeln sich auf die Beine, halten sich die Ohren zu und stöhnen.

Und in diesem Augenblick setzt das Chaos ein.

»Oooooooooooh!«, macht Norman und schlägt mit dem Filzhut auf sich ein. »Oooooooooooh! Ich erreiche die kritische Masse!«

Im Allgemeinen startet so ein richtiges Chaos relativ langsam und steuert nach einer Weile einem ausgewachsenen Crescendo zu. Ein wenig wie eine militärische Kampagne. Zuerst kleinere Scharmützel, die schließlich zur richtigen Schlacht führen. Üblicherweise erhalten die beiden sich gegenüberstehenden Seiten eine Gelegenheit, sich gegenseitig abzuschätzen, bevor sie mit aller Macht aufeinander prallen. So wird es gemacht. Man wirft nicht einfach beide Seiten zusammen, sperrt sie in einen großen Saal und bläst in eine Pfeife, oder?

Das wäre das reinste Chaos.

Nicht wahr?

Doch hier fand genau das statt. Ein großer Saal, zwei sich aufs äußerste gegenüberstehende Fronten, alle zusammen eingesperrt. Welche Fronten das denn wären, höre ich Sie fragen. Eine männliche Seite und eine weibliche, lautet die Antwort.

Als Normans Anzug die kritische Masse erreichte, entlud sich eine derartige Macht, dass es keine Mitte mehr gab. Die Gewalt war überwältigend. Sozusagen. Die Frauen waren überwältigt vor Liebe, die Männer schäumten vor abgrundtiefem Hass.

Norman war nicht länger nur Norman. Für die Frauen war er ein göttliches Wesen, für die Männer – die Inkarnation des Teufels.

Frauen wissen ja immer, was Männer denken, und eine Frau wird mit allen ihr zur Verfügung stehenden Mitteln kämpfen, um den Mann zu retten, den sie liebt. Und als sich nun die anwesenden Männer erhoben, um den Dämon zu erschlagen, erhob sich das Frauenvolk, um den Mann zu retten, den es über alles liebte.

Und wenn Sie je zweihundert Frauen gesehen haben, die sich auf zweihundert Männer gestürzt haben in einer Auseinandersetzung, die keine Grenzen und keine Schranken kannte, dann werden Sie wissen, was ich meine, wenn ich sage, es war brutal.

Ich bekam eine weitere verdammte Handtasche an den Schädel.

Es war der Krieg der Geschlechter schlechthin. Eine Art simultane weibliche Rebellion von der Sorte, von der Emmeline Pankhurst (1858–1928) ohne Zweifel ihr ganzes Leben lang geträumt hat, jene inzwischen legendäre englische Suffragetten-Anführerin, die im Jahre 1903 die militante Women's Social and Political Union gegründet hat.

Es herrschte Krieg.

Doch wozu ist Krieg eigentlich gut?, frage ich Sie! Zu gar nichts. Absolut gar nichts, um es mit Frankie zu beantworten. (Gütiger Gott, ich bitte Sie!)

Die Frauen schlugen auf die Männer ein, und die Männer schlugen nach den Frauen. Norman riss sich die Jacke vom Leib und schleuderte sie hoch in die Luft. Während Kellnertabletts über Köpfe sausten und liebeskranke Zwerginnen in Kellnereier bissen, machte ich genau das, was der Hund des Hausmeisters tat. Ich machte einen Satz in Richtung Tür.

Ich war nicht allein damit.

Norman, auf Händen und Knien, die Hose um die Knöchel, holte mich ein. Er hielt seinen praktischen großen Schlüsselbund parat.

»Raus!«, machte Norman. »Nichts wie raus! Komm, ich sperre die Tür hinter uns ab.«

Wir huschten nach draußen und warfen die Eingangstür ins Schloss, um das Chaos hinter uns zu lassen. Norman drehte den Schlüssel herum. »Das sollte sie für eine Weile im Zaum halten.«

»Wie spät ist es? Wie spät ist es?«

»Verdammt!«, sagte Norman, trat seine Plateauschuhe weg und zog seine schwelende Hose hoch. »Meine Uhr ist in meiner Jacke! Aber es kann nicht mehr viel Zeit übrig sein! Vielleicht zwei Minuten, höchstens.«

»Los, wir rennen zum Tor. Wer als Erster dort ist!«

Ich war bereits in den Startblöcken und auf dem Sprung, doch Norman sagte: »Warte.«

»Was?«, fragte ich. »Was?«

Norman spähte in die Dunkelheit. »Irgendetwas

stimmt nicht dort draußen«, sagte er. »Ich kann es spüren.«

Ich spähte ebenfalls in die Dunkelheit. »Sei nicht albern«, sagte ich. »Jetzt ist nicht die Zeit, um sich vor der Dunkelheit zu fürchten.«

»Es ist zu still. Viel zu ruhig.«

»Da drin bestimmt nicht.«

Aus dem Innern von Castle Doveston drang Kampfeslärm an unsere Ohren. Splitterndes Glas und krachende Möbel. Und das gelegentliche dumpfe Geräusch, wenn jemand gegen einen unsichtbaren Pfeiler rannte. Obwohl man das im allgemeinen Tohuwabohu nicht sehr deutlich hören konnte.

»Sieh nur!« Norman zeigte nach vorn. Im Licht, das aus den Fenstern des Großen Saals drang, einem ziemlich unruhigen Licht voll tanzender Schatten, sahen wir die großen schwarzen Lieferwagen. Sie hatten nun die Heckklappen geöffnet, und Rampen führten von den Ladeflächen zu Boden. Norman humpelte auf Socken zu dem am nächsten stehenden Wagen.

»Wir haben keine Zeit dafür!«, rief ich. »Komm endlich, Norman, lass uns verschwinden!«

»Nein, warte!« Norman schnüffelte an der Rampe. »Aas«, sagte er. »Totes Fleisch. Die Wagen sind leer, doch was auch immer darin gewesen ist, es frisst Fleisch.«

»Wilde Tiere.« Ich stand neben Norman. »Freigelassen auf dem Gelände, für den Fall, dass jemand der Explosion entgangen ist.«

»Er hat auch nichts übersehen, der Doveston, nicht wahr?«

»Er hat nie irgendetwas dem Zufall überlassen.«

»O Gott!«, ächzte Norman und zeigte erneut in die Dunkelheit. Ich spähte in die Richtung, in die er zeigte, und was ich sah, gefiel mir nicht.

Es mussten Hunderte von ihnen sein dort draußen. Vielleicht sogar Tausende. Sie lauerten am Rand der hellen Flecke, die durch die Fenster des Schlosses fielen. Am Rand der Dunkelheit, sozusagen.

Chimären.

Voll ausgewachsen? Halb ausgewachsen? Vielleicht nur zu einem Viertel ausgewachsen, aber nichtsdestotrotz verdammt große Mistviecher. Sicher über zweieinhalb Meter groß, mit Mäulern voller spitzer Zahnreihen, die sich unablässig öffneten und schlossen.

Chimären.

Teils Rosenkohl. Teils Basilisk. Ganz Raubtier.

Wenn die Technologie je wieder so weit kommt, Filme zu drehen, und falls man sich entschließt, dieses Buch zu verfilmen, dann würde die Szene vor mir einen wunderbaren Trailer abgeben. Stellen Sie sich den Erzähler im Hintergrund vor, mit tiefer Bassstimme. »Sie kamen aus der Nacht. Teils Rosenkohl, teils Basilisk. Ganz Raubtier.«

Mel Gibson könnte meine Rolle übernehmen, und vielleicht ließe sich Danny de Vito überzeugen, Normans Rolle zu spielen.

»Was im Namen Meccanos sind das für Dinger?«, fragte Norman. »Fleisch fressende Pflanzen oder was?«

»Sie sind oder was, und wir sind von ihnen umzingelt, und die Zeit wird knapp.«

»Sie werden uns fressen«, sagte Norman und erschauerte vor Entsetzen. »Ich weiß, dass sie uns fressen werden! Ich weiß es einfach!«

»Verdammt richtig, das werden sie. Norman, denk dir schnell etwas aus.«

»Ich? Wieso ich?«

»Weil du derjenige mit dem erfindungsreichen Kopf bist. Los, denk dir etwas aus. Schaff uns hier raus.«

»Richtig«, sagte Norman. »Richtig. In Ordnung. Ja. In Ordnung, o. k. Stellen wir uns vor, wir wären in einem Film.«

»*Was?*«

»Stell dir vor, es wäre ein Film, und wir würden von berühmten Filmstars gespielt. Du von Danny de Vito und ich von Arnold Schwarzenegger.«

»Norman, wir haben keine Zeit dafür!«

»Nein, denk nach. Wie würde sich Arnie in einer Situation wie dieser verhalten?«

Ich sah Norman an.

Und Norman sah mich an.

»Arnie würde einen großen Laster fahren«, sagte ich.

»Also los, in den Laster!«, kreischte Norman, und wir rannten zum Führerhaus. Wir rannten ziemlich schnell, das kann ich ihnen verraten. Wie das nun mal so ist, wenn man sich mit dem Reich des Gemüses anlegt. Wenn es eine Chance bekommt, das zu tun, was es wirklich am liebsten auf der Welt tun würde. Frei herumzulaufen, wie Onkel Jon Peru Joans mir vor all den Jahren erzählt hatte. Wenn es so eine Chance bekommt, dann rennt es auch verdammt schnell.

Die Chimären rannten auf uns zu, eine große, grüne, kohlige, schnappende Horde von Monstern. Wir waren kaum im Führerhaus des Lasters, als sie auch schon heran waren. Böse Tentakel peitschten durch die Luft und große spitze Zähne machten *Schnapp! Schnapp! Schnapp!*

Wir versperrten die Türen, das kann ich Ihnen sagen!

Norman saß auf dem Fahrersitz. »Fahr!«, sagte ich zu ihm. »Fahr!«

»Wo sind die Schlüssel?«, fragte Norman.

»Ich weiß es nicht. Passt denn keiner von deinen?«

»Jetzt wirst du aber wirklich ein wenig albern.«

»O Scheiße! O Scheiße! O Scheiße!« Mein Blick war auf die kleine Uhr im Armaturenbrett gefallen. Darauf stand 23:59. »O Scheiße!«

Kracks!, machte das Fenster auf meiner Seite. *Schnapp! Schnapp! Schnapp!*, machten spitze Zähne.

»Du fährst!«, schrie Norman auf. »Ich greife unter das Armaturenbrett und schließe die Zündung kurz!«

»Wie?«

»Möchtest du wirklich, dass ich mir die Zeit nehme, dir das zu erklären?«

»Nein, mach es einfach.«

Ich kletterte über Norman, und Norman kletterte unter mich. Das Krachen und Schlagen war ohrenbetäubend, und der Laster schaukelte von einer Seite zur anderen. Dann gab das Fenster auf der Beifahrerseite nach, und wir steckten in verdammt großen Schwierigkeiten. Norman arbeitete hektisch unter dem Armaturenbrett. Ich klammerte mich ans Lenkrad und fragte mich gerade, wie man so einen großen Laster wohl fährt, als alles grün wurde. Wirklich sehr grün.

»Aaaaaaaaaaaagh!«, machte Norman. »Schaff mir das Ding vom Hals!« Norman strampelte und schrie. Das Führerhaus war ein wirbelnder Mahlstrom aus Tentakeln, schnappenden Zähnen und wirklich grauenhaftem, nach Kohl stinkendem Atem. »Aaaaaaaaaaaaaaaagh!«, heulte Norman. »Es hat mich erwischt! Es hat mich erwischt!«

Und es hatte ihn tatsächlich.

Ich versuchte, das Ding abzuwehren, doch ich konnte mit meinen Fäusten nicht viel ausrichten. Über der Windschutzscheibe hing eine von jenen großen Sonnenblenden. Ich schätzte, wenn es mir gelang, sie abzureißen, dann konnte ich sie als eine Art Waffe einsetzen. Ich griff nach oben und versuchte sie abzureißen.

Und raten Sie mal. Dort oben lagen die Reserveschlüssel. Unter der großen Sonnenblende.

Genau wie sie für Arnie immer dort lagen.

»Halt durch, Norman!«, schrie ich. »Wir sind gleich weg.«

Ich rammte den Schlüssel ins Zündschloss. Wählte willkürlich einen Gang und trat das Gaspedal bis zum Boden durch.

Wir schossen rückwärts.

Ich bin verdammt sicher, dass Arnie so etwas nie passiert wäre.

Der schwere Laster krachte gegen die Mauern von Castle Doveston und demolierte Steine und Bleiglas. Ich wählte einen anderen Gang. Diesmal war es ein besserer. Der Laster machte einen Satz nach vorn, und weitere Steine und Glassplitter regneten herab. Das Loch enthüllte den Monstern draußen das Chaos drinnen. Doch welches Entsetzen auch immer folgen mochte, ich sah nichts von alledem.

Ich ließ einfach den Fuß auf dem Gaspedal, und wir jagten rumpelnd davon.

So groß und gemein und hässlich die Chimären auch sein mochten, gegen den Laster hatten sie keine Chance. Wir brachen durch ihre Reihen und zermatschten sie unter den Rädern wie reife Melonen. Ich klammerte mich ans Lenkrad, und Norman klammerte sich an mich.

»Wie spät?«, brüllte ich. »Wie spät?«

»Ich glaube nicht, dass noch Zeit übrig ist«, antwortete Norman.

Doch es war noch Zeit übrig.

Nur ein kleines bisschen.

Nur ein paar letzte Sekunden.

Zehn …

Ich warf krachend den nächsthöheren Gang ein und ließ den Fuß auf dem Gas.

Neun …

Im Innern des großen Saals gerieten die Chimären in einen Blutrausch.

Acht …

Weitere Chimären vor uns.

Sieben …

O'Scheiße und O'Bastard zogen oben auf der Galerie ihre Uzis und feuerten.

Sechs …

Matsch und quatsch, als der Laster weitere Chimären niederwalzte.

Fünf …

Die Silhouette von Castle Doveston vor dem vollen Mond.

Vier …

Blut und Eingeweide und Säfte und Grauen.

Drei …

Großer Laster, brüllender Motor, jagt auf das Tor zu.

Zwei …

Danburry Collins erwacht und findet sich in einer unsichtbaren Ritterrüstung wieder. »Was soll der ganze Lärm?«, denkt er.

Eins …

Der große Laster prescht krachend durch das Außentor von Castle Doveston.

Null …

Ein sehr kurzer Augenblick absoluter Stille. Erneut die Silhouette von Castle Doveston, stolz und unnahbar vor dem vollen Mond.

Und dann ...

BUUUUUUUUUUUUUUUUUUUUMMMMMMM.

Das größte *Aaah-Tschuh!*, das die Welt je gehört hatte.

26

Sind wir jetzt tot?

Norman Hartnell

Ich habe es nicht gesehen.

Obwohl ich wirklich wünschte, ich hätte.

Hinterher erzählten sie mir, dass die Explosion wirklich spektakulär gewesen wäre.

Einige Bramfielder, die auf dem Parkplatz hinter dem Fröhlichen Gärtner eine Polonaise tanzten und das Neue Jahr besangen und das neue Millennium, glaubten zuerst, dass es ein Feuerwerk sei, das der Laird großzügigerweise für sie veranstaltete.

Die Ladungen waren so perfekt platziert, verstehen Sie, und das Schöne daran war, wie ich später erst begriff, dass sie überhaupt nicht durch einen Zeitzünder ausgelöst worden waren. Der Doveston hatte darauf vertraut, dass das Schicksal sie auslöste.

Erlauben Sie mir zu erklären.

Er war wie besessen von dem Glauben gewesen, dass das Ende der Zivilisation, wie wir sie kennen, Schlag Mitternacht in der letzten Nacht des zwanzigsten Jahrhunderts kommen würde. Er sagte, dass er es einfach wüsste. Dass er es gesehen hätte. Dass er es spüren könnte. Was auch immer. Und er war sich dieser Tatsache so absolut sicher gewesen, dass er die Bombe folgendermaßen ausgelöst hatte:

Ein einfacher Toter-Mann-Schalter, der mit den Zündkapseln verbunden war. Solange der elektrische Strom in Castle Doveston nicht unterbrochen wurde, war die Bombe harmlos. Doch sollte der Strom ausfallen, würde der Schalter die Bombe zünden.

Und falls die Geheime Weltregierung nicht den Millennium-Bug erschaffen und all die Computersysteme sabotiert hatte, würde der Strom nicht ausfallen. Doch falls sie es doch hatte und das nationale Stromnetz versagte …

Das Große Aaah-Tschuh!

Und dann, Schlag Mitternacht, stürzten die Computersysteme ab, und der Strom fiel aus.

Der Doveston hatte seine Rache gehabt, aus dem Grab heraus.

Ob Sie ihn nun lieben oder hassen, Sie müssen ihn bewundern. Es war ein Meisterstück.

Doch ich war bei den so perfekt platzierten Ladungen. Entschuldigen Sie mein Abschweifen.

Es waren drei verschiedene Ladungen. In genau den richtigen Winkeln. Sie atomisierten Castle Doveston. Doch durch ihre Positionierung taten sie noch mehr. Sie jagten drei rollende Feuerkugeln in den Himmel hinauf.

Drei rollende Feuerkugeln, die im Augenblick ihres höchsten Punktes das Gaia-Logo des Doveston bildeten. Drei sich jagende Kaulquappen.

Verdammt clever, wie?

Doch wie ich schon sagte, ich habe es nicht gesehen. Der große Laster, den ich zu steuern versuchte, brach durch das Tor und jagte rumpelnd über die Straße in Richtung Dorf, und dann kam diese ziemlich hinterhältige Kurve, kurz bevor man beim Fröhlichen Gärtner vorbeifährt.

Es war dunkel, sehr dunkel sogar, nachdem die Straßenlaternen nicht mehr brannten und nichts sonst. Hätte ich nicht rechtzeitig herausgefunden, wie man die Scheinwerfer des großen Lasters einschaltet... außerdem war jede Menge Eis auf der Straße, und der große Laster war sehr schnell unterwegs.

Ich kurbelte am Lenkrad und trat auf die Bremse, so fest ich konnte, doch die Kurve war selbst bei Tag und im Sommer und bei trockener Straße extrem hinterhältig.

»Aaaaaaaaaaaaaaaaagh!«, heulte Norman auf.

»Aaaaaaaaaaaaaaaaagh!«, schloss ich mich seinem Heulen an.

Ich erinnere mich dumpf, wie uns das Heck des großen Lasters überholte und plötzlich wie aus dem Nichts all die Bäume auftauchten, dann rollten wir auch schon und überschlugen uns, und alles wurde stockdunkel.

Wir verfehlten den Fröhlichen Gärtner nur um Zentimeter, doch wir trafen das pittoreske Tudor-Haus auf der anderen Straßenseite. Das Haus mit dem wunderschön gepflegten Boskett-Vorgarten und dem Denkmalschutzzeichen an der Tür.

Es war ein ganz schöner Krach, so viel kann ich Ihnen sagen.

Ich erwachte und stellte fest, dass Norman und ich ineinander verschlungen an der Decke des Führerhauses lagen, die zum Boden geworden war.

»Sind wir jetzt tot?«, fragte Norman.

»Nein«, lautete meine Antwort. »Wir sind nicht tot. Wir haben überlebt. Wir sind in Sicherheit.«

Ich weiß nicht, wieso ich das gesagt habe. Ich weiß, ich hätte es nicht sagen sollen. Ich weiß, wie wir alle heute wissen, dass man sich verwundbar macht für etwas wirklich Schlimmes, wenn man so etwas sagt.

Man bringt das so genannte »Böse Erwachen« über sich. Man lädt es geradezu ein. Den überraschenden Schluss.

Fragen Sie mich nicht, warum das so ist. Vielleicht ist es eine Tradition oder eine alte Bulle oder was weiß ich. Jedenfalls sagte ich es. Und nachdem ich es gesagt hatte, konnte ich es ja wohl nicht mehr ungeschehen machen.

»Was ist das für ein merkwürdiges Geräusch?«, fragte Norman. »Dieses eigenartige Scharren und Kratzen?«

Das eigenartige Geräusch. Das Scharren und Kratzen. Was konnte das sein?

Konnte es vielleicht sein, dass eine der Chimären irgendwie auf die Pritsche des großen Lastwagens geklettert war und sich jetzt verschlagen von hinten näherte, bevor sie in das Führerhaus einbrach, um uns zu zerfetzen und mit Haut und Haaren zu verschlingen?

Es hätte sein können, sicher. War es aber nicht.

Es war nur der Wind in den Bäumen.

Puh.

»Sag mir, dass wir in Sicherheit sind«, verlangte Norman.

»Wir sind in Sicherheit«, sagte ich. »Nein, warte. Riechst du auch Diesel?«

27

Die Show ist nicht vorbei,
bevor nicht der Dicke schnupft.

Winston Churchill (1874–1965)

Nein, natürlich starben wir nicht.

Wir flogen nicht in die Luft.

Wir waren innerhalb von Sekunden aus dem Laster und im Fröhlichen Gärtner, bevor der Treibstofftank in die Luft fliegen konnte.

Das Pub wurde kaum beschädigt. Das Tudor-Haus fing den größten Teil der Explosion ab. Was eine Schande war, wo es doch schon so alt war und so schön gepflegt und pittoresk und so weiter.

Aber wie ich schon vorher sagte, ich persönlich bin eher ein Viktorianer. Ich konnte dem Tudor-Baustil noch nie etwas abgewinnen.

Norman hatte kein Geld bei sich, also musste ich für die Pints zahlen.

Nicht, dass Pints angeboten worden wären. Nicht, nachdem der ganze verdammte Strom ausgefallen war. Die Pumpen funktionierten nicht mehr.

»Der ganze verdammte Strom ist ausgefallen«, erklärte der Wirt. »Wahrscheinlich ist es diese Zentenariums-Maus, von der man allenthalben hört.«

»Der Millennium-Bug«, verbesserte Norman.

»Wer hat das gesagt?«, fragte der Wirt. »Ich kann überhaupt nichts sehen in dieser Dunkelheit.«

Ehrlich gesagt war es gar nicht so dunkel. Das Licht von dem brennenden Tudor-Haus gegenüber bot ein gemütliches Leuchten.

»Geben Sie uns einfach zwei doppelte aus dem nächsten Portionierer, Herr Wirt«, sagte ich. »Und machen Sie sich keine Mühe mit dem Eis oder einer Zitronenscheibe.«

»Kommt sofort«, sagte der Wirt und hastete davon, um die Bestellung auszuführen.

»Weißt du, an was mich das erinnert?«, sagte ein alter Bursche in einer Ecke. »Das erinnert mich irgendwie an den Krieg. Warum singen wir nicht alle ein Lied? Erwecken etwas von dem alten Blitz-Geist, der die arbeitende Klasse zu dem gemacht hat, was wir heute sind?«

»Und was sind wir?«, fragte ich.

»Schlurfer«, sagte der alte Knabe. »Wir sind alle Schlurfer und stolz darauf.«

Das war Grund genug für mich, und so sang ich mit dem alten Knaben und den anderen ein Lied. Es waren meine Leute. Ich war ein Teil von ihnen, und sie waren wie ich. Ich war endlich zu Hause, unter meinesgleichen. Und wir sangen aus vollen Kehlen. Ein Lied, das wir alle kannten und liebten, ein Lied, das uns eine ganze Menge bedeutete.

Ich hatte Tränen in den Augen, als wir es sangen.

»Here we go, here we go, here we go.
Here we go, here we go, here we go-oh.
Here we go, here we go, here we go.
Here we go-oh, here we go.«

Ich habe vergessen, wie die zweite Strophe geht.

Was geschah, als die Glocken Mitternacht schlugen an jenem letzten Abend des zwanzigsten Jahrhunderts, ist heute längst Geschichte. Mündlich überlieferte Geschichte, heißt das, denn es gibt keine andere. Mündliche Geschichte und Lagerfeuererzählungen, und keine zwei ähneln einander.

Genau wie bei der Ermordung von JFK erinnert sich jeder ganz genau daran, wo er in jener Nacht war, als die Lichter ausgingen.

Weil sie für die meisten von uns nie wieder angingen.

Eine Kette, so heißt es, ist nur so stark wie ihr schwächstes Glied. Das lernen wir bereits in der Vorschule. Was war also mit der technologischen Kette? Mit all diesen vernetzten Systemen? All diesen Computernetzwerken, die Informationen austauschten und gegenseitig von ihren Datenströmen abhängig waren?

Während des gesamten Jahres 1999 hatte die britische Regierung ein tapferes Gesicht gemacht. Wenn überhaupt, hatte sie gesagt, würden höchstens ein Prozent aller Maschinen betroffen sein. Ein kümmerliches, mageres Prozent. Nichts, weswegen man sich sorgen müsste.

Nur ein Kettenglied von hunderten.

Bedeutete das nicht, dass die Kette trotzdem reißen würde?

Wie sich herausstellte, hatte sich die britische Regierung ganz gewaltig verhauen. Die Agenten der Geheimen Weltregierung waren extrem gründlich zu Werke gegangen.

Nahezu vierzig Prozent aller Systeme fielen aus.

Alles ging den Bach runter.

Alles.

Die Verkehrsleitsysteme. Ausgefallen.

Die Flugleitsysteme. Ausgefallen.

Die Eisenbahnleitsysteme. Ausgefallen.

Die Telekommunikation. Ausgefallen.

Die Banksysteme. Ausgefallen.

Die Gesundheitseinrichtungen. Ausgefallen.

Und alle würden weiterhin ausgefallen bleiben. Weil sämtlicher Strom weg war. Ausgefallen. Das nationale Stromnetz war tot.

Und was war mit den militärischen Einrichtungen? Was war mit ihren Radarsystemen? Mit den Raketenleitsystemen? Mit den Anti-Raketen-Raketenabschussbasen? Waren sie ebenfalls ausgefallen?

O ja. Ausgefallen.

In England schaltete sich alles aus. In Russland liefen die Dinge anders. Die Geheime Weltregierung hatte sich keine Gedanken um Russland gemacht. Russland hatte so viele alte, ausgefallene Systeme, dass Russland auch ohne Nachhilfe von Außen zusammenbrechen würde.

Unglücklicherweise – und augenscheinlich unvorhergesehen – hatte der plötzliche Stromausfall in Russland auf einen Teil des russischen atomaren Waffenarsenals die gleichen Auswirkungen wie auf das Dynamit des Doveston.

Fünf Raketen stiegen auf. Nur fünf. Ziemlich gut, wenn man es genau bedachte – fünf von mehr als dreizehntausend, die am Boden blieben. Doch nachdem diese fünf in der Luft waren, waren sie in der Luft. Keine Chance, sie zurückzuholen. Keine Chance, jemanden anzurufen und zu warnen, dass die Raketen unterwegs waren und dass es einem Leid tat und dass alles ein grauenhafter Unfall war und keine Absicht und dass man es bitte nicht persönlich nehmen solle.

Der Westen konnte nichts unternehmen, um die Raketen aufzuhalten.

Der Westen wusste außerdem überhaupt nicht, dass sie unterwegs waren oder woher sie kamen.

Der Westen war ohne Strom. Ein großer Teil des Westens lag in Dunkelheit. Leute erstarrten mitten im Lied, Menschen krochen nach Kerzen suchend umher und überlegten, wie schlecht sie sich benehmen konnten, bevor der Strom wieder da war, und so gut wie jeder war sturzbetrunken.

Und fünf Atomraketen waren unterwegs.

Sie fielen ein wenig willkürlich verteilt herunter.

Die Rakete, die für Central London gedacht gewesen war, traf Penge. Von Penge hatte man mir erzählt, dass es ein sehr schöner Flecken gewesen sein soll, obwohl ich heutzutage keine Neigung mehr verspüre, einmal dorthin zu fahren.

Eine weitere traf Dublin. Das war verdammt unfair – kommen Sie schon, wen haben die Iren jemals angegriffen, abgesehen von den Engländern? Niemanden, ganz genau. Niemanden.

Paris bekam eine ab. Aber wen interessiert schon Paris.

Die Rakete, die es bis nach Amerika schaffte, landete im Grand Canyon. Wo sie weder Menschenleben noch Sachschäden verursachte. War *das* fair, frage ich Sie?

Die letzte kam über Brighton runter. Brighton! Warum ausgerechnet Brighton! Warum nicht über der Schweiz oder Holland oder Belgien oder Deutschland? Oder Frankreich?

Zwei Stück auf England, und eine davon auf Brighton. Das war nicht fair. Das war einfach nicht fair.

Ganz besonders, weil Bramfield nur zehn Meilen nördlich von Brighton liegt.

Aber zehn Meilen sind zehn Meilen, und zehn Meilen sind satte fünfzehn Kilometer. In Werst kaum weniger.

Und zwischen Brighton und Bramfield lagen die South Downs.

Zehn Meilen von der Explosion entfernt, bedeutete lediglich ein wenig gegrillt zu werden und ein paar eingestürzte Gebäude. Zehn Meilen war ein Klacks.

Ich glaube, wir waren bei unserem achten oder neunten Doppelten angekommen, als die Schockwelle über Bramfield und den Fröhlichen Gärtner hinwegfegte.

Ich erinnere mich noch, wie Norman fragte: »Was ist das für ein eigenartiges Geräusch?«

Und ich erinnere mich, wie die südliche Wand des Pubs unvermittelt nach Norden zu wandern anfing. Und dass ich Norman den Vorschlag unterbreitete, lieber einmal mehr die Beine in die Hand zu nehmen. Und dass Norman ganz meiner Meinung war.

Wir rannten einmal mehr, und einmal mehr überlebten wir.

Nur wenige Leute wussten ganz genau, was eigentlich geschehen war. Nicht viel mehr würden es je herausfinden. Keine Elektrizität bedeutete keinen Fernseher und kein Radio und keine Zeitungen. Keine Elektrizität war gleichbedeutend mit null Informationen.

Keine Elektrizität bedeutete auch keinen Treibstoff. Kein Treibstoff bedeutete, dass man blieb, wo man war.

Die Gemeinden auf dem Land waren von der Außenwelt abgeschnitten. In London gab es Aufstände wegen Nahrungsmittelknappheit. Die Revolution ist nie weiter als drei Hauptmahlzeiten entfernt. Die britische Regierung wurde gestürzt. Das Volk übernahm die Kontrolle. Aber was konnte das Volk schon tun? Konnte das Volk die Stromversorgung wieder herstellen? Einen Dreck konnte es!

Wie soll man ein kaputtes System reparieren, wenn man nicht herauszufinden imstande ist, welcher Teil kaputt ist? Wie soll man ein elektrisches System ohne Elektrizität überprüfen?

Wir auf dem Land hatten mehr Glück. Wenigstens hatten wir etwas zu essen. Wir konnten von dem leben, was das Land uns gab. Wie unsere Vorfahren, die Schlurfer, es jahrhundertelang vorgemacht hatten.

Norman und ich schlichen zu den Ruinen von Castle Doveston zurück, um die Ruinen zu besichtigen und vielleicht irgendetwas zu bergen. Wir gingen tagsüber rein und bewegten uns vorsichtig aus Angst vor den Chimären.

Doch alle Chimären waren tot.

Diejenigen, die nicht in der Explosion verdampft waren, hatten es nicht über die von mir ausgehobenen Sicherheitsgräben geschafft. Die Gräben mit den Bambusspitzen im Boden. Die Spitzen, die mit Normans unsichtbarer Farbe überzogen waren.

Wir bestaunten die Ruinen. Alles war verschwunden. Bis auf die Grundmauern. Doch unterhalb der Grundmauern war alles intakt geblieben. Die Keller hatten überlebt. Das Trophäenzimmer war unberührt, genau wie sämtliche Lagerräume. Norman brachte seinen bequemen Schlüsselbund ins Spiel, und wir schlossen die Türen auf. Essen, wunderbares Essen! Genug, um uns Jahre über Wasser zu halten. Genug bis an unser Lebensende! Solange jedenfalls, wie wir es mit niemandem teilten. Solange, wie wir es für uns alleine behielten.

Norman öffnete die Tür zur Waffenkammer des Doveston und nahm zwei Maschinenpistolen heraus.

Und dort, in den Ruinen von Castle Doveston, verschanzten wir uns schließlich. Acht lange dunkle Jahre lang.

Von damals bis heute.

Was mich zur Gegenwart bringt und dazu, wie ich dazu gekommen bin, dieses Buch zu schreiben. Die Biografie des Doveston.

Ich hatte eigentlich nie die Absicht, diese Biografie zu schreiben. Was für einen Sinn hätte es heute noch? Es gab keine Bücher mehr und keine Bücherläden. Die Leute lasen keine Bücher mehr. Bücher waren zum Verbrennen da, und sonst gar nichts. Bücher waren Brennstoff.

Es war im frühen Frühjahr dieses Jahres, 2008, als ein Mann vorbeikam, um uns zu besuchen. Er war allein und unbewaffnet, und so ließen wir ihn durch unsere Barrikaden.

Der Mann sagte, sein Name wäre Mr Cradbury, und er wäre bei einem Londoner Verlag angestellt. Die Dinge in der großen Metropole würden sich ändern, berichtete er. Der Strom wäre wieder zurück, und das fast die ganze Zeit über. Es gab auch wieder Fernsehen, aber nur schwarzweiß und nur öffentlich-rechtlich.

Nach der Revolution war eine neue Regierung eingesetzt worden, und langsam kehrten wieder normale Zustände zurück. Stück für Stück, eins nach dem anderen. Die neue Regierung würde nicht wieder die gleichen Fehler machen wie die alte. Wir würden nicht ganz und gar von der Technologie abhängig werden. Die neue Regierung hatte die Wehrpflicht wieder eingeführt, und gegenwärtig hatten sich viele junge Männer bei der Volkskavallerie verpflichtet.

Die Dinge wandelten sich. Eine Neue Weltordnung war im Begriff zu entstehen.

Norman und ich lauschten den Worten, die Mr Cradbury uns zu sagen hatte. Dann fragte ich Norman, ob er meinte, dass Mr Cradbury gekocht besser schmecken würde als gebraten.

»Definitiv gebraten«, sagte Norman.

Mr Cradbury wurde ganz aufgeregt. Er war den ganzen weiten Weg von London hierher gereist, um mit uns zu sprechen, sagte er. Er hätte einen Vorschlag, den er mir unterbreiten wollte.

»Wo haben Sie Ihr Pferd versteckt?«, fragte Norman.

Mr Cradbury war nicht bereit, uns das zu sagen. Er meinte, er hätte nicht einmal gewusst, ob wir noch am Leben wären oder tot, und falls wir noch am Leben wären, ob wir noch hier lebten. Er sei nichtsdestotrotz gekommen, hätte sich den Gefahren durch Räuber und Wegelagerer und Banditen gestellt, weil das, was er mir zu sagen hätte, von Bedeutung wäre, und ob wir deswegen bitte darauf verzichten könnten, ihn zu kochen und zu verspeisen.

»Wir könnten nach seinem Pferd suchen«, sagte Norman. »Ich mach schon mal das Feuer an.«

Mr Cradbury fiel in Ohnmacht.

Nachdem wir ihn wieder aufgeweckt hatten, hatte Mr Cradbury noch eine ganze Menge mehr zu sagen. Sein Verlagshaus, so sagte er, wäre vom neuen Ministerium für Kultur gebeten worden, ein Buch zu publizieren. Es wäre das erste Buch, das in diesem neuen Jahrhundert, ja Jahrtausend, veröffentlicht werden würde. Es sollte die Jungen inspirieren. Es wäre sehr wichtig, und nur ich allein könnte dieses Buch schreiben. Nur ich allein besäße sämtliche wichtigen Informationen in meinem Kopf. Nur ich allein würde die ganze Wahrheit kennen. Und ich würde, falls ich diesen Auftrag annähme, sehr fürstlich belohnt werden.

»Dann erzählen Sie mir doch mal«, sagte ich, »was das für ein Buch ist, das ich für Sie schreiben soll.«

»Die Biografie des Doveston«, sagte Mr Cradbury.

Mr Cradbury unterbreitete mir sodann ein Angebot, das ich nicht ablehnen konnte.

Ich lehnte ab, und er erhöhte es ein wenig.

Das Dorf würde wieder mit elektrischer Energie versorgt werden. Man würde mich zum Bürgermeister des Dorfes machen. Das Amt des Bürgermeisters würde mir gewisse Privilegien verschaffen. Ich sollte eine Liste anfertigen. Norman und ich würden mit Essen und Trinken und Zigaretten und so ziemlich allem versorgt werden, was unsere kleinen Herzen begehrten. Norman würde einen neuen Meccano-Stabilbaukasten bekommen. Einen ganz großen. *Den größten, den es gab.*

Mr Cradbury war mit allem einverstanden. Doch das hatte ich mir bereits gedacht. Ich wusste, dass ich so ziemlich alles verlangen konnte, wonach mir war, und ich wusste auch, dass ich es kriegen würde. Weil ich die Ankunft Mr. Cradburys bereits erwartet hatte – oder von jemand Ähnlichem wie ihm. Ich wusste, dass es nur eine Frage der Zeit war, bevor man mich aufforderte, die Biografie des Doveston zu schreiben. Ich hatte lange genug darüber nachgedacht, um zu verstehen, was wirklich geschehen war, und warum, und wer hinter alledem steckte. Daher stellte ich keine weiteren Fragen. Ich schüttelte Mr Cradbury einfach die Hand.

Und so kam es, dass ich das Buch schrieb. Das war es. Sie haben es bis hierher gelesen. Warum sind dann noch Seiten übrig, werden Sie sich fragen. Wäre es nicht besser gewesen, wenn es früher geendet hätte, beispielsweise mit dem Refrain »Here we go?« Nun, möglicherweise wäre es tatsächlich besser gewesen.

Wenn Sie das Originalmanuskript dieses Buches einsehen können, welches, wie man mir gesagt hat, in den Neuen Staatsarchiven lagert, werden Sie bemerken, dass es bis zu dieser Seite ausschließlich mit der Hand geschrieben ist. Doch die letzten Kapitel sind mit einer Schreibmaschine verfasst.

Sie sind auf einer mechanischen 1945er Remington Model 8 Schreibmaschine getippt.

Der Schreibmaschine des Newgate Prison.

Alle Aussagen müssen schriftlich festgehalten werden. Das ist eine der Regeln. So werden die Dinge getan. Es macht nicht viel Sinn, dagegen zu argumentieren.

Ich schrieb den Rest des Buchs handschriftlich. Es dauerte Monate. Was mir dabei half, war mein fotografisches Gedächtnis. Ich brauchte keine Notizen aus irgendeinem Filofax und keinen Zugriff auf das Doveston-Archiv. Ich hatte alles im Kopf. Ich musste es nur niederschreiben, weiter nichts. Es so erzählen, wie ich es sah. Wie ich mich daran erinnerte. Wie es wirklich gewesen ist.

Am Tag meiner Verhaftung waren Norman und ich Angeln. Privater Zutritt zum Forellenteich ist eines der Privilegien, das man als Bürgermeister genießt.

Es war entspannend, einmal weg vom Lärm der Baustelle zu sein, in die sich Castle Doveston verwandelt hatte, seit ich Mr Cradbury Bauarbeiter hatte herbeischaffen lassen, um das Haus wiederaufzubauen.

Wir hatten einen prächtigen Nachmittag verlebt, und Norman hatte vier große forellenartige Dinger gefangen, die nicht allzu stark radioaktiv strahlten. Wir pfiffen und grinsten und schubsten uns gegenseitig in die Büsche, als wir zum Tee nach Hause schlurften, und ich erinnere mich, wie ich damals dachte, dass uns das Lachen trotz allem, was wir durchgemacht hatten, nicht vergangen war.

Ich überreichte Mr Cradbury das fertige Manuskript am letzten Edwin's Day. Das war vorgestern. Norman und ich hatten vor langer Zeit die Wochentage umbenannt. Es gab einen Edwin's Day, einen Norman's Day, und dann gerieten wir ein wenig ins Schleudern. Also nannten wir den darauf folgenden Tag Edwin's Day Zwo, den nächsten Norman's Day Zwo und so weiter. Aber es funktionierte nicht, weil die Woche sieben Tage hatte.

Daher hatte Norman die Idee gehabt, dass es doch eigentlich egal wäre. »Wenn wir die Wochentage sowieso alle umbenennen, warum sollen wir uns dann mit einer Sieben-Tage-Woche herumärgern? Wenn wir stattdessen eine Zwei-Tage-Woche einführen, ist alles viel unkomplizierter.«

Er hatte Recht. Natürlich.

Das einzige Problem dabei war, dass gewisse Leute, die ich an dieser Stelle nicht mit Namen nennen möchte, immer wieder behaupteten, es wäre ihr Tag, auch wenn dem gar nicht so war. Wenn tatsächlich der Tag davor ihr Tag gewesen war.

Deswegen kam Norman nach einer Weile mit einer neuen Idee.

Weil wir uns dabei abwechseln mussten, wer die Latrine leerte, und weil dies wirklich täglich geschehen musste (Es war nur eine sehr kleine Latrine, und keiner von uns verspürte Lust, eine größere zu graben), meinte Norman, dass es doch ganz leicht wäre, sich den Wochentag zu merken, wenn der Tag mit dem Tag zusammenfiel, an dem man mit dem Leeren der Latrine an der Reihe wäre.

Ich fragte Norman, warum nicht andersherum?

Norman erwiderte, er hätte gleich gewusst, dass ich diese Frage aufwerfen würde. Daher hätte er sich so entschieden.

Ich denke noch immer darüber nach, was genau er damit sagen wollte.

Also, wir schlurften jedenfalls vom Angeln nach Hause, wobei wir pfiffen und grinsten und uns gegenseitig in die Büsche schubsten und was weiß ich nicht noch alles, und ich sagte zu Norman, ob ihm aufgefallen wäre, dass er an Edwin's Days immer ganz besonders viel zu fangen schien. Und zu jagen und Vogelnester zu plündern. Ob er nicht auch das Gefühl hätte, Edwin's Days wären ganz besonders geeignet für derartige Aktivitäten. Es wären viel schönere, sonnigere Tage als gewisse andere Tage, die ich erwähnen könnte, wenn ich wollte.

Und Norman erwiderte, ob mir aufgefallen sei, dass an Edwin's Days die Latrine anscheinend nie richtig sauber gemacht wurde, und ob das nicht ein merkwürdiger Zufall wäre? Und ob wir nicht vielleicht die Edwin's Days in Fetter-alter-Bastard-der-die-Latrine-nicht-richtig-leert-Tage umbenennen sollten?

Ich sagte gerade zu Norman, dass ich ihm trotz meiner fortschreitenden Jahre und meines schlechter werdenden Augenlichts und meiner Kurzatmigkeit an jedem beliebigen Tag den Hintern versohlen würde. Sei es ein Norman oder ein Edwin.

Und Norman sang gerade »Komm doch her, wenn du glaubst, du bist hart genug«, als wir den Helikopter sahen.

Es war kein echter Helikopter. Keins von den Dingern aus unserer Erinnerung. Echte Helikopter hatten Motoren und blinkende Armaturenbretter und General Electric Maschinengewehre unter dem Rumpf.

So habe ich sie jedenfalls in Erinnerung.

Dieses Ding war also nicht das, was man einen echten Helikopter nennen würde.

Das hier war ein offenes Ding, pedalgetrieben, von drei Mann bedient. Es bestand ganz aus Fichtenstreben und Baumwollsegeln und sah aus wie eine Erfindung von Leonardo da Vinci. Der gute alte Leonardo. Nach der Brentforder Reimschule bedeutet Leonardo tot. Erinnern Sie sich?

Der Helikopter parkte direkt neben der Schlossbaustelle. Es gab nicht besonders viel Bauarbeiten zu sehen – nur Abbau von Gerüsten und Schwatzen mit den Helikopter-Pedalisten, das war schon so ungefähr alles.

»Jede Wette, dass irgendein hoher Muck-a-Muck vom Verlag vorbeigekommen ist, um ihnen zu sagen, dass sie ihre Sachen packen und nach Hause gehen sollen«, sagte Norman.

»Aber warum sollte so etwas geschehen?«, fragte ich. »Mr Cradbury hat versprochen, dass Castle Doveston wiederaufgebaut wird, wenn ich das Buch schreibe.«

»Dein Vertrauen in Mr Cradbury ist geradezu rührend«, sagte Norman. »Hast du je daran gedacht, dich zu fragen, warum sein Verlag so überaus großzügig ist?«

»Natürlich.«

»Und zu welchen Schlussfolgerungen bist du gelangt?«

Ich antwortete nicht darauf.

Einer der Bauarbeiter kam herangeschlurft.

»Da ist ein Typ aus London, der mit Ihnen reden will, Euer Bürgermeisterlichkeit. Er ist wegen diesem Buch gekommen, das Sie geschrieben haben. Er wartet im Trophäenzimmer auf Sie.«

»Da hast du es«, sagte Norman. »Es war schön, so lange es gedauert hat. Hättest du auf mich gehört, als ich dir geraten habe, dir wenigstens fünf Jahre Zeit zum

Schreiben zu nehmen, hätten sie wenigstens das Haus fertig gebaut.«

»Aber ein Buch braucht eben nur so lange, wie ein Buch braucht!«, verteidigte ich mich. »Ich gehe besser und rede mit dem Mann.«

Dann zögerte ich und lächelte Norman an. »Wir hatten trotzdem ein paar Lacher, oder?«

»Mehr als ein paar«, antwortete der Ex-Ladenbesitzer.

»Es war schön, mit dir befreundet zu sein, Norman.«

»Hä?«

»Ich bin froh, dass ich dich meinen Freund nennen durfte.«

»Hast du heimlich getrunken?«, fragte Norman.

Ich schüttelte den Kopf. »Wir sehen uns dann, wenn wir uns sehen.«

»Äh, ja.«

Ich nahm Normans Hand und schüttelte sie herzlich.

Und schlurfte von dannen. Er blieb mit verwirrtem Gesichtsausdruck zurück.

Er war fast fünfzig Jahre lang mein treuer Freund und Begleiter gewesen.

Ich würde ihn niemals wiedersehen.

Ich schlurfte an den Bauarbeitern und den Helikopter-Pedalisten vorbei und die ausgetretenen Treppenstufen in den Keller hinunter und durch den langen Gang zum Trophäenzimmer.

Dort verharrte ich für einen Augenblick, vor der Tür. Meine Hände begannen zu zittern, und meine Augen wurden feucht.

Verstehen Sie, ich wusste es.

Ich wusste, was nun kam.

Ich hatte es gesehen, und ich hatte es gespürt, und ich wusste, dass es so kommen musste.

Ich atmete ein paar Mal durch die Nase ein und durch den Mund wieder aus, doch es half nichts. Also stieß ich die Tür zum Trophäenzimmer endlich auf.

Der Typ aus London stand mit dem Rücken zu mir. Er trug einen langen schwarzen Mantel mit einem Astrachankragen, über den die schulterlangen, fettigen weißen Haare fielen. Er drehte sich langsam zu mir um, beinahe schmerzhaft langsam, und nickte mir zu.

Er war alt geworden, sein Gesicht voller tiefer Furchen und Runzeln. Doch unter den beiden schneeweißen Augenbrauen glitzerten zwei eisig blaue Augen.

Seine Hände waren verkrümmte, verwitterte Klauen. In der einen hielt er mein Manuskript. In der anderen eine Pistole.

Er lächelte, als er mich sah.

Und ich lächelte zurück.

»Hallo Edwin«, sagte er.

»Hallo Doveston«, sagte ich. »Ich habe schon auf dich gewartet.«

28

Und nun ist das Ende nah, da de de da da.
Da de de da da de, de da da de de da.

Sprichwort

»Du hast die Gärten umbauen lassen«, sagte er so beiläufig es nur ging.

»Ich habe sämtliche Bäume umgepflanzt, ja. Ich mochte dieses Gaia-Logo nie. Ich habe die Bäume einen nach dem anderen mit den Wurzeln ausgegraben und umgepflanzt. Ich habe fast acht Jahre dafür gebraucht. Vom Boden aus kann man das neue Muster nicht so gut sehen. Hast du darauf geachtet, als du hergeflogen bist?«

»Nein.« Der Doveston schüttelte den alten Kopf. »Ich habe geschlafen. Ich schlafe heutzutage eine Menge, weißt du? Aber nicht sehr gut. Ich habe Albträume.«

»Jede Wette, dass du Albträume hast.«

»So«, sagte der Doveston. »Da wären wir also wieder. Ich muss sagen, du siehst gut aus. Das Landleben scheint dir zu bekommen.«

»Jagen, Schießen und Angeln«, sagte ich.

»Und du hast meinen Besuch erwartet?«

»O ja.« Ich pflanzte meinen Hintern auf die Schreibtischkante. »Ich wusste, dass du verdammt schnell hier auftauchen würdest, sobald du mein Manuskript gelesen hättest.«

»Das hier?« Der Doveston hielt das Bündel Papier in der zitternden Hand. »Diesen Mist? Diesen unglaublichen Schwachsinn?«

»Nun, ich habe eine Weile überlegt, ob ich es so nennen soll«, sagte ich. »*Eine Wagenladung voll unglaublichen Schwachsinns.* Aber dann begnügte ich mich mit *Starker Tobak.* Ich dachte, *Starker Tobak* sagt alles.«

Der Doveston schleuderte das Manuskript zu Boden. Es war ein exzellenter Wurf. Wenn ich Punkte fürs Schleudern hätte vergeben müssen, ich hätte ihm wenigstens neun von zehn gegeben.

»Wohl geschleudert, Sir«, sagte ich.

Er schüttelte sich. »Es ist Schwachsinn!« Seine Stimme zitterte und bebte. »Es ist absoluter Schwachsinn. Kompletter Mist!«

»Dann gefällt es dir also nicht?«

»Ich hasse es.«

»Und dürfte ich nach dem Grund fragen?«

Die Hand mit der Pistole darin zuckte. »Dieses Buch ist kein Buch über mich! Das ist nicht meine Biografie! Ich bin darin wenig mehr als eine Randfigur. Dieses Buch dreht sich nur um dich! Wie du auf alles reagiert hast, was sich ereignete.«

»Und du hasst es wirklich?«

»Ich hasse und verabscheue es.«

»Ich war mir ziemlich sicher, dass du das tun würdest.« Ich zog ein Päckchen Zigaretten aus der Tasche. Doveston's Extra Specials. Mr Cradbury hatte sie für mich besorgt. Ich nahm eine hervor und steckte sie mir an. »Auch eine?«, fragte ich den Doveston.

»Nein.« Der alte Mann schüttelte den Kopf. »Ich rauche nicht mehr.«

»Zu schade. Aber verrate mir eins. Was hast du eigentlich gedacht, was ich schreiben würde?«

»Die Wahrheit. Meine Lebensgeschichte. Die Wahrheit!«

»Die Wahrheit?« Ich schüttelte den Kopf, stieß Rauch aus und sprach hindurch. »Was du von mir wolltest, war Schönfärberei. Eine Märchengeschichte. Deswegen hast du mir auch all dein Geld hinterlassen. Damit ich für immer in deiner Schuld stehe. Damit ich denke, was für ein wundervoller Mensch du doch warst. Und wenn die Zeit gekommen war, deine Biografie zu schreiben, hätte ich eine Hagiografie verfasst. Und aus welchem Grund? Um dich als ein Vorbild für die Jugend hinzustellen. Der Schlurfer, der es zu etwas gebracht hat.«

»Und warum nicht?« Der Doveston wackelte drohend mit der Pistole. »Ich bin der Mann ganz oben, weißt du? Ich bin derjenige welcher.«

»Du bist der Obermacker?«

»Der absolute«, sagte der Doveston.

Ich paffte auf meiner Extra Special. »Ich dachte mir schon, dass es wahrscheinlich so ist. Allerdings gibt es noch eine Sache, die mir ein Rätsel ist. Wie hast du deinen eigenen Tod vorgetäuscht? Dein Kopf und deine Hand sahen so echt aus. Ich hätte Stein und Bein geschworen, dass sie echt waren.«

»Natürlich waren sie echt. Es waren mein Kopf und meine Hand. Ich habe selbst im Sarg gelegen. Ich hatte für einen Moment Sorge, als Norman dir zeigen wollte, wo mein Kopf an den Hals genäht worden war. Zum Glück hast du ihn aufgehalten. Verstehst du, ich konnte der Versuchung einfach nicht widerstehen. Meinem eigenen Begräbnis persönlich beizuwohnen, all die netten Dinge zu hören, die die Leute über mich zu sagen hatten. Ich war ziemlich sauer, dass du nichts gesagt hast. Und ich fand es überhaupt nicht lustig, als dieser Depp von den Dave Clarke Five ›Bits and Pieces‹ sang.

Genauso wenig wie die Tatsache, dass du mir eine fremde Zigarettenmarke in die Brusttasche gesteckt hast. Oder die Art und Weise, wie Norman den Vikar ins Wasser geschubst hat.«

»Jetzt komm aber«, widersprach ich. »Das war doch wirklich lustig.«

»Na ja, vielleicht ein klein wenig.«

»Und alle, einschließlich mir, dachten, du wärst tot. Ich hätte es wahrscheinlich bis an mein Lebensende geglaubt, wenn nicht das geschehen wäre, was in der letzten Nacht des letzten Jahrtausends hier auf Castle Doveston geschehen ist. Als ich herausfand, dass all deine Gäste Mitglieder der Geheimen Weltregierung waren. Und als du alle in die Luft gejagt hast, wusste ich Bescheid. Das war kein Racheakt. Das war ein regelrechter *Coup d'État.* Du hast sie alle ermordet, damit du die Macht übernehmen konntest.«

»Ich bin sehr beeindruckt«, sagte der Doveston. »Ich hätte wirklich nicht geglaubt, dass du das herausfinden würdest.«

»Setz dich«, sagte ich zu ihm. »Bitte setz dich.«

Er ließ sich in den einzelnen Sessel sinken. Die Pistole auf den Knien. Seine Augen rollten wild hin und her.

»Verrate mir bitte eins«, sagte ich. »Weil ich es wirklich wissen muss. Worum ging es überhaupt? Warum hast du all die Dinge getan, die du getan hast? Ging es dir nur um die Macht? Du hattest doch zweifellos genug von allem. Du warst steinreich. Du warst unendlich erfolgreich. Warum hast du all das getan? Bitte sag es mir.«

»Du hast es nie verstanden, und warum solltest du auch?« Er strich über den Lauf der Pistole. »Es war alles so wild, weißt du? So jenseits der Welt. Eigentlich hat Onkel Jon Peru Joans mich dahin gebracht. Er war *mein* Mentor, verstehst du? O ja, auch ich hatte einen Mentor.

Und all die Dinge, die er mir erzählt hat. All dieses irre Zeugs. Das Reden mit den Bäumen. Die Offenbarung. Armageddon. Die Armee aus wahnsinnigen Mutanten, die über das Land zieht. Es war alles die Wahrheit. Jedes Stück davon. Ganz besonders das mit der Droge.«

»Das kann ich bestätigen«, sagte ich. »Das mit der Droge, meine ich. Sie hat mitgeholfen, mein Leben zu versauen.«

»Damals war sie noch in den ersten Stadien der Entwicklung. Sie war noch roh. Als sie versehentlich den Besuchern von Brentstock verabreicht wurde, war sie noch ganz roh, doch mir wurde schlagartig bewusst, was ich dort in den Händen hielt. Etwas Unglaubliches, sobald sie verfeinert und gereinigt war.«

»Also ging es die ganze Zeit nur um eine Droge?«

»Nicht irgendeine Droge. Um *die* Droge.«

»Ich verstehe nicht«, sagte ich.

»Nein.« Der Doveston schaukelte auf seinem Sessel. »Du verstehst das nicht. Die Arbeit eines ganzen Lebens ist in die Vervollkommnung dieser Droge geflossen. Meines Lebens. Warum auch nicht? Was ist schon eine Lebenszeit? Ein Tropfen Wasser in einem Ozean der Ewigkeit? Eine Schuppe auf dem Kopf der Zeit? Ein kleines braunes Stücken Scheiße an den Arschhaaren des …«

»Schon gut, schon gut!«, sagte ich. »Ich glaube, ich verstehe.«

»Nein, das tust du nicht! Wie ich schon sagte, du hast die Droge nur in ihrer rohen, unvollendeten Form erfahren. Sie hat dir kleine Einblicke in die Vergangenheit, die Gegenwart und die Zukunft gewährt. Aber sie waren nicht besonders genau, diese Einblicke, oder?«

»Nun …«

»Doch heute ist die Droge perfekt. Nach einem Leben

voll Arbeit und einem Vermögen, das ich in Forschung und Entwicklung gepumpt habe, ist sie endlich perfekt.«

»Dann kann die Welt also bald mit Doveston's Wonder Pills rechnen, ja?«

»O nein! Du verstehst nicht. Diese Pillen lassen sich nicht in Massen produzieren. Ich habe die Arbeit eines Lebens benötigt, um eine einzige davon herzustellen. *Eine einzige!*«

»Nur eine einzige?«

»Ich brauchte nur die eine einzige.«

Ich schüttelte den Kopf und seufzte und ließ meine aufgerauchte Zigarette zu Boden fallen und trat sie mit dem Absatz aus. »Ich verstehe das nicht«, sagte ich. »Alles, was du getan hast, nur, um eine einzige Pille in die Hände zu bekommen? Was ist denn an dieser Pille so verdammt Besonderes?«

»Sie verleiht dem, der sie nimmt, Unsterblichkeit.«

»So ein Blödsinn. Und selbst wenn, sieh dir doch an, wie alt du geworden bist. Wie alt und zittrig. Willst du in diesem Zustand ewig leben?«

»Nein, nein, nein! Du verstehst immer noch nicht. Wenn man die Pille einnimmt, setzt die Wirkung auf der Stelle ein. Sie gestattet es, die Vergangenheit, die Gegenwart und die Zukunft gleichzeitig zu erleben. Alles zur gleichen Zeit. Kannst du dir das vorstellen? Innerhalb einer einzigen Sekunde, länger dauert die Wirkung der Droge nicht, erlebst du *alles*.

Man begibt sich außerhalb der Schranken der Zeit. Du hast etwas davon in diesem Müll-Manuskript geschrieben. Über Christopher Mayhew. Als er Meskalin genommen hat. Als er sagte, es gäbe keine absolute Zeit und keinen absoluten Raum, und als er sagte, er hätte innerhalb weniger Sekunden Jahre und Jahre himmlischen Segens erfahren. Wenn ich meine Pille einnehme, werde ich die Ewigkeit erleben. Alles in einer einzigen Sekunde. Für mich wird die Sekunde in der realen Welt niemals vergehen. Ich werde unsterblich sein. Die Ewigkeit in einer einzigen Sekunde.«

»Und was, wenn es nicht funktioniert?«

»Oh, es wird funktionieren.« Der Doveston tätschelte seine Tasche.

»Du hast diese Pille bei dir?«, fragte ich.

»Selbstverständlich. In der silbernen, sargförmigen Schnupftabaksdose, die Professor Merlin mir geschenkt hat. Wenn meine Zeit gekommen ist und ich sterbe, werde ich diese Pille nehmen.«

»Und du bist absolut sicher, dass sie funktioniert? Dass du die Ewigkeit erleben wirst? Ewigen himmlischen Segen genießen?«

»Daran besteht nicht der allergeringste Zweifel.«

Ich stieß einen Pfiff aus. »Möchtest du, dass ich das in mein Buch schreibe? Es würde das Ende ein wenig spannender machen.«

»Dein *Buch*!«, keifte der Doveston. Er spuckte auf die verstreut liegenden Seiten des Manuskripts. »Dein Witz von einem Buch! Dieser dämliche alte Mist! Hier, das ist für dein Buch, und noch einmal!«

Er spie erneut auf das Manuskript.

»Das ist nicht sehr nett von dir«, sagte ich.

»Du hast mich betrogen!«, keifte er. »Indem du diesen Mist geschrieben hast. Du hast mich betrogen! Warum?«

»Um dich hierher zu locken, darum. Hätte ich die Schönfärberei betrieben, die du dir erhofft hattest, wärst du nie hier aufgetaucht. Doch ich wusste, wenn ich es so schreibe, wie ich es sehe, wie ich es empfinde, *wie es wirklich war*, würde das dich stinkwütend machen. Das würde dich aus deinem Schlupfwinkel locken, und du würdest herkommen, um mir das Manuskript ins Gesicht zu schleudern. Als Mr Cradbury auftauchte und mir das Angebot unterbreitete, das ich unmöglich ablehnen konnte, wusste ich mit Bestimmtheit, dass du noch am Leben warst. Dass du derjenige warst, der das Buch unbedingt veröffentlicht sehen wollte. Und ich musste dich wiedersehen, ein letztes Mal. Um dir Lebwohl zu sagen.«

»Lebwohl?«

»Natürlich, Lebwohl. Hättest du das Buch sorgfältig gelesen, würdest du genau wissen, worüber ich spreche. Nimm zum Beispiel diese Seite hier.« Ich bückte mich, um ein Blatt aufzuheben, doch dabei rutschte ich auf dem Speichel des Doveston aus. Oder tat zumindest so, als würde ich darauf ausrutschen. Nur für einen Augenblick. Für eine *Sekunde*, genau genommen. Genug, um zu stolpern, nach vorne zu stolpern.

Und dem Doveston die Pistole zu entreißen.

»Die meisten Dinge regeln sich von alleine«, sagte ich.

Der Doveston zitterte und bebte.

Ich wirbelte die Pistole um den Zeigefinger. »Lebwohl«, sagte ich.

»Lebwohl?«

»Natürlich, Lebwohl. Im ersten Kapitel des Buches habe ich dem Leser etwas Besonderes versprochen. Etwas, das anders ist als normal. Ich habe versprochen, dass ich von deinem schrecklichen Ende schreiben würde, wie nur ich allein es kann. Ich wollte, dass sich die Biografie, die ich geschrieben habe, von allen Biografien unterscheidet, die je zuvor geschrieben wurden. Und mir ist ein Weg eingefallen, wie ich dies erreichen kann. Es wird die allererste Biografie überhaupt sein, die damit endet, dass das Subjekt der Biografie von seinem Biografen exekutiert wird. Ist das nun eine originelle Idee für ein Buch oder nicht?«

»Was?« Der Doveston duckte sich. »Mich exekutieren? Mich *ermorden*?«

»Ganz genau«, sagte ich. »Ich habe es viele Jahre lang geplant.«

Die Lippen des Doveston zitterten. »Warum?«, fragte er. »Warum? Schön, du warst für mich im Gefängnis. Aber habe ich nicht alles wieder gutgemacht? Habe ich dir nicht all das Geld hinterlassen?«

»Nur, damit ich dich in meinem Buch über den grünen Klee loben würde. Außerdem war das Geld im Grunde genommen nichts weiter als ein kurzfristiger Kredit, mit dem du sichergestellt hast, dass dein großer Millenniums-Ball stattfindet. Du wusstest, dass es wertlos sein würde, sobald die Zivilisation, wie wir sie kannten, zusammengebrochen war.«

»Und ich hab dir all die Lebensmittelvorräte in den Kellern hinterlassen.«

»Nur, um mich am Leben zu halten. Damit ich dein verdammtes Buch schreiben konnte, sobald du die vollständige Kontrolle hattest.«

»Aber warum?« Die Augen des Doveston zuckten wie wahnsinnig durch die Gegend. »Warum willst du mich ermorden?«

»Wegen etwas, das du vor vielen Jahren getan hast. Etwas, das dir vielleicht bedeutungslos erschienen sein mag. Trivial. Ein Streich, der ein paar Lacher hervorbrachte. Aber du hast mir etwas genommen. Etwas, das ich geliebt habe. Ich habe es in meinem Buch erwähnt. Ich habe keine große Sache daraus gemacht, weil ich dich nicht warnen wollte. Ich wollte, dass du herkommst, damit ich dich töten kann, wegen dem, was du getan hast.«

»Ich verstehe nicht! Was habe ich denn getan? Was habe ich dir genommen?«

Ich beugte mich dicht zu ihm herab und flüsterte ihm ein einzelnes Wort ins Ohr. Einen Namen.

»Nein!« Er verdrehte die Augen. »Nicht das! Nicht wegen dieser Sache!«

»Doch«, sagte ich. »Ganz genau wegen dieser Sache. Das ist der Grund, aus dem du sterben wirst.«

»Bitte ... bitte ...« Er rang die Hände.

Ich spannte die Pistole.

»Lebwohl«, sagte ich.

»Nein, warte! Warte!« Er kramte in seinen Taschen und zog die kleine silberne sargförmige Schnupftabaksdose hervor. »Das darfst du mir nicht verweigern! Verweigere mir nicht die Arbeit meines Lebens! Lass mich die Pille einnehmen, bevor du abdrückst. Für dich ist es nur eine Sekunde. Aber für mich wird es die Ewigkeit sein! Ich werde unsterblich sein! Bitte!«

Ich nickte nachdenklich.

»Nein«, sagte ich dann und riss ihm die Schnupftabaksdose aus der Hand. »Ich verweigere dir deine Unsterblichkeit. Ich verdamme dich zum Tod.«

Er bettelte und flehte und wand sich auf seinem Sessel. Doch ich schüttelte den Kopf. »Es ist wirklich zu Schade, dass du geschlafen hast, als der Helikopter gelandet ist. Hättest du nach unten und auf die Bäume geblickt, hättest du ahnen können, was dich erwartet. Du hättest den Namen gelesen, den die Bäume formen. Ich habe dir diese Chance gegeben. Eine Chance, deinem Schicksal zu entgehen. Weil ich die Zukunft gesehen habe, als ich in meiner Küche unter dem Einfluss deiner Droge stand. Diese Zukunft. Diesen Augenblick. Ich habe alles in meinem Manuskript aufgeschrieben. Du hast es nicht gründlich genug gelesen. Lebwohl, Doveston.«

Ich steckte die silberne Schnupftabaksdose in meine Hosentasche.

Ich warf die Pistole zur Seite.

Ich legte meine Hände um seinen Hals.

Und drückte zu.

Und jetzt sind wir wirklich beim Ende angelangt. Wenn Sie dieses Manuskript in den New State Archiven studieren, werden Sie feststellen, dass sich die Schrift erneut geändert hat. Dass die Seiten erneut handschriftlich verfasst sind.

Ist doch wohl auch zu erwarten, oder nicht? Sie lassen einen nicht auf der Schreibmaschine schreiben, um die letzten Worte zu Papier zu bringen, während man auf dem niegelnagelneuen elektrischen Stuhl sitzt und auf die Ankunft des Henkers wartet.

Man bekommt einen Stift und Papier. Und man bekommt gesagt, dass man fünf Minuten hat.

Ich muss ein wenig durchgedreht sein, schätze ich, nachdem ich ihn erdrosselt hatte. Mir war bewusst, was ich getan hatte, doch ich verspürte nicht die geringste Schuld. Ich hatte mich sehr, sehr schlecht benommen. Doch ich hatte keinen unschuldigen Menschen getötet. Nachdem ich ihn erwürgt hatte, nahm ich den Leder-Bondage-Teekessel, den mit all den Stacheln, der früher einmal Chicos Tante gehört hatte, und schlug ihm damit den Schädel zu Brei.

Ich muss eine ganze Menge Lärm gemacht haben.

Jedenfalls kamen die Helikopter-Pedalisten hereingestürzt. Sie prügelten mich halb tot.

Der Richter war nicht in der Stimmung für Gnade. Er war ein junger Bursche und sagte, dass sein Vater ihm alles über mich erzählt hätte. Sein Vater war ebenfalls Richter gewesen. Sein Vater hatte mich damals für fünfzehn Jahre ins Gefängnis gesteckt.

Die Neue Weltordnung hatte keine Zeit und keinen Platz für Typen wie mich, sagte der Richter. Typen wie ich wären reine Zeitverschwendung.

Er schickte mich auf den Stuhl.

Ich erinnere mich nicht sehr deutlich an die Verhandlung. Sie wurde unter Ausschluss der Öffentlichkeit abgehalten, und das Ergebnis stand schon vorher fest.

Ich erinnere mich kaum an das, was geschah, nachdem die Pedalisten mich zusammengeschlagen und zu ihrem Helikopter geschleppt hatten.

Obwohl ich mich an eines deutlich erinnere, und ich will es hier niederschreiben, weil ich es für wichtig erachte.

Ich erinnere mich an das, was die Helikopter-Pedalisten zueinander sagten, nachdem sie mit den Beinen angefangen hatten, in die Pedale zu treten und der Helikopter in die Luft aufgestiegen war.

»Sinnlos«, sagte einer von ihnen. »Ein vollkommen sinnloser Mord.«

Und dann sagte er: »Hey, Jack, sieh doch mal nach unten. Das ist mir beim Flug hierher überhaupt nicht aufgefallen.«

Und Jack sah nach unten und sagte: »Ja, stimmt. Die Bäume. Sie sind so angeordnet, dass sie Buchstaben ergeben. Riesige Buchstaben. Wie heißt dieses Wort, das sie bilden?«

Und der andere Pedalist buchstabierte das Wort. »B«, sagte er, »und I und S und C ...«

»BISCUIT«, sagte Jack. »Die Bäume buchstabieren das Wort Biscuit.«

Jawohl, das war es, was die Bäume buchstabierten. Biscuit. Den Namen meines Hundes. Den Namen des Hundes, den der Doveston ermordet hatte. Er hatte meinen Hund umgebracht, und dafür hatte ich ihn umgebracht.

War das etwa falsch?

Als ich diesen Abschnitt über meine Zeit im Gefängnis niederschrieb, über das schlechte Benehmen und den bösen Mann, der mordet, der einen Unschuldigen ermordet, Sie erinnern sich? Als ich fragte, ob es wirklich so etwas wie einen Unschuldigen gibt?

Nun, die Antwort darauf weiß ich bis heute noch nicht.

Das ist es wohl für mich gewesen. Der Mann mit der schwarzen Maske ist gekommen, um den Strom einzuschalten. Ich muss meinen Stift und das Blatt beiseite legen.

Meine Zeit ist gekommen. Mein großes Aaah-Tschuh!

Mein Lebwohl.

Nun, beinahe.

Verstehen Sie, sie gestatten einem zum Tode Verurteilten immer eine letzte Bitte. Es ist eine Tradition, eine alte Bulle oder was weiß ich. Es war sinnlos, sie beschwatzen zu wollen. Also machte ich es ganz einfach.

Ich fragte, ob es in Ordnung wäre, wenn ich meine silberne sargförmige Schnupftabaksdose bei mir tragen würde. Als ein Andenken quasi. Und ob sie etwas dagegen hätten, wenn ich in der letzten Sekunde, bevor sie den Schalter umlegten, die kleine Pille darin schluckte.

Nein, sagten sie, sie hätten keine Einwände. Es wäre schon in Ordnung.

Was kann es schon schaden, sagten sie.

Es war schließlich nicht so, als würde ich dadurch dem Tod von der Schippe springen.

Es war schließlich nicht so, als würde ich dadurch unsterblich oder so was.

Und dort kommt er nun, der Henker mit der schwarzen Maske. Der Gefängniskaplan hat seine letzten Worte gesprochen. Die Hand des Henkers bewegt sich zu dem großen Hebel.

Ich muss aufhören zu schreiben.

Ich muss die Pille einnehmen.

Ich weiß, dass der Effekt nur eine einzige Sekunde in der realen Zeit anhalten wird, und dann wird der Schalter umgelegt, und ich bin tot. Doch für mich wird diese eine Sekunde wie eine Ewigkeit sein. Was kann ein Mensch mehr vom Leben verlangen als die Ewigkeit?

Meiner persönlichen Meinung nach nicht viel.

P steht für Pille.

P steht für Paradies.

Ich hatte in der Vergangenheit eine Menge Scherereien mit den verdammten P's.

Doch diesmal nicht.

Keine absolute Zeit.

Kein absoluter Raum.

Jahre über Jahre voll himmlischem Segen.

Und schluck.

»Here we go, here we go, here we go.
Here we go, here we go, here we go-oh.
Here we go, here we go, here we go.
Here we go-oh, here we go.«

Und Ende.

Vor Tausenden von Jahren schon ist ein Raumschiff in den Pazifischen Ozean gestürzt, nun soll es geborgen werden. Sir John Rimmer und sein Elite-Team erhalten den entsprechenden Auftrag. Danbury Collins freut sich gar nicht auf die Arbeit. Er hat schließlich die einschlägigen Filme gesehen und weiß, was ihn erwartet: Raumschiff wird geborgen – verrücktes Alien entspringt – Horror allüberall – eine gewaltige Explosion – das Ende der Welt ist da. Danburys Vorschlag: Sprengt das Raumschiff lieber gleich.

Aber auf ihn hört ja niemand!

3-404-24299-8

BASTEI
LÜBBE

Oktober 1999, am Vorabend der nächsten Olympiade, der Jahrtausendolympiade, erscheint der neue Roman von Robert Rankin, den man zu recht als DEN Olympiadenroman des nächsten Jahrtausends bezeichnen darf! Denn: Die Ratsversammlung von Brentford hat sich zusammengesetzt und in einem Akt der Selbstlosigkeit beschlossen, den kleinen, idyllischen Ort Brentford als Austragungsort der nächsten olympischen Spiele zur Verfügung zu stellen. Aber wir alle wissen ja, daß es bei solchen Spielen nicht immer mit rechten Dingen zugeht. Und so regen sie sich denn auch schon, die düsteren Mächte der Hölle, um mit allen Mitteln dazwischenzufunken. Pooley und Omally müssen wieder einmal die Welt retten und dabei die größte aller Bürden bisher auf sich nehmen: sie müssen einer regelmäßigen Beschäftigung nachgehen!

ISBN 3-404-24264-5

BASTEI
LÜBBE